初盛唐旅游诗歌研究

赵丽霞 著

武汉大学出版社
WUHAN UNIVERSITY PRESS

图书在版编目(CIP)数据

初盛唐旅游诗歌研究/赵丽霞著.—武汉：武汉大学出版社,2018.11
ISBN 978-7-307-20581-9

Ⅰ.初…　Ⅱ.赵…　Ⅲ.唐诗—诗歌研究　Ⅳ.I207.227.42

中国版本图书馆 CIP 数据核字(2018)第 229891 号

责任编辑:任仕元　　责任校对:汪欣怡　　版式设计:汪冰滢

出版发行：**武汉大学出版社**　(430072　武昌　珞珈山)
(电子邮件：cbs22@ whu. edu. cn　网址：www. wdp. com. cn)
印刷：北京虎彩文化传播有限公司
开本:720×1000　1/16　印张:21　字数:287 千字　插页:1
版次:2018 年 11 月第 1 版　2018 年 11 月第 1 次印刷
ISBN 978-7-307-20581-9　定价:56. 00 元

序

陈顺智

首先，我要祝贺丽霞近八年来的心血终于要付梓面世了！

八年，以现在的交通工具而论几乎可以游遍大半个世界，即便是在古代也可以游遍半个中国。然而，她却将繁花似锦的八年贡献给了初盛唐将近一个半世纪旅游诗歌的研究。丽霞的这一选择不仅为了追寻时代的旅游热潮，更是为了探寻唐人的旅游精神和诗歌精神，因为旅游自古以来就是人类最富精神性的活动之一。

中国人在上古时代，就有了游的意识和游的活动。刘宋时期著名山水画家和旅游家宗炳在《画山水叙》中有这样一段话："至於山水，质有而趣灵。是以轩辕、尧、孔，广成、大隗、许由、孤竹之流，必有崆峒、具茨、藐姑、箕首、大蒙之游焉，又称仁智之乐焉。"虽然有些夸大，但可以肯定的是，上古时期已经具有了对自己生存之外神秘空间的好奇感，大家都想知道自己生存空间以外的空间会是什么样，虽然未知的空间充满了危险、畏怖与恐惧，给人以巨大的精神压力，正如宋玉《招魂》中所表现的那样，西方不可去，东方不可去，南方不可去，北方不可去，所以人们只能停留在自己的生活区域之内，即"外陈四方之恶，内崇楚国之美"（王逸注）。可是强烈的好奇感又驱使他们要追求外在空间，所以在《庄子》里面就表现了这样一种情形："适莽苍者，三餐而返，腹犹果然；适百里者，宿舂粮；适千里者，三月聚粮。"（《庄子·逍遥游》）行游远近之不同，所做的物质准备也不同，这些都不过是有待之游，而庄子的逍遥游表现的却是与之不同的一种精神的无待之游——悠游于无穷之间，悠游于宇宙之间。虽然他游的目的是为了纯粹的精神，但是它也表现了人们的游对域外空间的一种追求与好奇，要突破空间对人的束缚。社会的进步与物质的发展为旅游奠定了坚实的基础，周汉之间衍生出许多不同性质、不同目的、不同形态与不同方式的游，如游说、游侠、游猎、游宦、游食、游士、游学、远游、出游、高游、浮游、游目、逸游、群游等词汇随之兴起。

旅游虽然很早就已经存在了，很早便有文学作品描写旅游，然而旅游与诗歌与文学深层且紧密的结合则是在东晋之后。东晋之前文学作品涉及旅游，大多表现人们对人文典故、历史遗迹、宫观城池等人文景观的热衷追逐，即使有一些鸟兽虫鱼、四季节候、五岳河渎等自然景物，但也只是作为背景出现，并未能充当文学的主角。魏晋尤其是东晋以后，玄学的强大思想风潮促进并形成了“散以玄风，涤以清川”的体道方式，驱使大量文人流连于山水之间，名山大川莫不登临，他们在其中有了前所未有的新发现！袁山松在《宜都记》中有“常闻峡中水疾，书记及口传，悉以临惧相戒，曾无称有山水之美也。及余践跻此境，既至，欣然始信之，耳闻不如亲见矣”，《世说新语·言语》中记载画家顾恺之“从会稽还，人问山川之美。顾云：‘千岩竞秀，万壑争流。草木蒙笼其上，若云兴霞蔚’”。如此等等均说明山水自然审美意识终于形成。唯其如此，才有东晋末年三十余人庞大的僧团之游，他们为亲睹庐山石门峰之“奇观”，“遂杖锡而游”，对山水美景表现出莫大热忱、一往情深，从而成就了中国旅游文学史上第一篇完整旅游文的诞生——《庐山诸道人游石门诗序》；唯其如此，才有刘宋宗炳好山水，遨游荆巫、衡岳，以栖山涉水为乐，晚年患疾不能远游，还江陵后，将所见过的名山大川图画在四壁之上，以便随时观赏游玩，叹曰“老疾俱至，名山恐难遍游，唯当澄怀观道，卧以游之”！唯其如此，才有了山水画、山水诗、山水园林的同时成熟兴盛！山水诗、山水画、山水园林虽然艺术样式不同，但他们聚焦于同一对象——自然山水，对自然山水之美也持同样欣赏的审美态度。如果游览人文景观是欣赏人类自身的伟大创造力、是感叹人类智慧所闪烁的光芒，那么游览自然山水则是惊叹大自然的鬼斧神工、是发现了自由精神的表现，并最终找到人类心灵安顿之所。

人文景观与自然景观是旅游活动的主要客体对象，自然也是旅游作品描写的主要内容。随着旅游客体对象的丰富完备，旅游文学作品也得到空前的发展，成为一时之热门题材。创作实际的这一变化也及时反映到文学分类上。中国古代第一部文学总集《文选》已经有专门的“游览”一类，北宋的《文苑英华》里面也专门有“行迈”一类，到了南宋末期方回《瀛奎律髓》里的“旅况类”也是旅游的专门类别。由此可见，古人不仅已经非常清楚地意识到旅游文学这一类别的存在，更把旅游文学看作是文学当中非常重要的一个门类，并加以观照。当然，古人的分类远比我们今天的分类要细，而我们今天使用的由欧洲传入的旅游文学、旅游诗歌的概念范畴则更广泛，若是要强加统一，就难免有以圆纳方、龃龉不合之嫌。因此我们在使用旅游文学这个概念的时候，要尊重中国的创作实际、词语概念、文学传统等在内的文化传统，还要尊重中国文化独特的文化心理与社会-自然双重结构的历史特征，这样我们才能够充分的理解中国旅游文学，才能够充分的理解中国古代旅游文学的历史价值、意义和特征之所在。

旅游无疑大大扩展了我们的知识文化视野，提升了我们的精神境界和审美情趣，就此而言旅游是人类最广泛、最富于精神性的审美实践活动之一；旅游文学则是人类的这种精神活动、这种审美实践活动最艺术化、最凝练化、最感性化的呈现方式，它承载了人类的精神活动的历史、审美能力的演化，各历史时期人们的生活热情、对名胜古迹和名山大川的理解。旅游文学研究则是对这一切进行反观、梳理、还原、提炼、建构的过程。汉唐并称盛世，然而汉代并没有留下什么旅游诗歌，而唐代从唐太宗“首辟吟源”，经历初盛中晚，留下了九百余卷的华丽诗章；其间大家耸立、名家辈出，形成了繁星丽天的动人景象；诗人们激扬奋进、讴歌理想、饱览山水、留连城阙，凝练成大气磅礴、令人神往的盛唐气象。

本书正是通过截取了有唐一代朝气蓬勃、激情飞扬、华丽壮阔的初盛唐时期的旅游诗歌，来还原其历史样貌、勾勒其心理轨迹、展现其精神气质、揭示其人生理想，而这些对于我们今天物质高度发展的今人来说如何提升精神、追寻文化、亲近自然山水等方面无疑具有很大的借鉴意义。因此本书的选题价值和研究意义也就自然而然地凸显了出来。

我觉得本书有几个非常值得重视和肯定的亮点。

第一，本书既是一部填补旅游文学史空白的学术专著，也是一部填补唐诗研究史空白的学术专著。唐诗研究素来都是古代诗歌研究中的热门，而初盛唐诗歌则是热门中的焦点，诗学家们用力尤勤；汗牛充栋的论文自不必说，即使是煌煌专著也为数不少，但关于初盛唐旅游诗研究的专著以我之寡闻尚未尝见。旅游学概论、旅游文化概论、旅游文学概论、旅游文学作品选等研究近十余年来迅速飙升，成为目前最为热门的学科之一，而完整的旅游文学史尚未面世，至于初盛唐旅游诗歌研究的专著以我之寡闻也未尝见。以此论之，本书作为一部交叉学科的研究成果，于唐代诗歌和唐代旅游文学两个领域的开创之功是显而易见的。

第二，本书从诗歌创作这一独特视角比较全面地勾勒、描述、呈现了初盛唐皇族尤其是士人的旅游状况，并由此反映出那个时代皇族尤其是士人的精神面貌、精神追求、社会活力及其多样化的行为方式和审美情趣。从皇族尤其是士人旅游这一主导层面展现出初盛唐活力与精神逐步发扬、张大、扩散、终至漫游、壮游蔚然成风这一历史过程和与之相表里的盛唐精神的形成确立、盛唐文化的开放自信、盛唐文人的个性魅力。因而本书所描述的再不仅是初盛唐旅游的发展状况，呈现的是初盛唐旅游精神的主导核心及其演进走向，展现的是唐之所以为唐的独特精神特质的形成过程。这一点又远远超过了一般唐代旅游史仅限于旅游活动层面的描述，又以旅游精神印证了盛唐气象的精神内涵。

第三，在表现出作者高屋建瓴的宏阔理论视野的同时，本书还表现了作者探幽入微的艺术鉴赏能力、对纷纭繁杂材料的驾驭能力以及平和笃实的学风。本书在详尽占有材料的基础上从历时性方面将初盛唐旅游诗歌划分为发展的四阶段、从共时性方面概括出初盛唐旅游诗歌的三大类别，研究分析了初唐旅游诗歌的三种客体对象，而且在更高理论层面剖析归纳了初盛唐旅游诗歌的时空特征与情感特征，等等；尤其是在全书的论析中还配有大量统计表格，这无疑使本书在思想创新之外更增加了材料、论据和观点的可信度，至于作者倾注于间的大量心血便是不言而喻的了。

文章是个人心智之产物，一旦出版，作为社会之公器，则只能嗤妍由人评说。不过所幸的是，“嗤”是昨之“嗤”，非今日之“嗤”；“妍”是昨日之“妍”，明日当更“妍”！

望博识君子其裁览焉！

2018年10月8日

于武昌中北路寓所

前　言

本书稿完成于2014年6月，当时是以我在武汉大学博士论文的形式完稿。本打算在日后的工作中再逐步加以打磨、完善。然我的研究课题选择了略偏重于时下较为热门的跨学科研究，即文学与旅游学的交叉研究。近几年旅游与文化、旅游与文学等的交叉研究日益繁盛，新的观点、新的研究方法层出不穷，便忝以将个人的一些拙见公布，举我微小之经验具以相告，以期与同为做此类研究的同行共同探讨学习，又恰逢机缘得以有幸与武汉大学出版社合作出版此书稿，谨将书稿略作润色，基本保持原貌。学术乃天下之公器，即使拙作尚不完善，仍愿抛砖引玉，尚希专家和广大读者不吝指正。

本书以初盛唐旅游诗歌作为研究对象，在理清初盛唐旅游诗歌的发展脉络和相关特征的前提下，试图对其进行全面、系统的分析研究。全书内容主要包括：（1）相关概念的阐释界定；（2）初盛唐旅游诗歌创作动因；（3）初盛唐旅游诗歌流变；（4）初盛唐旅游诗歌类型特征；（5）初盛唐旅游诗歌情感特征；（6）初盛唐旅游诗歌对象特征；（7）初盛唐旅游诗歌时空特征。具体内容如下：

绪论　首先对“旅游”“旅游文学”和“旅游诗歌”的概念加以界定，并通过对比古今旅游、古今旅游文学，发掘古代与现代不同概念的内涵和异同，从而更清晰地对研究对象有明确的认知，并确定判断初盛唐旅游诗歌的三要素标准。其次归纳了本课题的研究现状和研究意义，并提出了研究的创新点和难点。其中意义、创新点和难点的共同处在于以现代旅游学的理论探索古代旅游诗歌的内涵特征，进而挖掘与现代旅游对接的价值意义。

第一章 探讨初盛唐旅游诗歌创作动因。初盛唐旅游诗歌辉煌成果的造就，除了旅游诗歌自身发展内因外，初盛唐的盛世气象、丰富的旅游资源、士人阶层旅游风气的兴盛也是不可或缺的重要因素。本章通过论述以上三要素在初盛唐的基本情况，总结了三者对初盛唐旅游诗歌的兴盛所起到的积极推动作用。

第二章 探讨初盛唐旅游诗歌流变。初至盛唐旅游诗歌发展具有明显的阶段性特征，其艺术特征的规律性演化既有一脉相承的连续性，又因不同时期政治、文化、诗人群体变动等因素，造就了各个时期诗歌的特异性。本章以皇帝更替为时段纵轴，并依照诗歌不同阶段的艺术特征，将初盛唐旅游诗歌划分为贞观、龙朔、景龙、开元四个时段。通过对每个时段宫廷内外诗歌艺术特征及诗人群体的系统分析，认为初唐旅游诗歌总体上形成以应制旅游诗为主要诗歌形式、以皇帝及文学侍臣为主要创作群体、以皇帝贵族主导诗风的发展倾向；盛唐旅游诗歌题材则更为丰富多样，内容由宫廷池苑扩大至江山塞漠，创作主体也由文学侍臣为主转为士人阶层为主。

第三章 总结归纳初盛唐旅游诗歌类型特征。旅游诗歌发展至唐代形成了诗体完备、类目庞多的兴盛局面。本章依照诗人旅游距离远近及旅游动机差别，将旅游诗歌分为仕宦游、观光游、休闲游三大类别。每一大类所属的次类别则采用数据分析和统计归纳的方法，对其进行各个次类别的特征分析，进而对初盛唐旅游诗歌的类别特征做总揽全局的把握。

第四章 探讨初盛唐旅游诗歌情感特征。旅游者的情感心态会随着旅游类型不同呈现不同特征。本章通过分析旅游者在各类旅游活动中的情感差异，总结出功利仕宦游类诗歌体现为功利进取情怀和漂泊羁旅情怀；主动山水游类诗歌表现为畅怀遣兴情怀和忘俗消忧情怀；任适闲居游类诗歌表现为闲适游乐情怀和逍遥隐逸情怀。

第五章　探讨初盛唐旅游诗歌对象特征。本章首先从山水诗美的演进和较典型的山水景观分析了初盛唐旅游诗歌中自然景观的对象特征；其次，从园林宅邸、寺庙道观、曲江景区三方面总结初盛唐旅游诗歌人文景观对象特征；最后，从节日民俗、游乐民俗和佛教仪俗三方面展现了初盛唐旅游诗歌的民俗风情。本章还通过数据分析，总结初盛唐旅游诗歌篇目最多为人文景观，其次是自然山水和民俗风情，并通过对各类景观的具体分析推理出隐藏在表象下的深层原因。

第六章　探讨旅游诗歌的时空特征。旅游作为一种高层次的社会消费活动，必须以一定的时间、空间做保障。本章首先在时间上，论述旅游活动及旅游诗歌创作与一日早晚、四季、休假时间的密切关系，进而判断时间对旅游活动的各种影响；其次在地域空间上，借鉴现代地域学、文化地理学等相关学科知识，从地域性特征简述、地域分布统计、地域分布因缘三方面总结归纳初盛唐旅游诗歌地域分布的规律特征。

结语　总结初盛唐旅游诗歌的价值意义，并概括本研究取得的成果及不足。

目　　录

绪　　论

20 世纪 80 年代以来，随着科技与经济的迅速发展，旅游业在全球蓬勃兴起，与此相应，“旅游文学”这一课题也逐渐走进学术研究视野。单就中国来说，旅游、游览的行动古已有之，在浩如烟海的古代典籍辞章中，有关游览、登临、记游、行旅题材的丽彩华章俯拾皆是，这与现代意义上的旅游文学作品有着千丝万缕的联系。然而，对于“什么是旅游”以及“什么是旅游文学”，学界所做出的概念和界定却众说纷纭、莫衷一是。因此，如何结合古今对旅游、旅游文学及相关词条做出较科学合理的概念界定，从而实现古代旅游文本与现代文本的对接、交融是十分必要的。本书绪论部分首先对相关的概念进行分析界定，其次探讨现代旅游与古代旅游相关契合与转型，最后对本课题的研究现状及研究意义作一论述。

第一节　相关概念的界定

一、“旅游”的概念

虽然大部分学者认可旅游活动古已有之，但作为一门独立的学科，旅游学仍是一门新兴的学科。关于旅游的概念，目前国内外至少有上百种界定，尚未达成统一的概念标准。伴随着旅游学的发展，旅游的概念也从最初的经济学入手到目前的从旅游的审美、文化特性分析，并衍生出许多相关的学科门类，如旅游管理学、旅游经济学、旅游文化学、旅游美学、旅游心理学，等等。从词源学解释，英文“tourism”（旅游）“它的词根‘tour’来源于拉丁语‘tornare’和希腊语‘tornos’，其含义是车床或圆圈，亦即围绕一个中心点或轴的运动。加上后缀‘-ism’表示一个行动或过程，以及特定行为或特性，亦即按照圆形轨迹的移动……就像圆圈一样，‘touism’意指一种往复的行程，即离开后再回到起点的活动。”① “tour”和“旅游”两者的结合点即都是往返圆周运动。1811 年英国出版的《牛津词典》对“tourism”（旅游）的解释为“离家远行，又回到家里，在此期间参观游览一个地方，或几个地方”，而完成此活动的人被称为“tourist”（旅游者），这是对旅游较为直观的描述。

（一）国外概念

克里斯·库珀在其《旅游学》中总结目前对旅游的定义分为两类：“概念性定义（conceptual definition）和技术性定义（technical definition）”②。概念性定义是从理论抽象出的定义，进而认识旅游的本质特征；技术性定义是相关组织出于某种工作需要，根据人们外出目的、在外逗留时间或其他标准来划定旅游者的范畴。技术性定义多用于实践，本篇所列定义均为概念性定义。

目前国外对“旅游”认可的定义主要有以下几种。旅游科学专家国际联合会（International Association of Scientific Experts in Tourism）采用了 1942 年由瑞士学者汉泽克尔（Hunziker）和克拉普夫（Krapf）合著的《普通旅游学纲要》提出的概念：“旅游是非定居者的旅行和暂时居留而引起的现象和关系的总和。这些人不会导致长期定居，并且不从

---

① ［美］威廉·瑟厄波德．全球旅游新论［M］．北京：中国旅游出版社，2001：7.

② ［英］克里斯·库珀，等．旅游学（第三版）［M］．张俐俐，蔡利平，等，编译．北京：高等教育出版社，2007：57.

事任何赚钱的活动”①。因该组织的英文简写“IASET”，此定义又被命名为“艾斯特”定义。该定义涵盖了旅游的基本内涵，关注了旅游的社会属性和综合性，被旅游学界长时期广泛认可，但随着旅游业的蓬勃发展也暴露了一些不足，如无法解释某些新兴的旅游形式等。1974 年英国的伯卡特和梅特列克在其合著的《旅游的过去、现在和未来》中提出：“旅游是指人们到其正常生活和工作以外的目的地的临时和短期的运动，以及他们停留在这些目的地上的一切活动。”② 此书特别强调旅游具有的异地性和暂时性的本质特点，离开平时工作或居住的地方，短期暂时前往和逗留在旅游地的活动。1991 年 6 月 25 日，世界旅游组织（World Tourism Organization，简称 W. T. O）在加拿大召开“旅游统计国际大会”，定义旅游为：“人们为了休闲、商务和其他目的，离开他们惯常的环境，到某些地方去以及在某些地方停留，但连续时间不超过一年的活动。”③ 此定义为目前国际最为权威的定义，涵盖了旅游目的的多样性、时间的暂时性和地点的异地性特点。

（二）国内概念

《中国旅游文化大辞典》认为：“旅游是旅游者开展的一项以领略自然神韵、鉴取文化精髓为主要目的的高压的文化实践活动。”④ 于光远将旅游定义为：“旅游是现代社会中居民的一种短期性的特殊生活方式，这种生活方式的特点是：异地性、业余性和享受性。”⑤ 李天元对旅游所下的定义是：“旅游是人们出于移民和就业任职以外的其他原因离开自己的常住地前往异国他乡的旅行和逗留活动，以及由此所引起的

---

① 李天元．旅游学［M］．北京：高等教育出版社，2002：19.

② A. J. Burkant & S. Medlik. Tourism：Past，Present and Future［M］. London：Heiemann，1974.

③［美］威廉·瑟厄波德．全球旅游新论［M］．张广瑞，等，译．北京：中国旅游出版社，2001：13.

④ 臧维熙．中国旅游文化大辞典［M］．上海：上海古籍出版社，2000：2.

⑤ 于光远．掌握旅游的基本特点，明确旅游的基本任务［J］．旅游时代，1986（1）：21.

现象和关系的总和。"① 谢彦君认为："旅游是个人以前往异地寻求审美和愉悦为主要目的而度过的一种具有社会、休闲和消费属性的短暂经历。"②

综合以上所引国内外有关旅游定义，基本兼顾到了现代旅游的特征，包含有：异地性、暂时性、消遣性和综合性。异地性即离开自己的常住地到异地活动。然而，旅游实践证明了常住地和异地的界定具有很大的波动性，"对于短途旅游，家被认为是常住地；对于长途旅游，居住城市，甚至是州县和国家都可以被认为是常住地。因此，常住地的范围界定，有赖于其相对旅游目的地的远近，与旅游目的地是相对而共生的空间概念"③。可见，旅游的异地性只能针对具体的某一次旅游活动，具有较大的不确定性和实际操作困难性。暂时性即不在异地进行永久性居留。对于暂时性的具体时间界定尚没有统一的标准，世界旅游组织依据统计标准，规定国际旅游连续停留时间不超过一年，国内旅游则未做界定。有的国家则依据国际标准，将暂时性定为 24 小时以上，一年以内。消遣性即在满足基本物质需要后的高层次精神、文化、审美享受，用感到愉悦的事情来度过空闲时间。有旅而无游，只能算行旅，而非旅游。同样的，有游而无旅，只能是娱乐，也非旅游。可见消遣性在旅游中的关键作用，对于不同的旅游者，可能旅游动机、旅游形式等会有各种不同，但追求身心愉悦、获得精神满足和审美愉悦却是一致的。把旅游当做一种特殊而短期的生活来享受，是人们忘情山水、慰藉身心、求趣求乐的本性使然。综合性即旅游所引发的各种现象和关系。综合性其实质也诠释了旅游的复杂多样性和发展动态性，旅游自产生开始就不可避免地与社会的经济、政治、文化密切相关，也涉及衣、食、住、行、游娱、沟通等方方面面，可以被看做是一个庞大开放的综合系统。

---

① 李天元．旅游学［M］．北京：高等教育出版社，2002：34.

② 谢彦君．基础旅游学［M］．北京：中国旅游出版社，1999：28.

③ 刘勋．唐代旅游地理研究［D］．武汉：华中师范大学，2011.

由以上中外具有代表性的概念和定义看，虽然表述重点不同，观念也有所分歧，但毋庸置疑，旅游具有愉悦享受的本质特征，已为现代旅游学界广泛认可。旅游的基本特征虽表述不同，但都涵盖有异地性、暂时性、消遣性和综合性，异地性、暂时性和综合性可以看做是旅游的外在特点，而消遣性则更符合旅游的内在本质。随着旅游项目的开发和旅游业的迅猛发展，旅游的特质和属性还在不断变化发展中，将旅游看做一个复杂的开放系统已是旅游学科发展的必然，由此，以一个开放系统的视角再回头审视旅游的概念，是否可以仅还原简化其最本质的特征，即“旅游是人们利用闲暇在异地获得的一次休闲体验”①。这也正如申葆嘉的旅游观：“旅游是一个可以意会、却难睹全貌的社会存在……对于这样一个难解的问题，不必急于要为它给出一个完整的科学定义或概念，而需要多做研究、多加思考。”②

最后，有关旅游的分类。随着现代社会旅游活动的普及，不仅社会各阶层都有旅游的需要，而且旅游活动的范围也遍及全球各地。就每一个个体旅游者而言，由于各自旅游动机不同，旅游的方式和内容也千变万化，旅游活动呈现出明显的差异性和多样性。旅游的类型，目前也尚无统一的划分标准。根据各自的研究目的和角度，选用不同的标准，划分出各种旅游类型，根据《旅游学》不同版本，暂归类如下：

（1）按地理范围划分：国内旅游、国际旅游（出境旅游、入境旅游）、洲际旅游、环球旅游。

（2）按距离远近划分：短程旅游、远程旅游。

（3）按目的归属划分：消遣旅游、事务旅游（商务旅游、公务旅游和会议旅游）、个人和家庭事务旅游（探亲访友旅游、健康医疗旅游和求学旅游）、宗教朝圣旅游等。

（4）按组织形式划分：团体旅游、散客旅游。

---

① 谢彦君．旅游的本质及其认识方法［J］．旅游学刊，2010（1）：26-31.

② 申葆嘉．我的旅游观［J］．旅游学刊，2008（2）：12-17.

（5）按计价方式划分：全包价旅游、半包价旅游、小包价旅游、零包价旅游。

（6）按费用来源划分：自费旅游、公费旅游、奖励旅游、社会旅游。

（7）按享受程度划分：豪华旅游、标准旅游、经济旅游。

（8）按旅行方式划分：航空旅游、铁路旅游、汽车旅游、游船旅游、骑车旅游、徒步旅游等。

（9）按活动内容划分：观光旅游、度假旅游、公务旅游、商务旅游、会议旅游、民俗旅游、文化旅游、考古旅游、生态旅游、乡村旅游、都市旅游、购物旅游以及形形色色的专项旅游。

（10）按吸引物划分：海滨旅游、温泉旅游、山川旅游、江河湖泊旅游、森林旅游、乡村旅游、都市旅游、美食旅游、主题公园旅游等。①

在众多的分类中，与古代旅游较相关的是第（2）（3）（9）（10）类。从以上分类可知旅游者的旅游动机和目的决定着旅游活动的类型。而旅游动机的多样性和综合性，使得任何一种旅游类型都不是单一的，都与其他旅游类型发生交叉和联系，例如上述的第（3）（9）（10）类型中项目的交叉重合。对常用旅游类型划分标准的了解是必要的，但更为重要的是根据个人研究需要选用恰当划分标准，以期对所研究旅游活动有更深入的分析研究。

二、"旅游文学"的概念

虽然自20世纪80年代学界才提出旅游文学的概念，但对此概念

---

① "旅游文学分类"参考：李冠瑶，刘海鸿. 旅游学教程［M］. 北京：北京大学出版社，2004：18-19. 唐宇. 旅游学概论［M］. 北京：北京大学出版社，2007：30-34. 李天元. 旅游学（第三版）［M］. 北京：高等教育出版社，2002：38-42.［英］克里斯·库珀，等. 旅游学（第三版）［M］. 张俐俐，蔡利平，等，编译. 北京：高等教育出版社，2007：66-69. 李肇荣，曹华盛. 旅游学概论［M］. 北京：清华大学出版社，2006：67-72.

的界定已经取得了相当丰硕的成果。总结各种“旅游文学”的定义，略可归纳为三类①：一是如谢鹤林、江文波、乔正康的观点，从广义方面定论，把跟旅游和旅游服务有关的、可以作为旅游者欣赏对象的文学作品都纳入旅游文学的范畴。这种概念容易将大部分文学作品都纳入旅游文学，范围过宽难以把握。一是如钱谷融、傅德岷的观点，从狭义方面定论，把旅游文学仅限定于游记的范围，或仅看成是描写山水景观的文学。以上两种分类方法，前者易导致把游记之外的其他文学样式拒于旅游文学之外，如旅游诗、山水诗、行旅诗等；后者则缩小了旅游文学描写的范围，除了自然景观，文物古迹、风俗民情应该都是可以归入旅游文学的范畴的。最后一种如章尚正、曹文彬、冯乃康则从多个方面考虑定义：从“反映旅游生活”角度界定、强调旅游者、明确旅游主体与旅游客体之间的审美关系、反映文学的意识形态性质。此类概念较全面地涵盖了旅游文学的本质要素，体现了现代旅游文学的特征，也是最接近旅游本质的定义，可简要表述为：以旅游生活为反映对象，抒写旅游者及旅游工作者在整个旅游过程中的思想、情感和审美情趣的文学。本书对旅游文学的定义也主要是采纳第三类的定义方法。

有关旅游文学的特点，也有几种不同的总结。比较有代表性的如冯乃康认为旅游文学的特点“反映社会生活的片断性、浓郁的抒情性、强烈的美感性和丰富的知识性”②。许宗元总结为“审美性、形象性、情感性和丰富性”。另有还有认为旅游文学具有“地理性、知识性、审美性、情理性和精粹性”③，或认为特点为“表现形式的多样性、题材

---

① 关于对“旅游文学”各种概念的界定，可参照：胡培培．魏晋南北朝旅游文学研究［D］．武汉大学，2009．逯宝峰．旅游文学鉴赏［M］．北京：中国科学技术出版社，2009：1-2.

② 冯乃康．中国旅游文学论稿［M］．北京：旅游教育出版社，1995：69.

③ 章尚正．旅游文学［M］．福州：福建人民出版社，2006：3-6.

内容的丰富性、作家的群体性及风格的多样性、意境的审美性”。① 虽然对其特点的总结各有差异，但作为反映现实旅游生活的旅游文学，其特点都是建立在实际的旅游活动及对旅游者与旅游客体互动关系描述基础上，因而其特点必然紧扣旅游这种活动自身的特质。旅游本就是一项令旅游者获得精神愉悦的综合活动，因而旅游文学的内核特质也必然包含情感性和丰富性，而其他诸如片断性、地理性、作家的群体性等特征则是对旅游文学描写客体——旅游这一内涵丰富特质多元的综合活动项目的多维阐释。

旅游文学的分类因依据的标准不同，分法也略有不同。根据现有整理的不同分法，总结如下：

（1）依据写作目的分类，分为四类：①以纪念为目的，如崔颢的《黄鹤楼》、王勃的《出境游山》等，这类作品在旅游文学中所占分量最多；②以赠酬为目的，如孟浩然的《秋登兰山寄张五》、祖咏的《渡淮河寄平一》等；③以考察为目的，有的旅游是为了考察未知事物，旅途最大的收获是探索求知，并多将其成果以游记的形式记载，著名的如王勃的《滕王阁序》、欧阳修的《醉翁亭记》等；④以弘扬或讥讽为目的，作者在旅途中受沿途景物的感发，与自己内心的情感呼应碰撞，激发出感情的洪流，或讴歌赞美或贬斥讽喻，此类作品在中国古代文学的浩瀚长河中举不胜举，李白、杜甫等大诗人更是其中翘楚，创作了众多抒发内心情感的华美诗篇。

（2）按写作内容分类：①叙事记游类，旨在记述沿途旅游翔实活动，多以客观之笔，重在对旅途过程记录的完整性和真实性，如东汉马第伯的《封禅游记》等；②摹物状景类，旅游观赏的对象千汇万种、姿态万千，旅游者如何以其生花妙笔将游览所观的钟灵敏秀、繁姿华态

---

① 王林．中国旅游文学主要特点初探［J］．遵义师范学院学报，2000（2）：26-27.

描摹为一篇华美辞章，并突出其本真的美，使旅游景观成为深入人心的经典，这已然是旅游文学有别于其他文学形式的魅力所在，历代此类传世之作比比皆是，如崔颢的《黄鹤楼》、李白的《望庐山瀑布》等皆是此类文学形式的典范之作；③抒情说理类，即在模山范水的基础上借景抒情或寓理于景，将景、情、理融为一体，达到“神与物游”的效果，正如刘勰在《文心雕龙·物色》所说：“物色之动，心亦摇焉。”① 主观情思与客观景物之间息息相通，神与物不可分割，进而提高旅游文学的思想内涵和审美境界，此类作品也已成为旅游文学的主流，李白的《独坐敬亭山》、杜甫的《壮游》等皆是此类的珍品；④品人鉴世类，我国浩瀚悠久的历史文化淘炼出众多千古风流人物，负有历史责任感的旅游者在登临俯瞰或游览古迹时总是将深邃的怀古幽情投注到风光景物中，与前人进行着穿越时空的情感交流，或缅怀先人或借古讽今，以表现辽阔的宇宙意识和人生感悟，李白的《怀古》、杜甫的《咏怀古迹五首》等皆是此类代表作。

（3）按描写的地理环境分类：①山水景物类，此类作品在古代旅游文学作品中多以山水诗歌和游记散文居多，景物大致包括山岳丘陵洞穴、江湖海瀑泉池等自然景观；②乡村田园类，包括乡村风情、田园风光、休闲别业等；③城市风物类，包括古代建筑、古典园林、寺庙道观、名人胜迹等；④异域风情类，包括国外风光、边塞风情等。

（4）按作品体裁分类：①“三分法”，侧重作品表现主体与对象间的矛盾关系，分为叙事类、抒情类和戏剧类；②“四分法”，依据作品语言形式因素，分为诗歌、小说、散文、戏剧类；③“五分法”，分为山水诗（包括词、曲）、游记散文、对联、碑文、传说五大类；④“七分法”，分为诗歌、楹联、散文、骈文、赋、小说和影

---

① 周振甫．文心雕龙注释［M］．北京：人民文学出版社，1981：493.

视戏剧剧本。① 本书所研究的初盛唐旅游诗歌，是属于“七分法”诗歌中的旅游诗类。

第二节 现代旅游与古代旅游的契合与转型

一、现代旅游与古代旅游

（一）溯源

旅游学虽是现代新兴学科，但不能否认旅游实践活动自古已有，解读古代旅游自然不能简单用现代旅游学生搬硬套，而应尽可能推本溯源，史论结合，并以现代旅游学理论为指导，力图完成现代旅游与古代旅游的契合与转型。但旅游作为人类的实践活动，是与人类社会发展史相始终的。追溯“旅”与“游”的本源，甲骨文的“旅”字：，为旗下两人为伍行进，两人为伍也可引申为是多人共行，而商代和周代铜器铭文、均是以上方有旗帜的车代替步行了，但无论是徒步还是乘车均与行走、外出有关，且都是执旗而行。段玉裁的《说文解字注》对“旅”的解释为：“大司徒，五人为伍，五伍为两，四两为卒，五卒为旅，五旅为师，五师为军，以起军旅。”② 可见，“旅”本义为师旅，意味着多人共行，五百人为一旅，且出行须执旗而行，沿用至现代成为军队编制单位。高亨《文字形义学概论》进一步指出：“旅即旅行……旅行犹侣行，谓结侣而走也。”③ 道出了旅的行为特征和意义。“旅”又被引申为“寄旅”。朱熹在注释《周易》时对“旅”解释：“旅者，

---

① 整理自：逯宝峰，陈静．旅游文学鉴赏［M］．北京：中国科学技术出版社，2009：12-13. 章尚正．旅游文学［M］．福州：福建人民出版社，2006：19-29. 冯乃康．中国旅游文学论稿［M］．北京：旅游教育出版社，1995：77-89. 谢鹤林．旅游文学的定义和分类［J］．旅游论坛，1986（3）：9-14.

② 段玉裁．说文解字注［M］．上海：上海古籍出版社，1998：311.

③ 高亨．文字形音义学概论［M］．济南：齐鲁书社，1961：113.

客居之名，羁旅之称；失其本居，而居它方，谓之旅”。①《说文解字注》也说：“又凡言羁旅，义取乎庐；庐，寄也。”②可见，“旅”最初的意义为出行者因某种原因执旗离开自己的定居地，居住的生活空间发生了变化。

“游”的古字形有“斿”“游”“遊”。甲骨文是象形字的“斿”，后小篆体写作“游”，而“遊”是后来演变而来，与“游”音同义通，在古籍中常可通用。甲骨文的“斿”为：，突出的特点为人在旗下张开的双臂，而商代和周代的铜器铭文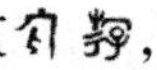，亦是在旗下或跳跃或张开的动作，可见，活跃的运动，不固定、不受约束是其最原始的本义。《说文解字》最早对“游”的解释为：“游，旌旗之流也。”③在此，“游”是作为名词，表示为旌旗的下垂之物，同“旒”。旗帜作为古代王公贵族身份的象征，旌旗饰物的多少常用来区分不同的阶层，故段玉裁《说文解字注》曰：“天子之旗，九仞十二旒，曳地。诸侯七仞九旒，齐轸。卿大夫五仞七旒，齐较。士三仞五旒，齐首。”④作为旌旗之游，因其具有流动飘逸的特点，又引申为出游、嬉戏，“旗之游如水之流，故得称流也……周礼省作斿，引申为凡垂流之称，如弁师论冕弁之斿是，又引申为出游、嬉戏、俗作遊”。⑤徐复观解释为：“旌旗所垂之旒，随风飘荡而无所系缚，故引申为游戏之游。”⑥由此，“游”与人的运动相结合，这种运动具有流动、闲逸、游乐的意态。在先秦典籍中，“游”与“遊”还是略有区别的。“游”一般指水中的活动。如《诗经·邶风·谷风》：“就其浅矣，泳之游之。”“遊”常用于陆地活

① 朱熹．周易正义［M］．廖名春，点校．广州：广州出版社，1999：87.
② 段玉裁．说文解字注［M］．上海：上海古籍出版社，1998：312.
③ 许慎．说文解字［M］．臧克和，王平，校订．北京：中华书局，2002：445.
④ 段玉裁．说文解字注［M］．上海：上海古籍出版社，1998：311.
⑤ 段玉裁．说文解字注［M］．上海：上海古籍出版社，1998：311.
⑥ 转引自：徐复观．中国艺术精神［M］．沈阳：春风文艺出版社，1987：54.

动，往往与行走行为有关。如《礼记・曲礼上》：“遊毋倨，道毋据，立毋跛，坐毋箕，寝毋伏。”“游”更注重自由飘荡，“遊”更侧重实际行动。由此，总结古代“游”的三个基础义项：“游水”之“游”、“行动”之“游”和“游戏”之“游”，这也凸显了“游”内涵的复杂性与表达形式的多样性。

对于古代的“旅”与“游”，还应注意到无论是“旅”抑或“游”都有执旌旗而行的原始意义，而两字都含有的“㫃”，本即表示旌旗的形状。旗帜在“国之大事，在祀与戎”的时代具有重要意义，甚至是人与神关系的桥梁。白川静《中国古代文化》解释为：“这是古代氏族迁移或游居时常见的现象，旗子代表氏族的徽号。奉氏族之神出游，原因就在于真正能游者，其实只有神才能办得到……游，乃谓神之应有状态之语。毕竟能够畅游者，本来就惟有神而已。”① 可见，“游”在最初的意义中带有一定宗教的意味，是神之游。简言之，旗帜飘扬的流动性、氏族奉神举旗行走的畅游性，都是与无拘无束的自由相关联的，这与现代旅游学之“旅游”的原初意义往返圆周运动是有着相当的差距的。

中国古代的哲人并非固守“安土重迁”的思想，他们不仅亲身游历，还各自对“游”有着深刻独到的见解，无论是儒家的孔孟还是道家的庄老都有对“游”的不同表述，“游”甚至是中国古典哲学的一个重要范畴。孔子的一生游历丰富，孔子为了他的人生理想也曾周游列国，亲身实践远游，他的游历生涯对其思想体系的形成影响极大。以孔子为代表的儒家认为，旅游作为人生的一种活动，必须符合忠孝节义以及观物比德、礼乐教化等，其游观主要表现为近游观远游观。孔子是主张近游的，因而有“父母在，不远游。游必有方”② 的论说，认为父母健在时应尽孝道，远游则有违人伦。荀子《荀子・荣辱篇》也有相

① 转引自：龚鹏程．游的精神文化史论［M］．石家庄：河北教育出版社，2001：153.

② 张燕婴译注．论语［M］．北京：中华书局，2006：48.

似的近游观："乳彘不触虎，乳狗不远游。不忘其亲也，人也。"① 都是儒家伦理体系的近游观。但孔子并不反对游，相反还推崇接近自然。孔子的弟子曾点曾述己志："莫春者，春服既成，冠者五六人，童子六七人，浴乎沂，风乎舞雩，咏而归。"孔子深以为然，赞曰："吾与点也！"② 足见孔子也是乐于游的。儒家主张近游，但并非一味排斥远游，他的"游必有方"即是为远游提供了一个可行的依据。《礼记》云："夫为人子者，出必告，反必面，所游必有常，所习必有业，恒言不称老。"③ 也是对"有方"的具体解释。朱熹更是给"远游"以伦理体系的认可："游必有方，如已告云之东，则不敢更适西，欲亲必知己之所在而无忧，召己则必指而无失业。"④事实上，孔子奔走四方，求学会友，正是在远游中实践和提升着自己的理论道德修养。他认为男儿应志在四方，"君子怀德，小人怀土""士而怀居，不足以为士矣"。⑤ 孟子也赞同这种远游观，认为"孔子登东山而小鲁，登泰山而小天下，故观于海者难为水，游于圣人之门难为言"⑥。只有走出去，与大自然亲密接触，才能达到"高山仰止，景行行止"的高阔境界，才能发出"逝者如斯夫"的千古长叹。孔子的此种游观，深为后世儒者所传承发扬，无论是文人的漫游、求学之旅还是士大夫的游宦之旅，都把游作为丰富人生和开阔视野的必经之路。

道家的游观，主要以"逍遥游"为核心思想。《庄子》一书以《逍遥游》开篇，而书中使用"游"字多达一百多处，"游"在庄子思想体系中的地位可见一斑，他所追求的养生之道、治国之道、为人之道，皆是自"游"衍生而来，以"游"论道，以"游"得道，道游一体，成

① 梁启雄．荀子简释［M］．北京：中华书局，1983：36.
② 张燕婴译注．论语［M］．北京：中华书局，2006：166.
③ 礼记正义．十三经注疏［M］．北京：中华书局，1989：19.
④ 金良年．四书章句集注［M］．上海：上海古籍出版社，2007：93.
⑤ 张燕婴译注．论语［M］．北京：中华书局，2006：45，204.
⑥ 万丽华，蓝旭译注．孟子［M］．北京：中华书局，2010：301.

就了庄子任性适意的独特游观。庄子的游观崇尚精神上的自由自在、无牵无挂的状态，他的游是不带任何功利意味的游戏、游乐，获得精神世界的自由和满足是游的主要目的，也被后人称为“方外之游”，这种超然高举的精神之游对于生活在现实世界的人来说，无疑是一种启示和解脱，在游历自然中获得人生和精神的自由追求。庄子的逍遥游使其具备了神游的特性，而庄子这种恬淡虚静的逍遥游是通过返璞归真、回归自然达到的。庄子曾论：“山林与，皋壤与，使我欣欣然而乐与!”① 表达出庄子投身自然、情系山野和逍遥无欲的游的本质观，也折射出道家超越现实世界的精神倾向。道家这种“逍遥于天地之间而心意自得”“入深山，莫知其处”的远离尘世、隐逸自然的状态，为后代文人士大夫指明了一条不得意于世转而遁世避欲的道家“逍遥”游，也开启了自汉以降的隐逸文学的新文学范式。

《诗经》中不少篇章也提到了“游”。《诗经》中大雅小雅的“游”多与悠游之乐有关，如《小雅·采菽》：“优哉游哉，亦是戾矣。”《大雅·卷阿》：“有卷有阿，飘风自南，恺悌君子，来游来歌，以矢其音。伴奂尔游矣，优游尔休矣。恺悌君子，俾尔弥尔性，似先公酋矣。”“悠游”代表了一种舒畅怡悦、从容自得的生活方式。风则侧重“以游销忧”，“游”成为一种消解人生忧思的方法与途径，如《邶风·泉水》：“驾言出游，以写我忧。”《卫风·竹竿》中有：“淇水滺滺，桧楫松舟。驾言出游，以写我忧。”在此，“游”不再表达优游舒畅的愉悦感，而成为一种纾解人生困顿，释放解脱身体与心灵，进而达到优游的途径。

总而言之，“游”在中国古典文献中是作为一种跟生命活动有密切关联、集心灵与性灵于一体的哲学、美学范畴，既是俯察仰观的身体活动，也是“游心太玄”的精神活动。从词源学角度看，“游”有遨游、神游之意；就时空而言，“游”不拘泥于一时一地，具有适性漂泊的自

① 陈鼓应. 庄子今注今译［M］. 北京：中华书局，2001：588.

由；就心灵而言，“游”既有从容通透的洒脱，也是消解人生困苦的良药，被后世知识分子引入了内心世界，成为士大夫隐逸遁世的精神标杆。作为古代“旅游”核心的“游”具有如此复杂丰富的内涵，仅从某个角度着眼的解释都是挂一漏万的，也是现代旅游学所不能完全涵盖包容的，因而对古代旅游的认知与解读更应放在广阔的历史文化背景下，尽可能真实地还原其本色。

（二）分类

虽然“游”在古代具有如此复杂的内涵，但中国古代的重要典籍里并没有出现“旅游”词条，直到南朝诗人沈约在《悲哉行》中第一次将“旅”“游”二字合用：“旅游媚年春，年春媚游人。”① 与“旅游”有关的较常见的词除了“观光”“行旅”“羁旅”外，多是以“游”为词根组合而成的词组，如游览、游历、游赏、游豫等，古代的旅游活动多非单一行为，因旅游者身份的不同，或旅游方式、目的的不同等，古代旅游可分为不同的类型。（1）根据旅游者身份的不同用词也有所不同，衍生出“游”与巡、与宦、与学等的结合。如帝王游：游幸、巡守、巡游、巡视；文人士大夫旅游：游宦；武士游：游侠；僧侣道士游：游方、云游。（2）按词义的褒贬分，古代与“游”相关的词组，多被分为中性词组和贬义词组，前者不违背道德，后者则游乐过度，沉迷旅游而过于放纵，为道德所不容。中性词组：游赏、游览、游衍、游历、游履、游豫、游春等，贬义词组：游燕、游盘、淫游、游冶、游荡、逸游、浪游等。（3）按情感基调分，赏玩类：游赏、游春、游豫等，苦旅类：羁旅、旅愁、天涯孤旅等。（4）按远近途分类，短途类：游园、宴游、田园游等，长途类：羁旅、宦游等。以上的分类并不能囊括所有旅游种类，但基本是以古代旅游不同于现代旅游的特点进行分类。

---

① 沈约．悲哉行［M］．//逯钦立．先秦汉魏晋南北朝诗．北京：中华书局，1983：1621.

(三) 古今对照

有关古今旅游的特征对比，参照现代旅游的特征，总结现代旅游被普遍认可的特征：异地性、暂时性、消遣性和综合性。对于异地性，涉及旅游者离开常住地，到作为目的地的异地游览。但在受到交通条件和社会制度等因素限制的古代，游人花在路途上的时间可能比到达目的地游览逗留的时间更长，因而在古代自常住地到目的地的途旅占据相当的分量，是不同于现代意义的旅游。并且，古代往往互换常住地与目的地，如唐代高祖、太祖过旧宅，或者游人到旧别业、旧居游玩，往日的常住地变成现在的游玩目的地，另外古代较为普遍的宴游，作为古代重要的旅游形式，其游赏的地点往往是自家园林，这些都是现代旅游较少见的。对于暂时性，现代旅游的暂时性是指不会在异地定居，即使国际旅游逗留时间也不超过一年，但对于古代旅游者某些旅途可能会经年累月地长途跋涉，如玄奘的海外求佛，以及古代常见的或升迁或贬谪的宦游，有的甚至于定居他乡，因而古代旅游的“暂时性”应该有更为宽泛的界定。“消遣性”作为现代旅游的重要特征，旅游带来的身心愉悦和美感体验也是旅游区别于其他活动的最大标志，相较于现代旅游，古代单纯以消遣游赏为目的的旅游相对较少，更多是依附于其他出行活动，如游学、出仕、从商等，因而古代旅游的功利性、政治性特征更浓一些，而非纯粹的以愉悦、享乐、审美为目的的游览观光，观赏风景古迹多为上述活动的派生物。用现代旅游的特征比照古今旅游，古代旅游与现代旅游既有特征的相似性，也有游离于现代旅游特征外的特殊性。古代旅游比现代旅游外延更为广泛，现代游者实践“游”的行为只需满足暂时离开居住地和获得身心的愉悦即可，而古代旅游情形则更为复杂，既有类似于现代意义的观光游、休闲游，通过旅游使人摆脱烦恼获得精神享受，也有因其他动机如求仕、行役等离开家园，但在途中或目的地对旅游客体有短暂的游的行为。对照古今旅游的传承性和变异性，可以判定旅游是一个动态的概念，旅游的旨趣也随着历史过程有所变迁，因而用发展的观点看待研究对象非常重要。在研究古代旅游实践中所产生的古代旅游文学，也应秉承立足于古代旅游实际，再参照现代旅游理念，客观辩证地加以分析归纳。

二、现代旅游文学与古代旅游文学

（一）溯源

根据古今旅游的对照，可知古代旅游与现代旅游既有交叉又各有特点，故本书所研究的古代旅游文学也不能完全照搬现代旅游文学的标准。如果旅游文学概念中的特质要素仅针对现代旅游生活，忽视古代漫长悠久的旅游实践，将会割裂旅游文学发展的历史延展性，也切断了旅游活动从古至今的脉络连贯性，大量反映古代旅游活动的文学作品也将无法涵盖进来，因而旅游文学概念的外延也应考虑古代旅游文学的特征。正如章尚正所言："对于旅游文学中'旅游'的界定，主张用历史的、发展的眼光来认识，古诗古规范，今文今标准，古代作品从宽，现代作品从严，不以今律古，强求统一。"①

对于古代旅游文学，有学者认为，旅游文学是既古老又年轻的文学，年轻是因为作为学科，它是蓬勃发展的新兴学科，古老则是因为在中国源远流长的文学长河中，始终存在着旅游文学的璀璨踪迹，历代大量游山泛水的作品都成为传颂至今的精品。悠久的古代旅游文学，助以现代学科理论加以阐释，也将焕发新的无限生机。古代旅游文学作品直言"旅游"的并不多，但并不影响作品的旅游文学性质，古代旅游文学多以"游观""游赏""行旅""览胜"等词表达。追本溯源，《山海经》是一部与旅行有着密切关系的典籍，但它并非真正意义上的旅游著作。《诗经》《楚辞》中也有关于自然山水或纪行的内容，如《邶风·泉水》："我思肥泉，兹之永叹。思须与漕，我心悠悠。驾言出游，以写我忧。"②《邶风·二子乘舟》中的"二子乘舟，汎汎其景。"③ 等

① 章尚正．旅游文学［M］．福州：福建人民出版社，2006：2.
② 程俊英，蒋见元．诗经注析［M］．北京：中华书局，1991：109.
③ 程俊英，蒋见元．诗经注析［M］．北京：中华书局，1991：121.

都是借比兴的手法来描绘自然美景。而屈原在《楚辞》中更是将山水景物与个人的主观情感相融合，达到更为幽深的意境，如《九歌·湘夫人》："帝子降兮北渚，目眇眇兮愁予。"①《九歌·河伯》中的"与女游兮九河，冲风起兮横波。"② 则将情与景有机地合为一体。以上这些文学作品是记载古代旅游的开端，但这些作品并不完全符合严格意义上的旅游文学标准，只能归为旅游文学作品的孕育期。至汉代司马迁为著《史记》而周游天下，为搜集第一手史料而游历考察，可谓"周览四海名山大川"③，才完成了从无意识的旅行向自觉意识旅游的转变。有了自觉的旅游活动，文人就会借助诗、文等形式记游写景，真正的旅游文学作品也随之产生。东汉马第伯的《封禅仪记》被认为是最早的旅游文学作品，记载了马第伯随光武帝刘秀封禅泰山的经过，文中记叙了沿途所见所闻所感，并且对泰山的高大险峻进行了详细的刻画，此文虽不能说是典型的游记，但已具备了游记的基本特征。《封禅仪记》之后，山水文学作品在汉魏六朝开始大量出现。随之，"旅游"一词在文学作品中也频频出现，如首次出现在沈约的《悲哉行》："旅游媚年春，年春媚游人。"④《旧唐书·赵隐传》有："旅游江表以避祸。"⑤ 另据《旧五代史》卷八十九《桑维翰传》："马希范入覲，途经淮上，时桑维翰旅游楚、泗间，知其来，遽谒之。"⑥ 文中的旅游虽不都指代游玩赏乐之旅游，但已与现代文学的旅游有着某些相似性。而根据对《全唐诗》电子文献的检索，《全唐诗》中以"旅游"为题的诗就有五首，即王建的《初冬旅游》、李群玉的《旅游番禺献凉公》、贾岛的《旅游》、刘沧的《春日旅游》、李昌符的《旅游伤春》。而"旅游"一词在诗句

---

① 郭竹平注译．楚辞［M］．北京：中国社会科学出版社，2002：54.

② 郭竹平注译．楚辞［M］．北京：中国社会科学出版社，2002：71.

③ 苏辙．上枢密韩太尉书［M］．//王琳，邢培顺编选．苏洵 苏辙集．南京：凤凰出版社，2007：290.

④ 逯钦立．先秦汉魏晋南北朝诗［M］．北京：中华书局，1983：1621.

⑤ 刘昫，等．旧唐书（卷一七八）［M］．北京：中华书局，1975：4623.

⑥ 薛居正．旧五代史［M］．北京：中华书局，1999：809.

中出现的次数为25次，如白居易的“江海漂漂共旅游，一樽相劝散穷愁”（《寄桐庐馆同崔存度醉后作》）、张籍的“过岭万余里，旅游经此稀”（《岭表逢故人》）等。虽然仅从“旅游”为题或入诗的数量看，似乎并未在诗歌类别中凸显优势，但初盛唐存在大量的旅游活动及相关的诗歌创作却是不争的事实，况且《全唐诗》中以“游”为题的诗歌则也不在少数。总之，在整个中国古代文学作品的历史长河中，始终融汇着旅游文学的波涛激流，并在某些时代成为掀起奇伟景象的洪涛巨浪。

（二）界定

从以上对历代旅游文学的粗略梳理中，不难发现在古代旅游文学文本中，虽然作品波澜多彩，蔚为壮观，但无论是山水旅游诗歌抑或游记散文，以“旅游”表述的并不多，而代之以“行旅”“游览”等词汇。这一方面是因为“旅游”作为概念词汇毕竟是源自西方，另一方面也证明单单以“旅游”概述不足以概览古代旅游文学的全貌。

参照《文选》对古代作品的体类划分，在《文选》赋体和诗体的分类中，均有了“行旅”“游览”类作品，这类作品与现代旅游文学作品有着相同的本质内涵。另有与旅游相关的外延类别：京都类赋体、宫殿类赋体、祖饯类诗体（祭祀道路之神、游宴送别类），这些类别都与旅游文学有着或从属或外延的密切关系。宋代李昉《文苑英华》在其第二册“诗”部中，专列有“巡幸”卷和“行迈”卷，也体现了古代文人已对存在于文学作品中的旅游类目有所重视，并专列卷目进行研究。元代方回《瀛奎律髓》将唐、宋律诗分49类，其中登览类、风土类、宴集类、闲适类、旅况类、川泉类、庭宇类、迁谪类都与旅游有着千丝万缕的关系，尤其是登览类和旅况类更是与现代标准的旅游文学相差无几。从这些古典文献的分类归纳足见旅游在古代文学所占之分量。鉴于古代旅游文学称谓繁多，且存在多种与旅游相关的交叉类目，参照古今“旅游”的内涵，本书拟将古代旅游文学分为狭义旅游文学和广义旅游文学。狭义旅游文学即更符合现代旅游文学标准，以旅游生活为反映对象，抒写游者在旅游过程中的思想、情感或审美情趣的文学，如大部分的游记散文、漫游诗文和以“游”为题的诗文等。广义旅游文学则是并不专以旅游为目的的诗文，出行伴有其他政治或功利目的，但在作品中有体现旅游活动的内容，如古代的部分迁谪诗歌、边塞诗歌、田园诗歌等，诗歌内容中有对游览胜景活动的大幅描述。这类作品不仅数量庞大，而且内容与旅游密切相关，因而在实际的研究操作中是不能忽略不计的，而应该筛选出与旅游相关的此类作品并加以鉴定分析。总之，无论是狭义旅游文学或是广义旅游文学，判断的标准都以是否在作品中反映旅游者在行的过程中有观赏的活动，并从中获得某种情感或审美体验。或者说应具备三个基本要素：旅游主体具有较明确的“游山玩水”或“调查研究”的自我意识，或者说在登山临水时有旅游的自觉；旅游客体无论是自然风光或者民俗风情都必须有游的价值；旅游主体对客体有实际的游的行为，并从中获得情感或审美体验。

旅游文学与山水文学辨析。研究旅游文学绕不开山水文学，山水文学作为我国古代文学一个重要类别，与旅游文学有着千丝万缕的联系但又有本质的不同。“山水文学”是以山水景物为中心题材或主要描写对象的文学。两者的区别：首先是反映的内容不同。山水文学侧重描写山水景色，旅游文学侧重描写整个旅游活动，自然山水、文物古迹、人文建筑、民俗风情等都可作为旅游文学的描写对象，较山水文学内容更为丰富，题材也更为广泛。其次是描写的视野不同。山水文学更多采用第一人称，以作者为中心描写所见所闻所感，限制了描写视野。而旅游文学则大大扩大了作者描写的视野。如冯乃康所言：“作者不但可以以自己为中心来描写见闻和感想，而且还可以从第三者的角度运用多种艺术手法对旅游者和旅游生活进行多层次、多侧面的描绘。作品的生活容量较山水文学更加扩大。”① 最后是创作心态不同。山水文学重虚静，山水诗、山水文都受老庄、玄学与佛教影响，形成以虚静心态审美观世的

① 冯乃康．再谈旅游文学的特征［J］．旅游学刊，1988（4）：60-63.

创作传统。旅游文学则有明显的活动性，它对旅游客体的描绘更偏重从动态的角度把握。

当然，两者也有着密切联系。首先，就内容而言，两者的描写对象都有山水景观。而创作山水诗文也要先外出观赏山水，也离不开游的行为。山水旅游又是旅游生活的一部分，两者没有必然明晰的界限。兼有两者特点的诗作大量存在，如王维的《过香积寺》《山居秋暝》；李白的《望庐山瀑布》《夏日山中》等。其次，从文学发展的角度，两者也有不可分割的关系。有观点认为，旅游文学是山水文学的先导，山水文学是旅游文学的升华。作为文学概念，山水文学较旅游文学早，刘勰《文心雕龙·明诗》即有“宋初文咏，体有因革。庄老告退，而山水方滋”① 的观点。但以文学创作而言，旅游文学甚至早于山水文学。还有观点认为，旅游文学滥觞于山水文学，旅游活动是不断发展的过程，最初受各种条件的限制主要是游山玩水，反映在文学上就是山水文学，随着旅游活动内容的扩大、形式的丰富，才涌现更多范围大于山水文学的旅游文学作品。总之，在研究旅游文学时，既要将山水文学考虑在内，又要有选择性地区别对待。

三、初盛唐旅游诗歌范畴界定

（一）判定标准

唐代是一个诗歌的国度。唐朝的诗歌浩如烟海，种类繁多。唐诗中抒写旅游的杰作也层出不穷，几乎所有重要诗人都有旅游诗传世，也造成了唐代旅游诗题材的广泛，风格的多样，因而更需要对旅游诗歌做一个类型的界定。根据前述从古代、现代层面对“旅游”及“旅游文学”概念的分析，本书认为初盛唐旅游诗歌作为古代旅游文学的重要部分，对初盛唐旅游诗歌的界定也应基于古代旅游文学的本质内涵与特征，同时结合初盛唐时期旅游活动的实际特点来划定。前已论述，判定是否为

① 周振甫．文心雕龙今译［M］．北京：中华书局，1986：61.

旅游文学作品应具备三个要素：游者的自觉意识、旅游对象的游览欣赏价值以及从中获得的审美感受或情感体验。

（二）范畴界定

以此标准，本书认为初盛唐的旅游诗歌具有深刻的内涵和广阔的外延。其内涵自是作为旅游文学的本质特征，即三要素标准。但鉴于初盛唐诗歌本身题材广泛，内容丰富，且初盛唐诗人大都有游历的经历，并在不同诗歌题材中都有对所游景观的描绘刻画，故本书将初盛唐旅游诗歌界定为狭义旅游诗歌和广义旅游诗歌范畴。如今人总结："前者，以观光游乐娱兴为直接目的，主观愿望极其强烈，且多在客观上具备旅游的物质条件；后者，观光游乐娱兴不是直接目的，只是通往另一目的的旅行途中出现的、部分或完全达到类似积极旅游的效果、作用和意义的过程。"① 可见，狭义的旅游诗歌几乎与现代旅游文学不谋而合，而广义的旅游诗歌则部分或某些方面与现代旅游文学类似，且诗歌创作的主观动机并非以"游"为单纯目的。狭义旅游诗歌包括众多题目含"游"的诗歌，这类诗歌在全唐诗中占有相当的比例，仅清彭定求版《全唐诗》中初盛唐以"游"为题的诗就有 222 首。如狄仁杰《奉和圣制夏日游石淙山》、卢照邻《游昌化山精舍》、王维《冬日游览》、李白《游南阳清冷泉》、杜甫《游修觉寺》等。这类型的诗歌完全符合旅游文学定义的界定，属积极主动的旅游诗歌。另有以"登""临""泛""旅"等含有游的具体行为，并标明游的对象的，也应界定为狭义旅游诗歌。如祖咏《江南旅情》、孟浩然《登鹿门山》、綦毋潜《春泛若耶溪》、王维《过香积寺》等。简言之，诸如"游""旅""登""泛"等大多可归为狭义旅游诗歌，其对象可以是山水田园、边塞风光或者宫阁集宴、寺庙道观不一而足。

广义旅游诗歌大致包含有仕宦、求学、干谒、从军、访友、封禅、贬谪等诗歌，这类诗歌本不属于旅游诗歌的范畴，但若在此类诗歌中有

---

① 李亮伟．中国古代游观说略．宁波大学学报，2001（1）：1-6.

明显反映游览景致的诗句，也不能绝对地排除在旅游诗歌之外，毕竟这类旅游诗歌的数量也是相当可观的，不能否定诗歌中含有“游”的意味。这样的界定只是依照唐代诗歌作品的客观现象而定，唐诗文本的内容决定了筛选研究对象的特殊性。当然，在具体对各旅游诗歌归类区分时，也存在一定的难度和制定标准的模糊性，这同样源于旅游诗歌被赋予的现代特质。总之，无论对旅游诗歌这一研究对象作概念的界定还是类别的划分，都应依据客观存在的诗歌文本，并辅以古今“旅游”及“旅游文学”的对照，尽可能理清初盛唐旅游诗歌的脉络与特质。

（三）旅游诗歌研究时限界定

鉴于本书就旅游诗歌的研究年限界定在初盛唐时期，有必要对本书作为文本对象的旅游诗歌筛选范围及初盛唐时间年限有所明确。本书拟以清彭定求版《全唐诗》收录的初盛唐诗歌为基本研究对象，并辅以《全唐诗外编》《全唐诗补编》以及陈贻焮版《增订注释全唐诗》为参考①，以此拣选旅游诗歌，拣选的标准以上述判定标准中对旅游诗歌性质的界定为准，即“旅游主体具有较明确的‘游山玩水’或‘调查研究’的自我意识，或者说在登山临水时有旅游的自觉；旅游客体无论是自然风光或者民俗风情都必须有游的价值；旅游主体对客体有实际的游的行为，并从中获得情感或审美体验”。若符合此三项标准则筛选入旅游诗歌范围。

对这一时期诗歌研究的初盛唐时间跨度也应该有一个明确的限定。关于唐诗的分期，始于南宋严羽的《沧浪诗话》。他从诗风兴替因革的角度，将唐诗分为五种体式，也即五个阶段，“唐初体（唐初犹袭陈隋之体），盛唐体（景云以后，开元、天宝诸公之诗），大历体（大历十

---

①　彭定求，等．全唐诗（增订本）［M］．北京：中华书局，1999. 王重民，孙望，童养年．全唐诗外编［M］. 北京：中华书局，1982. 陈尚君．全唐诗补编［M］. 北京：中华书局，1992. 陈贻焮．增订注释全唐诗［M］. 北京：文化艺术出版社，2001.

才子之诗)，元和体（元、白诸公)，晚唐体”①。其后方回《瀛奎律髓》、杨士弘《唐音》、辛文房《唐才子传》、高棅《唐诗品汇》、胡应麟《诗薮》、胡震亨《唐音癸签》等都对唐诗的分期有所论述，迨及近代，仍有学者就此问题发表不同意见和看法。略总结之，大概有“三唐”“四唐”“五唐”“六唐”“八唐”之说，传统上仍是以高棅的“初、盛、中、晚”说为基础，高棅将唐诗分为：“大略以初唐为正始，盛唐为正宗、大家、名家、羽翼，中唐为接武，晚唐为正变、余响，方外异人等诗为旁流。间有一二成家特立与时异者，则不以世次拘之。”②他的此种分期法是对后世影响最大的，本书所讨论之分期也以此为基础。

以“四唐说”为划定初盛唐的基准③，起讫年代初唐至盛唐纵跨618年至766年（初唐618—711年，盛唐712—766年)。当然，就某些诗人而言，无法僵化笼统地将其归入初唐、盛唐或者盛唐至中唐的过渡，因为很多诗人的生卒可跨越几个时期，为便于研究，只能在诗人生卒年限的基础上，以诗人旅游活动及旅游诗歌创作所在时期为主。例如杜甫既有盛唐时期的作品也有安史之乱后的作品，大历元年（766）后杜甫仍有到夔州游历的经历，并入湘沿洞庭湖、湘江漂泊，但杜甫旅游诗歌创作的主要时期仍在盛唐。此外，诗人诗歌创作的风格也决定了其分期归属，如杜甫的诗风以“沉郁顿挫”见长，他与李白象征着盛唐

---

① 严羽．沧浪诗话［M］．郭绍虞，校释．北京：人民文学出版社，1961：53.

② 高棅．唐诗品汇［M］．上海：上海古籍出版社，1982：14.

③ “四唐说”虽然是文学史角度分期的普遍认同法，但就具体分界年限却略有不同。本书综合：李斌城．唐代文化［M］．北京：中国社会科学出版社，2002：3-12；袁行霈．中国文学史（第一册）［M］．北京：高等教育出版社，1999：12. 罗时进．唐诗演讲论［M］．南京：江苏古籍出版社，2001：3-4. 将四唐分期为：初唐：高祖武德至睿宗景云二年（公元618—711年)，盛唐：开元初至代宗大历初（公元712—766年)，中唐：大历初至文宗大和初（公元766—827年)，晚唐：大和初至唐末（公元827—907年)。

诗歌两座丰碑，若将杜甫归为中唐或盛唐至中唐的转折期，则会大大消解盛唐诗歌的光辉魅力。同样地，刘长卿虽有很多诗歌在盛唐时期创作完成，然依其诗歌风格，更符合中唐诗歌类属，故大多诗学史家仍将其归入中唐诗人，如业师顺智先生所言："大历的钱刘被划入贞元元和之间，并非因为叶氏（叶燮）弄错了年代，而是因为钱刘诗风更接近中唐之故……将刘长卿视为大历之翘楚，中唐之先鞭。"① 更何况无论是"四唐说""五唐说"还是"八唐说"均是基于诗学角度的时间划分，并不一定与史学的时期划分完全契合。正如钱锺书所说："余窃谓就诗论诗，正当本体裁以划时期，不必尽与朝政国事之治乱盛衰吻合……诗自有初、盛、中、晚，非世之初、盛、中、晚。"② 基于以上论知，本书就个别诗人时代归属和初盛唐诗歌分期流变的问题，遵循既以初盛唐旅游诗歌自身发展特征为基准，又结合初盛唐旅游活动客观实际的原则来界定。依据以上原则，并参考相关文学史著述，本书统计清编《全唐诗》初唐卷 1 至卷 106（不含卷 10 至卷 29 的郊庙歌辞和杂曲歌辞）共计 248 位诗人；盛唐卷 107 至卷 236（不含卷 4 至卷 9 唐代宗以后之帝王后妃；卷 136 至卷 140 刘长卿；卷 175 至卷 184 韦应物，及包佶、包何、元晟、刘太冲、李栖筠、邹绍先、李穆、冯著中唐过渡诗人；另将卷 253 王之涣、阎防、薛据；卷 256 刘昚虚归入盛唐）共计 215 位诗人，从中甄选出约 3116 首旅游诗歌，并结合《全唐诗外编》《全唐诗补编》约 193 首旅游诗歌为参考，以此作为本书量化研究的文本对象。

第三节　初盛唐旅游诗歌研究现状与意义

一、本选题的研究现状

首先，作为新兴学科的旅游文学，目前成为学界较为关注的热门学

① 陈顺智．刘长卿诗歌透视［M］．武汉：湖北人民出版社，1994：128-129.

② 钱锺书．谈艺录［M］．北京：中华书局，1999：1-2.

科，已经取得了较丰硕的成果。但古代旅游文学尚无专著问世，关于唐代旅游文学研究也是散见于少数单篇论文中，而对初盛唐旅游诗歌研究，成果主要集中在对初盛唐单个诗人旅游诗歌的研究。

（一）唐代旅游

目前关于唐代旅游并未见专门著述，只是散见于对古代旅游史的分期介绍中。较著名的如王淑良的《中国旅游》① 第七章专门论及唐代的旅游，从旅游观念发展与声价的高涨、城郊游乐之旅、豪放壮阔的士旅、西游东渡之旅四节依次阐述了唐代旅游主体由帝王诸侯向士大夫、普通大众的转变，旅游方式的多样化以及唐代旅游的兴盛带动了唐代城市旅游、酒楼的发达。马勇、余冬林、周霄的《中国旅游文化史纲》② 将隋唐时期的旅游定位为旅游文化的隆盛期，并分析了此时期旅游文化隆盛的原因和唐代朝气蓬勃的旅游现象。谢贵安、谢盛的《中国旅游史》③ 将隋唐五代宋元的旅游归为一个时段，认为此时段是中国旅游史的拓展期，并依旅游者身份的不同分析旅游的特征以及此时段的旅游观念和审美意识、旅游制度与风俗、旅游设施与条件。

除了按照历史分期对唐代旅游的阶段性研究之外，还有从旅游者身份、地域、文化等多角度的论述。比较全面的研究是王玉成的博士论文《唐代旅游研究》④ 对唐代旅游的构成者、旅游资源、旅游相关产业、旅游思想及对后世的影响都做了全面详尽的调查研究，并肯定了旅游业的繁盛对唐代文学及后世的巨大贡献，其论文是目前所见对唐代旅游最为全面系统的研究。刘勋的博士论文《唐代旅游地理研究》⑤ 从地理学的角度切入，对唐代旅游进行了全面系统的研究，内容涉及相关概念

---

① 王淑良．中国旅游［M］．北京：旅游教育出版社，1988.

② 马勇，余冬林，周霄．中国旅游文化史纲［M］．北京：中国旅游出版社，2008.

③ 谢贵安，谢盛．中国旅游史［M］．武汉：武汉大学出版社，2012.

④ 王玉成．唐代旅游研究［D］．保定：河北大学，2009.

⑤ 刘勋．唐代旅游地理研究［D］．武汉：华中师范大学，2011.

的辨析、唐代旅游发展研究、唐代旅游者地理、唐代旅游资源地理和唐代旅游媒介五个大的方面。李松的硕士论文《唐代旅游研究》① 概括归纳了唐代旅游兴盛的原因、唐代旅游的类型和主要特点、唐代旅游的心态与价值取向、唐代旅游的社会影响和局限性四个方面。其他硕博论文或者单篇论文则分别从单个不同角度来对唐代旅游进行研究。如林文飞的硕士学位论文《盛唐时期假日旅游研究》②，以假日旅游为研究对象，将盛唐时期假日旅游中的多个方面进行了细分研究。而最常见的是分析不同身份旅游者的旅游特点。如谢春江的《融儒道精神于一体的唐朝文人旅游》③ 从唐朝儒道互补的精神构架和儒道精神对于唐朝文人旅游的影响进行讨论，分析了受儒道精神影响的唐朝文人旅游的特点以及表现形式，并探讨了几个具有典型意义的唐朝文人代表的旅游活动及其内涵。类似的还有王玉成、李颖的《唐代文人旅游研究》④、景遐东的《唐代文人漫游江南之风及其影响》⑤、金颖若的《唐代文人之游》⑥。有对妇女出游的研究，如李佳蔚的《唐代妇女出游研究》⑦ 以不同阶层的唐代妇女作为研究对象，从其出游的目的与内容对唐代妇女的出游现象进行分析。有对皇帝出游的研究，如刘媛的硕士论文《初唐皇家宴游诗歌研究》⑧ 以皇家为研究对象，论述皇家宴游的旅游特征。

---

① 李松．唐代旅游研究［D］．芜湖：安徽师范大学，2005.

② 林文飞．盛唐时期假日旅游研究［D］．杭州：浙江工商大学，2011.

③ 谢春江．融儒道精神于一体的唐朝文人旅游［D］．湘潭：湘潭大学，2004.

④ 王玉成，李颖．唐代文人旅游研究［J］．河北大学学报（哲学社会科学版），2009（3）：72-76.

⑤ 景遐东．唐代文人漫游江南之风及其影响［J］．沙洋师范高等专科学校学报，2006（3）：35-38.

⑥ 金颖若．唐代文人之游［J］．贵州民族学院学报（社科版），1999（3）：81-83.

⑦ 李佳蔚．唐代妇女出游研究［D］．成都：四川师范大学，2006.

⑧ 刘媛．初唐皇家宴游诗歌研究［D］．重庆：西南大学，2010.

其他有从不同地域对唐代旅游的研究，如钟维学的《中晚唐文人巴蜀旅游研究》①、王晓如的《唐代长安的旅游》②；有从旅游资源着手的，如李娜的《唐代西南地区自然旅游资源及其开发研究》③；有从宗教角度探讨的，如李松的《唐代旅游的宗教情结》④；有从文化角度探讨的，如吕立辉的《论唐代文人与旅游文化建设》⑤ 等，这些论文分别从不同侧面不同角度对唐代各种旅游文化现象进行了分析研究。

（二）唐代旅游文学研究

目前尚无专门研究唐代旅游文学的著述，主要的研究成果多是在对古代旅游文学史的研究中，作为古代旅游文学史的组成部分有所归纳概括。章尚正的《旅游文学》⑥ 第三章第二节将唐宋的旅游文学合并为旅游文学的繁荣期，肯定了唐代各种旅游活动推动了旅游文学向更广更高的领域发展，认为初唐诗人的旅游作品个性色彩鲜明，盛唐以王维、孟浩然为代表的山水田园诗和以高适、岑参为代表的边塞诗是盛唐旅游诗歌的大宗，并对其他旅游文体旅游赋、词做了简要介绍，但限于篇章所限并未展开论述。冯乃康在《中国旅游文学论稿》⑦ 中简要介绍了唐朝旅游文学的特点与旅游文学的分期。喻学才、傅素莲在《中国旅游文学研究会第四届年会综述》⑧ 中就古代旅游文学研究部分，也提及唐代旅游文学，总结为："这次会上唐代旅游文学的研究论文，都是宏观鸟瞰之作。一位著名文学史家在《唐朝诗人的漫游》将唐人漫游厘

---

① 钟维学．中晚唐文人巴蜀旅游研究［D］．成都：四川师范大学，2007.

② 王晓如．唐代长安的旅游［J］．南都学刊，2002（2）：58-61.

③ 李娜．唐代西南地区自然旅游资源及其开发研究［D］．重庆：西南大学，2009.

④ 李松．唐代旅游的宗教情结［J］．淮南师范学院学报，2009（2）：14-16.

⑤ 吕立辉．论唐代文人与旅游文化建设［J］．黑龙江社会科学，2003（3）：59-62.

⑥ 章尚正．旅游文学［M］．福州：福建人民出版社，2006.

⑦ 冯乃康．中国旅游文学论稿［M］．北京：旅游教育出版社，1995.

⑧ 喻学才，傅素莲．中国旅游文学研究会第四届年会综述［J］．海南师范学院学报，1991（1）：36-38.

别为：（1）早年的游学、游览。（2）应举入京考试前后的旅行。（3）游宦、贬谪、行役。（4）避乱、逃难、支离漂泊四种。另外三位代表通过对近五万首唐诗中有关旅游诗歌的考索，将唐代文人的文化心态作了如下四种类型的区分：（1）对山水美景的深情赞美和对和平富足的物质生活的向往。（2）以山水纪行诗表现羁旅行役的复杂感受和深挚的乡国之忍。（3）山水旅游诗是唐人仕途受挫后的避风港和精神平复剂。（4）山水纪行诗是唐人战乱后壮志失落精神颓丧而对佛道的沉迷与对自然的回归。”此篇综述是较早时期对唐代旅游文学研究的总结。

随后又涌现出一些单篇论文，使得唐代旅游文学研究的广度、深度又向前迈进了一步。如吴在庆的《论唐代文士的集会宴游对创作的影响》①、李亮伟的《古代旅游·人生·文学》三篇系列论文②、陈小芒和廖文华的《古代江西旅游文学的繁荣及原因》③、李德辉的《唐文人的旅寓生涯与唐代文学中的漂泊者形象——对唐代文学中的“小人物”群体及其文学的思考》④、王恺瑞的《唐代的文学作品与曲江风景区的旅游活动》⑤、程晋的《中国唐宋“宦游文学”与中国文化》⑥，等等，这些论文或从地域特征方面探讨某一地域的旅游文学，或从旅游类别的不同探讨与文学的关联，无论是从哪方面出发研究，都促进了旅游文学

① 吴在庆．论唐代文士的集会宴游对创作的影响［J］．厦门大学学报（哲学社会科学版），2003（5）：49-54.

② 李亮伟．古代旅游·人生·文学［J］．自贡师专学报（人文版），1994（3）：4，1994（4）：6，1995（1）：5.

③ 陈小芒，廖文华．古代江西旅游文学的繁荣及原因［J］．南昌大学学报（人社版），2003（6）：117-120.

④ 李德辉．唐文人的旅寓生涯与唐代文学中的漂泊者形象——对唐代文学中的“小人物”群体及其文学的思考［J］．新疆师范大学学报（哲学社会科学版），2005（1）：165-168.

⑤ 王恺瑞．唐代的文学作品与曲江风景区的旅游活动［J］．沧桑，2007（2）：172-173.

⑥ 程晋．中国唐宋“宦游文学”与中国文化［J］．和田师范专科学校学报，2004（1）：57-58.

研究的纵向延伸和横向发展。

（三）初盛唐旅游诗歌研究

就专著而言，目前尚无专门研究初盛唐旅游诗歌的著作，仅在对初盛唐研究专著中偶见个别篇章对旅游诗歌的某个类别略加阐述，对此阶段研究的重点则放在了对重要诗人的专项研究或是对某一类旅游诗歌的单篇论文。刘成亮的《盛唐诗人与旅游的关系》① 认为盛唐时期诗人游风浓，旅游时间长、游程远、人数多，有成群结队之势的特点，此种旅游风气对盛唐诗坛的繁荣起到了积极作用。李毛毛的硕士学位论文《盛唐郊游诗研究》② 对盛唐郊游诗的内容、艺术特色和价值贡献做了细致深入的分析研究，为整个盛唐旅游诗歌的研究提供了可供参考的思路和方法。还有对某个地域或者单个旅游景观的诗歌研究。如李倩的硕士学位论文《唐代三峡诗研究》③，专以唐代诗人游览三峡景点的诗歌作品为研究对象，论述了三峡景观的奇伟景象、三峡诗歌的艺术特质和文化内蕴，为旅游诗歌的地域性研究开拓了思路。叶静的硕士学位论文《论唐人咏庐山诗》④ 对唐代诗人咏吟庐山的诗歌做了全面的梳理归纳，并总结了唐代庐山诗歌的旅游文化价值。

尽管对初盛唐旅游诗歌的宏观研究目前较为欠缺，但学界对初盛唐重要诗人如李白、王维、杜甫等的旅游诗歌作品分析却呈现了一片繁荣的局面。仅以盛唐最负盛名的李白为例。李白研究无论是数量上还是质量上都成果丰硕，层出不穷的专著、论文对李白的作品、生平事及思想性格、心态、影响等都做了全方位深层次的研究。专著方面：李秋第的《诗仙游踪——李白与名山胜景》⑤ 以时间为顺序，记述李白的游踪及

---

① 刘成亮．盛唐诗人与旅游的关系［J］．消费导刊，2007（4）：181.

② 李毛毛．盛唐郊游诗研究［D］．西安：陕西师范大学，2011.

③ 李倩．唐代三峡诗研究［D］．上海：华东师范大学，2010.

④ 叶静．论唐人咏庐山诗［D］．南昌：南昌大学，2005.

⑤ 李秋第．诗仙游踪——李白与名山胜景［M］．北京：中国戏剧出版社，1996.

漫游的景地；张昕主编的《李白在安陆》重点掘取具体地域来分析李白在安陆当地的行踪与诗歌创作，认为李白以安陆为中心漫游时期的十年是诗人思想和创作发展的一个重要时期；何念龙的《李白文化现象论》① 将盛唐到清代对李白的再塑史进行了梳理归纳，并阐释其文化意蕴，从而拓展深化了李白研究，其中专章论述了李白的漫游情结。

专项研究方面：韩括的《李白的漫游创作及其传播学意义》② 从考察李白的漫游活动入手，对其漫游期间的诗歌创作进行评析，总结漫游活动对其诗歌创作的传播及对创作的推动意义。何岁莉的《李白游览诗研究》③ 重点论述了李白游览诗的内容和情感意蕴及对旅游文化的影响。

单篇论文方面更是成果显著，粗略统计，仅近几年研究李白旅游诗歌的论文就多达 40 余篇，有对李白行踪的研究，如葛晓音的《李白一朝去京国以后》④、郁贤皓的《李白洛阳行踪新探索》⑤ 等；有对李白在某一个时期内的漫游和创作情况研究，如杨绪泽的《李白三峡游踪及其有关诗作探讨》⑥、游佳琳的《李白长安漫游研究》⑦；或对李白的漫游过程进行宏观、全面的考察，如解少华的《李白的漫游诗及其社稷百姓情结》⑧、周嘉惠的《李白的漫游生活及其对诗歌创作的影

---

① 何念龙．李白文化现象论［M］．武汉：湖北人民出版社，2009.

② 韩括．李白的漫游创作及其传播学意义［D］．兰州：西北师范大学，2009.

③ 何岁莉．李白游览诗研究［D］．西安：陕西师范大学，2008.

④ 葛晓音．李白一朝去京国以后［J］．北京大学学报（哲学社会科学版），1981（5）：10.

⑤ 郁贤皓．李白洛阳行踪新探索［J］．南京师范大学学报，1986（3）：73.

⑥ 杨绪泽．李白三峡游踪及其有关诗作探讨［J］．三峡学刊，1997（4）：57-63.

⑦ 游佳琳．李白长安漫游研究［D］．上海：上海师范大学，2006.

⑧ 解少华．李白的漫游诗及其社稷百姓情结［J］．中共郑州市委党校学报，2006（2）：137-139.

响》①，等等。总之，从对李白个体旅游诗歌剖析研究的现状可以类比学界对初盛唐其他著名诗人如杜甫、王维等相关研究的显著成就。不仅如此，随着对个体诗人旅游诗歌研究的深入，其他初盛唐诗人如陈子昂、卢照邻、宋之问、刘长卿、孟浩然等也逐渐受到了学者的关注，在此不一一赘述。

总而言之，本课题目前尚无较为全面系统的整体研究，虽然某些方面如对唐代旅游史、对个体诗人的旅游文学创作研究取得了一定的成果，但要达到由点到面、由笼统到具体的研究从而形成系统科学的理论研究体系，还需要做更深入的努力。

二、本选题研究的难点与创新点

（一）本选题的难点

（1）对相关概念的界定。对任何问题的研究，首先要清晰明确地界定研究命题的概念，才能进一步把握命题的本质、特点及相关外延的研究。而旅游文学作为一项较新颖的学科命题起步较晚，对旅游文学及相关概念的界定存在一定争议，使得后续对唐代诗歌哪些归为旅游诗歌的范畴无法有一个明晰的标准，对旅游诗歌类型的划分更易出现杂乱无章的局面。

（2）就对古代典籍的细读而言。对初盛唐旅游诗歌的研究是建立在对《全唐诗》中初盛唐诗歌的研读基础上的，结合相关史料，归纳提炼初盛唐旅游诗歌的类别、特点，进而总结出初盛唐旅游诗歌的发展规律及区别于前朝旅游诗歌的个性特征，从而从旅游文学史整体上把握旅游诗歌的延续规律也是一项难点较多的工作。

（3）就对初盛唐旅游诗歌作品的统计归纳而言。首先，对《全唐诗》中定性为旅游诗歌的筛选尚无绝对权威的标准，故暂以本书中认

---

① 周嘉惠．李白的漫游生活及其对诗歌创作的影响［J］．青岛教育论坛，1997（2）：24-28.

定的标准为主，所筛选的旅游诗歌可能存在一定的偏差。其次，为确保筛选及分类的准确度，前期需要对《新唐书》《旧唐书》《全唐文》等涉及唐代旅游背景、诗人出游活动等相关知识进行考察，还有对诗人诗歌编年、诗人出游动机考证等基础工作，能否占有较全面的史籍资料，从而确保统计的准确性也是较为庞杂的系统工作。

（4）从研究的广度而言。旅游诗歌的研究不仅涉及旅游文学、旅游美学、旅游心理学及旅游思想史等相关课题，还要从艺术、哲学、宗教、文化乃至建筑园林学等方面进行多层次的研究，其视野广阔性可见一斑，如何从整体把握相关知识的介入融合，也是本选题的难点。

（二）创新点

（1）选题的创新性。唐诗作为古代文学宝库中的璀璨明珠，历来备受研究者的关注，对唐代诗歌的研究浩如烟海，成果斐然。初盛唐诗歌中有关旅游的作品数量可观，却并未引起学界的重视，就目前对唐代诗歌的种类界定，尚无专门列旅游诗歌这一类别。因此在现代旅游文学观点指导下对初盛唐旅游诗歌进行研究，无论是就现代旅游文学还是初盛唐诗歌都具有一定的创新意义。

（2）内容的创新性。采取史论结合的研究方法，梳理初盛唐四个时段旅游诗歌的不同特点；根据《全唐诗》及补编所筛选旅游诗歌，采用统计方法，总结初盛唐旅游诗歌类别、情感、表现对象的不同特征；运用现代旅游学、文化地理学等相关学科，呈现出初盛唐旅游诗歌的地域分布特点，并分析地域分布规律的深层缘由。

三、本选题的研究思路与方法

研究思路：（1）对《全唐诗》的研读、归纳、总结，并结合《瀛奎律髓》及《文苑英华》分类中与旅游诗歌相关的诗歌研读，收集文献中对行迈、游览等与游相关的评点。（2）结合唐代文学、文化、思想史等，对初盛唐旅游诗歌进行分类及诗歌特点把握。（3）逐项分类对初盛唐旅游主体、旅游资源、旅游思想的研究归纳。（4）扩大研究视角，从现代旅游学、地理学、建筑园林学等方面探讨旅游诗歌的综合性特征。

研究方法：（1）文献学研究方法：以古代典籍为研究的基础与依据。（2）统计学方法：对《全唐诗》中旅游诗歌归纳分类，并进一步统计每类旅游诗歌的数量、共同点、异同点，借助相关表格提炼观点。（3）比较分析法：比较初盛唐不同类旅游诗歌特点，比较不同诗人旅游经历、诗歌创作、思想、内容的异同，比较初盛唐旅游诗歌与前代、后代旅游诗歌的异同。（4）跨学科研究法：对照相关旅游、建筑园林等知识，对初盛唐旅游诗歌进行广度上的开发研究。

四、本选题研究意义

旅游文学以学科的形式被学界认可肇始于20世纪初，但旅游文学自身的发展却是与古代文学史同步的。同样的，唐代诗歌研究已日臻完善，但从旅游诗歌的角度对唐诗进行定义、梳理、归纳，却是一项较新兴的课题。以“旅游”为研究唐诗的切入点，一定程度上填补了唐代新型诗歌主题研究的空白。另一方面，初盛唐旅游风气盛行，文人不满足于空守书斋，而是怀抱壮志，仗剑去国，辞亲远游，甚至远行异域，正是在诗人们或仕宦游或观光游或闲居游的旅程中得以广阔地接触社会，扩大了视野，增加了生活体验，使唐代诗歌完全从六朝宫廷文人狭窄的天地中摆脱出来，获得了前所未有的发展，并为文学创作提供了源源不断的素材，直接推动了盛唐田园诗和边塞诗的繁荣，也深深地影响了后世的旅游诗歌创作。“读万卷书，行万里路”，可以说唐诗的巨大成就与唐代诗人在旅游中视野的开阔和审美境界的提高密不可分。

初盛唐旅游诗歌也大大丰富了旅游文化资源。诗歌是中国特有的一种文化现象，其秉承的深远文化内涵和大量文化信息无时无刻不在影响着人们的思维和行为，旅游诗歌同样被赋予指导人们旅游行为的文化使命。诗人们于旅游景点的咏吟唱和，对所游览的自然山川赋予了独特的文化韵味，也使咏赞的景观更富有文化内涵。他们的诗文典故赋予了旅游资源美的形象，于景点的题诗也间接提高了旅游资源的知名度，吸引着旅游者慕诗而来。如今人所言："正是由于唐代文人有关峨眉山、终南山、庐山、泰山、黄山、嵩山、衡山、九华山、青城山、辋川、滕王阁、黄鹤楼、岳阳楼、武侯庙、长江、黄河、洞庭湖、桂林山水等不朽之作，使其成了著名的旅游景观。"① 诗传景名，一些著名风景的确是由于名人名篇才成为闻名遐迩的旅游热点。

最后，初盛唐旅游诗歌对后世旅游业的深远意义。在旅游诗歌创作中被屡屡描绘歌颂的旅游景观，很多至今仍是著名的旅游名胜，而旅游诗歌本身就是对现代旅游景点文化内涵的最好诠释。旅游诗歌自身的历史文化价值，也为旅游开发开阔了新的思路，并为旅游景观的宣传和旅游工作者素质的提高带来了深厚的影响。

---

① 王玉成，李颖．唐代文人旅游研究［J］．河北大学学报，2009（3）：72-76.

第一章　初盛唐旅游诗歌创作成因

初盛唐时期旅游诗歌无论在数量上还是质量上都达到了前代无可企及的巅峰高度，而初盛唐旅游诗歌辉煌成果的造就，除了旅游诗歌自身发展原因之外，时代大背景、旅游客观外部条件等也是不可或缺的重要因素。有唐一代以其昂扬雄浑、豪气万丈的精神风貌和兼容并蓄、自信大度的宽阔胸怀，向世人展现出一个泱泱大国的时代风貌。在这样的时代大氛围中，全民上下才得以兴游于三山九川。可见，初盛唐时代的社会大背景、可供士人旅游的丰富资源和士人阶层的好游是成就初盛唐旅游诗歌创作兴盛的重要客观成因。

第一节　初盛唐盛世气象

唐代自建立起，经过百年立国，至开元时期已成为经济富庶、社会安定、国力强盛、文化繁荣的巍巍大国。它疆域辽阔、经济繁荣、交通发达、文化兴盛、思想开明，这样的时代特征为士人的出行活动提供了便利条件，也间接促进了初盛唐旅游文学呈现前所未有的强劲态势。

一、政治因素

隋朝的建立结束了自西晋末年以来天下分崩的历史格局，但二世而亡的隋朝统治者未能担负起一统天下、强盛国力的历史重任。唐承隋制，继往开来，励精图治，最终成就了恢弘强盛的大唐帝国。

唐自贞观之治肇始，已呈现“天下大稔，流散者咸归乡里，斗米不过三四钱，终岁断死刑才二十九人。东至于海，南极五岭，皆外户不闭，行旅不赍粮，取给于道路焉”① 的安定局面，至玄宗开元，更是达到唐王朝的鼎盛时期。当时，“海内富实，米斗之价钱十三，青、齐间斗才三钱，绢一匹钱二百。道路列肆，具酒食以待行人，店有驿驴，行千里不持尺兵”②。这样民丰物阜、天子安定的盛世景象也正如王维所赞叹的“九天阊阖开宫殿，万国衣冠拜冕旒”③。泱泱大国的态势泽及每一位国民，为初盛唐旅游者的旅游活动提供了最为有利的社会环境。

唐朝的开国者深刻地认识到知识分子参与政治的重要性，统治者提出“为政之要，惟在得人，用非其才，必难致治，今所任用，必须以德行，学识为末”④ 的政治观点。因而唐太宗在任选人才方面确立“人尽其才，才尽其用”“选天下之才为天下之务”的原则，沿用并加强了从庶族地主中选拔人才的科举取士制度。庶族或寒门士子通过自身努力，参加科举考试进入仕途，打破了门阀地主阶级独霸政治舞台的局面。武德、贞观年间虽提倡科举，但并没有彻底改变出身门第的倾向，科举制度改革的最终完成是在武后时期。武则天为稳固政权，清除异己，希望通过科举，选拔“其有文可以经邦国、武可以定边疆，蕴梁栋之宏材，堪将帅之重任，无隔士庶，俱以名闻”⑤ 的栋梁之才，为己所用。武则天时期科举入仕的全面确立，大大激发了庶族、寒士们入仕从政的积极性，士人空前高涨的政治热情超过了历史上任何朝代，逐渐

---

① 吴兢．贞观政要［M］．上海：上海古籍出版社，1978：24.

② 刘昫，等．旧唐书（卷五一）［M］．北京：中华书局，1975：1346.

③ 王维．和贾舍人早朝大明宫之作［M］//彭定求，等．全唐诗（增订本）．北京：中华书局，1999：1296.

④ 吴兢．贞观政要·崇儒学［M］．上海：上海古籍出版社，1978：219.

⑤ 武则天．求贤则［M］//董诰，等．全唐文（卷九五）．北京：中华书局影印，1983：986.

出现了“群才属休明，乘运共跃鳞”① 的踊跃入仕参政的景象。至玄宗开元年间后，选举贤能更是形成“士无贤不肖，耻不以文章达”②的格局。陈寅恪就科举在初盛唐的发展总结为：“进士之科虽设于隋代，而其特见尊重，以为全国人民出仕之唯一正途，实始于唐高宗之代，即武曌专政之时。及至玄宗，其局势遂成凝定，迄于后代，因而不改。”③ 科举制在唐代的确立，为寒庶士人步入政治舞台打开了便利之门，也极大地刺激了士人借科举入仕的政治热情。为了达到科举入仕的目的，学子文人们迈出家门，普遍游学，广泛交游，在学与游中完成科举入仕的理想。

初盛唐确立科举制，创改科试，明经、进士分途，要求考生不止潜心儒典，也要重视文学，将文学的重要性提至空前高度。士人学子们吟诗作赋，无须尚师承，更不必依家法，而需要性灵的培养，因而无论私家教学还是家学教育，都选择在清雅秀致的山林或者钟灵敏秀的寺院读书或清修，培养了文人放怀自然、纵情山水、畅游天下的普遍旅游心态。文学灵感的培养也使学子们不止安于学馆，闭门造车，而是遵循“读万卷书，行万里路”的古训，几乎所有的学子都有过走出学门，漫游名山大川、吸取天地自然精华的游学体验，在当时的学子中普遍流行着“迩来林栖谷隐，栉比鳞差”的时尚潮流。

唐代的科举取士，也非常重视文人的声价威望，以示“得人之盛”。为了提高声名，彰显才华，士人们也需要通过结交游来广交名流文士，并与志同道合的友人相携游历江山。文人们在结伴游览的过程中，不仅培养了友情，扩大了声誉，也在相互宴游唱和中创作出大量旅游诗篇，正如高适所表达的“忆昔游京华，自言生羽翼，怀书访知己，

---

① 李白．古风（其一）［M］//彭定求，等．全唐诗（增订本）．北京：中华书局，1999：1674.

② 杜佑撰．通典（卷十五）［M］．北京：中华书局，1984：1984.

③ 陈寅恪．唐代政治史述论稿［M］．上海：上海古籍出版社，1997：21.

来路空相识”①（《酬庞十兵曹》）。杜甫正是通过漫游结识了李白、王维、岑参、严武等知己友人，他的《与任城许主簿游南池》《同诸公登慈恩寺塔》《同元使君舂陵行》等皆是杜甫与友人共同游览时所作。李白更是在漫游途中写下大量咏吟山川、赞颂友谊的作品，李白的《赠孟浩然》《沙丘城下寄杜甫》《秋夜宿龙门香山寺奉寄王方城十七丈奉国莹上》《送友人入蜀》等皆是描绘访友、送友途中所欣赏的山川景色，或在漫游途中触景生情思念友人而遥寄以抒思念之情。

此外，唐代文人为了提高应举及第的成功率，往往需要投诗求荐，干谒那些政治地位和名望较高的公卿权贵或社会名流，不少位高权重或德高望重者不仅有较高的文学修养和鉴赏能力，并且也乐于吸引晚生和提携后进，从而享誉荐贤举能之美名。而要得到这些有名望之人对自己诗文的青睐，就必须去国远游、遍干诸侯，并且在干谒的旅途中观风访俗、踏迹访胜，以得江山之助汲取诗作灵感，创作出令人赞叹的惊世之作。事实上初盛唐大部分文人都经历过干谒之旅从而为自己赢得盛名，如陈子昂的《感遇》、李白的《代寿山答孟少府移文书》皆是为干谒而作。《旧唐书》载：“（陈）子昂独苦节读书，尤善属文。初为《感遇》诗三十首，京兆司功王适见而惊曰：‘此子必为天下文宗矣！’由是知名，举进士。”②

最后，举士为参加科举的赴京考试也开始了他们的京城之游，如若一朝中举，更是要有一系列的赏游活动。“拜谢座主、参谒宰相、曲江赐宴、杏园探花、慈恩题名、月灯宴游，等等”③，可以说，以上都是科举制度带来的旅游效应。科举制的推进呼应了初盛唐文人昂扬进取的政治抱负，而文人积极投身科举的入仕活动也积极开创了初盛唐旅游新

---

① 高适．酬庞十兵曹［M］//彭定求，等．全唐诗（增订本）．北京：中华书局，1999：2195.

② 陈子昂传［M］//刘昫，等．旧唐书（卷一九〇）．北京：中华书局，1975：5018.

③ 王淑良．中国旅游［M］．北京：旅游教育出版社，1998：233.

的高峰。

除了科举制度对初盛唐旅游活动的推动作用之外，唐代其他的政治因素也或多或少对旅游产生了影响，最显著的是唐代的官宦出游。唐代实行官员流动制，“为了防止文官专权或腐化，朝廷采取任期制，规定文官在某地任官满三年，必须经过考核，然后或升或降，转到另一地方为官”①。为官制度的流动性也促成了唐代宦游的盛行，无论是调动赴任还是贬谪流放，唐代的多数文人并不因宦海沉浮而忽略沿途的景观，而是更贴近自然，体悟自然，寄情自然，在与山水景观的物我交融中实现自我心灵的提升，并借以抒发“修身、齐家、治国、平天下”的政治抱负，为古代旅游文学写入了浓墨重彩的一笔。

此外，唐初的统治者从隋炀帝极度奢靡的巡游享乐而导致亡国中吸取教训，取消了大规模的巡游，采取“斥远游、主近游”的旅游主张，从而拓展了旅游观念，也改变了初盛唐旅游者的组成格局。唐太宗在建国之初百废待兴时为恢复国力、予民修养，拒绝了臣僚巡游泰山行封禅礼的疏请，虽后来也多次萌生东巡齐鲁、拟定封禅的思想，最终也下诏停止并未成行。唐太宗还对旅游表述了谨慎、有度的看法：“故沟恤可悦，何必江海之滨乎？麟阁可玩，何必山林之间乎？忠良可接，何必海上神仙乎？丰镐可游，何必瑶池之上乎？”② 唐初皇家的旅游主张，间接推动了以皇帝为首的宫廷内及京城近郊的游幸活动，也是初唐宫廷应制旅游诗歌兴盛的直接动因。

唐初统治者为了统治的需要，虽然采取了“斥远游、主近游”的旅游政策，但帝王对秋狝冬狩、沐浴温汤、京郊宴赏等的近游活动一直没有停止过，并且随着政权的稳定，不仅近游活动规模越来越大，次数越来越频繁，帝王封禅、巡幸等远游活动也随之增加，初盛唐的高宗、武后、玄宗都曾有过泰山封禅的活动。至盛唐玄宗时期，更是自帝王至

---

① 谢贵安，谢盛．中国旅游史［M］．武汉：武汉大学出版社，2012：151.

② 李世民．帝京篇十首．并序［M］//彭定求，等．全唐诗（增订本）．北京：中华书局，1999：1.

百姓都热衷于旅游，唐帝王还颁布休假制度以鼓励臣民的旅游活动。唐玄宗曾下诏："百工允厘，彰乎奉职，五日休沐，义在优闲。方贵无为之风，以宏多暇之政。联钦崇至道，思致和平。今寰宇克宁，朝廷无事，将欲叶於淳古，岂惟臻於小康，当与群寮，畅兹娱乐。顷旬游宴赏，已放入朝，节假常参，未敷后命。公私叶庆，千载一时，上下同欢，自中及外。自今已后，每至旬节休假，中书门下及百官并不须入朝，外官等其日亦不须衙集。"① 鼓励百官在朝廷无事时，多出外游玩。上行下效，地方官员也纷纷鼓励属下在完成工作任务的前提下游乐赏览。京兆尹刘栖楚允许属下休假时选择："晴天美景，态意游赏，勿致拘束。"② 除了给予充足的时间，甚至还给予一定的经济补贴。如唐玄宗开元十八年下诏："初令百官于春月旬休，选胜行乐，自宰相至员外郎，凡十二筵，各赐钱五千缗。"③ 又于天宝八载下诏："赐京官绢，备春时游赏。"④ 政策的颁布实施改革了官员的休假制度，也为唐代的宦游盛行提供了政治上的支持。

二、经济因素

初盛唐经济的繁荣为唐人旅游活动提供了物质保障。史料记载：贞观四载，"天下康安……户不夜闭，行旅不賫粮也。"⑤ 至开元二十三年唐玄宗封泰山时，"米斗至十三文。青、齐谷斗至五文，自然天下无贵物。两京米斗不至二十文，绢一正二百一十二文"⑥。杜甫也曾回忆盛世的情景："忆昔开元全盛日，小邑犹藏万家室。稻米流脂菜米白，公私仓廪俱丰实。九州道路无豺虎，远行不劳吉日出。齐纹每统车班

① 李隆基．许百官旬节休假不入朝诏［M］//董诰，等．全唐文．北京：中华书局，1983：358.

② 王谠．唐语林（卷一）［M］．北京：中华书局，1978：29.

③ 司马光．资治通鉴［M］．北京：中华书局，1956：6788.

④ 刘昫，等．旧唐书（卷九）［M］．北京：中华书局，1975：222.

⑤ 刘餗．隋唐嘉话（卷上）［M］．北京：中华书局，1979：4.

⑥ 杜佑．通典（卷七）［M］．北京：中华书局，1984：41.

班，男耕女织不相失。宫中圣人奏云门，天下朋友皆胶膝……”① 生活的相对富足使得无论是豪门贵族抑或寻常百姓都有可供游赏的经济条件。

国富民泰也使唐代有资本向外开拓疆域，向内完善交通。大唐帝国疆域辽阔，东至朝鲜半岛，西北至葱岭以西的中亚，北至蒙古，南至印度支那。尤其唐代前期致力于疆域的维持和一定程度的扩张，也打通了唐代与周边国家的海外交通，海上交通可至朝鲜半岛、日本及南亚诸国，陆上交通丝绸之路也开通了唐代通往中亚和西方的交通路线。疆域的扩大与海外交通的便利，有利于唐与周边国家的友好往来。除这些周边国家外，唐还与亚非地区 70 多个国家通使交好，是当时亚非经济、文化交流的中心。各国使节、商人、僧侣、旅游者不断来到唐朝，唐朝的使臣、僧侣、商人亦不绝于途。国内交通在初盛唐的大力修建下，水陆交通皆便利畅通。陆路交通以长安为中心，重要的交通干线东可达山东半岛，西北直通西域，西南可到南诏，东北方向自太原经幽州可到营州，南下可分别到扬州、广州、邕州。同时，全国的航运事业也得到了长足发展。大运河沟通了南北水道，加之武则天开凿的新漕渠，玄宗时开凿的西渠等运河，以及江、河、渭、洛、汾、济、漳、淮、汉等各条天然河道，形成了一个庞大的水运网络。水陆交错，四通八达，为唐人的旅游提供了交通之便，也促进了城市贸易和驿站的发达。杜佑《通典》记载："东至宋、汴，西至岐州，夹路列店肆待客，酒馔丰溢。每店皆有驴，赁客乘，倏忽数十里，谓之驿驴。南诣荆、襄，北至太原、范阳，西至蜀川、凉府，皆有店肆，以供商旅。"② 展现了当时贸易的昌盛以及客店的普及。官方的官驿，私营的客舍、旅店等沿途皆是，店铺林立，"道路列肆，具酒食以待行人，店有驿驴，行千里不持尺

① 杜甫．忆昔二首［M］//彭定求，等．全唐诗（增订本）．北京：中华书局，1999：2328.

② 杜佑．通典（卷七）［M］．北京：中华书局，1984：41.

兵"①。疆域的辽阔，交通的便利，都为唐人的出游提供了客观条件。

三、文化因素

初盛唐兼容并蓄的文化政策和开阔豪迈的社会风气使旅游成为唐人挥洒入世热情、向往理想人生的重要途径。尽管初盛唐文化特征中不乏浪漫情思、清远境界或沉郁格调，但士人普遍渴望建功立业的心理倾向使得初盛唐文化整体具有明朗、高亢、奔放、热烈的时代气质。在时间纵向上，它承继汰选汉魏六朝历史文化资源；空间横向上，它吸收、整合"江东""关陇""山东"等不同地域的思想文化。向内汲取融汇儒、释、道各家思想，向外则积极吸纳各种外族外国新鲜事物，从而建构出雄阔豪迈、包纳万象的盛世文化气象。因而鲁迅先生评价说："唐代的文化观念，很可以做我们现代的参考。那时我们的祖先，对于自己的文化抱有极强的把握，绝不轻易地动摇他们的自信力；同时对于别系的文化抱有恢廓的胸襟与极精严的抉择，绝不轻易地崇拜和唾弃。"②这样的文化氛围无疑为初盛唐的各种旅游活动提供了精神层面的支持。另一方面，这样的文化风气、开放氛围也极大促进了唐与外族间的国际往来，包括唐代僧侣的海外求法传经、商人与使者的国际交流互通有无、外国人的来唐活动都是受到唐代开放文化风气的鼓励，不仅扩大了唐人的旅游空间，也吸引了域外人士来唐旅游的热情。

简言之，有唐一代，尤其自李渊建国至安史之乱前的百余年中，经历贞观之治、武周时代和开元盛世，虽然其间也有动荡和变乱，但总体看来，属于初盛唐的此段时期，政治锐意进取、经济繁荣富庶、文化兼容并蓄、思想汇通多元、交通四通发达，这样的盛世气象同样激发了初盛唐人热爱山水风光的热情，并进一步促进了旅游风气的普及和旅游诗歌创作的繁荣。

---

① 欧阳修．新唐书（卷五一）[M]．北京：中华书局，1975：1346.

② 孙伏园．鲁迅先生二三事 [M]．长沙：湖南人民出版社，1980：46.

第二节 初盛唐丰富的旅游资源

关于旅游资源，比较贴近古代旅游的解释为："能为旅游者提供游览、度假、休息、观赏、疗养、乐趣、探险猎奇、知识、考察研究及友好往来的客体和劳务，凡对旅游者具有吸引力，并能引起旅游活动的任何因素，均属旅游资源。包括人们旅行中所感兴趣的各类事物，如国情民风、山川风光、历史文化和各种物产等。"① 根据这个定义并参照唐代旅游特征，可将旅游资源分为两大类，一类是自然资源，如名山大川、江河湖海、边塞风情、田园风光等，一类是人文资源，如园林别业、寺庙道观、亭台楼阁、名人胜迹、人文活动等。②

在此，还应对旅游资源和旅游景观两个概念有所辨析。旅游资源和旅游景观是密切相关但又各有侧重的旅游概念。简单来说，旅游资源是"指吸引旅游者所有'有用'因素的总和"，是以客观的物质为存在形式；而每个旅游景观则是"在旅游审美活动中成为审美对象的环境综合体"③，也是"自然旅游资源和人文旅游资源在一定区域范围内的综合表征"④。旅游景观是主观化和审美化了的审美对象，也是旅游诗歌创作的表现对象。因而，旅游资源是实际的客体或事物，是为旅游者提供旅游活动的客观对象；而旅游景观则成为具有一定主观内涵的审美客体，是需要旅游者对其进行观赏并从中获得审美或者愉悦的心理体验。

---

① 陈国生，王勇．中国旅游资源学教程［M］．北京：对外经济贸易大学出版社，2006：4-5.

② 根据：刘勋．唐代旅游地理研究［D］．武汉：华中师范大学，2011．对于旅游资源的分类，该论文依据较权威的国家标准 GB/T18792-2003《旅游资源分类、调查与评价》，该标准将旅游资源分为 8 个主类、31 个亚类和 155 个基本类型（附有图表）。据此标准，主类中的地文景观、水域风光、生物景观、天象与气候景观认为是自然旅游资源类，遗址遗迹、建筑与设施、旅游商品、人文活动归入人文旅游资源类。

③ 沙润，等．旅游景观审美［M］．南京：南京师范大学出版社，2005：2.

④ 吴国清．旅游地理学［M］．福州：福建人民出版社，2007：55.

故在涉及旅游诗歌的创作对象时，是以旅游景观作为讨论的范畴（本书专设章节讨论作为诗歌表现对象的旅游景观），而在探讨提供旅游者游赏的客观资源时，则以旅游资源作为讨论的范畴。

一、初盛唐自然旅游资源

自然旅游资源主要由自然要素构成，并受自然规律的约束。无论是姿态万千的崇山峻岭还是蜿蜒曲折的江河湖海，都是大自然鬼斧神工的杰作，都具有震撼人心的美感。疆域广阔的唐帝国拥有其他国家难以比拟的地质地貌和自然风光：神秘的高原、险峻的峡谷、辽阔的草原、巍峨的高山、万年的冰川、奔腾的江河、澄净的湖泊、浩瀚的森林……这些都是大自然赐予的丰富自然旅游资源。自然资源的欣赏与解读自古即有，“山川之美，古来共谈”①，大自然无限丰富的形态，无时无刻不成为诗人描摹的对象和表达情思的媒介。身处自然孕育的山水草木中，旅游者或抒发豪情壮志或排解失意苦闷，自然景观俨然成为安顿诗人心灵的精神家园。而作为初盛唐旅游主力的文人不仅在旅游中创作出大量有关旅游资源的文学作品，而且还在前人旅游的基础上对旅游资源的广度与深度进行了新的探索开发。

中国属于多山地貌的国家，仅《山海经》便记录有 451 座山脉，自古人们就对雄伟山岳具有崇敬和向往之情，而最为人们瞩目的自然是“山之尊者”的五岳。五岳历来是古代帝王封禅祭天之处，它以其独特的地貌结构和丰富的景观资源称霸一方，在帝王封禅和佛道修行行为的影响下，确立了其高踞群山之上的独尊地位。史料记载，秦汉以前已有七十余帝王登泰山封禅朝拜。② 至唐代五岳不仅是封禅的圣地，也成为著名的旅游对象，受到唐历代帝王的重视。据《旧唐书·玄宗本纪》记载：“天宝五载春（公元 746 年），诏令封中岳为中天王，南岳为司

---

① 陶弘景．答谢中书书［M］//严可均．全上古三代秦汉三国六朝文．北京：中华书局，1958：3215.

② 司马迁．封禅书［M］//史记（卷二八）．北京：中华书局，1999：1161.

天王，北岳为安天王。”① 此前已封东岳为齐天王、西岳为金天王。被称为“岱山”或“岱宗”的泰山为五岳之首，唐代的高宗、则后、玄宗就曾多次泰山封禅，而帝王封禅本身即是巡游活动，而泰山的至尊地位也吸引着文人墨客前来登临游览，其山貌景观的气势磅礴、险峻雄伟本身就有巨大的魅力吸引着众多旅游者探幽猎奇。同时佛教在唐代的迅速兴起，山岳中多寺庙林立，故泰山也是梵音四起，宝相庄严。在泰山已建有藏佛寺、资福寺、延庆寺、广化寺等二十多处寺院，寺院与山岳相映生辉，山岳也因为寺庙的兴盛更加声名远播，“唐代贞观年间（公元 627—649 年）还在寺内建造有舒朗雄大、金碧辉煌的千佛寺，当时李吉普将它与浙江天台的国清寺、湖北江陵的玉泉寺、江苏南京的栖霞寺并称为‘域中四杰’”②。寺院的林立更增添了泰山作为旅游资源的吸引力，其他西岳华山、中岳嵩山、南岳衡山和北岳恒山也在初盛唐文人的旅游观照中，成为重要的旅游资源。除了享誉古今的五岳名山之外，与佛教相关的四大佛教名山也是唐代不可或缺的山川旅游资源。佛教名山之首的五台山在唐代确立了其文殊菩萨道场的圣地地位，随着唐王朝在海外的声势扩大，也吸引了众多外国教徒纷纷来此虔诚参拜。峨眉山、普陀山、九华山三座佛教名山也因唐代众多的参拜信徒而赫赫有名。李白在三游九华山时，就写下了赞誉九华山美景的诗句：“昔在九江上，遥望九华峰。天河挂绿水，秀出九芙蓉。”（《望九华赠青阳韦仲堪》）其他如道教名山武当山、瀑布众多的庐山等也因各自的文化底蕴和壮丽景观吸引着文人墨客争相游览。

初盛唐自然旅游资源除了名山大川之外，江河湖泊也占有相当大的比重。三峡风光、秀美长江、桂林山水、洞庭湖、太湖、西湖等都是雄冠天下的旅游名胜地。三峡自古就是文人们凭吊怀古的场所，李白“两岸猿声啼不住，轻舟已过万重山”的吟唱至今仍回荡在三峡两岸的

---

① 刘昫，等．旧唐书（卷九）［M］．北京：中华书局，1975：219.

② 陈水云．中国山水文化［M］．武汉：武汉大学出版社，2001：179.

峡谷、险滩上。过了白帝城便是赫赫有名的瞿塘峡，杜甫《瞿塘怀古》极言其雄伟壮丽："西南万壑注，勍敌两岸开。地与山根裂，江从月窟来。"而烟波浩渺的洞庭湖在屈原时代就被吟唱："袅袅兮秋风，洞庭波兮木叶下。"泛舟湖上，西可见层峦叠嶂的君山，东可望宏伟壮观的岳阳楼，灵秀的湖光山色和典雅的亭台楼阁和谐地结合在一起，构成一幅完美的山水景物画，吸引着众多文人雅士流连忘返，吟咏歌唱。孟浩然、李白、杜甫等都曾泛舟湖上，作诗吟赋。李白曾写："铲却君山好，平铺湘水流。巴陵无限酒，醉杀洞庭秋。"① 醉饮洞庭，诗人的生命也得以舒张畅阔。正是唐代文人的广泛颂唱，使洞庭湖在唐代成为闻名天下的旅游名胜。除了洞庭湖，其他如太湖、西湖等也是唐代著名的水域风景旅游地。相对于山岳的伟岸静峙，江河湖泊类水体资源更具有瞬息变幻的动感之美，其奔流不息的动姿更能使旅游者感受到大自然的灵秀之美。

初盛唐边塞旅游诗的蔚为壮观，也使得奇巍殊异的"边塞"风光成为唐代不可忽略的旅游资源。"边塞"一词最早见于《史记·三王世家》，其中霍去病疏有"宜专边塞"② 之语。之后《汉书·昭帝纪》始元六年有"以边塞阔远，取天水、陇西、张掖郡各二县置金城郡"③ 之句，这是较早使用"边塞"一词的例子。这里的"边塞"不仅指要塞、塞垣等险要设防之处，还泛指边疆地带。汉代边塞主要是指以幽州、并州、凉州为代表的长城沿线边境地带，唐代的边塞领域则是在此基础上的拓展。从初唐至盛唐历代皇帝，借国力强盛，先后灭东突厥、薛延陀、西突厥、高丽，边疆各少数民族纷纷臣服。为加强统治，唐代仿汉代西域都护府的建制，先后在四境边塞设置六个都护府，置节度使以管理边塞。可以说，初盛唐时期因着太宗至玄宗的东征西伐，大大扩

① 李白．陪侍郎叔游洞庭醉后三首［M］//彭定求，等．全唐诗（增订本）．北京：中华书局，1999：1834.

② 司马迁．史记［M］．北京：中华书局，1999：2105.

③ 班固．汉书·昭帝纪（卷七）［M］．北京：中华书局，1975：224.

展了唐代的边塞疆域，也为初盛唐文人的边塞出游提供了广阔的地域环境。初盛唐文人边塞之游的疆域之大，如今人所述："边塞之旅就在东接日本、朝鲜，西接伊朗、印度，北到蒙古大沙漠以北，南至南洋群岛的广阔边塞上展开的。"① 正是因着边塞疆域的扩大，游人得以见识边塞异域风景地貌的特殊魅力，加之初盛唐人文背景下文人渴望投笔从戎建功立业的迫切，使得边塞风光占据着初盛唐自然旅游资源重要的一席之地。中国古代的边境自然地理具有两个特点：一是多为形势险要，易守难攻的高山大川、险关要隘，这也成为边塞防卫的天然屏障。二是环境较为恶劣，多是瀚海沙漠或者冰天雪地。人烟稀少、偏远荒僻是其基本特征。但正是这样艰难的条件更反衬出风景的罕见独特，也吸引着文人在前往追求志向抱负的同时，探寻领略独特的异域风光。大漠孤烟、狼山猎火、碎石如斗、马蹄冻脱，这些充满神奇雄异的景象如梦幻神秘的少女般令文人向往追求。从初唐的陈子昂、杨炯、卢照邻到盛唐的王维、高适、岑参、王昌龄、李颀。王之涣、崔颢、李白、杜甫都或多或少有过边塞生涯并且写下众多影响至今的边塞诗歌，也使得边塞诗在唐代成为独树一帜的诗歌主题之一。

二、初盛唐人文旅游资源

现代旅游学对人文旅游资源有明确界定："人文旅游资源主要是指古代人类文明的遗迹和遗产，它们不仅具有深远的历史意义，而且具有一定的艺术观赏和科学研究价值。"② 人文旅游资源主要包括反映人类生产与生活的文化遗迹、古城、宫殿、陵寝、宗教建筑和古典园林等一系列建筑以及负有浓郁特色文化的民俗风情活动等。初盛唐时期，政治稳定，经济繁荣，加上政策的支持有足够的条件加强人文资源建设，使得唐代的人文资源较前代更为丰富，其中寺观、园林、宫殿类人文旅游

---

① 王淑良．中国旅游［M］．北京：旅游教育出版社，1998：249.

② 王会昌，王云海．中国旅游文化［M］．重庆：重庆大学出版社，2001：112.

资源更是在初盛唐得到了长足发展。

随着佛教在唐代的日渐盛行，加之道教也被唐代皇帝和贵族大为推崇，使得唐代宗教信仰风气浓厚，佛教寺院亦在全国广为造设，寺庙和道观的宗教建筑对游人开放，成为公共旅游资源。寺观成为主要的人文旅游资源，不仅在于寺院周边环境的可观赏性，还在于寺院本身别具特色的建筑风格、寺内的雕塑造型以及题画藏书等也是重要的旅游资源。因而唐代社会形成"佛宇、道观多游览者"①、"至于佛宇道观，游览者罕不经历"②、"瑞塔千寻起，仙舆九日来"③ 的寺观游览风气，从中也足见游人对寺庙道观观赏游览价值的肯定。寺观吸取着天地之灵气、山岳之精华，山川也在楼台殿宇、钟声悠扬中更加拟人化，自然景观和人文景观和谐结合，具有连绵不断的旅游吸引力。而京城的皇家寺院也多选择在景色优美之地，如长安的慈恩寺、西明寺、荐福寺等都是唐人节气游览的好去处。作为人文旅游资源，寺观在唐代的旅游价值不止于此，它还兼具众多社会资源功能。如避暑功能，高适云："驾车出人境，避暑投僧家。"④ 寺庙清幽的环境自然成为游人避暑的好去处；如交游聚会功能，寺观至唐代已有食宿接待的能力，且寺院多面积广阔、房院众多，常成为文人聚会赋诗的绝佳场所，故韦应物云："素友俱薄世，屡招清景赏。"⑤ 还有修学举业功能之外，寺院环境清幽，藏书众多，又多免费提供住所，故士子们尤其是寒士多选择寺观修学，故"进士科第愈盛，习业山林寺院之风尚亦愈炽"⑥。总之，唐代寺观具

---

① 张礼．游城南记校注［M］．西安：三秦出版社，2003：32.

② 康骈．剧谈录（卷下）［M］．上海：古典文学出版社，1958：35.

③ 宋之问．奉和九日登慈恩寺浮图应制［M］//彭定求，等．全唐诗（增订本）．北京：中华书局，1999：644.

④ 高适．同群公宿开善寺，赠陈十六所居［M］//彭定求，等．全唐诗（增订本）．北京：中华书局，1999：2206.

⑤ 韦应物．慈恩伽蓝清会［M］//彭定求，等．全唐诗（增订本）．北京：中华书局，1999：1904.

⑥ 唐人习业山林寺院之风尚［M］//严耕望．严耕望史学论文集．上海：上海古籍出版社，2009：925.

有多重社会功能，除其本身的宗教崇拜功能，还具备了满足人们食、住、行、游、购、娱等各方面需求的功能，这些功能也为其作为人文旅游资源助力不少。

初盛唐皇帝好游于宫廷内苑，因而长安城内的宫殿也是别具一格的旅游资源。宫殿为皇家居住区，景观上处处演绎着“不睹皇居壮，安知天子尊”① 的宏大气概。例如西内太极宫坐落在全城南北中轴线最北部，建筑韵律庄重严整，具有威严的气势。太极殿高大巍峨，是举行中朝之地，东西两廊外，设有撰写文书诏令的机构，“贞观之治”的大部分国策就是在此制定的。两仪殿是举行内朝之地，只有少数近臣能在这里与皇帝共商机密大事。北面正门玄武门，城高楼耸，气势宏伟，既是皇帝举行政治活动的重要场所，也是带领群臣游乐的极佳景致。唐太宗常在此举行盛宴，如其《春日玄武门宴群臣》云：“九夷簇瑶席，五狄列琼筵。”② 除了宫殿楼阁，苑囿也是皇室游幸和狩猎之地。唐代苑囿在保持宏大开阔的皇家传统气派外，还逐渐将诗情画意的风格揉入苑囿建筑中，唐玄宗诗云：“三阳丽景早芳辰，四序佳园物候新，梅花百树障去路，垂柳千条暗回津。”③ 体现了当时造园艺术达到天然与人工高度和谐的无穷境界。其他如西内苑在太极宫北，又名北苑，苑内设有樱桃园，每逢樱桃成熟时节，点点红润点缀在层层绿叶之中，娇艳欲滴，美不胜收，如此雅致苑囿自然是皇帝大臣们体验赏心悦目、恬适宜人景致的绝佳场地。

园林别业也是唐人悠游行乐的重要旅游资源。园林别业是人们为提高和改善生活环境而仿照第一自然对居住和休闲环境的再造。“我国最

---

① 骆宾王．帝京篇［M］//彭定求，等．全唐诗（增订本）．北京：中华书局，1999：833.

② 李世民．春日玄武门宴群臣［M］//彭定求，等．全唐诗（增订本）．北京：中华书局，1999：6.

③ 李隆基．春日出苑游瞩［M］//彭定求，等．全唐诗（增订本）．北京：中华书局，1999：33.

早用于游息生活境域的是殷商时代的囿（萌生阶段），它是繁殖和放养禽兽以供狩猎和游乐的场所，秦汉南北朝发展为苑和园池（发展阶段），唐代常用园池、山池、园圃等概念。”① 在唐代，无论是皇家贵族还是官宦士人都掀起了建置园林别业的热潮。初盛唐时，每至各种节日，如元日、春日、三月三、清明、端午、重阳，皇家园林都会举办较为盛大的宴游活动，皇帝和臣僚一起游园设宴。② 太宗李世民还在《帝京篇》中描绘游园的景象：“飞盖去芳园，兰桡游翠渚。萍间日彩乱，荷处香风举。桂楫满中川，弦歌振长屿。岂必汾河曲，方为欢宴所。”③

褚王公主也广建园林别业，太平公主、义阳公主、长宁公主、安乐公主、宁王、岐王等都有自己的山庄池苑，有的还极尽奢华，尤其是在初唐武周、中宗、睿宗朝时，随着公主地位的日益提升，更是大肆修建园林宅邸。高宗武后的唯一爱女太平公主由于颇多权谋，参与了武后、中宗、睿宗朝的许多重大政治事件，并起了重要作用，皇上也多加偏袒，其地位显赫一时，所受食封也越制。据《新唐书·诸帝公主传》载，太平公主“田园遍近甸，皆上腴。吴、蜀、岭峤市作器用，州县护送，道相望也。天下珍滋谲怪充于家，供帐声伎与天子等，侍儿曳纨縠者数百，奴伯妪监千人，陇右牧马至万匹”。以至于“居处奉养，拟于宫掖”。④ 可见她的权势富贵非一般贵族可比拟。据徐松《唐两京城坊考》记载，太平公主分别在长安城的兴道坊、平康坊、兴宁坊和礼泉坊置有四处宅第。⑤ 中宗与韦后之女长宁公主，也营有数处豪宅。她先于东都洛阳营造宅第，《新唐书·诸帝公主传》载其“造第东都，使

---

① 汪菊渊．中国古代园林史［M］．北京：中国建筑工业出版社，2006：12.

② 张毅，陈正奇．唐都长安东郊的旅游风景区［J］．西安文理学院学报，2009（1）：14-18.

③ 李世民．帝京篇［M］//彭定求，等．全唐诗（增订本）．北京：中华书局，1999：2.

④ 欧阳修．新唐书（卷八三）［M］．北京：中华书局，1975：3651.

⑤ 徐松．李健超增订．增订唐两京城坊考［M］．西安：三秦出版社，1996：52，89，139，207.

杨务廉营总，第成，府财几竭”，又有“东都废永昌县，主丐其治为府，以地濒洛，筑鄣之，崇台、蜚观相连属，无虑费二十万。魏王泰故第，东西尽一坊，潴沼三百亩，泰薨，以与民。至是，主丐得之，亭台华诡埒西京，内依母爱，宠倾一朝”。长宁公主还在西京“取高士廉第、左金吾卫故营合为宅，右属都城，左頫大道，作三重楼以冯观，筑三浚池。帝及后数临幸，置酒赋诗。又并以坊西隙地广鞠场”。① 其私宅与山水景致、游玩娱乐一应俱全。唐中宗与韦后之幼女安乐公主，极为骄恣放纵，《资治通鉴》载：“安乐公主尤骄横……与长宁公主竞起第舍，以侈丽相高，拟于宫掖，而精巧过之。”② 她甚至欲将百姓蒲鱼的昆明池圈入自家园林：“安乐公主请昆明池，上以百姓蒲鱼所资，不许。公主不悦，乃更夺民田凿定昆池，延袤数里，累石象华山，引水象天津，欲以胜昆明，故名定昆。”③ 足可见当时公主园林建制成风及其规模之豪奢了。

上有所好下必甚焉，政府机构和官员士人也纷纷修建园林别业，仅在唐长安城的东郊修建的私人旅游景点就有张司马灞东郊园、韦嗣立山庄（也称骊山别业或逍遥谷）、李公别业、浐川别业、唐卿山亭、川司直城东别业、新丰里幽居、贾岛野居、会昌林亭、浐川山池、浐水山居、城东别业、兰溪草堂、郑侍御蓝川别业、骆家亭子、刘长卿灞陵别业、王昌龄灞上闲居、王仆射山亭 18 个私家园林别业。园林类人文资源的丰富为自宫廷至民间的游乐、宴赏、品题、唱和等各类旅游及诗歌创作活动提供了前所未有的广阔舞台。

除了以上人文旅游资源，亭台楼阁、历史文化遗迹等也是唐人旅游的常选之地，在此不一一赘述。若按照唐初行政区域设置的十道，可将各道最著名的旅游资源归纳统计，每道所列旅游资源依据到访人数和旅

---

① 欧阳修．新唐书（卷八三）［M］．北京：中华书局，1975：3654-3655.

② 司马光．资治通鉴（卷二〇九）［M］．北京：中华书局，1956：6623.

③ 司马光．资治通鉴（卷二〇九）［M］．北京：中华书局，1956：6623-6624.

游诗作数量多少排序，见下表。

道名	著名旅游资源
关内道	慈恩寺（42）、曲江（40）、临渭亭（26）、潼关（22）、大明宫（19）、华山（15）、望春宫（14）、昆明池（13）、荐福寺（12）、兴庆池（11）、温泉宫（10）、安乐公主山庄（8）、花萼楼（7）、总持寺（7）、芙蓉园（6）、华清宫（6）、华清宫（4）、杏园（3）、乐游原（2）
河南道	嵩山（40）、泰山（36）、梁园（28）、石淙（17）、龙门（10）、香山寺（4）、河上公庙（4）、少林寺（4）、玉泉寺（2）、龙门寺（1）
河东道	雀鼠谷（12）、太行山（8）、逍遥楼（5）、晋阳宫（4）、蒲津关（4）、晋祠（1）
河北道	蓟门（30）、邺城（27）、铜雀台（18）、渤海（6）、恒山（3）、北岳庙、栖岩寺
陇右道	天山（44）、玉门（32）、凉州城（2）、古长城、灵云池（1）
山南道	巫山（46）、三峡（37）、巫峡（36）、白帝城（31）、岘山（31）、汉江（15）、玉泉寺（2）、景空寺（1）、张明府海亭（1）、分水岭（1）
淮南道	扬子津（6）、扬子江（6）、琅琊溪、扬州竞渡（1）、大明寺
江南道	庐山（40）、黄鹤楼（20）、剡溪（18）、洞庭湖（17）、镜湖（16）、衡山（11）、云门寺（8）、岳阳楼（8）、松江（8）、天竺寺（6）、若耶溪（6）、彭蠡湖（5）、敬亭山（5）、西湖（2）、灵岩寺（2）
剑南道	峨眉（40）、剑门（18）、西溪（4）、武侯庙（3）、摩诃池（2）、越王楼（2）、玉台观（2）、青山驿、玄武山（2）、梓州城（2）
岭南道	桂林（14）、石室（9）、大庾岭（4）、端州驿（2）、隐山（1）、隐仙亭、南溪山

注：表格资料来源参考：刘勋：《唐代旅游地理研究》，华中师范大学人文地理专业博士论文，2011 年，第 142-167 页，并重新整理。括号内数字为中华书局版《全唐诗》初盛唐各卷中提及所列旅游资源的次数。

由表可知，初盛唐旅游资源结构完善且种类齐全，其中以关内道、河南道和江南道的旅游资源最为丰富。就旅游资源类型看，人文资源较自然资源更为游人青睐，旅游诗歌数量较多的主要有曲江、慈恩寺、庐山、巫山、临渭亭、洞庭、天山、峨眉等，旅游资源的充足也为诗人们的诗歌创作提供了丰富的素材。

第三节 初盛唐诗人旅游活动

唐人尤其是初盛唐士人几乎都有过旅游的经历，士人的好游风尚既与当时的社会大环境密切相关，也与初盛唐士人的心态情怀息息相关。初盛唐流行干谒举士，士人可凭交游以扬声誉，藉干谒以求提拔，而要交游、干谒就须旅行；初盛唐时期求仙访道、云游名山大川之风盛行，既可借此走“终南捷径”，也可在仕途失意时借宗教的寄托、山水胜景的陶醉，以期得到精神的解脱，当然也有单独出于对大好河山的喜爱而漫游的；时代开放昂扬的社会风气也使得诗人乐于交游，诗人通过旅游也可以广结友人，增进友谊。总之，出于各种原因，人们走出家门，辞亲远游：或应举入幕，或交游干谒，或寄旅京华，或驱驰朔漠，加之南北统一，版图辽阔，江山秀美，引人入胜，盛唐交通生活方面又较便利，因而整个唐代尤其是初盛唐时期漫游之风盛极一时。

一、李白之游

唐人的好游使他们不仅满足于近游，更多的士人尤其是盛唐的士人们更乐于辞亲远游。王昌龄的塞外之游、孟浩然的吴越之游、杜甫的齐赵之游、王翰的凉州之游等，而其中最典型的是李白的漫游。李白的一生几乎都是在旅游中度过的，他几乎旅游了一生，也游遍了大江南北。“粗略统计，李白诗中‘游’字单独出现 85 次，而组成之语词达 41 种，其总共出现之次数就无法统计了，足见李白心中出游意念之浓，这也是李白其人的特殊性之一。"①"叹我万里游，飘摇三十春"（《门有车马客行》），李白的一生都是在外漂泊而没有定居意识，尽管李白在安陆入赘于许家时，曾自语"酒隐安陆，蹉跎十年"，但也仍是以安陆为中心，而向外游历，并没有长年固定居住在某一个地方。而且，李白自少年时代离开蜀中，直至病逝于当涂，都再没有返回过家乡，而追溯他一生的漫游路线，更为我们提供了李白好漫游的有力证据。开元十三年（公元 725 年），25 岁的李白怀着"大丈夫必有四方之志"的抱负，经三峡出蜀，仗剑去国，辞亲远游，开始了他人生的第一次漫游。李白沿岷江顺流而下，经嘉州（今乐山），入长江，过渝州（今重庆），穿三峡，抵达江陵，在江陵，李白遇见了道教的知名人士司马承祯并得到他的夸奖。《大鹏赋序》云："余昔在江陵见天台司马子微，谓余有仙风道骨，可与神游八极之表，因著《大鹏遇希有鸟赋》以自广。"②司马承祯对李白才能的认可，大大地鼓舞了李白的信心，也奠定了他日后信道的基础。在江陵稍作停留，开元十四年（公元 726 年），李白再次启程，乘舟南行，途经岳州（今岳阳），抵长沙，奔永州（今零陵），并登上了今宁远县境内的苍梧山，寻访舜帝南巡的足迹。又泛舟洞庭，游庐山。在洞庭，好友吴指南忽然暴病不治，李白亲自为其洗尸刮骨，然后包裹着背负而行，寝兴携持，不离于身，直至到鄂东将其安葬，足见李白存交重义。李白从庐山下来，继续顺长江东行，游历了金陵（今南京）、扬州、苏州、会稽（今绍兴），在扬州散尽三十万。开元十五年（公元 727 年）夏，李白离开古越会稽，经扬州回到湖北，先在荆门住了 3 个月，秋后来到江夏。赴襄阳结识孟浩然，又于安陆——古代云梦大泽之所在，与故相许圉师之女成婚。婚后，李白继续他的漫游生涯，自开元十七年天宝元年，李白先后到过汝州、长安、襄阳、洛阳、太原、乃至于齐鲁（今山东）。这期间他结交了当时著名文人孟浩

① 何念龙．李白文化现象论［M］．武汉：湖北人民出版社，2009：130.

② 王琦注．李太白全集［M］．北京：中华书局，2011：1.

然，又和道都中人胡紫阳、元丹丘等有所往来，也经历了许夫人的病逝，更留下了很多传世名作：《望庐山瀑布二首》《横江词六首》《黄鹤楼送孟浩然之广陵》《襄阳歌》《朝鲁儒》《丁都护歌》《长干行》《关山月》《游泰山六首》《望天门山》等。

天宝元年（公元742年），经由道士吴筠及唐玄宗之妹玉真公主举荐，加之之前李白漫游时因广交文士、积极干谒所积累的名气，才情早已远播，甚至唐玄宗也早有所闻，因而实现了他漫游的终极目标：以布衣取卿相，一举成名的愿望。42岁的李白怀着“仰天大笑出门去，我辈岂是蓬蒿人”的豪情二入长安，成就了他政治生涯中最辉煌的三年。初入长安的李白甚至受到了玄宗降辇步迎，并“以七宝床赐食，御手调羹”的待遇，这在李白同时代的文人中也是少有的。但因王室内部的黑暗、同僚的谗毁以及李白本身狂放个性，使得他最终不为朝堂所容。天宝三年，他被赐金放还。这可谓李白的第一次漫游的大致路线。

以长安赐金放还为转折，李白离开长安，开始了他人生的第二次漫游。曾巩在《李太白集后序》中概括他去朝之后的游踪：“明皇闻其名，召见，以为翰林供奉。顷之，不合，去。北抵魏燕晋，西涉岐邠，历商於洛阳，游梁最久。”① 离开长安，李白先在东都洛阳与杜甫相会，实现了诗坛双星的伟大会面，又在汴宋遇到另一位大诗人高适，三人一路东下，诗酒清狂，各抒志向，飞箭纵猎，过了一段恣意潇洒的生活，也成就了诗坛一段佳话。天宝六年（公元748年），三人在汴宋分手，李白继续东行，来到齐州（今济南）紫极宫，请高天师授道箓，继续他的道教生涯。随后，李白在东鲁、江南等地游历。天宝十年，李白又回到梁苑，并与宗楚客的孙女结婚。自放还至重回梁苑，这期间李白有众多与漫游所见所感相关的作品，如《沙丘城下寄杜甫》《金陵三首》《登金陵凤凰台》《对酒忆贺监二首》《重忆》《采莲曲》《醉后赠从甥高镇》《寄东鲁二稚子》《雪谗诗赠友人》诸作。

---

① 王琦注．李太白全集［M］．北京：中华书局，2011：1261.

天宝十一年，听说安禄山屯兵幽燕，图谋不轨，李白忧心如焚，决心北上以探虚实。李白眼看安禄山谋反在即，自己却无能为力，徒叹奈何。只好再度折返江南，漫游于安徽宣城、当涂、南陵、秋浦（今贵池）一带。天宝十四年（公元 755 年）冬，安禄山终于起兵造反，不久即攻陷长安，李白正在庐山香炉峰下与夫人一起求仙学道，安史之乱爆发，李白写了大量的诗篇来谴责这场叛乱，讴歌平叛复国。有《奔亡道中五首》《猛虎行》《经乱后将避地剡中留赠崔宣城》《扶风豪士歌》诸作。天宝十五年，因安禄山的叛乱，唐玄宗第 16 子永王以平乱为名招募军队，永王三次遣使邀请李白入幕，李白报国心切加入了永王的队伍，却因此卷入永王的篡位之争，而在永王兵败后被定为死罪。后幸得郭子仪的援救才免去死罪，但被罚流放贵州夜郎。一年后李白被流放夜郎，李白由九江出发，经洞庭湖上行三峡。乾元二年（公元 759 年），李白行至巫山，巧遇朝廷大赦，重获自由。李白当即掉头顺江而下，满怀喜悦写下了《早发白帝城》一诗。获赦后，李白复经三峡还江陵，泛洞庭，上庐山，游金陵。上元二年（公元 760 年）闻李光弼镇临淮，以 59 岁遭难多病之身请缨，半道病还。代宗宝应元年（公元 762 年），李白 61 岁，病居当涂，入冬因病而逝。① 纵观李白作为旅者所经历的漫游人生，他用他的实践证明了读万卷书、行万里路的真知灼见，漫游途中的山水滋养了李白的诗性，正是诗人与漫游的相得益彰最终成就了他惊才绝世的千秋万岁名。

二、杜甫之游

作为诗坛双宿另一巨星的杜甫，他的一生也贯穿着漂泊之旅。杜甫的漫游经历并非如李白那么豪放和飘逸，毕竟杜甫一生虽经历开元盛世，但也亲历了安史之乱的残酷，因而杜甫的漫游更显豪壮而不失沉

---

① 李白游踪参考：李锡珪．李太白年谱［M］．北京：作家出版社，1958．吕华明，程安庸，刘金平．李太白年谱补正［M］．北京：中华书局，2012．周勋初．太白评传［M］．南京：南京大学出版社，2005．

雄。杜甫的漫游基本可分为三个时期：前期为壮游时期，从 20 岁漫游吴越到 35 岁前壮游齐赵为第一阶段；从 35 岁至 44 岁长安困守，优游田园山水，为第二阶段；44 岁以后为飘零西南时期，包括从 45 岁至 48 岁陷贼与官的阶段以及从 48 岁至 59 岁漂泊四川和湖南的经历。

杜甫年轻时即壮志凌云，7 岁能作诗文，14 岁出游翰墨场，20 岁即开元十九年（公元 731 年）漫游吴越。他自洛阳行舟运河途经江宁（今江苏南京），与许八、僧人旻上人同游瓦官寺。接着东下而入浙江，乘船沿剡溪一直游到天姥山下。杜甫的吴越之游，历时四年。开元二十三年（公元 735 年），自吴越返洛阳，赴京举进士不第。次年开始东游齐、赵，此时的杜甫在漫游中颇以文采自负，且心情乐观开朗，对未来充满信心，如其《壮游》所云："放荡齐赵间，裘马颇轻狂。春歌从台上，冬猎青丘旁。呼鹰皂枥林，逐兽云雪冈。射飞曾纵鞚，引臂落鹙鶬。苏侯据鞍喜，忽如携葛强。快意八九年，西归到咸阳。"① 至开元二十九年（公元 741 年），杜甫至 30 岁时方结束齐赵之游回到东都洛阳，筑陆浑山庄于偃师首阳山下，过了一年多的田园隐逸生活。随后客居洛阳，天宝三载（公元 744 年），遇李白于洛阳，恰逢高适也在洛阳，三人同游梁宋，还曾同登吹台，单父琴台。随后又与李白同游齐赵，二人登泰山，下大明湖，杜甫还写《赠李白》《与李十二白同寻范十隐居》等诗，这期间杜甫的诗歌多有登临游宴抒怀之作，可见这时期的游历对杜甫来说是一生中较愉悦的游历，充满了昂扬奋发和积极进取的气度。与李白辞别不久，杜甫于天宝五年（公元 746 年）至长安，于次年参加全国范围的招贤应试，但因权臣李林甫操作，杜甫再次应试不第，遂开始了他困守长安的生活。在此期间，杜甫亲历了安史之乱，战争的残酷、百姓的痛苦、京城的破败，使得见证一切的杜甫渐走上忧国忧民的诗人之路，他之后的漫游也增添了抒写现实的厚重意味。至德

---

① 杜甫．壮游［M］//彭定求，等．全唐诗（增订本）．北京：中华书局，1999：2363.

二年（公元 757 年），杜甫任左拾遗，第二年因谏房琯事触忤肃宗，贬官至华州（今陕西华县）司功参军。同年夏，关中饥荒，杜甫携家眷西行。至此，杜甫的壮游结束。这期间，杜甫曾写了一系列的记游诗，如《陪郑广文游何将军山林十首》《重过何氏五首》《同诸公登慈恩寺塔》《自京赴奉先县咏怀五百字》等诗，这些都是杜甫壮游时的奇文佳作。

乾元二年（公元 759 年），郭子仪兵败，洛阳受到威胁，杜甫自洛阳返华州，途经石壕、新安、潼关等地，目睹战争带给百姓的灾难，写出了颇有现实寓意的“三吏”“三别”。同年杜甫弃官，携家眷前往秦州，开始了飘零西南的旅程。在此期间，他登陇山观景物，述秦州版图，记胡汉杂居，并写《秦州杂诗》《梦李白》等诗。十月，杜甫往同谷，沿途作游记诗，至同谷后作《乾元中寓居同谷县作歌七首》。十二月又往成都，途中另作纪行诗，包括《飞仙阁》《龙门阁》《剑门》等。同月底，至成都，结束了这次的长途旅行。上元元年（公元 760 年），杜甫建草堂于成都浣花溪畔，之后的漫游都在成都附近，这期间还曾会裴迪、高适，作《署相》《江村》等诗。在漫游成都时，杜甫曾凭吊诸葛亮祠，两次游新津县的修觉寺，在寓居梓州县时，还曾游香积寺。元宝二年还曾到汉州（仅四川广汉县）、阆州县旅游。至永泰元年（公元 765 年），杜携家东下，经嘉州、戎州、渝州、忠州而至云安。第二年又移居夔州，在此游览了瞿塘峡、白帝山等。大历三年（公元 768 年），杜甫携家自夔州出三峡，到达江陵。晚秋又移居公安，冬末至岳州，登岳阳楼，观洞庭湖，并作《登岳阳楼》《岁晏行》等诗。第二年又离岳州，沿湘江南下，至潭州，杜甫在此又赏游了南方的风物。大历五年（公元 770 年），一家自潭州出发，欲南行郴州，被大水所阻，复返潭州。冬，自潭州返岳州，作绝笔《风疾舟中伏枕书怀三十六韵奉呈湖南亲友》，卒于舟中。① 可以说，杜甫的一生除却困守长安，

① 杜甫的游踪参考：王淑良．中国旅游史［M］．北京：旅游教育出版社，1998：263-266．莫砺锋．杜甫评传［M］．南京：南京大学出版社，2011：422-426．范文质，文自成．诗圣的游踪与创作［M］．北京：对外贸易教育出版社，1988．

其余大半生也都是在游历漂泊中度过的，他的游历既有意气风发的壮游也有颠沛流离的苦旅，但无论是何种游历，杜甫与日月同辉的诗作都是其游历的所见所感激发而得以成就。

李白、杜甫二人的游历可谓是盛唐诗人游历的极致典型，他们二人的人生大部分时间都是在漂泊漫游中。虽然二人的游历经历不同，李白的漫游更有豪迈洒脱之风，而杜甫除却困守长安十年及前期的壮游，他的后半生游历充满了流离漂泊的无奈与辛酸，但无论何种经历的漫游，两位代表着诗歌巅峰的诗人都是在各自的游历中完成了伟大的诗歌杰作，可以说他们的诗歌成就与其一生的漫游经历密不可分，也正是他们的游历才造就了“李杜文章在，光焰万丈长”的诗歌极致。而李杜二人漫游与旅游诗歌开拓的关系也代表了盛唐绝大多数诗人的创作经历，只是诗人们的游历不同，影响着诗人们的旅游诗歌风格各异，也成就了盛唐旅游诗歌一派百花齐放、异彩纷呈的繁盛景象。

三、田园诗人之游

田园旅游诗的代表诗人孟浩然，几乎一生是在山水田园逸游和漫游中度过的。早年在家乡隐居读书，二十三岁前，和好友张子容住在鹿门山，过着“隐居仍读书”的生活，20岁前后即作《题鹿门山》已显示出自己的个人风格。张子容仕宦后，他仍在自己的庄园过着田园生活。诗歌《题张野人园庐》体现了他的田园生活：“与君园庐并，微尚颇亦同。耕钓方自逸，壶觞趣不空。门无俗士驾，人有上皇风。何处先贤传，惟称庞德公。”① 如诗中所写，他的田园生活，就是饮酒、赋诗、垂钓、接待来客；或者访田家、过别业、交友人；或者拜佛寺、谒道观，间或打樵、下地，完全体现了田园游乐的兴致情趣。孟浩然也喜好漫游，尤其是漫游于家乡。他一生游遍了襄阳的山水，曾云：“山水观

① 孟浩然．题张野人园庐［M］//彭定求，等．全唐诗（增订本）．北京：中华书局，1999：1653.

形胜，襄阳美会稽。”① 在襄阳周围几乎留下了他漫游的足迹。他也曾辞乡远游，两度赴长安求仕不遇，在赢得诗坛名望后，遂漫游各地，东到吴越，西至巴蜀，北上长安、洛阳，南下三湘、赣江，在漫游中既陶冶情操也干谒求仕，“魏阙心恒在，金门诏不忘”② 即是他求仕心理的写照，而他的《岳阳楼》更是千古名篇，即使李白也叹其诗才。在张九龄为荆州大都督府长史时，曾将晚年的孟浩然引入幕中，不久他还是归隐襄阳。可以说孟浩然终其一生都没有入仕，成为最有代表性的布衣诗人，他的布衣田园之游也使得他的田园旅游诗歌成为盛唐田园诗派的扛鼎之作。

和孟浩然并称的另一田园诗人王维，他的田园诗歌创作则主要集中在别业园林游。王维的前期旅游活动主要是以宦游为主，仕途的顺遂使王维如大多数自信昂扬的文人一样充满了济世报国的政治热情。21 岁举进士，作大乐丞时，因伶人舞黄狮而被贬济州，后得张九龄提拔，又不断迁升。至 40 岁，李林甫把持朝政，王维遂开始“晚年惟好静，万事不关心”的半官半隐的田园生活。他的闲居游最初是在长安城南郊的终南别业，后移至蓝田辋川的别业。③ 王维的后期闲游活动多是在其别业及周围景观，王维自述：“晨往东皋，草露未晞，暮看烟火，负担来归。”④ 他的田园生活大多透着一种平静、恬适的情趣。盛唐的山水田园游诗人，除了孟王，还有储光羲、裴迪、祖咏、卢象、丘为等人，他们也在各自人生的游历中共同谱就了盛唐田园山水旅游诗歌的壮丽篇章。

---

① 孟浩然．登望楚山最高顶［M］//彭定求，等．全唐诗（增订本）．北京：中华书局，1999：1630.

② 孟浩然．自浔阳泛舟经明海［M］//彭定求，等．全唐诗（增订本）．北京：中华书局，1999：1633.

③ 王维、孟浩然的游踪参考：刘文刚．孟浩然年谱［M］．北京：人民文学出版社，1995．张清华．王维年谱［M］．上海：学林出版社，1988.

④ 王维．酬诸公见过［M］//彭定求，等．全唐诗（增订本）．北京：中华书局，1999：1235.

四、边塞诗人之游

边塞之游最突出的代表人物是高适和岑参。高适年轻时求仕不遇，直到天宝八年（公元 749 年）将近 50 岁时，才经寓居地父母官、睢阳太守张九皋荐举，以制举之有道科入仕，授封丘县尉。勉力维持三年后，于天宝十一载（公元 752 年）去职，次年即进入陇右、河西节度使哥舒翰幕府，开始了军旅生涯。在进入哥舒幕府前，高适曾两次到过东北边地。第一次是开元二十年（公元 732 年）前后北游燕、赵，著名的《燕歌行》即作于这次游边之后。第二次是在封丘任上时，送兵赴蓟北。天宝后期入哥舒幕，被表为左骁卫兵曹，充掌书记，在陇右、河西经历了大约两年半军旅生活。安史之乱后，哥舒潼关失守，他奔赴行在，见玄宗陈述军事，其军事和政治才干得到玄宗、肃宗的赏识，连续升迁，直至做到位居扬州大都督府长史、淮南节度使。此后，又做过成都尹、剑南西川节度使。长期的边塞生活，使高适的边塞诗作更有身临其境的真实感，也具有更深远的现实意义。

与高适经历颇相似的岑参 20 岁即献书长安，经历了“出入二郡，蹉跎十秋”（《感旧赋序》）的奔波奋斗，天宝三载（公元 744 年）近 30 岁时才进士及第，授兵曹参军。天宝八载（公元 749 年），安西四镇节度使高仙芝入朝，岑参充节度使幕掌书记，遂赴安西。在安西历时一年多，天宝十年（公元 751 年）返回长安。十三载（公元 754 年）夏秋间第二次赴边，入北庭都护、伊西节度使封常清幕，为节度判官。安史之乱起后，岑参曾领伊西北庭支度副使，达到了他军旅生涯的巅峰。直至至德二载（公元 757 年）方回到长安，前后历时 6 年。① 岑参的边塞之旅内容丰富，多姿多彩，他的游迹涉及玉门关、天山、烽火台等，

① 高适、岑参的游踪参考：王淑良．中国旅游史［M］．北京：旅游教育出版社，1998：248-253. 谭优学．唐诗人行年考［M］．成都：四川人民出版社，1981：119-160. 薛天纬．高适、岑参与盛唐边塞诗的人性内涵［J］．新疆师范大学学报，2008（4）：127-133.

穿行过戈壁沙漠，考察过地理传闻，也热衷于塞外异族的娱乐活动，曾写《热海行送崔侍御还京》提及少数民族的神话传说，因而他的边塞旅游诗在描绘边塞风光、风土人情方面着墨更多，边塞诗歌也充满了新奇浪漫的色彩。

除了高适、岑参两位最具代表性的边塞诗人之外，盛唐其他著名诗人也曾出游边塞。王维于开元二十五年（公元 737 年）出使凉州，曾作《使至塞上》《出塞作》《从军行》等。崔颢开元后期也曾出塞，在河东代州军幕任职。张谓早年曾有蓟州之行，天宝末年投身到安西北庭节度使幕府，李白出川曾游过幽州，王昌龄曾游泾州、萧关。王涣之也曾至蓟州、凉州。盛唐众多诗人的出游边塞为盛唐边塞诗的盛行提供了丰富的见闻材料，士人的边塞出游与盛唐人好漫游密切相关，但很多也是出于入幕求仕的目的，或者渴望在边关能够建功立业，施展才华，因而盛唐诗人的边塞游更多的具有宦游的性质。当然盛唐边塞诗也并不都是旅游诗作，但盛唐诗人足迹开拓至边塞，切身体验异域风光，也确实为盛唐边塞旅游诗歌的创作提供了足够的条件。

由上所列著名诗人的游历，可见初盛唐时期诗人游历活动之盛，他们的游踪为其旅游诗歌提供了丰富的素材，而游历途中情感的激发也使得旅游诗歌创作感情真挚，情真意切。

当然，初盛唐旅游诗歌的繁盛并不仅仅是客观条件的作用，但初盛唐的盛世气象使得士人更能以安定闲适的心态乐游四方，旅游资源的开发丰富吸引着诗人的游幸和创作热情，而切身的旅游经历更是文学艺术创作最直接的源泉，因而初盛唐时期的各种客观成因对于旅游诗歌的繁荣，也是功不可没的。

第二章　初盛唐旅游诗歌流变

有唐一代三百余年，诗称极盛。唐代历朝统治者多主张以诗治世，文士则以诗为用，故唐代还被称为“诗唐”，足见诗歌在唐代的鼎盛地位。作为唐诗类别之一的旅游诗歌作为一个整体，其盛衰演变与风格转化自有其自身的规律可循。但诗歌毕竟处在时代的洪流中，作为主观意识形态的一种，诗歌内容走向、诗人的创作风格等都不可避免地受大时代的影响。鉴于初唐至盛唐不同时期由于政治环境、诗人群体、文化心理及诗歌观念等种种因素的阶段性差异，以及各个时期旅游活动的变动，初唐至盛唐的旅游诗歌也随之有一个发展流变的过程。

总的来说，整个初唐旅游诗歌形式以应制、唱和为主，内容以宫廷内游赏、宴饮为主，诗人主要是皇帝及文学侍臣，诗风也主要受皇帝及贵族的嗜好影响；盛唐旅游诗歌形式更为丰富多样，内容由宫廷池苑扩大至江山塞漠，创作主体也由文学侍臣为主转为士人阶层为主，诗风更是开放兼容，无所拘泥。当然，初唐至盛唐旅游诗歌的转变不是一蹴而就的，而是有一个发展渐变的过程，这其中既由旅游诗歌自身发展规律决定，也与初盛唐的政治、文化等背景密切相关，故本章拟将旅游诗歌依照皇帝更替划分为：高祖太宗朝（武德元年至贞观二十三年，公元618—649年），简称为贞观时期；高祖武周朝（永徽元年至长安四年，公元650—704年），简称为龙朔时期；中宗睿宗朝（神龙元年至景云二年，公元705—711年），简称为景龙时期；玄宗代宗朝（开元元年至永泰二年，公元713—766年），简称为开元时期。初唐时期的旅游诗歌主要是以皇帝及贵族为主导，初唐众皇帝出于政治需要、个人喜好等原因对文学都有不同程度的扶持，形成了初唐极盛的宫廷文学。

第一节　贞观时期旅游诗歌

高祖太宗时期的旅游诗歌上接魏晋六朝，继承了梁宋时期诗歌精密绮丽的特点，又成长发展于唐政权建立、破旧革新的历史时期，初现唐代大气蓬勃的诗歌风范。此时期帝王对诗坛的领军核心作用尤为明显，旅游诗歌多为以君臣为主的宫廷游赏所作应制唱和诗，诗歌风格也深受太宗文学观念喜好的影响。

一、雅正豪迈型宫廷诗风

宫廷旅游诗歌是宫廷文学的重要组成部分。袁行霈先生曾发表对宫廷文学的看法："宫廷文学是以帝王的宫廷为中心，集聚一批文学家，并由他们创作的主要是描写宫廷生活、歌功颂德、点缀升平的文学。"①由此推知，宫廷诗以帝王群臣、侍臣文人为创作主体，其诗歌范围不仅局限于宫廷内的诗歌创作，也包括帝王在宫廷外封禅郊祀、狩猎出征、驾幸游赏时君臣所作诗歌，而诗歌内容也包揽众多，宫廷游赏、歌功颂德、游幸寺观、节日郊游等无所不在其列，足见宫廷诗歌的涉猎面之广。但长期以来，对初唐诗歌的研究多着眼于"四杰"、陈子昂、沈、宋对唐诗的贡献，因宫廷诗歌多涉及歌功颂德、咏物铺陈且创作模式受齐梁诗风及应制诗严格创作模式所限，一直为研究者所诟病，并未引起重视。而作为初唐九十多年的主要诗歌形式，必然有其存在的价值与合理性，也是初唐任何诗歌题材所无法绕过的，如果因宫廷诗为受命文学而弃之于文学研究视野之外，则未免因噎废食，不利于全面、深入地了解诗歌发展历史。宇文所安认为初唐的诗歌时代即是宫廷诗范畴的时

---

① 袁行霈．中国文学概论［M］．北京：高等教育出版社，1990：49.

代，他的整部《初唐诗》几乎都是在研究分析宫廷诗及宫廷诗的对立诗派（在他看来不包含在宫廷诗范畴的是初唐四杰和陈子昂诗作），足见宫廷诗在初唐诗歌史占据的重要位置。余恕诚也对初唐宫廷诗的价值地位给予了中肯的评价和充分的肯定，认为在诗人所占比例上，初唐220多位作家，除包括四杰在内的十分之一属中下层文人外，其余绝大部分是宫廷文臣、帝王、贵族、后妃。而即使仅占十分之一的下层文士，如陈子昂、“四杰”等也或短或长地任过宫廷学士或王府幕僚。初唐宫廷诗人不仅数量多、地位高，诗歌创作数量也占据首位：“清编《全唐诗》自1卷至106卷，其中除去郊庙乐章（10-16卷）、乐府（17-29卷）、唐睿宗以后之帝王后妃、张九龄（47-49卷）、姚崇、宋璟（64卷）、苏颋（73、74卷）、张说父子（85-90卷）、卢撰（99卷内）等人的作品，以及姜晞、赵冬曦为首两卷（75、98两卷），共存诗2444首。这些诗中，奉和、应制、郊庙乐章，具宫廷色彩的咏物诗、乐府诗，帝王后妃挽歌，以及寓值、从驾、早朝、宫廷景物、美人歌舞、皇帝大臣宴赏、朝士交游之作，约1523首，余下不属宫廷范围的诗，仅921首。”① 按照余恕诚先生的上述统计，宫廷诗可占到整个初唐诗歌的62.3%之多。旅游赏玩作为宫廷诗歌的重要内容，依本章初步统计，仅初唐宫廷应制唱和旅游诗就有611首，占到初唐宫廷诗的40.1%，也占到初唐1054首旅游诗歌的58.0%，故在探讨初盛唐诗歌流变时有必要对宫廷内外诗歌各有所分析。

（一）高祖太宗文学观及旅游诗歌

唐代建国伊始，国内主要有江左士族、山东旧族、关陇豪族三股政治力量以及与三种政治力量相关的各自不同的文化体系：“江南士族的诗歌创作以‘吟咏情性’为主，诗风轻艳、丽靡；山东旧族本亦以学南为主，到周隋两朝方形成了以‘言志抒怀’为主的创作风尚，诗风劲健、朴质；关陇豪强自西魏开始即对南朝诗风进行抨击，创作上却一

---

① 余恕诚．初唐诗坛的建设与期待［J］．文学遗产，1996（5）：42-51.

味学南，未形成独特诗风。”① 高祖在灭隋建国时主要仰仗关陇贵族及依附关陇贵族的萧氏、虞氏为主的江左士族，且自身还遗留着浓重的胡化风气，在政治、文化等方面都采取“关中本位政策”，故对山东旧族文化及江左文化持排斥的态度，且高祖个人不喜诗歌创作，称秦王推崇的江南文士为“读书汉”②，因而高祖武德时期并未留下诗歌传世及相关文化政策。

太宗在为秦王时，便开设文学馆。《唐会要》载：“武德四年十月，秦王既平天下，乃锐意经籍，于宫城之西，开文学馆，以待四方之士。于是以僚属大行台司勋郎中杜如晦，记室考功郎中房元龄、于志宁，军谘祭酒苏世长，天策府记室薛收，文学褚亮、姚思廉，太学博士陆德明、孔颖达，主簿李元道，天策仓曹李守素，记室参军虞世南，参军事蔡允恭、颜相时，著作佐郎摄天策记室许敬宗、薛元敬，太学助教盖文达，军谘典签苏勖等，并以本官兼文学馆学士。及薛收卒，征东虞州录事参军刘孝孙入馆，令库直阎立本图其状，具题其爵里，命褚亮为文赞，号曰十八学士，写真图藏之书府，用彰礼贤之重也。诸学士食五品珍膳。分为三番，更直宿阁下。每日引见，讨论文典，得入馆者，时人谓之‘登瀛洲’。”③ 虽然太宗设文学馆主要是为了政治需要，延揽人才，但也令关陇军事贵族出身的太宗受到中原尤其是江左文化的熏陶。“十八学士”中虞世南、姚思廉、蔡允恭、陆德明、许敬宗、褚亮、颜相时都出自江左，他们都长期受南朝文化艺术的熏染，可见太宗对擅作诗赋、存留齐梁宫体诗风的江左文士非但未曾排斥，还将这些江左之士收入朝中。太宗登基之初，撤文学馆改为弘文馆，设弘文馆学士，弘文

---

① 杜晓勤．初盛唐诗歌的文化阐释［M］．北京：东方出版社，1997：148.

② 《太子建成传》载：“高祖呼太宗小名谓裴寂等：‘此儿典兵既久，在外专制，为读书汉所教。非复我昔日 子。’”刘昫，等．旧唐书（卷六十四）［M］．北京：中华书局，1975：2415.

③ 王溥．唐会要校证（卷六四）［M］．牛继清，校证．西安：三秦出版社，2012：952.

馆学士都是举国精选的贤良文学之士，自然受到太宗的格外器重，“听朝之隙，引入内殿，讲论文义，商量政事”①，并命虞世南、褚亮、姚思廉、萧德言等于弘文殿聚书二十余万卷。相较于高祖朝时，作为历经战乱，开国之初的太宗皇帝已深知文学的教化作用，从十八学士到之后的弘文馆学士及朝廷重臣，太宗将一流的文人学士都罗致宫中，在促进礼乐建设的同时，也促进了宫廷诗歌的创作发展。

在江左文士的长期熏陶下，太宗对南朝诗风也多有接受，并且认可南朝诗人的诗歌创作观，承认诗歌对文华及形式的追求，如其所作的《陆机、陆云传论》用“文藻宏丽，独步当时”“高词迥映，如朗月之玄光”等表达对二陆华丽诗风的赏识。太宗欣赏南朝诗歌的辞藻华丽之美，只是摒弃了南朝诗歌中的淫靡成分，他的《帝京篇》序是对其诗歌创作观和旅游观的详尽表述：

> 余以万几之暇，游息艺文，观列代之皇王，考当时之行事，轩昊舜禹之上，信无间然矣！至于秦皇周穆，汉武魏明，峻宇雕墙，穷侈极丽，征税殚于宇宙，辙迹遍于天下，九州无以称其求，江海不能赡其欲，覆亡颠沛，不亦宜乎？予追踪百王之末，驰心千载之下，慷慨怀古，想彼哲人，庶以尧舜之风，荡秦汉之弊；用咸英之曲，变烂熳之音；求之人情，不为难矣！故观文教于六经，阅武功于七德，台榭取其避燥湿，金石尚其谐人神，皆节之中和，不系于淫放。故沟洫可悦，何必江海之滨乎？麟阁可玩，何必两（一作山）陵之间乎？忠良可接，何必海上神仙乎？丰镐可游，何必瑶池之上乎？释实求华，以人从欲，乱于大道，君子耻之。故述帝京篇，以明雅志云尔。②

---

① 王溥．唐会要校证（卷六四）［M］．牛继清，校证．西安：三秦出版社，2012：950.

② 李世民．帝京篇十首·并序［M］//彭定求，等．全唐诗（增订本）．北京：中华书局，1999：1.

从序言来看，作为一代开国帝王，太宗吸取了前朝“覆亡颠沛”的政治教训，反对秦皇周穆、汉武魏明的“穷奢极丽”并欲以“麟阁可玩，何必两（一作山）陵之间乎”“丰镐可游，何必瑶池之上乎?”的宫廷近游取代前代的游幸四方，这也间接促成了贞观贻始的宫廷内外游乐赏玩的盛行。在诗歌功用上，承认诗歌的教化作用，主张以“咸英之曲，变烂熳之音”，实现诗歌雅正之风、豪迈之气对王政的教化功用，这显然是太宗以政治家的身份，从政治兴衰角度观察文学现象的独到视角。但太宗也重视诗歌的审美娱乐功能，故也称“余以万几之暇，游息艺文”。《旧唐书》载李世民对近臣称赏皇子李泰云：“泰文辞美丽，岂非才士？我心中念泰，卿等可知。”① 魏王李泰以“文辞美丽”而得父皇赏爱，几被立为太子，这也从侧面反映了太宗对华美诗文的喜爱。就连注重诗歌政教功能的魏征也承认“理深者便于时用，文华者宜于咏歌”②（魏征《隋书·文学传序》），顾及诗歌的文华之美。因而，作为缔造大唐盛世的一代英主，太宗不仅重视并利用诗歌的政教功能，倡导“雅正”之风，也认可南朝关于文学独立性的观点，把诗歌仅作闲暇时游息消遣的工具，而与治道并无太大关联，后者更是太宗作为政治家的考量与气度。故御史大夫杜淹认为《玉树后庭花》《伴侣曲》为亡国之音时，太宗完全予以否定：“夫音声岂能感人？欢者闻之则悦，哀者听之则悲。悲悦在于人心，非由乐也。将亡之政，其人心苦，然苦心相感，故闻之则悲耳。何乐声哀怨，能使悦者悲乎？今《玉树》《伴侣》之曲，其声具存，朕能为公奏之，知公必不悲耳。”③可见，作为大唐基业缔造者的太宗，历经战乱，深知创业之初，百废待兴的新王朝须从梁、陈及隋的覆亡中吸取教训，从政治的深层原因上对南朝极度腐朽的宫廷生活和淫靡宫体诗歌持摒弃态度，但其诗歌观也表

① 刘昫，等．旧唐书（卷七六）［M］．北京：中华书局，1975：2656.
② 魏徵．隋书·文学传序［M］．北京：中华书局，1999：1163.
③ 吴兢．贞观政要·礼乐［M］．上海：上海古籍出版社，1978：233.

达了作为南北统一的缔造者，在文学上海纳百川的宽广胸襟。在对南朝文学的接触认识中，既没有如隋文帝、高祖般的一味拒绝，也没有如隋炀帝流于淫靡，而是剥离南朝诗歌淫艳陋俗的部分，采纳吸收南朝诗歌的声色和谐之美，并融合北方诗歌骨鲠质朴之气，力图实现恢廓整肃的大唐诗歌气象的诗美理想。正如业师陈顺智先生所评："如果说唐太宗之明雅志、摈宫体是对六朝诗风的改造，那么唐太宗之因自然则是对六朝诗歌的继承。这都对唐代诗歌的发展产生了积极深远的影响。"① 虽然出于多种条件的不甚成熟，太宗的诗美理想并未在他的时代完全得以实现，即使从太宗个人的诗歌看，其雅正豪放、华丽绮美的诗歌观也并未与其诗歌创造实践完全一致，他的诗歌杂糅了抒怀言志的刚健质朴之感，也多有南风的雕琢缛丽之气。但毕竟为唐代文学的繁荣培育了一个良好的温床，唐代诗人正是以齐梁声色为起点，融入后朝诗人提倡的性情、风骨，"变汉魏之古体为唐体而能复其高雅，变六朝之绮丽为浑成而能复其挺秀"②，最终成就一代"盛唐之音"，从这一意义来看，以太宗主导的贞观诗人所首发并追求的诗美观，对唐代诗美的成就功不可没。

高祖太宗时期皇帝的旅游诗歌创作主要以太宗诗歌作品为主。太宗在诗歌创作方面在初唐诸皇帝及贵族中是较多产的一位，辑存在《全唐诗》中的共有 98 首，《全唐诗补编》补入 10 首，总计 108 首。他的诗歌创作充分体现了对南北诗风持通达、容纳的态度。太宗的旅游诗歌主要以登临赏望、巡幸征战和游宴赏玩为主。

太宗的登临观赏类旅游诗歌，如《帝京篇十首》作为《全唐诗》开篇卷的首篇，是初唐诗史上规模最大的一部组诗。组诗从长安宫殿写起，包揽文教、武功、台榭、麟阁乃至宴乐游猎，可谓帝王宫廷生活与心态的全景式再现，其中的其一、其四、其六、其十都是在登临、游

---

① 陈顺智 . 诗学散论［M］. 上海：上海古籍出版社，2008：188-189.

② 吴乔 . 围炉诗话［M］//郭绍虞 . 清诗话续编 . 上海：上海古籍出版社，1983：471.

幸、宴赏长安宫阁时以雄豪悠肆的笔墨对宫廷各类景观的着意渲染、描述。首篇更是为后世所称道，诗云：

秦川雄帝宅，函谷壮皇居。
绮殿千寻起，离宫百雉馀。
连甍遥接汉，飞观迥凌虚。
云日隐层阙，风烟出绮疏。①

以辽阔“秦川”和雄壮“函谷关”为背景，描绘了帝王宫殿的气势恢宏，颇有雅正宏丽之时代特点，可谓“乃鸿硕壮阔，振六朝靡靡”②。或如明胡应麟所赞叹为“藻赡精华，最为杰作”“雄才自当驱走一世”③。其他观赏类诗歌还如《帝京篇》（其五、六、十）、《春日登陕州城楼，俯眺厚野回丹，碧缀烟霞，密翠斑红，芳菲花柳，即目川岫，聊以命篇》《登三台言志》《初春登楼即目观作述怀》《望终南山》《初晴落景》《秋日即目》《山阁晚秋》《置酒坐飞阁》《远山澄碧雾》《春日望海》等诗歌中都透露出太宗作为创造盛世伟业之一代帝王的气度风范。

贞观朝时，太宗各处游幸征讨，从武功故土，函谷遥关，到北地沧海，辽东战场，所过之地，多有游赏诗作。巡幸类如《过旧宅》其二：

新丰停翠辇，谯邑驻鸣笳。
园荒一径断，苔古半阶斜。
前池消旧水，昔树发今花。

---

① 李世民．帝京篇［M］//彭定求，等．全唐诗（增订本）．北京：中华书局，1999：2.

② 毛先舒．诗辨坻［M］//郭绍虞．清诗话续编．上海：上海古籍出版社，1983：87.

③ 胡应麟．诗薮·内编［M］．上海：上海古籍出版社，1979：36-37.

一朝辞此地，四海遂为家。①

起首两句“翠辇”“鸣笳”亮出诗人身份，并指明出行性质，乃皇帝巡幸。中间两联抒写旧宅之景，“园荒”“苔古”“前池”“昔树”与题目的“旧宅”相呼应，渲染了时过境迁、世事沧桑的怀旧之情，而前池旧水、昔树今花则暗含时光荏苒、光阴如梭的感慨，中二联对偶工整自然，绘景浑然天成，并将浓厚的怀旧之情自然寄予其中，可谓情感真挚、声律全谐。而如诗人的宴赏诗般，太宗并未一味沉浸于伤感的怀旧愁绪中，结句“一朝辞此地，四海遂为家”从伤秋悲风的怀旧格调中突然奋起，一朝辞地、四海为家蕴含了多年征战的艰辛壮烈，更表达了帝王雄居四宇的豪迈霸气，也冲淡了之前纤弱物象和苍凉格调。这也正是与太宗诗歌的创作风格一致，虽接受和继承南朝诗歌的精细雕琢，但更欲以初唐帝王的刚健舒朗涤荡其靡靡纤弱之气。

其他征边诗，主要作于贞观十九年至二十年太宗亲征伐辽及幸灵州定边，北方地区的峻岭瀚海进入了贞观君臣的视野后，一些境界开阔、气象雄奇之句也出现在作品中，如《辽城望月》《执契静三边》《经破薛举战地》《春日望海》等，且多是君臣唱和的组诗，表现了征战豪情与壮烈，颂扬了唐军的声威，兼以描写边塞风物。如太宗的《经破薛举战地》：

昔年怀壮气，提戈初仗节。
心随朗日高，志与秋霜洁。
移锋惊电起，转战长河决。
营碎落星沉，阵卷横云裂。
一挥氛沴静，再举鲸鲵灭。

① 李世民．过旧宅［M］//彭定求，等．全唐诗（增订本）．北京：中华书局，1999：5.

于兹俯旧原，属目驻华轩。
沈沙无故迹，减灶有残痕。
浪霞穿水静，峰雾抱蓬昏。
世途亟流易，人事殊今昔。
长想眺前踪，抚躬聊自适。①

诗人旧地重游，往昔激战的惨烈仍历历在目，故开篇首句即抒发昔年壮气，志与霜洁。其后四句“惊电”“营碎”“云裂”再现当年战况之激烈。接着几句描写少年将领当年运筹帷幄、指挥征战的从容气势。最后四句以胜者的帝王姿态抚今追昔，抒发胜者的豪迈慨叹。整首诗格调高昂，气骨刚健，境界宏阔，在初唐大多承袭陈梁旧音中能够独树风姿亦显卓尔。其他如《出猎》《冬狩》也颇有雄浑之风，诗歌吸取汉代游猎大赋的特长，用富丽堂皇的语句铺陈行猎之盛、游赏之趣。还比如《重幸武功》《过旧宅二首》《还陕述怀》《入潼关》《于北平作》《临洛水》《仪鸾殿早秋》《谒并州大兴国寺诗》《秋日翠微宫》《冬日临昆明池》《饮马长城窟行》《执契静三边》《经破薛举战地》《辽城望月》《春日望海》等也都属太宗巡幸征伐类诗歌作品。

太宗的旅游诗歌里也不乏众多游宴赏玩类。《帝京篇》第四首即是典型的宫廷游乐诗，诗云：

鸣笳临乐馆，眺听欢芳节。
急管韵朱弦，清歌凝白雪。
彩凤肃来仪，玄鹤纷成列。
去兹郑卫声，雅音方可悦。②

---

① 李世民．经破薛举战地［M］//彭定求，等．全唐诗（增订本）．北京：中华书局，1999：4-5.

② 李世民．帝京篇·其四［M］//彭定求，等．全唐诗（增订本）．北京：中华书局，1999：2.

前四句“鸣笳临乐馆，眺听欢芳节。急管韵朱弦，清歌凝白雪。”极言音乐演奏与歌舞的盛况，急管繁弦，清歌艳舞，烘托出整个宴赏气氛的畅快欢乐。但诗歌的基调并未只停留在对歌舞宴赏的渲染，“彩凤肃来仪，玄鹤纷成列。”衬托出诗歌的帝王气势，这也是初唐君臣宫廷宴赏歌功颂德一贯的写法。最后“去兹郑卫声，雅音方可悦。”言明帝王并未沉溺于郑卫之声，而是随时保持圣明君主的警觉性，皇祚永固的现实思量提醒他应该“去兹”亡国的“郑卫音”，代之以符合儒家伦理观念的“雅音”。整首诗前部分描写歌舞宴赏时极尽辞藻之华丽，最后以儒家“王道”的规诫作为落脚点，说明太宗作诗虽继承了南朝的声色与宫廷趣味，但也试图站在帝王雄才伟略的高度提振诗歌整体格调，不至于流于南朝的靡靡之音。这也正如胡元瑞的评论：“唐初惟文皇《帝京篇》藻赡清华，最为杰作。视梁陈神韵稍减，而富丽过之。”①“藻赡”“富丽”正是太宗吸取南朝诗歌辞藻堆砌、外物铺陈的特点，而“神韵稍减”则是太宗用北方的豪迈雄放取代了南朝诗歌的情性意绪。再如其《幸武功庆善宫》中“共乐还乡宴，欢比大风诗”②，欲图与汉高祖之“大风起兮云飞扬，威加海内兮归故乡，安得猛士兮守四方”③（《史记·高祖本纪》）相比肩，颇有辽阔壮伟境界。还如陈岩肖评其诗：“辞气壮伟”“与功烈真相副也”④。太宗的游宴赏玩类诗歌还有很多，诸如《幸武功庆善宫》《春日玄武门宴群臣》《冬宵各为四韵》《除夜》《宴中山》《于太原召侍臣赐宴守岁》等，都体现了诗人在游赏时对景观抱以观览游赏的态度。

---

① 胡应麟．诗薮·内篇（卷二）［M］．上海：上海古籍出版社，1979：36.

② 李世民．幸武功庆善宫［M］//彭定求，等．全唐诗（增订本）．北京：中华书局，1999：4.

③ 司马迁．史记［M］．北京：中华书局，1999：274.

④ 陈岩肖．庚溪诗话［M］//丁福保．历代诗话续编．北京：中华书局，1983：166.

太宗早期崇尚节俭，但后期也略有自满、骄奢，故贞观宫廷宴饮、游览之风也比较兴盛。在唐太宗的倡导下，贞观的宫廷宴游之风非常兴盛。《全唐诗话》对此有所记述："太宗尝谓唐俭：'酒杯流行，发言可喜。'是时，天下初定，君臣俱欲无为，酒杯善谑，理亦有之。"① 贞观初期虽然也有朝会宴赏，如《春日玄武门宴群臣》即是太宗颇具代表性的宴游诗歌，但即使是宴赏歌舞的诗歌题材也常出现缅怀往日征战豪情及对建功立业向往的诗句，诗风也稍壮伟。至贞观中后期，随着政权的稳定，经济的恢复，太宗"虽忧人之一言不绝于口，而乐身之事实切于心"②。贞观二十二年，太宗自评："吾居位以来，不善多矣，锦绣珠玉不绝于前，宫室台榭屡有兴作，犬马鹰华，无远不致，行游四方，供顿烦劳，此皆吾之深过，勿以为是而法之。"③ 一定程度反映了太宗后期宴赏、行游的实际情况。君臣的诗歌观念也在发生些许转变，诗歌不再仅仅追求尚实之雅，还要求悦人之"文华"。如宴赏诗《宴中山》云：

驱马出辽阳，万里转旂常。
对敌六奇举，临戎八阵张。
斩鲸澄碧海，卷雾扫扶桑。
昔去兰萦翠，今来桂染芳。
云芝浮碎叶，冰镜上朝光。
回首长安道，方欢宴柏梁。④

---

① 尤袤．全唐诗话［M］//何文焕．历代诗话．北京：中华书局，1980：65.

② 吴兢．贞观政要·慎终（卷十）［M］．上海：上海古籍出版社，1978：297.

③ 司马光．资治通鉴（卷一九八）［M］．北京：中华书局，1956：6251.

④ 李世民．宴中山［M］//彭定求，等．全唐诗（增订本）．北京：中华书局，1999：17.

前半部分回想金戈铁马征战之凶险，有“斩鲸”“卷舞”之威风八面、雄视天下之帝王气魄。至后半部分，“萦翠”“染芳”“云芝”“冰镜”则明显转到华词丽藻的雕琢上。简而言之，太宗作为贞观宫廷诗坛的领军人物，长期的征战、关陇豪族的出身，使得他的诗歌有北方质朴刚健之气，宫廷的生活环境及对南朝文学的接受采纳，又使他的诗词有南朝雕饰柔媚格调。出于明君圣主南北统一的政治考量，更致力于南北诗风的调和统一，他的调和之作虽也有声色风骨俱佳的好诗，但大部分仍未达到盛唐诗歌声律风骨的完美融合，出现两种趣味、不同风格杂然并置缺乏浑融的情况，这也是研究者对其诗风有截然不同两种评论的原因。但不管怎样，太宗及其朝臣如此的尝试对盛唐诗歌形成具有不可否定的价值。

（二）侍臣旅游诗歌

贞观时期帝王对旅游诗作的领军核心作用尤为明显，宫廷旅游诗歌创作主要以太宗的旅游活动及诗歌创作为核心。在唐太宗游览喜好的倡导下，众多贵戚群臣纷纷在旅游诗歌风格和题材上迎合太宗，诗风在摒弃南朝淫靡的宫体部分后，拣取南朝诗歌适合宫廷旅游诗的典实词藻，并迎合太宗的诗歌趣味喜好来进行应制诗歌创作。文人侍臣的陪游作品多是在太宗的赐宴、群臣的会宴或陪幸皇帝巡游时所作，诗吟也主要集中在侍游应制诗和宴赏应制诗。

贞观时期政局较为稳定，宫廷诗人极少有外贬之事，仅许敬宗于贞观十年短暂贬洪州，及十七年魏王府僚属被斥。故相较于唐其他帝王时期，贞观诗人群的构成相对稳定，这与贞观朝政清明、太宗爱护文学之士相关。君臣的和谐融洽关系使得群臣间的游览唱和之作颇有影响力。举例如上官仪《奉和过旧宅应制》：

石关清晚夏，璇舆御早秋。
神麾飏珠雨，仙吹响飞流。
沛水祥云泛，宛郊瑞气浮。

大风迎汉筑，从烟入舜球。
翠梧临凤邸，滋兰带鹤舟。
偃伯歌玄化，扈跸颂王游。
遗簪谬昭奖，珥笔荷恩休。①

此诗歌属典型的应制之作，抒写陪太宗出游过旧宅景象。诗歌遵从宫廷诗三部式结构，起首部分点题，“璇舆”与“神麾”体现了皇家出游的贵气奢华。中间既有旧宅景致的描绘，“沛水”与“宛郊”相对照显示游幸之地的特殊意义，“祥云”与“瑞气”凸显了游赏者身份的尊贵。最后部分，委婉地表达了对帝王重游旧宅的颂美之辞。整首诗大量地运用了对偶句式，虽辞章华美但并无繁芜壅密之感，显示了诗人高度的驾驭语言技巧的功力，并与太宗的《过旧宅》相位呼应，不失为侍臣应制之作的典范。

再如李百药《奉和初春出游应令》：

鸣笳出望苑，飞盖下芝田。
水光浮落照，霞彩淡轻烟。
柳色迎三月，梅花隔二年。
日斜归骑动，余兴满山川。②

这是一首初春出游应制诗，全诗虽仍遵照应制诗的“三部式”：事因、写景、抒情，但贵在构思的精妙及述景的细致。首联“鸣笳”“飞盖”属宫廷巡游应制诗常用辞藻，指出游者身份的尊贵。后两联写景对仗工巧，用词精当，细腻传神，胡震亨评此二句：“含巧于硕，才壮

① 上官仪．奉和过旧宅应制［M］//彭定求，等．全唐诗（增订本）．北京：中华书局，1999：509.

② 李百药．奉和初春出游应令［M］//彭定求，等．全唐诗（增订本）．北京：中华书局，1999：540.

意新，真不虚人主品目。"① 尾联回到游者主体上来，既交代了归程，"余兴"又总结了游的感受，可谓点睛升华之笔。全诗虽为应制形式的旅游诗作，但又超出一般应制诗囿于格式、辞令的限制，而能做到情景交融、形神兼备，不失为初唐应制旅游诗的佳作。

贞观群臣应和所作征边巡游诗，如长孙无忌、杨师道、许敬宗、应太宗《行经破薛举战地》的组诗，但明显仍以太宗所作诗为佳，因太宗毕竟亲历战场，真情所感，真挚流露；而大臣和作，则无论内容、风格上皆有仿太宗之嫌，纯以文学经验而作，缺乏真情实感，这充分证明了旅游亲历的重要性。而至太宗伐辽及幸灵州定边时，侍臣随行，亲至边塞，切身地所见所闻，丰富了写作的真实体验，故所写旅游应制诗无论摹景或抒情都较奉和《行经破薛举战地》的应制诗更为真挚传神。当北方地区的峻岭瀚海进入了贞观群臣的视野后，诗人们从游览皇城禁苑的局限中跳脱出来，创作了不少境界开阔、气象雄奇的侍游作品。列举如杨师道、许敬宗唱和太宗《春日望海》的应制之作，如下：

> 春山临渤海，征旅辍晨装。回瞰卢龙塞，斜瞻肃慎乡。洪波回地轴，孤屿映云光。落日惊涛上，浮天骇浪长。仙台隐蠵驾，水府泛鼋梁。碣石朝烟灭，之罘归雁翔。北巡非汉后，东幸异秦皇。搴旗羽林客，跋距少年场。龙击驱辽水，鹏飞出带方。将举青丘缴，安访白霓裳。（杨师道《奉和圣制春日望海》）②
>
> 韩夷愆奉贶，凭险乱天常。乃神弘庙略，横海剪吞航。电野清玄菟，腾笳振白狼。连云飞巨舰，编石架浮梁。周游临大壑，降望极遐荒。桃门通山抃，蓬渚降霓裳。惊涛含蜃阙，骇浪掩晨光。青

---

① 胡震亨．唐音癸签（卷五）［M］．上海：古典文学出版社，1957：37.

② 杨师道．奉和圣制春日望海［M］//彭定求，等．全唐诗（增订本）．北京：中华书局，1999：461.

丘绚春组，丹谷耀华桑。长驱七萃卒，成功百战场。俄且旋戎路，饮至肃岩廊。（许敬宗《奉和春日望海》）①

诗歌作于贞观十九年（公元645年）跟随太宗东征高丽的途中，虽仍不免有宫廷诗的雕琢华丽之气，但对边塞景物的铺陈排比已显示出亲游现场的真实和形象。诗歌中也弥漫着北地风光阔大雄浑的格调，意象均开阔绵密，对春山高耸、渤海无际的阔大景物描写中显示出气势磅礴的流动感。太宗的《春日望海》，同题奉和应制者还有长孙无忌、高士廉、刘洎、岑文本、褚遂良、上官仪、郑仁轨。组诗唱和在贞观时期也属于规模较大的，因侍臣们的亲身游历和切身体会，故诗歌体现了开阔的景观境界和浓厚的现实意义，组诗多将太宗此次东征的意义作了深刻的发挥，感情真挚且激情澎湃，将贞观时期雄深雅健的诗歌风格特征发挥得淋漓尽致，可谓贞观时期侍游诗歌的代表杰作。

贞观时期日渐雄厚的物质基础，也支撑起了宫廷宴赏游之繁盛。初唐历代皇帝都将宴赏作为主要的宫廷游乐活动。胡震亨《唐音癸签》云："有唐吟业之盛，导源有自……于时文馆既集多才，内廷又依奥主，游宴以兴其篇，奖赏以激其价。"② 在宫廷宴赏活动时，多是帝王带领群臣流连徜徉于宫殿、温泉、别业或寺庙，并于风景优美处设宴饮诗，于饮乐赏景中激发诗人的诗歌创作热情，诗人在饮酒赏景时已具备了游的自觉，宫殿、园林、别业又为游提供可供观赏的客体，而诗人在创作过程中自然也获得情感的愉悦或审美体验，因而可以说大多数唐代宴饮诗都可归入旅游诗歌范畴，只是古代以"宴饮""宴赏""游赏"等称类不一，但诗歌性质大体是一致的。贞观时期侍臣的宴赏游诗较为丰富，典型如虞世南的《侍宴应诏赋韵得前字》，诗云：

---

① 许敬宗．奉和春日望海［M］//彭定求，等．全唐诗（增订本）．北京：中华书局，1999：465.

② 胡震亨．唐音癸签［M］．上海：上海古籍出版社，1981：42.

芬芳禁林晚，容与桂舟前。
横空一鸟度，照水百花燃。
绿野明斜日，青山淡晚烟。
滥陪终宴赏，握管类窥天。①

深得南朝诗意精要的虞世南，将南朝诗歌的观察敏锐、绘景细腻的特点在本首诗里淋漓尽致地表现出来，首联仍是交代事件，宴赏的地点与事件，是写宫苑晚景。中间两联述景，“一鸟”与“百花”由点到面，由空中到地面；“度”与“燃”既富有动感又有色彩感，而颈联“绿野”“青山”镜头画面感十足，由前句的近景拉向远景。结句仍点明主题，乃宴赏游景，感兴而作，整首诗洋溢着宴游时和谐安乐的美好气氛。

二、宫廷外集宴旅游诗歌

当然，并不是朝臣所有的旅游诗都是宫廷诗作，也有宫廷外旅游赏玩的诗歌。贞观朝诗人于宫廷外的旅游诗作较富有典型性的是两次较大型的私人集会宴游诗作，一次为于志宁别业的高朋聚会，另一次为杨师道别业的安德山池宴。

唐代一贯有多种形式的集会宴游，其传统是自太宗朝始。相较于陪侍君主游幸宴会时盛大的场面，庄重肃穆的气氛，歌功颂德的献谀，文臣们的自由宴集更加轻松融洽。两次宴游聚会的地点均在私人位于京都或近郊的宅院举行。据《增订注释全唐诗》载于志宁的别业位于京师万年县亲仁坊西北隅，杨师道的别业位于京师万年县长兴坊东北隅。于志宁别业的宴集游采用典型的分韵组诗，于志宁有《冬日宴群公于宅各赋一字得杯》，同时分韵而作的有令狐德芬得“趣”字，封行高得

---

① 虞世南．侍宴应诏赋韵得前字［M］//彭定求，等．全唐诗（增订本）．北京：中华书局，1999：477.

"色"字，杜正伦得"节"字，岑文本得"平"字，刘孝孙得"献"字，许敬宗得"归"字。文人们在祝酒宴乐、赏兴正酣时，赋以题咏酬唱，不失为唐人一种另类的雅游。于志宁作为宴集的组织者和主人，其诗表达了主人的待客热情，诗云：

陋巷朱轩拥，衡门缇骑来。
俱裁七步咏，同倾三雅杯。
色动迎春柳，花发犯寒梅。
宾筵未半醉，骊歌不用催。①

前两句对自己的宅地园林做了介绍，自谦而又暗含自豪。接着两句称颂赴宴者的才情雅致，紧接着描写园林景色，"色动"和"花发"使景致充满了动感与生机，"春柳"与"寒梅"则说明了游园赏景的时节。结句则重点申明了主人的好客与热情。

其余诗人相唱和的诗歌，表达主题各有不同，或称颂主客友谊，或抒发诗酒情怀，或欣赏园林美景，相对自由随意，均少了一份宫廷宴赏的拘束严谨。如"放旷山水情，流连文酒趣""既欣投辖赏，暂缓望乡情""解襟游胜地，披云促宴筵"②，等等，无论诗人们以何种方式表达，主题均围绕游宴的欢欣与赏景的愉悦，因而这种群臣宴赏赋诗的形式，自贞观朝始，成为了开一代旅游特色风气之先锋。

《安德山池宴集》为岑文本、刘洎、褚遂良、杨续、许敬宗、上官仪、李百药集会杨师道别业的宴游唱和诗作。杨师道封安德公，诸人所作诗歌也不乏赏景佳句，表达游在其中的欢悦。如刘洎的"平阳擅歌

---

① 于志宁．冬日宴群公于宅各赋一字得杯［M］//彭定求，等．全唐诗（增订本）．北京：中华书局，1999：449.

② 令狐德棻．冬日宴群公于宅各赋一字得趣．岑文本．冬日宴于庶子宅各赋一字得平．刘孝孙．冬日宴于庶子宅各赋一字得鲜［M］//彭定求，等．全唐诗（增订本）．北京：中华书局，1999：450，452，454.

舞，金谷盛招携”根据杨师道的身份赞誉其宴集兼具平阳歌舞、金谷雅集二者于一身；许敬宗的“宴游穷至乐，谈笑毕良辰”充分抒发了宴游的乐趣；李百药的“虹桥分水态，镜石引菱花”写景细致且视角独特，都在宴赏中流连光景、优游乐处。

总之，贞观时期的旅游诗歌创作在太宗的核心影响下，虽仍延续了齐梁的绮靡声色，但也融入了唐初的刚健质朴之感之气，初步展现了唐代旅游诗歌风范的端倪。

第二节 龙朔时期旅游诗歌

高宗武后朝与武周朝社会文化整体氛围趋向颂美型，这与高祖太宗朝是很不相同的。高宗武周朝的大部分诗人未再有贞观君臣建国打天下的豪情和亲历创业的艰辛与磨砺，因而诗歌整体缺乏贞观诗人的骨鲠之气，“绮错婉媚”的上官体和谄媚的颂体成为宫廷诗歌的主流。

一、颂美华丽型宫廷诗风

（一）高宗武后文学观及旅游诗歌

高宗李治也喜好文艺，《旧唐书》载：“高宗嗣位，政教渐衰，薄于儒术，尤重文吏。”① 但高宗仅长于孝治，性格温良，才性平庸，无论是治世才能还是诗歌水平都远不如太宗。其在位期间，前期承贞观余荫，后期朝政由武后把持，宫廷诗歌唱和也不及太宗时频繁。主要的“文治”之功是诏敕所修大量与诗文写作相关的总集、类书。因而高宗武周时期，对诗歌的主导作用主要表现在武则天时代。

高宗后期武后涉政，武后为巩固和扩大自己的政治势力，不仅在制度上打破士庶界限，而且广招文学高才之士入朝，遂在武后宫廷形成了“北门学士”和“珠英学士”两大学士群。此两大学士群中的众多人士

---

① 刘昫，等．旧唐书［M］．北京：中华书局，1975：4942.

如李峤、宋之问、沈佺期、张说等都历经中宗、睿宗甚至玄宗诸朝，不仅在政坛占据一席之地，并且是宫廷旅游诗歌创作的主力，对整个初唐乃至盛唐旅游诗歌的诗风及诗体的完备成熟都起着重要作用。

高宗武后朝对宫廷游赏诗歌的核心作用还体现在对旅游诗作鉴赏的评判上。每逢君臣游赏宴饮时，群臣应帝王之命应制赋诗，作为旅游活动最高权力者的帝王依其个人喜好评判诸人成诗速度的快慢和诗作质量的高下，并对获胜者赐赏以兹激励。这种做法至中宗朝更为常见。上位者的喜好成为评判诗歌优劣的唯一标准，为博帝王的青睐，侍臣所作旅游诗歌自然趋同于帝王的价值评判标准，这也是龙朔时期宫廷旅游诗歌受帝王主导的显著特征。

陈贻焮《增订注释全唐诗》共存高宗诗歌九首，且基本为宴游诗作、游幸途中作和驾临寺院作。如其《七夕宴悬圃二首》中“俱叹三秋阻，共叙一宵欢”点出了七夕宴游的兴致，《谒慈恩寺题奘法师房》的“停轩观福殿，游目眺皇畿”① 也很有帝王游幸的气势。总的来说，高宗的诗歌不具大气宏阔的境界，且明显带有仿效柏梁体雕琢刻意的痕迹，举例如《太子纳妃太平公主出降》：

龙楼光曙景，鲁馆启朝扉。
艳日浓妆影，低星降婺辉。
玉庭浮瑞色，银榜藻祥徽。
云转花萦盖，霞飘叶缀旂。
雕轩回翠陌，宝驾归丹殿。
鸣珠佩晓衣，镂璧轮开扇。
华冠列绮筵，兰醑申芳宴。
环阶凤乐陈，玳席珍羞荐。

---

① 李治．七夕宴悬圃二首、谒慈恩寺题奘法师房［M］//彭定求，等．全唐诗（增订本）．北京：中华书局，1999：21，22.

蝶舞袖香新，歌分落素尘。
欢凝欢懿戚，庆叶庆初姻。
暑阑炎气息，凉早吹疏频。
方期六合泰，共赏万年春。①

诗歌极力堆砌、拼凑辞藻，并糅以“金玉龙凤，朱紫青黄”，以凸显皇家的富贵气派，但却使整首诗显得较为呆板滞拙，仅有金银气却缺乏优秀宫廷游赏诗的温婉精巧。高宗虽也雅好文艺，但作为帝王毕竟创作才能有限，故高宗朝的创作重心转移至以上官仪和许敬宗为代表的宫廷文人。

（二）侍臣旅游诗歌

“上官体”虽然得名于龙朔年间，但上官仪保留下来的作品多是贞观后期所作，龙朔年间的作品并不多。上官仪大约在贞观九年至十二年（公元635—638年）间，逐步取代虞世南而成为太宗的心腹文学侍臣，被太宗授以“视草”与“继和”的殊遇。他的诗歌创作时间跨度从贞观八年（公元634年）之前的《早春桂林殿应沼》到龙朔二年（公元622年）的《入朝洛城步月》。高宗以后，由于其官居高位，又受高宗宠幸，即使麟德元年（公元664年）即因政治阴谋被杀，龙朔时期存诗大多散佚，其在诗坛上的影响一样存在。上官仪通晓南朝诗歌艺术之精髓，尤其擅长对偶、声律等诗歌艺术技巧的研究和运用，并在实际创作中总结出“六对”与“八对”等规律，对唐代律诗的最终成熟起到了积极推动作用。他的诗歌对仗工整，意蕴深远，代表当时诗歌成就的最高水平。况且“上官体”虽是唐代诗歌史上第一个以个人名字命名的诗体，但所指并非单单上官仪一人作品，如聂永华认为：“‘上官体’正是由婉儿之手而得以延承发展，‘文章四友’、沈宋之属后来居上，

---

① 李治．太子纳妃太平公主出降［M］//彭定求，等．全唐诗（增订本）．北京：中华书局，1999：21.

经张说、张九龄之辈而影响及于王湾、祖咏、卢象而注于王维一脉，下开大历诗风，至晚唐司空图，形成源远流长之雅体，从而对初唐宫廷诗风的流变乃至唐诗风貌的形成产生正面推动。”① 可见，“上官体”是被看做一种诗歌体式得以继承延续下去的，它的产生既符合时代风尚的转变，又顺应诗歌发展演变的内在规律。“绮错婉媚”之“上官体”的实质即是：“以精致而灵动的美感形式融入意蕴无穷的情志，以音韵谐畅的声律美感创造心物融合无间、情景宛然密合的诗境，达成浑成秀朗、滋味醇厚的韵致。”② 而龙朔时期的上官体即已致力于诗歌性情与声色的融合，力图使宫廷诗歌显得圆熟精美。尽管上官仪及其追随者在创作实践中并未能完全履践其诗美追求，甚至有的诗歌过于注重纤微雕刻、属对工巧、声律精严的唯美文风，而丢失了贞观朝刚健质朴的骨气，然而上官仪及其追随者却也积极推进了龙朔宫廷诗坛对贞观朝诗歌由承袭到创新、由滞重到轻灵、由风格单一到趋向个性的转变。

许敬宗的“颂体诗”注重缘情体物、形式精巧，但其诗歌主要是迎合高宗、武后好大喜功而作的歌功颂德、点缀升平的富丽谄媚之诗。许敬宗虽在武德年间即是秦王府十八学士之一，但在贞观朝始终未得重用，直到高宗即位后通过“废王立武”事件才得到高宗、武后的青睐，因而他在高宗朝时的应制诗创作充分表达了对皇恩浩荡的感激涕零和知恩图报的心情。他的应制旅游诗也多镶金嵌玉、富丽堂皇，那些“金玉龙凤”等表示大富大贵的词语和“朱紫青黄”等表示绚丽的色彩在许敬宗游览绘景诗歌中比比皆是，也失去了贞观时期宫廷诗所树立的宏达整肃之风。如《奉和过慈恩寺应制》：

凤阙邻金地，龙旂拂宝台。
云楣将叶并，风牖送花来。

---

① 聂永华. 初唐宫廷诗风流变考论［D］. 西安：陕西师范大学，1996.
② 聂永华. 初唐宫廷诗风流变考论［D］. 西安：陕西师范大学，1996.

月宫清晚桂，虹梁绚早梅。
梵境留宸瞩，掞发丽天才。①

此诗是奉和高宗《谒大慈恩寺》所作，虽然是陪侍游寺庙，但全诗毫无登临宗教之地的虔诚宁静之意，反而充斥着“凤阙”“金地”“龙旂”“宝台”等宫廷富丽之词，雕琢意味愈发明显。最后两句更是刻意地谄媚，正是皇帝的驾幸，才使这“梵境”辉光无限，献媚邀宠之意一览无余。整首诗全无旅游诗游历景观时的有感而发，更显僵化毫无性情。又如其《游清都观寻沈道士得“清”字》：

幽人蹈箕颖，方士访蓬瀛。
岂若逢真气，齐契礼无名。
既诠众妙理，聊畅远游情。
纵心驰贝阙，怡神想玉京。
或命余杭酒，时听洛滨笙。
风衢通阆苑，星使下层城。
蕙帐晨飚动，芝房夕露清。
方叶栖迟趣，于此听钟声。

即使是游访道观，却全无清净拜谒之情，而是将宫廷的述景方式移植转嫁到对道观环境生活的描写，因而全诗只有雕琢之气，而无生机灵魂可言。故杨炯对龙朔文场的评价：“龙朔初载，文场变体，争构纤微，竞为雕刻，糅之以金玉龙凤，乱之以朱紫青黄，影带以徇其功，假对以称其美，骨气都尽，刚健不闻。”② 这固然是对“上官体”和许敬

① 许敬宗．奉和过慈恩寺应制［M］//彭定求，等．全唐诗（增订本）．北京：中华书局，1999：468.

② 杨炯．王勃集序［M］//（唐）王勃．王子安集注．蒋清翊，注．上海：上海古籍出版社，1995：69.

宗颂体诗过于雕琢与藻饰的整体评价，但对比上官体尚有疏朗圆润的形神兼备之作，杨炯此论更有指摘许敬宗的意味。总之，高宗时期的旅游诗歌整体风格趋向精细雕绘，富丽典雅，但所述景观缺乏自然韵度与情感体验。

武则天所存诗歌除庙堂之作外，即以宴饮、游幸诗歌居多。《早春夜宴》《游九龙潭》《从驾幸少林寺》《夏日游石淙诗》《腊日宣诏幸上苑》均是此类，诗歌多有上官体之风格，武后早期爱好华美文风，诗歌多用金、玉、珠、宝、仙、帝、圣、龙、凤等字眼形容皇家贵族的华丽奢侈。至武周至中晚期游览诗有七律诗的创作，也间接促进了七律的发展。如武后久视元年（公元 700 年）游石综山时，作七律《夏日游石淙诗》，同作的十几人都用七律奉和，虽然辞藻仍过于华丽，且并非都全部合律，但因句法平易，语调流杨，便比五言要更显自由。七律在中宗宫廷中得到广泛应用，也是与武后晚期宫廷诗首开此风密切相关。宇文所安就此评论说：“武后特别喜欢七言歌行，这是不足为奇的，因为她缺乏那些有造诣的朝臣的文学修养，自然偏爱七言歌行的蓬勃生气，不喜欢僵硬呆板的五言宫廷诗。”①

高宗朝与武周朝社会文化整体氛围趋向颂美型，这是与太宗朝很不相同的。太宗贞观时期，虽宴游、巡幸活动也比较频繁，但作为大唐基业开创者的君王及随其历经战乱、戎马生涯的朝臣来说，深知奢侈之祸。故即使享宴之际，也有忧患之思；出游故地，也多追古抚今，发英雄豪情。即使在太宗后期乐于赏游，喜好诗歌文丽时，也没有失掉缔造盛世的豪迈情怀和以儒治世的责任感。而至高宗武后朝，社会文化氛围即由重儒雅转向重文采，“诗赋取士”又形成了探讨诗艺的热潮和全社会对诗歌艺术创造才能的崇重，高宗朝的大部分诗人未再有贞观君臣建国打天下的豪情和亲历创业的艰辛与恭瑾，因而诗歌中缺乏贞观诗人的

① ［美］宇文所安．初唐诗［M］．贾晋华，译．北京：三联书店，2004：234.

骨鲠之气，“绮错婉媚”的上官体和谄媚的颂体成为宫廷诗歌的主流。武周统治时期政坛渐脱离武后时期的高压政治局面，政治较为清明，经济繁荣，呈现出一派“升平”景象，诗人凭借文赋步入政坛，以“文章四友”“沈宋”“珠英学士”为代表。他们虽然擅文词，但是却多薄于德行。因此他们具有的普遍特征颇为急于干进，这也迎合了武则天爱好颂美的心思，诗词也多繁缛华丽。至则天中晚期时随着国势的日盛和都市的繁华，以及武则天更加频繁的出游活动，士人的宫廷旅游诗风相较于高宗龙朔时期的辞藻雕琢，而转向更注重以气势雄伟、诗境宏阔来颂赞渲染所游景象。

武周朝的宴赏活动较太宗朝更为频繁，且为了给宴赏活动助兴，加入了对宴赏诗竞赛点评的部分，这也相应地增添了宫廷旅游活动的娱乐氛围。宫廷游赏时的应制诗作竞赛多是点到为止的娱乐形式，评判也以君王的喜好为标准，且夺冠者由君王授以奖励，这也调动了群臣创作的积极性。这种形式虽未言明是比赛，但文士在君主面前都会竭力展现自己的诗意，以求博得赏识，这也间接促进了旅游诗歌创作的繁荣。

龙朔时期较为著名的宴赏诗歌是宋之问的龙门应制诗作，即是典型的君臣游赏时应制竞赛所作。长安元年（公元 701 年）春，则天游龙门，此次游赏，群臣赋诗众多，《唐诗纪事》卷一一载：“武后游龙门，命群官赋诗，先成者赐以锦袍。左史东方虬诗成，拜赐。坐未安，之问诗后成，文理兼美，左右莫不称善，乃就夺锦袍衣之。”① 东方虬诗已佚，现已难窥其诗歌优劣。以宋之问的诗歌为例：

宿雨霁氛埃，流云度城阙。河堤柳新翠，苑树花先发。洛阳花柳此时浓，山水楼台映几重。群公拂雾朝翔凤，天子乘春幸凿龙。凿龙近出王城外，羽从琳琅拥轩盖。云罕才临御水桥，天衣已入香山会。山壁崭岩断复连，清流澄澈俯伊川。雁塔遥遥绿波上，星龛

① 王仲镛．唐诗纪事校笺［M］．北京：中华书局，2007：381.

奕奕翠微边。层峦旧长千寻木，远壑初飞百丈泉。彩仗蜺旌绕香阁，下辇登高望河洛。东城宫阙拟昭回，南阳沟塍殊绮错。林下天香七宝台，山中春酒万年杯。微风一起祥花落，仙乐初鸣瑞鸟来。鸟来花落纷无已，称觞献寿烟霞里。歌舞淹留景欲斜，石关犹驻五云车。鸟旗翼翼留芳草，龙骑骎骎映晚花。千乘万骑銮舆出，水静山空严警跸。郊外喧喧引看人，倾都南望属车尘。嚣声引飏闻黄道，佳气周回入紫宸。先王定鼎山河固，宝命乘周万物新。吾皇不事瑶池乐，时雨来观农扈春。

宋之问诗为杂言歌行体，虽字面仍显秾丽，但由于注重气势，辞随势转，故并无龙朔诗歌繁芜、斧凿之痕，反而更见皇家华美气派。首四句“宿雨霁氛埃，流云度城阙。河堤柳新翠，苑树花先发”点明此次旅游的时节，是在春雨初霏、万物回春之时。紧接着是对武后出游盛大场面和东都洛阳及龙门寺壮丽景象的渲染，“群公拂雾朝翔凤，天子乘春幸凿龙”描绘了游幸规模的庞大。而对自然之景的描写“层峦旧长千寻木，远壑初飞百丈泉”，更是高华雄整、气势恢宏、自然天成，毫无应制应景诗的做作之感。“下辇登高望河洛”“东城宫阙拟昭回”交代了游览的行进过程。其后，“林下天香七宝台，山中春酒万年杯。微风一起祥花落，仙乐初鸣瑞鸟来。鸟来花落纷无已，称觞献寿烟霞里”虽有应和则天喜好的“七宝台”和“仙乐”等辞藻，但与游景自然融合，使诗歌更有仙境意味。至日暮时分，游览观赏即将结束，又继续铺写宴游队伍之盛况：“千乘万骑銮舆出，水静山空严警跸。郊外喧喧引看人，倾都南望属车尘。”最后，“先王定鼎山河固，宝命乘周万物新。吾皇不事瑶池乐，时雨来观农息春”回到歌颂帝王、赞美武周统治的颂辞中来，虽为应制惯例，但与整首诗水到渠成，融为一体，也不显过于突兀。这首诗作为典型的扈从应制旅游诗，即使仍遵循应制诗的惯例格式，但因述景境界开阔，韵度自然，且述景大气，还兼有对游览规模的铺陈渲染，故不失为旅游诗的佳作。

则天为了宣扬武周奉成天命，诸如此类出游名山大川，举行封禅祭祀活动还很多，诗人们类似龙门应制的侍游诗歌也应运而生。如宋之问扈从则天登封嵩山的“天回万象出，驾动六龙飞”“百灵无后至，万国竞前驱”、沈佺期的“云间树色千花满，竹里泉声百道飞”等应制旅游诗，都展现出皇家仪仗阵势之壮大、所游景观场面之宏阔。

武则天时期最为著名的皇家宴赏活动是其石淙之游。石淙又名平乐涧，位于登封县内的嵩山，“石淙之水，源出于嵩，流合于颖。”① 石淙汇入颍河，颍河现为淮河最大支流，石淙两岸危石从立，形状异常，水击石响，故称“石淙”。

武则天曾多次到石淙所在的嵩山巡幸。《旧唐书》则天皇后纪：“万岁登封元年腊月甲申，上登封于嵩岳，大赦天下，改元，大酺九日。丁亥，禅于少室山……癸巳，至自嵩岳。”② 她还把阳城县改名告成县，以示祭祀。圣历二年（公元699年）二月，则天又幸嵩山。直至久视元年（公元700年），则天第三次游幸嵩山，《资治通鉴》载：“乙巳太后幸嵩山，春一月丁卯，（太后）幸汝州之温汤。戊寅，迁神都，作三阳宫于告成之石淙。”③ 原注：“三阳宫，去洛城一百六十里，万岁登封元年改东都阳城县曰告成，以祀神岳告成也。”正是此次幸嵩山，在告成县石淙河修建了三阳宫，并在此年五月十九日率群臣于石淙河畔游览。

石淙山应制组诗是对武后时期出游石淙的记载，则天的第三次石淙游，包括武后赋诗七言一首《石淙》，共留下了十七篇诗作，除武则天诗作之外，剩余十六篇均为皇子、侍臣奉和所作，并诗序一篇，合为《夏日游石淙诗并序》。虽然初唐皇家宴游活动盛行，但组织如此大规

---

① （明）傅梅，撰．向东，关林，校点．嵩书·峙胜篇［M］//张慧民，王关林．嵩岳文献丛刊．郑州：中州古籍出版社，2003：35.

② 刘加夫．中国文学编年史·隋唐五代卷［M］．长沙：湖南教育出版社，2006：204.

③ 司马光．资治通鉴（卷二零六）［M］．北京：中华书局．1956：6545.

模的君臣相伴宴游于自然山水间，也并不常见。《全唐诗》中狄仁杰《奉和圣制夏日游石淙山》诗下注曰：

石淙山，在今河南登封县东南三十里。有天后及群臣侍宴诗并序刻北崖上，其序云：石淙者，即平乐涧，其诗天后自制七言一首，侍游应制皇太子显、右奉裕率兼检校安北大都护相王旦、太子宾客上柱国梁王三思、内史狄仁杰、奉宸令张易之、麟台监中山县开国男张昌宗、鸾台侍郎李峤、凤阁侍郎苏味道、夏官侍郎姚元崇、给事中阎朝德、凤阁舍人崔融、奉宸大夫汾阴县开国男薛曜、守给事中徐彦伯、右玉铃卫郎将左奉宸内供奉杨敬述、司封员外于季子、通事舍人沈佳期各七言一首。薛曜奉敕正书刻石，时久视元年五月十九日也。①

按此事新旧唐书俱未之载，世所传诗，亦缺而不全，今从碑刻补入各集中。此段话对石淙会饮的规模和参与赋诗之人作了整体说明。《全唐文》有武则天的《夏日游石淙诗并序》：

爰有石淙者，即平乐涧也。尔其近接嵩岭，俯届箕峰，瞻少室兮若莲，睇颍川兮如带。既而蹑崎岖之山径，荫蒙密之藤萝。汹涌洪湍，落虚潭而送响；高低翠壁，列幽涧而开筵。密叶舒帷，屏梅氛而荡燠；疏松引吹。清麦候以含凉。就林薮而王心神，对烟霞而涤尘累。森沈邱壑，即是桃源；淼漫平流，还浮竹箭。纫薜荔而成帐，耸莲石而如楼。洞口全开，溜千年之芳髓；山腰半坼，吐十里之香粳。无烦崐阆之游，自然形胜之所，当使人题彩翰，各写琼篇。庶无滞于幽栖，冀不孤于泉石。各题四韵，咸赋七言。②

---

① 彭定求，等．全唐诗（增订本）［M］．北京：中华书局，1999：558.
② 董诰，等．全唐文（卷九七）［M］．北京：中华书局影印，1983：1003.

此序描绘了石淙的美景，并介绍了游赏诗作均为七言赋诗。当时君臣诗成后，由书法家薛曜书写，勒刻石壁，“楷书39行，行42字，分为三截，保存完好。”① 另有宋之问的《三阳宫石淙侍宴应制》诗，也有论者认为作于此次石淙游，但未刻石，“王昶按语引《说嵩》及《河南通志》，谓亦为本次侍游所作，可从。”② 同年秋，武则天又在石淙与群臣宴饮，张易之撰写了《秋日宴石淙序》，仍由薛曜书写，刻于石淙南崖石壁，与北崖所刻武则天序遥遥相向。

石淙的胜景奇观，吸引了武后及其群臣屡次游览此地，而由皇家组织的赋诗唱和并刻诗于崖，也用文字形式永久保留了石淙的美景。石淙游所作君臣唱和组诗，仍有迎合武后爱好华美文风之嫌，诗词或用珠光宝气之词极力渲染皇家出游的华贵奢侈、场面的宏大，或将自然景观吹捧为人间仙境，如：

三山十洞光玄箓，压峤金峦镇紫微。（武则天）
羽仗遥临鸾鹤驾，帷宫直坐凤麟洲。（狄仁杰）
自然碧洞窥仙境，何必丹丘是福庭。（李峤）
雕舆藻卫拥千官，仙洞灵溪访九丹。（苏味道）
洞口仙岩类削成，泉香石冷昼含清。（崔融）
金台隐隐陵黄道，玉辇亭亭下绛雰。（阎朝隐）
八风行殿开仙榜，七景飞舆下石关。（徐彦伯）
此中碧酒恒参圣，浪道昆山别有仙。（薛曜）
山中别有神仙地，屈曲幽深碧涧垂。（杨敬述）
仙人六膳调神鼎，玉女三浆捧帝壶。（沈佺期）

并且因是典型的宫廷应制旅游诗，诗歌形式均拘于固定模式，遵循

① 段宝林，江溶．山水中国［M］．北京：北京大学出版社，2005：83.
② 刘加夫．中国文学编年史·隋唐五代卷［M］．长沙：湖南教育出版社，2006：204.

“三部式”结构，即“首先是开头部分，通常用两句诗介绍事件。接着是可延伸的中间部分，由描写对偶句组成。最后部分是诗篇的‘旨意’，或是个人愿望、感情的插入，或是巧妙的主意，或是某种使前面的描写顿生光彩的结论。有时结尾两句仅描写事件的结束。”① 首句如：

宸晖降望金舆转，仙路峥嵘碧涧幽。（狄仁杰）
羽盖龙旗下绝冥，兰除薜幄坐云扃。（李峤）
金台隐隐陵黄道，玉辇亭亭下绛雾。（阎朝隐）
九旗云布临嵩室，万骑星陈集颍川。（于季子）
金舆旦下绿云衢，彩殿晴临碧涧隅。（沈佺期）

诗歌的首句，用“金舆”“羽盖”“玉辇”“万骑”交代此乃帝王游幸，这也是初唐宫廷应制旅游诗惯用的词汇。而结尾句如：

微臣献寿迎千寿，愿奉尧年倚万年。（于季子）
五百里内贤人聚，愿陪阊阖侍天文。（阎朝隐）
今朝出豫临悬圃，明日陪游向赤城。（崔融）

或感恩陪游的尊荣，或对整个游宴的总结，都体现了宫廷宴赏诗的规范。但同时这组旅游诗对景物的描绘也生动形象，所写景物能从大处着眼，气势磅礴，如：

万仞高岩藏日色，千寻幽涧浴云衣。（武则天）
霞衣霞锦千般状，云峰云岫百重生。（李显）
千种冈峦千种树，一重岩壑一重云。（阎朝隐）
千丈松萝交翠幕，一丘山水当鸣琴。（张易之）

---

① ［美］宇文所安．初唐诗［M］．北京：三联书店，2004：183-184.

都极力展现了石淙景致的阔大壮美，而于石淙的高峻朗拔中又不乏某处的细腻生动，如：

飞泉洒液恒疑雨，密树含凉镇似秋。（狄仁杰）
鸟和百籁疑调管，花发千岩似画屏。（李峤）
掩映叶光含翡翠，参差石影带芙蓉。（武三思）

可谓于深山大壑之全景中不乏绿藤繁花点缀其间，点面结合，灵动细致。当然，石淙之游只是武则天及其朝臣众多游赏中的一例，但因其规模较大，且旅游意味浓厚，如张易之序所言："耳目所接，天下之为奇也；游践所经，天下之为绝也。"① 可以视为武后则天时期最具代表性的宫廷旅游诗歌创作，葛晓音对此也有所评价："像这样君臣一起大规模游山玩水题诗的活动，在唐诗史上还是首次。七律在初唐尚未成熟。这次活动不但刺激了宫廷山水诗的发展，对于七律的推广也有明显的影响。"②

二、宫廷外旅游诗歌

高宗武周时期诗歌虽仍是由皇帝和贵族主导的宫廷旅游文学，但在此之外还有游离于宫廷诗人圈外的诗人，此时期主要以陈子昂、"四杰"为代表。当然这些诗人也并非与宫廷诗作毫无关联，"即使是这些人中，骆宾王亦曾为东台详正学士，陈子昂曾为麟台正字、左拾遗，杨炯曾为珠英学士。"③ 并且"四杰"的诗风也在一定程度上吸纳了上官体的艺术成就。宫廷内外的诗人之间也有往来，如陈子昂就与宋之问的

① 张慧民，王关林．嵩岳文献从刊［M］．郑州：中州古籍出版社，2003：431.

② 葛晓音．诗歌高潮与盛唐文化［M］．北京：北京大学出版社，1998：55.

③ 余恕诚．初唐诗坛的建设与期待［J］．文学遗产，1996（5）：42-51.

交游颇多，杨炯与宋之问也是很好的朋友。因而宫廷外诗人对宫廷诗风虽有批判，但诗艺却是相互影响并多有互补的。

以“四杰”为代表的宫廷外诗人或欲归隐田园，或四处漫游，走出宫廷的四方天地，而遨游于山川大河，其阅历与眼界自不同于专供侍奉皇帝的御用文人。正如闻一多所言：“正如宫体诗在卢、骆手里是由宫廷走到市井，五律到王、杨的时代是从台阁移至江山与塞漠。”①“四杰”及陈子昂正是在变革齐梁诗风的同时，吸取上官体优点，注入了游历江山塞漠时酝酿的“性情”，弥补了宫廷旅游诗歌“风骨”与“性情”的缺失。如王勃的诗歌因未长期困守于宫廷诗作，因而摆脱了宫廷诗人园林游览诗歌的限制性创作，而在旅游诗歌中更注重对自然界的独到观察。“闲情兼嘿语，携杖赴岩泉”（《春日还郊》）、“草遍南亭合，花开北院深”（《郊园即事》）、“物色连三月，风光绝四邻”（《仲春郊外》）等田园郊外旅游诗，都不见宫廷旅游诗的晦涩或华丽，而更见自然天成，无雕琢之感。而王勃对大自然的兴趣与热爱也体现在他对奇险峻峭之地的游览，如“重门临巨壑，连冻起崇隈”（《散关晨度》）、“津途临巨壑，村宇架危岑”（《深湾夜宿》）这种险峻的景象也只有宫廷外诗人身临其境，才能写出生动传神的诗句。“四杰”与陈子昂游离于宫廷之外，也才有机会开拓边塞旅游主题诗歌。骆宾王是离开台阁奔赴边塞的先锋。他于咸亨元年（公元 670 年）辞别长安，从征吐蕃，留戍边庭，至咸亨三年（公元 673 年）初才从塞外返回。而途经蜀中又从军姚州，并参与姚州平叛，翌年回到长安，戎马生涯前后历时三年有余。他在征戍过程中，根据自己实地的经历写下了一系列边塞旅游诗，如《早秋出塞寄东台详正学士》：

促驾逾三水，长驱望五原。
天阶分斗极，地理接楼烦。

---

① 闻一多．唐诗杂论［M］．北京：中华书局，2009：26.

溪月明关陇，戎云聚塞垣。
山川殊物候，风壤异凉暄。
戍古秋尘合，沙寒宿雾繁。
昔余迷学步，投迹忝词源。
兰渚浮延阁，蓬山款禁园。
彯缨陪绂冕，载笔偶玙璠。
汲冢宁详蠹，秦牢讵辨冤。
一朝从筐服，千里骛轻轩。
乡梦随魂断，边声入听喧。
南图终铩翮，北上遽催辕。
吊影惭连茹，浮生倦触藩。
数奇何以托，桃李自无言。

诗歌突破了乐府边塞诗的传统，内容也更为充实，将杀敌报国的豪情同边塞壮丽风光与杀敌热血氛围相结合，具有刚健质朴的诗歌兴味。其他如《边夜有怀》《边庭落日》《夕次蒲类津》《宿温城望军营》等都抒写了边塞生活的真挚感受，而《久戍边城有怀京邑》《在军登城楼》等则寄托了诗人远在边城寄予京城的思京情怀。

陈子昂的旅游诗歌在江山与塞漠都有涉及，宇文所安评价陈子昂的《白帝城怀古》《度荆门望楚》《岘山怀古》《晚次乐乡县》四首旅游诗："以'旅游诗'称呼这四首诗可能最恰当，这些诗描写了这位年轻的西部人第一次进入中国中心区域（虽然仅在南方边缘）的旅程。他不断地回顾'巴'，细心地寻访'周甸'，寻访'禹功'所覆盖的地区。他反复提到那些广泛的地理名称，仿佛这些名称本身就具有某种神奇的意义。"① 可见陈子昂已经有意识地以旅游者的身份寻访观察所游

① ［美］宇文所安．初唐诗［M］．北京：三联书店，2004：125.

历地点，并以诗人饱蘸感情的笔墨记录下了所游所感。而旅游诗中也寄托了诗人的不同情感，“暂息兰台策，将从桂树游。引书谢亲爱，千岁觅蓬丘”表达了羡慕隐士、渴望归隐的愿望；“三五月华新，遨游逐上春。相邀洛城曲，追宴小平津”① 体现了节日游览的欢快轻松的心情。陈子昂因有两度从军、参谋帷幕的经历，也写作了不少征戍边塞的诗歌，如《泽州城北楼宴》《蓟丘览古赠卢居士藏用七首》《登幽州台歌》《登蓟城西北楼送崔著作融入都》《度峡口山赠乔补阙知之王二无竞》《征东至淇门答宋十一参军之问》等边塞旅游诗歌，在描摹边塞风光的同时，也表达了立功边庭、报效国家的雄心壮志，以及怀才不遇、报国无门的悲愤情怀。

总之，在以宫廷旅游诗为主的高宗武周诗坛，初唐“四杰”和陈子昂率先做了“筚路蓝缕，以启山林”的先行者，他们把追求功业的理想与宦游江湖的经历化之为诗，从而将宫廷台阁的旅游诗歌逐次引向田园、塞外，除了在诗风上增添风骨、性情外，也是开初唐田园、边塞旅游诗歌之先河。虽然宫廷外诗人对诗歌创作影响深远，但此时期旅游诗歌主体创作仍是以宫廷应制旅游诗歌为主。

第三节　景龙时期旅游诗歌

此时期由于中宗的大肆游宴赏玩、登临山水、宴饮宫廷、微服观灯、游赏公主别业等，极尽各种游玩活动，宴会赏玩、赋诗唱和的频繁增多，宫廷诗歌创作也达到了又一新高，进入了自则天朝后期延至中宗的娱乐型旅游诗歌创作高峰，宫廷诗坛也成就了它最后的辉煌，其诗歌创作活动之多、人数之众、作品之多，也是前朝历代所没有的。

---

① 陈子昂．上元夜效小庾体［M］//彭定求，等．全唐诗（增订本）．北京：中华书局，1999：907.

一、娱乐赏玩型宫廷诗风

(一) 中宗文学观及旅游诗歌

此时期朝堂的诗歌政策及旅游主张主要以中宗为代表。唐中宗李显，虽在位时间不长，但在位期间，疯狂享乐，大肆游宴赏玩。中宗近似痴迷的宴饮游赏，既与其个人性格爱好有关，也与其经历密切相关。李显，高宗第七子，高宗崩，以皇太子即皇帝位，而皇太后兼朝称制。嗣圣元年（公元 684 年）废居于均州，又迁于房州。圣历二年，复为皇太子。神龙元年（公元 705 年）春，正月，壬午朔，赦天下，改元，在位六年，谥曰孝和。正是因为经历了幽禁十四年担惊受险的经历，精神几近崩溃，使得他即位后加倍享受，以弥补其之前失去的享乐时光，故极尽游赏之能事。

中宗虽然在位时间不长，但因其尤好娱情赏玩，并对诗歌有着浓厚的兴趣，其旅游政策及旅游活动对此时期乃至整个初唐旅游诗歌的繁盛起到了至关重要的作用。中宗于景龙二年（公元 708 年）在上官婉儿的建议下建制景龙修文馆，《唐诗纪事》对此有详细记载：

> 中宗景龙二年，始于修文馆置大学士四员，学士八员，直学士十二员，象四时、八节、十二月。于是李峤、宗楚客、赵彦昭、韦嗣立为大学士，适、刘宪、崔提、郑愔、卢藏用、李乂、岑羲、刘子玄为学士，薛稷、马怀素、宋之问、武平一、杜审言、沈佺期、阎朝隐为直学士，又召徐坚、韦元旦、徐彦伯、刘允济等满员。其后被选者不一。①

这些人都是初唐诗坛的杰出之士，李峤、杜审言身列“文章四友”，沈、宋二人武后朝已享誉文坛，其他诸人也是当朝较活跃的诗

① 王仲镛．唐诗纪事校笺［M］．北京：中华书局，2007：262.

人，修文馆的设置为他们的创作提供了政治平台，作为皇帝的文学侍从，在诗歌创作的数量与质量上都有所建树。与太宗朝的弘文馆首要任务是谋事，其次才是文学之士相比，中宗修文馆学士虽也都是兼职，但首要的是文学侍从、陪侍皇帝侍游的身份，其文学才华的高低更是是否得君王赏识的标准，故中宗朝应制旅游诗创作达到了唐代的极盛。简言之，中宗在文学诗歌创作上虽创作不多，但其频繁的旅游活动、旅游诗歌观念和采取的相关文学政策对该时期诗歌的整体创作风向和诗歌题材起着至关重要的作用。

此时期主要以中宗及其侍臣的旅游活动及诗歌创作为主。《全唐诗》现存中宗共 7 首诗歌，多为游幸诗歌，如《登骊山高顶寓目》《立春日游苑迎春》《幸秦始皇陵》等。中宗诗歌颇有宏大壮丽之气，“四郊秦汉国，八水帝王都。阊阖雄里闬，城阙壮规模”“霞衣霞景千般状，云峰云岫百重生”① 皆从大处着眼对景物进行生动刻画。中宗虽个人诗作不多，但其出游活动却极为频繁，每出游赏兴，多规模较大，侍臣众多。“帝有所感即赋诗，学士皆属和”②，如其景龙三年（公元 709 年），幸临渭亭。中宗作《九月九日幸临渭亭登高得秋字》，诗歌前序即点明为游幸所作：“粤以景龙三年，宾鸿九月，乘紫机之馀暇，历翠虆以寅游。”③ 而作为初唐流行的皇帝作诗群臣应和的诗歌形式，此诗奉和应制者包括韦安石、李峤等共二十四人之多。睿宗仅存一首诗歌也是陪武则天游石淙所作《石淙》诗。

（二）侍臣旅游诗歌

中宗时期宴游赏玩活动更甚于武周时期，应制旅游诗作也大量产生且多是以众人唱和组诗的规模出现。关于中宗宴游赏玩活动，计有功的

---

① 李显．登骊山高顶寓目、石淙［M］//彭定求，等．全唐诗（增订本）．北京：中华书局，1999：23，25.

② 欧阳修，宋祁，等．新唐书［M］．北京：中华书局，1975：4401.

③ 李显．九月九日幸临渭亭登高得秋字·并序［M］//彭定求，等．全唐诗（增订本）．北京：中华书局，1999：23.

《唐诗纪事》专列“中宗条”“李适条”有详细的记载；傅璇琮先生的《唐五代文学编年史·初盛唐卷》亦有记载；而贾晋华的《唐代集会总集与诗人群研究》一书也收录了中宗时期景龙文学馆的集宴活动。其中尤以《唐诗纪事》的“李适”条最为详尽记载了中宗建制景龙修文馆后的君臣游赏宴饮及游览诗歌创作活动：

> 春幸梨园并渭水祓除，则赐柳圈辟疠；夏宴蒲萄园，赐朱樱；秋登慈恩浮图，献菊花酒称寿；冬幸新丰，历白鹿观。上骊山，赐浴汤池，给香粉兰泽。从行给翔麟马、品官黄衣各一。帝有所感，即赋诗，学士皆属和，当时人所钦慕。然皆狎猥佻佞，忘君臣礼法，惟以文华取幸。若韦元旦、刘允济、沈佺期、宋之问、阎朝隐等，无它称。景龙二年七夕，御两仪殿赋诗，李峤献诗云：“谁言七襄咏，重入五弦歌。”九月，幸慈恩寺塔，上官氏献诗，群臣并赋。闰九月，幸总持寺，登浮图，李峤等献诗。十月三日，幸三会寺。十一月十五日，中宗诞辰，内殿联句为柏梁体。二十一日，安乐公主出降武延秀。是月以婕妤上官为昭容。十二月六日，上幸荐福寺，郑愔诗先成，宋之问后进。立春侍宴赋诗。二十一日，幸临渭亭，李峤等应制。三十日，幸长安故城。十二月晦，诸学士入阁守岁，以皇后乳母戏适御史大夫窦从一。三年人日，清晖阁登高遇雪，宗楚客诗云“蓬莱雪作山”是也，因赐金綵人胜。李峤等七言诗。是日甚欢，上令学士递起屡舞，至沈佺期赋《迴波》，有“齿録”“牙绯”之语。晦日，幸昆明池，宋之问诗“自有夜珠来”之句，至今传之。二月八日，送沙门玄奘等归荆州，李峤等赋诗。十一日，幸太平公主南庄。七月，幸望春宫，送朔方节度使张仁亶赴军。八月三日，幸安乐公主西庄。九月九日，幸临渭亭，分韵赋诗。十一月一日，安乐公主入新宅，赋诗。十五日，中宗诞辰，长宁公主满月，李峤诗“龙神见像日，仙凤养雏年”是也。二十三日，南郊，徐彦伯上《南郊赋》。十二月十二日，幸温泉

官，敕蒲州刺史徐彦伯入仗，同学士例，因与武平一等五人献诗。上官昭容献七言绝句三首。十四日，幸韦嗣立庄，拜嗣立逍遥公，名其居曰清虚原、幽栖谷。十五日，幸白鹿观。十八日，幸秦始皇陵。四年正月朔，赐群臣柏树。五日，蓬莱宫宴吐蕃使，因为柏梁体。七日，重宴大明殿，赐綵镂人胜，又观打毬。八月立春，赐綵花。二十九日晦，幸浐水。二月一日，送金城公主。三日，幸司农少卿王光辅庄。是夕岑羲设茗饮，讨论经史，武平一论《春秋》，崔日用请北面，日用赠平一歌曰："彼名流兮左氏癖，意玄远兮冠今夕。"二十一日，张仁亶至自朔方，宴于桃花园，赋七言诗。明日，宴承庆殿，李峤桃花园词，因号《桃花行》。三月一日清明，幸梨园，命侍臣为拔河之戏。三日上巳，祓禊于渭滨，赋七言诗，赐细柳圈。八日，令学士寻胜，同宴于礼部尚书窦希玠亭，赋诗，张说为之序。十一日，宴于昭容之别院。二十七日，李峤入都祔庙，徐彦伯等饯之，赋诗。四月一日，幸长宁公主庄。六日，幸兴庆池观竞渡之戏。其日过希玠宅，学士赋诗。二十九日，御宴，祝钦明等为八风舞，诸学士曰："祝公斯举，五经扫地尽矣！"睿宗时，道士司马承祯还天台，适赠诗，词甚美，朝士属和三百余人，徐彦伯编为《白云记》。①

从《唐诗纪事》对中宗及其文士群臣的出游及诗歌创作的详细记录可窥见，中宗期的出游赋诗活动之频繁远超于前代，游幸活动主要以皇宫内游苑宴赏、宫外游幸寺观、公主群臣别业以及节日游玩为主。中宗期的宫廷诗歌创作已完全由龙朔时期的颂美型转向景龙期的娱乐型。

与前代相比，中宗朝修文馆政治职能也已退居其次，而转为陪游赏玩所替代，应制作赋成了学士们的主要职责。"凡天子飨会游豫，唯宰相及学士得从"，在游幸时，将学士侍从的地位并列于宰相，中宗对文

① 王仲镛．唐诗纪事校笺［M］．北京：中华书局，2007：262-264.

士的重视可见一斑。诗歌创作的娱乐型还表现在游宴时的气氛更为宽松，“皆狎猥佻佞，忘君臣礼法”“令各效伎艺以为乐”，如“三月一日清明，幸梨园，命侍臣为拔河之戏”“御宴，祝钦明等为八风舞”，君臣间无地位礼仪拘束，同醉同乐，甚至仿效伎艺，互相取乐，君臣都处在极度轻松的环境，臣子才能更适性随意地创作诗歌，省去以往刻意凝滞的颂美之词，使诗歌更富于个性化，诗歌形式也不拘泥于一种，五言七言更加合律，歌行体、杂言体也在宫廷诗中出现。“惟以文华取幸”，在宴赏中，能否取悦皇帝不再以职位高低，而是以诗歌创作水平见分晓。自武后流行的诗歌游戏比赛项目保留了下来，“游宴以兴其篇，奖赏以激其价”①，在这种场合的诗歌比赛也有一定的规则，或以迟速为标准，或以优劣为标准，后成者被罚饮酒。如中宗九月九日幸临渭亭命赋诗，于经野、卢怀慎最后成，罚酒。而质优者，则获赐奖赏。《唐诗纪事》卷三也记载：

> （景龙三年）正月晦日幸昆明池赋诗，群臣应制百余篇。帐殿前结彩楼，命昭容选一首为新翻御制曲。从臣悉集其下，须臾纸落如飞，各认其名而怀之。既进，唯沈、宋二诗不下。又移时，一纸飞坠，竞取而观，乃沈诗也。及闻其评曰：“二诗功力悉敌，沈诗落句云：‘微臣雕朽质，羞睹豫章材’，盖词气已竭。宋诗云：‘不愁明月尽，自有夜珠来。’犹陟健举。”沈乃服，不敢复争。②。

活动体现了中宗对游宴诗歌创作的支持。皇帝的支持也大大激发了诗人们的诗歌创作热情。据本书依《全唐诗》及《旧唐书》的粗略统计，中宗时期，中宗与群臣的游幸宴饮活动多达 47 次，其中每次侍臣应制唱和旅游诗作超过 10 首的就有 13 次之多。旅游诗歌创作也不再过

① 胡震亨．唐音癸签（卷二七）［M］．上海：上海古籍出版社，1981：282.
② 王仲镛．唐诗纪事校笺［M］．北京：中华书局，2007：262-264.

于拘泥形式，而是轻松活泼，灵活多变。

中宗时期宫廷旅游诗歌另一特点是频繁游幸公主群臣别业。从景龙二年（公元 708 年）七月起到四年（公元 710 年）四月止，中宗巧立各种名目，行幸公主大臣庄园多达四十余次，有时几乎连日宴饮不断。为迎合天子出游的嗜好，皇亲国戚也纷纷争相建造宅地园林。武周后期就已大兴土木，除了兴建明堂、天枢等建筑外，西安、洛阳两京内外也园林密布，宅地林立。至中宗时，京城内外由上至下更是广建园林，引水筑池，修建亭台别馆。李格非《洛阳名园记》记载："公卿贵戚开馆列第于东都者，号千有余邸。"① 而公主的宅邸园林，更是举全民之力，极尽奢侈豪华。《朝野佥载》载安乐公主建园的规模："夺百姓庄园，造定昆池四十九里，直抵南山，拟昆明池。累石为山，以象华山，引水为涧，以象天津。飞阁步檐，斜桥蹬道，衣以锦绣，画以丹青，饰以金银，莹以珠玉。又为九曲流杯池，作石莲花台，泉于台中流出，穷天下之壮丽。"② 上官婉儿也营建有外宅多处，中宗多次于婉儿私宅设厅招宴，"帝即婉儿居，穿沼筑岩，穷饰胜趣，即引侍臣宴其所"③。而在朝臣的园林别业中，以韦嗣立的逍遥谷最为著名。韦嗣立于骊山脚下购置别业，因别业位于长安之东，故又名东山别业，或名韦嗣立山庄、骊山别业、逍遥谷等。《全唐文》卷二二六载："兵部尚书同中书门下三品修文馆大学士韦公（嗣立），体含真静，思协幽旷，虽翊亮廊庙，而缅怀林薮。东山之曲，有别业焉。"④ 别业占地广阔且景色秀美，在建成不久，中宗即率朝臣临幸游赏。《旧唐书》有载："（韦嗣立）尝于骊山构营别业，中宗亲往幸焉，自制诗序，令从官赋诗，赐绢二千匹。因

① 李格非．洛阳名园记［M］．北京：文学古籍刊行社，1955：13.
② 张鷟．朝野佥载［M］．袁宪，校注．西安：三秦出版社，2004：104.
③ 欧阳修，宋祁，等．新唐书［M］．北京：中华书局，1975：3488.
④ 张说．东山记［M］//董诰，等．全唐文．北京：中华书局影印，1983：2777.

封嗣立为逍遥公，命其所居为清虚原幽栖谷。”①

群臣贵戚的广建别业，为中宗的大兴游幸提供了游览资源。本书依据《唐诗纪事》《全唐诗》及《增订注释全唐诗》统计，中宗比较集中的五次游幸公主及大臣园林组诗，依次有景龙三年（公元709年）二月十一，幸太平公主南庄，群臣应制作《奉和初春幸太平公主南庄应制》组诗，作诗者有宋之问、李峤、邵升、苏颋、韦嗣立、李乂、沈佺期、赵彦昭、李邕；景龙四年（公元710年）四月一日，幸长宁公主宅应制作《侍宴长宁公主东庄应制》，作诗者有崔湜、李峤、李适、刘宪、李乂、郑愔；景龙三年（公元709年）八月三日，组诗《奉和幸安乐公主山庄应制》，作诗者有宗楚客、韦元旦、刘宪、卢藏用、岑羲、薛稷、马怀素、赵彦昭、萧至忠、李迥秀；景龙三年（公元709年）十一月一日，安乐公主移入新宅，分别作五言、七言诗，作诗应制者有宗楚客、李适、沈佺期、武平一、李乂、赵彦昭；《夜宴公主宅》及《夜宴公主新宅》作诗者有崔日用、阎朝隐、韦元旦、刘宪、苏颋、徐彦伯、卢藏用、岑羲、薛稷、马怀素、沈佺期、李迥秀；游幸韦嗣立山庄，作五言、七言诗，诗作者有沈佺期、武平一、赵彦昭、宋之问、崔湜、李峤、刘宪、苏颋、徐彦伯。虽然中宗前朝皇帝也有宴游应制之作，但游幸频繁、人数众多、声势浩大至此的，却只有中宗一朝。正如斯蒂芬·欧文所言：“唐代的别业诗，尽管不乏文学上的先例，却一直要到中宗第二次临朝的时候才形成自身的特色，特别是当文学场景逐渐移向‘庄’‘墅’或‘别业’的时候。”②

随着旅游者心态的变化、旅游气氛的宽松、旅游视角的转变，旅游诗歌的风格也在悄然发生着改变。中宗朝盛世气象的出现、都市风貌的兴盛，宫廷生活转向娱乐风潮，也必然对旅游诗歌产生影响。

---

① 刘昫，等．旧唐书（卷八八）［M］．北京：中华书局，1975：2873.

② ［美］斯蒂芬·欧文．唐代别业诗的形成（上）［J］．古典文学知识，1997（6）：112-116.

首先，中宗朝宫廷旅游诗逐渐摆脱以往宫廷诗固有的“三部式”格式，“他们已不像龙朔诗人那样主要靠辞藻的繁缛、富丽来粉饰太平、歌功颂德，而是开始直接面对具体场景，注重气势，渲染气氛，写出皇家气派，盛世气象，以及自己幸逢明时、春风得意的真实感受。”①中宗朝宫廷旅游诗更显场面阔大，气势壮阔，风格雄浑。举例如苏颋《奉和初春幸太平公主南庄应制》：

主第山门起灞川，宸游风景入初年。
凤凰楼下交天仗，乌鹊桥头敞御筵。
往往花间逢彩石，时时竹里见红泉。
今朝扈跸平阳馆，不羡乘槎云汉边。②

几乎已不显宫廷格式诗的痕迹，开篇目的明确，是为“宸游风景”。紧接着是对所游景观的描绘，“往往花间逢彩石，时时竹里见红泉”景致生动活泼，色彩绚丽斑斓。结句抒发游的感受，诗人不再是置于旅游活动之外，而是在诗中发所观所感，毫无之前宫廷应制旅游的雕琢晦涩之感，而是浑然天成，自然清新，颇具盛唐旅游诗歌的雏形。

其次，中宗游赏诗呈现气势宏丽、景象开阔的特点，崇尚气势、以壮阔为美已成为评判宫廷诗歌的标准。如景龙三年正月晦日幸昆明池赋诗，上官婉儿对宋之问、沈佺期作诗优劣的评判，即是以宋诗结尾“不愁明月尽，自有夜珠来”③ 突破传统宫廷诗惯例，犹陟健举而更胜沈诗。宋之问的诗歌更具有阔大的气势，又兼体式精美、含蓄蕴藉，它突破了太宗宫廷诗仿制齐梁的生涩及诗歌中流露的规讽之意，也褪去了龙朔时期的辞藻华丽及结尾的歌功颂德，而是兼具气象宏大、体式精

---

① 杜晓勤．初盛唐诗歌的文化阐释［M］．北京：东方出版社，1997：256.

② 彭定求，等．全唐诗（增订本）［M］．北京：中华书局，1999：802.

③ 宋之问．奉和晦日幸昆明池应制［M］//彭定求，等．全唐诗（增订本）．北京：中华书局，1999：648.

美，已渐向“盛唐之音”靠近。而代表这一时期诗歌创作典范与标准的上官婉儿，承“上官体”典雅媚丽一脉，又开意境之阔大，并与诗歌体式的严整结合，可谓气象风格始备。如其旅游诗句：

斗雪梅先吐，惊风柳未舒。直愁斜日落，不畏酒尊虚。

暂尔游山第，淹留惜未归。霞窗明月满，涧户白云飞。

翠幕珠帏敞月营，金罍玉斝泛兰英。岁岁年年常扈跸，长长久久乐升平。

写景气势开阔，抒情感情真挚，声律风骨俱备。其他诗人如：

宸游对此欢无极，鸟哢声声入管弦。（苏颋《奉和春日幸望春宫应制》）

山出尽如鸣凤岭，池成不让饮龙川。（沈佺期《侍宴安乐公主新宅应制》）

文移北斗成天象，酒递南山作寿杯。（宋之问《奉和春初幸太平公主南庄应制》）

旅游诗句也都极尽渲染游乐气氛，所绘景观更见盛世气象，体现出“体多整栗，语多雄浑，而气象风格始备”① 的诗歌风范。

最后，中宗朝游幸公主宅地园林，激发了诗人们对山水园林游赏的热情，诗歌中对山水泉林的描绘，成为盛唐山水田园诗歌兴盛的开端。初唐公主们的庄园多建在自然风光优美之地，庄园内部砌以山石，并引水为涧，再植林木花草以作点缀，颇得自然之致。诗人们置身于此，直面其景，赋诗应制，虽局限于应制格式所作，但仍能尽现景观之宏丽，又得意境之清新雅致。如“梅花寒待雪，桂叶留晚烟”（沈佺期《同李

① 许学夷．诗源辨体［M］．北京：人民文学出版社，1987：148.

舍人冬日集安乐公主山池》)、“新晴看蛱蝶，早夏摘芙蕖”（萧至忠《陪幸长宁公主林亭》)、“云间树色千花满，竹里泉声百道飞”（沈佺期《奉和初春幸太平公主南庄应制》)、“曲池苔色冰前液，上苑梅香雪里娇”(崔日用《奉和人日重宴大明宫恩赐綵缕人胜应制》)、“树色参差隐翠微，泉流百尺向空飞”（苏颋《奉和圣制幸韦嗣立山庄应制》）等都是旅游诗歌中的较上乘之作。园池宴集的林泉山水描写既能表现出阔大气势，又时时透露出清新灵动的雅致，即使所观景致非山阔水美的纯自然风景，也已初显山水审美意识形态，使宫廷旅游诗歌写景走出了龙朔、武周时期的富贵金银气，而渐渐步入亲近自然的诗美佳境。以中宗为首的宫廷宴赏旅游诗歌，不仅为唐代旅游诗歌开拓了诗境，也为整个唐诗的发展做出了相应的贡献。王世贞对中宗朝诗歌的评价：“读中宗纪，令人愤懑气塞，唯于诗道似有小助。”① 大抵是中肯实际的。

二、宫廷外宦游诗歌

值得一提的是，中宗时期除了宫廷内旅游诗歌的渐入佳境，以沈、宋及杜审言为代表的贬谪诗人，也完成了不同于宫廷内的应制旅游诗作。在被贬谪途中及贬谪地，沈、宋及杜审言所作的贬谪游览诗超越了宫廷限制，而更具有现实意义和个人情致。武周后期，张易之兄弟乱政。神龙元年（公元 705 年)，宫廷政变诛张易之、张昌宗，则天退位，中宗复辟。而谄附张氏兄弟的数十人被贬谪或流放，其中就包括沈、宋及杜审言。沈佺期被流放至驩州（今越南)，杜审言被流放至峰州，宋之问被贬为陇州参军。这些被贬谪或流放的诗人本是宫廷宠幸，所熟悉的是宫廷和京城有限的景象，经历如此人生的跌宕磨难，从人中翘楚的志得意满跌入屈辱的底层，又远离政治中心，心态上难免发生变

① 转引自：葛晓音．诗歌高潮与盛唐文化［M］. 北京：北京大学出版社，1998：36.

化，对诗歌创作自然也发生影响，他们所贬谪地带多为南方地带，异地迥异于京城的四季风貌、风俗物产、险峻地貌以及贬谪途中的所闻所感，都扩展和深化了诗人们的心理空间，对应其复杂不平的心态，故能写出与宫廷旅游诗风格不同的诗歌。如严羽《沧浪诗话》所评："唐人好诗，多是征戍、迁谪、行旅、离别之作，往往能感动激发人意。"①这些诗人在被贬谪前长久游侍于宫廷，深谙宫廷旅游应制诗的创作风格，于对偶的工整、句法的严谨、辞藻的雕琢这些诗歌技巧方面相当熟练，而当他们被放逐在宫廷京城外的广阔天地中，发流贬忧愤、行旅感怀、思乡念归、人生际遇种种，使旅游诗歌做到了格律、语言、性情、意境的初步融合完善。如沈佺期的《自昌乐郡泝流至白石岭下行入郴州》《遥同杜员外审言过岭》《早发昌平岛》；宋之问的《发藤州》《渡汉江》《题大庾岭北驿》；杜审言的《旅寓安南》《渡湘江》《南海乱石山作》等，都是诗人们在被贬谪流放的行旅中的所作所感。举例如宋之问的《渡汉江》：

岭外音书断，经冬复历春。
近乡情更怯，不敢问来人。②

作于其被贬谪还乡时，虽未写被贬谪经历的辛酸艰苦，但"音书断"与"复历春"已透出被贬谪时的忧思、盼归、惊惧心情，而后两句则刻画出返折途中的既忧且喜的矛盾心理，感情真挚，刻画细腻，且语言清新流畅、通顺直白，毫无宫廷旅游诗歌的雕琢缜密、华贵苍白。再如沈佺期的《遥同杜员外审言过岭》：

天长地阔岭头分，去国离家见白云。

① 严羽，郭绍虞．沧浪诗话校释［M］．北京：人民文学出版社，1961：198.
② 宋之问．渡汉江［M］//彭定求，等．全唐诗（增订本）．北京：中华书局，1999：656.

洛浦风光何所似，崇山瘴疠不堪闻。
南浮涨海人何处，北望衡阳雁几群。
两地江山万余里，何时重谒圣明君。①

起句景色描写即宏大壮阔，天长地阔、白云漂浮，不见宫廷景观的细腻雅致。紧接着对比岭南瘴，不刻意雕琢而是直陈景观。接下来衡阳是大雁南飞的终点，暗含思归之心。最后直述愿“重谒圣明君”。整首诗景色抒写宏阔，情感直抒胸臆，声色性情在诗歌中展露无遗。由此可见，宫廷旅游诗的华美精致、富丽堂皇随着诗人的被贬谪渐引向了自然清新、性情兼备的风格。初唐旅游诗风因着贬谪诗人的宫廷、贬谪两种经历与诗作中的折射，而使初唐旅游诗歌进一步趋向盛唐旅游诗歌声色风骨兼备之风貌。

第四节　开元时期旅游诗歌

按照传统的盛唐时间起止，盛唐是以开元初至代宗大历初（公元712—766年）为界，故虽止于代宗朝766年，但主要经历玄宗、肃宗朝，而以文学论之，则盛唐文学主要是指玄宗朝开元、天宝五十多年的诗歌创作。这一时期政治开明、国力昌盛、对外交流频繁、文化繁荣兴盛，而在玄宗皇帝的大力倡导下，旅游活动更是前所未有的繁荣，达到了唐代旅游活动的鼎盛时期。在这样的社会氛围下，诗人们或任意漫游，或悠游田园，或壮游边塞，或漂泊羁旅，无论何种旅游形式，所作旅游诗歌都洋溢着自信从容的气度和气骨遒劲的盛唐气象。旅游诗歌的创作主体也由宫廷内皇帝及其侍臣文人主导转向中下层士人阶层为创作主体；诗歌题材也由宫廷应制旅游诗的主角地位渐转变为题材丰富的多

① 沈佺期．遥同杜员外审言过岭［M］//彭定求，等．全唐诗（增订本）．北京：中华书局，1999：1038.

元化形态。

一、声律风骨兼备型宫廷诗风

（一）玄宗文学观及旅游诗歌

唐诗发展至盛唐，各类诗体全面成熟并取得相当高的艺术成就，佳作涌现，名家辈出。而与之相反，宫廷应制诗却逐步减少。伴随着开元盛世的到来，全民旅游热潮也随之兴起，以中下层士人为主力军的盛唐旅游诗歌呈现全面繁盛的局面。旅游诗歌的兴盛也与盛唐当权者玄宗对待旅游与诗歌的态度有关，毕竟在极端专制的封建社会制度下，皇帝的政策、意志、嗜好，都会对社会方方面面有着极大影响力。

经过一百多年的恢复发展，玄宗开元、天宝年间，出现了国力强盛、经济繁荣、政治稳定、教育发达、中外交往频繁、百姓安居乐业的盛世局面。在这样的昌盛时期，玄宗也号召官吏乃至全国百姓，普天同庆，共享游乐。玄宗的好游，不仅体现在个人的游赏活动中，也体现在积极的相关诏令颁布上。他自我作古，在自己的诞辰创立千秋节，以为“朝野同欢，足为美事”。他曾在开元二十六年（公元 738 年）正月“亲迎气于东郊祀青帝下制”：“今朝廷无事，天下和平，美景良辰，百官等任追胜为乐。”① 甚至还颁诏许百官游宴，所谓：“百辟叶心，交修皇极，所以天降休命，宝祚维新。今郊庙精禋，大礼克举，万方无事，九有忻心。属献岁芳春，上元望日，既当行庆之序，式广在镐之恩。自今后，非惟旬休及节假，百官等曹务无事之后，任追游宴乐。”② 不仅允许官员在节假日娱乐，而且只要他们办完公事，也可以在工作日里游宴欢乐。为了鼓励官吏百姓积极娱乐，玄宗甚至赐给赏钱以兹鼓励游乐，开元十九年（公元 731 年）曾下诏：“三品以上……每至假日，

① 王钦若，等．册府元龟（卷八五）［M］．北京：中华书局，1960：1013-1014.

② 王钦若，等．册府元龟（卷八五）［M］．北京：中华书局，1960：1311.

宜准去年正月二十九日敕，赐钱造食，任逐胜赏。”① 总之，处在权力最高峰的玄宗不仅个人爱好游宴，还将此嗜好从宫廷扩展至社会各阶层，将旅游赏玩发展成为全民运动，为士人们的旅游活动及诗歌创作提供了广泛的社会平台和政策支持。

另一方面，玄宗朝文官学士的政治功用更大于其文学功用。开元初年朝廷吸引文学之士参与政事，玄宗即位后，常引弘文馆、集贤院学士参诏、草诏。《旧唐书》载：“玄宗即位，张说、陆坚、张九龄、徐安贞、张垍等，召入禁中，谓之翰林待诏。王者尊极，一日万机，四方进奏，中外表疏批答，或诏从中出。”② 可见，宫廷学士的政治地位在玄宗朝日益凸显，宫廷士人参政的重要性更胜于诗歌咏吟，“翰林学士从参谋纳谏、分掌制敕到俾专内命，经历了文学侍从、翰林待诏、翰林供奉和翰林学士等几个阶段，所担负的政治使命越来越机密，与皇帝的关系也越来越近密……翰林学士的人选必须是精通艺文的文词之士”③。当时以张说为首的文坛士人，包括追随于他的赵冬曦、韦述、张九龄等文词之士还形成了与以姚崇为核心的“吏治之士”的对立局面，“吏治与文治之争”也从侧面反映了文学之士在朝堂具有相当的政治地位，并能够积极主动地争取文士群体的政治诉求，这与初唐宫廷文人更多以文学侍臣作用为主的局面完全不同。宫廷内学士的注意力转移至朝堂政治也在一定程度上减弱了宫廷应制诗的创作影响力。

增补版《全唐诗》记录玄宗诗作66首，在唐代帝王中，诗作数量仅略少于太宗，可见玄宗也是位爱好文学并颇有个人文学主张的皇帝。他曾自言，每运笔赋诗常“涤烦想于诗书。超然玄览，自足为乐”④。

---

① 赐百官钱令逐胜宴集敕［M］//宋敏求．唐大诏令集．上海：学林出版社，1992：414.

② 刘昫，等．旧唐书［M］．北京：中华书局，1975：1854.

③ 康震．文学与政治之间——唐玄宗朝翰林学士述论［J］．山西大学学报，2007（1）：6-12.

④ 李隆基．端午三殿宴群臣探得神字·序［M］//彭定求，等．全唐诗（增订本）．北京：中华书局，1999：28.

玄宗的酷好诗文也体现在他游览赏玩并作诗以赋之。如其《春日出苑游瞻》：

三阳丽景早芳辰，四序佳园物候新。
梅花百树障去路，垂柳千条暗回津。
鸟飞直为惊风叶，鱼没都由怯岸人。
惟愿圣主南山寿，何愁不赏万年春。①

首联点出时间、地点，及游苑的季节；颔联以“梅花”和“垂柳”作为最早传递春天信息的使者，展现了一幅亮丽明媚的春景图；颈联则从细节处描写鸟儿因微风拂动树叶而惊飞，鱼儿因河岸走动的游人而潜入河底，“惊飞叶”“怯岸人”使得景致富有动态美又显出拟人化的意味；最后回到言志抒情，过渡自然。整首诗显得通俗自然，毫无做作。其他如“暇景属三春，高台聊四望。目极千里际，山川一何壮”（《春台望》）、“未见温泉冰，宁知火井灭。表瑞良在兹，庶几可怡悦”（《温汤对雪》）等都少有堆砌典故、追求藻饰之弊，而颇有革故鼎新的风范。

玄宗也有相当一部分诗是其巡游和东封泰山时所作，如其《早登太行山中言志》：

清跸度河阳，凝笳上太行。
火龙明鸟道，铁骑绕羊肠。
白雾埋阴壑，丹霞助晓光。
涧泉含宿冻，山木带余霜。
野老茅为屋，樵人薜作裳。

---

① 李隆基．春日出苑游瞻［M］//彭定求，等．全唐诗（增订本）．北京：中华书局，1999：33.

宣风问耆艾，敦俗劝耕桑。
凉德惭先哲，徽猷慕昔皇。
不因今展义，何以冒垂堂。①

前八句描写了登太行山途中的景致：沟壑在白雾遮掩下透出朦胧的景象，朝日的光芒在红霞映衬下更显色彩的绚烂。溪涧中冰冻尚在，树木上残霜犹存，一派冬日宁静致远的景象。而“野老茅为屋，樵人薜作裳”则转为对清贫的野老、樵夫生活的描写，表达对其生活的同情，“凉德惭先哲，徽猷慕昔皇”表现了唐玄宗对前代先皇高明智谋的羡慕之情。整首诗在观景之余也抒发了唐玄宗倾慕先皇的圣德、体察民情、期望要有更宏伟的建树、踌躇满志的情怀。

其他如《途次陕州》《登蒲州逍遥楼》《过晋阳宫》《幸蜀回至剑门》《早渡蒲津关》《途经华岳》《南出雀鼠关答张说》《早登太行山中言志》等，诗歌也多有文采，且不乏真情实感，与前朝帝王那些吟风玩月、内容贫乏的宫廷诗歌有着较明显的区别。故元代方回评玄宗：“为君如明皇者，高才能诗，亦不下其臣，岂非盛之又盛哉！”② 明钟惺《唐诗归》中也评：“至明皇而骨韵风力，一洗殆尽，开盛唐广大清明气象。”③

玄宗的诗歌主张及创作说明，盛唐诗歌风骨、声律二者兼备的成就，虽是初唐诗人逐步实践积累的结果，但亦不乏玄宗大力倡导质朴之风的功绩。玄宗的个人诗作，即以表现出与龙朔、景龙时期骈俪过度诗风截然不同的诗歌导向。但同时也不可否认，玄宗虽顺时代潮流，诗作渐露盛唐风骨、气象兼备之端倪，但盛唐诗坛帝王已不再居于主导地

---

① 李隆基．早登太行山中言志［M］//彭定求，等．全唐诗（增订本）．北京：中华书局，1999：38.

② 方回选评，李庆甲集评校点．瀛奎律髓汇评［M］．上海：上海古籍出版社，1986：500-501.

③ 吴文治．明诗话全编［M］．南京：江苏古籍出版社，1997：7342.

位，真正扛起盛唐辉煌鼎力的仍是科举考试中"以诗赋取士"走上仕途的中下层文人或者在野诗人，他们成为主导盛唐诗坛的生力军。

（二）侍臣旅游诗歌

诗坛主导者身份的变化，从对诗歌统计中也可透露端倪。考察清编《全唐诗》卷116至卷239盛唐的2000多首旅游诗歌，宫廷旅游应制诗仅占极少的比例，仅有50余首。若再将张九龄（47-49卷）、姚崇、宋璟（64卷）、苏颋（73、74卷）、张说父子（85-90卷）、卢撰（99卷内）等人以及姜晞、赵冬曦为首两卷（75、98两卷）所作于盛唐玄宗朝应制旅游诗包括进来，则共有70余首。① 总量不及盛唐旅游诗总数的十分之一，更远不如初唐应制旅游诗在初唐诗歌所占的分量。

考察盛唐应制旅游诗歌，诗作以张说、张九龄、王维居多。张说、张九龄都曾是玄宗开元时期的贤相，作为玄宗朝政坛肱股，二人都曾在朝堂为官时作过一些描写宫廷、京城、山岳、庄园的旅游应制诗，但相较于二张被贬谪至地方所作旅游诗歌，无论从诗歌数量还是质量考量，二人的贬谪旅游诗更能体现其诗歌艺术风格。张说作于玄宗朝时的宫廷应制旅游诗与其在前几朝迎合帝王的歌功颂德、祝寿欢宴略有不同，在游赏宴饮的同时还不忘殷切讽谏，但与他贬谪旅游诗作所展现的自然意趣、神韵初具仍相差甚远。正如胡应麟《诗薮·内编》所言："张说巴陵之作，句格成就，渐入盛唐矣。"②

张九龄的宫廷应制旅游诗较张说略少，他的应制诗体现了他直言敢谏的精神，而他游宦于宫廷外的旅游诗歌则更能体现九龄诗歌清澹自然的美学风格。诚如叶嘉莹先生对张九龄的评论："张九龄的作品可分为前后两期。他前期因为在朝廷做官做得很大，所以写了很多应制的诗篇……那根本不能写出自己真正的思想感情，所以他在这一阶段所写的诗歌并不是很好的。至于被贬荆州以后，他就可以写自己内心真正的思

---

① 诗歌系年参考：陈贻焮．增订注释全唐诗［M］．北京：文化艺术出版社，2001.

② 胡应麟．诗薮·内编（卷六）［M］．上海：上海古籍出版社，1979：107.

想感情了。”① 叶先生也认同张九龄的地方旅游诗作更胜于其在朝廷所作诗歌。至于王维的应制旅游诗作与其田园旅游诗歌相比，其宫廷应制诗的成就更是被田园旅游诗歌的辉煌光芒所掩盖。

二、宫廷外多类型旅游诗歌

（一）诗歌创作主体的转变：由宫廷文人转向宫廷外文人

闻一多先生曾就初唐诗评论说：“正如宫体诗在卢、骆手里是由宫廷走到市井，五律到王、杨的时代是从台阁移至江山与塞漠。”评论真实道出了“四杰”对初唐诗歌变革起到的积极作用。但“四杰”仅是对初唐诗律的部分变革，并未动摇初唐宫廷应制旅游诗的主体地位，直至盛唐一大批宫廷外杰出诗人的涌现，诗人们丰富的漫游经历，诉诸旅游诗歌中，才使旅游诗歌真正从宫廷扩大至山野、塞漠。或如《诗薮·外编卷三·唐上》所言：“开元以前，词人鲜弗达者，天宝以后，才士鲜弗穷者。即间有之，然弗数见也。”②

以开元、天宝为主的盛唐旅游诗歌，其创作主体逐渐转向宫廷外文人，是以张说、张九龄的贬谪旅游诗为开端。张说历经武周、中宗、睿宗、玄宗几朝，前后曾三次拜相，并被封为燕国公，可谓唐朝逐步转盛的亲历者与见证者。他的一生大起大落，武周朝时，因不屈于二张之淫威，被流放至钦州。玄宗时因助玄宗铲除太平公主而受玄宗重视，拜为宰相。《旧唐书·张说传》评其玄宗朝功业：“始玄宗在东宫，说已蒙礼遇，及太平用事，储位颇危，说独排其党，请太子监国，深谋密画，竟清内难，遂为开元宗臣。前后三秉大政，掌文学之任凡三十年。为文俊丽，用思精密，朝廷大手笔，皆特承中旨撰述，天下词人，咸讽诵之。”③ 张说在宫廷也多有应制诗作，据《全唐诗》统计，张说应制诗

---

① 叶嘉莹．叶嘉莹说初盛唐诗［M］．北京：中华书局，2008：119.
② 胡应麟．诗薮（卷六）［M］．上海：上海古籍出版社，1979：167.
③ 刘昫，等．旧唐书［M］．北京：中华书局，1975：3057.

有46首，如《奉和圣制过晋阳宫应制》《奉和圣制行次成皋应制》《奉和圣制初入秦川路寒食应制》等，都是奉和玄宗所作应制旅游诗，但张说旅游诗歌的主要成就还是在其被贬谪及至地方任官吏时的作品。张说曾被贬至地方，由台阁走向社会，作品得江山之助，旅游视野的开阔、仕途经历的起伏、台阁外见闻的丰富都为他的诗歌创作带来了新的活力。开元元年（公元713年）九月，张说因支持玄宗平定太平有功，升为中书令，年底却因与姚崇政见不和，贬相州刺史、河北道按察使，开元三年四月左转岳州达三年之久。在相、岳两地的旅游诗歌创作，是张说旅游诗歌创作的高峰期。他在相州诗作不多，但诗歌展露了诗人从容不迫的心态，诗风也多平易淡和，如"数步圆塘水，双鸿戢羽仪""观鱼乐何在，听鸟情都歇"① 等，皆是在游览相州山川时表达陶醉于山川之乐的心境。而其在岳州时期更是佳作频出，其时他曾与赵冬曦、尹懋、梁知微及其子张均游赏山川湖泊，并多有旅游诗作，如《游洞庭湖湘》《灉湖山寺》《出湖寄赵冬曦》《岳阳石门墨山二山相连，有禅堂观天下绝境》《和尹懋秋夜游灉湖》《同赵侍御乾湖作》《岳州山城》《和尹懋秋夜游灉湖》《与赵冬曦君懋子均登南楼》《游灉湖上寺》《灉湖山寺》《岳州观竞渡》《游洞庭湖》《和尹从事懋泛洞庭》等，可谓兴起了湖湘咏吟山水的风气。他的《岳阳石门墨山二山相连，有禅堂观天下绝境》是一首完整的游览诗歌：

> 囷轮江上山，近在华容县。
> 常涉巴丘首，天晴遥可见。
> 佳游屡前诺，芳月愆幽眷。
> 及此符守移，欢言临道便。
> 既携赏心客，复有送行掾。

---

① 张说．相州前池别许郑二判官景先神力、相州山池作［M］//彭定求，等．全唐诗（增订本）．北京：中华书局，1999：945，927.

竹径入阴窅，松萝上空蒨。
草共林一色，云与峰万变。
探窥石门断，缘越沙涧转。
两山势争雄，峰巘相顾眄。
药妙灵仙宝，境华岩壑选。
清都西渊绝，金地东敞宴。
池果接园畦，风烟迩台殿。
高寻去石顶，旷览天宇遍。
千山纷满目，百川豁对面。
骑来云气迎，人去鸟声恋。
长揖桃源士，举世同企羡。①

全诗记述了整个游览过程。先写游山所见，“佳游屡前诺，芳月愆幽眷”表现了游的惬意心情；“草共林一色，云与峰万变”突出了游览景观的画面感和立体感；“两山势争雄，峰巘相顾眄”则在细节处凸显了山景的险峻。最后游览更是渐入佳境，于石门断裂、两山相向处得见禅堂的绝境奇观。“高寻去石顶，旷览天宇遍”，诗人在越过险境终可俯视百川时体验到了旅游探奇的乐趣。可以说整首诗抹去了以游踪串联景物的痕迹，而凭对景物的精心组织，依次呈现不同境界，并清晰地显示出游山的路线和游人的兴致，不失为唐代长篇记游诗的杰出之作。张说作为初唐至盛唐一代文宗，其开元初的贬谪旅游诗情感真挚，诗风俊丽，完全不同于他的宫廷应制之作。其旅游诗歌的特点自然对盛唐诗歌具有导向作用，而他随后重回朝廷，其南方旅游诗歌创作又影响京城旅游诗歌创作风向，足可见宫廷外诗歌创作的重要影响力。

比张说稍后的张九龄，同样有贬谪的旅游诗作，开元十五年（公

① 张说．岳阳石门墨山二山相连，有禅堂观天下绝境［M］//彭定求，等．全唐诗（增订本）．北京：中华书局，1999：929.

元727年）出任洪州都督期间，是他山水旅游诗的创作高峰。开元二十四年（公元736年）张九龄遭罢相贬荆州长史，期间也有旅游诗作。他的贬谪旅游诗作有《登荆州城楼》《南还湘水言怀》《湘中作》《自始兴溪夜上赴岭》《登荆州城望江二首》《彭蠡湖上》《临泛东湖》等，诗歌多情思深远，且凝重大气。举例如他的五言诗《登荆州城楼》即完美地体现了旅游诗歌创作情景交融的艺术手法，诗云：

天宇何其旷，江城坐自拘。
层楼百馀尺，迢递在西隅。
暇日时登眺，荒郊临故都。
累累见陈迹，寂寂想雄图。
古往山川在，今来郡邑殊。
北疆虽入郑，东距岂防吴。
几代传荆国，当时敌陕郛。
上流空有处，中土复何虞。
枕席夷三峡，关梁豁五湖。
承平无异境，守隘莫论夫。
自罢金门籍，来参竹使符。
端居向林薮，微尚在桑榆。
直似王陵憨，非如宁武愚。
今兹对南浦，乘雁与双凫。①

这是一首典型的登临旅游诗作，其中的游览观景句“天宇何其旷，江城坐自拘……累累见陈迹，寂寂想雄图。”视野开阔，风格典雅，以大手笔展示了景致的壮观与宏阔。而至抒情时则体现了政治家的胸襟与气魄，“直似王陵憨，非如宁武愚”抒发其即使被贬也宁可做王陵，而

① 彭定求，等．全唐诗（增订本）［M］．北京：中华书局，1999：606.

不愿如宁武般愚不可及的政治抱负。整首诗很好地贯彻了旅游诗既描景又抒情的精髓，更初步展现了盛唐旅游诗歌情景交融的发展趋势，故王世禛评价张九龄的诗坛地位："张曲江开盛唐之始，韦苏州殿盛唐之终。"①

张九龄游庐山瀑布作《湖口望庐山瀑布泉》，诗云：

万丈洪泉落，迢迢半紫氛。
奔飞流杂树，洒落出重云。
日照虹蜺似，天清风雨闻。
灵山多秀色，空水共氤氲。②

此诗更是备受后人推崇，《唐诗成法》云："太白'秋风（按：当做海风）吹不断，江月照还明（按：当为空）'，自是仙笔，全无痕迹。曲江'天清'句雄浑，又'共氤氲'三字传神，若'一条界破青山色'，虽未能免俗，东坡云'不为徐凝洗恶诗'不亦过乎？"③ 诗评将李白、张九龄、徐凝三人的瀑布诗对比，认为张九龄与李白笔力相当，而远高于徐凝。沈德潜也评："任华爱太白瀑布诗系'海风吹不断，江月照还空'二语，此诗正足相敌。"④ 李白的《望庐山瀑布》也是受张九龄诗的启发，李白诗中的"紫烟""飞流"正是化用九龄诗再加以提炼而成。故张九龄的贬谪旅游诗对后继的旅游诗作影响不可谓不大，如刘熙载《艺概》所云："陈子昂、张九龄能独标一格，为李、杜开先。"⑤

① 王士禛．带经堂诗话［M］．北京：人民文学出版社，1982：98.
② 张九龄．湖口望庐山瀑布泉［M］//彭定求，等．全唐诗（增订本）．北京：中华书局，1999：592.
③ 转引自：陈伯海．唐诗汇评［M］．杭州：浙江教育出版社，1995：200.
④ 沈德潜．唐诗别裁集［M］．长沙：岳麓书社，1998：136.
⑤ 刘熙载．艺概［M］．上海：上海古籍出版社，1997：57.

张说、张九龄虽都曾为朝廷重臣，也都曾伴皇帝侍游或与皇帝作唱和游诗，但二张诗歌的主要成就仍是在被贬谪期间的游历所作。这充分说明在脱离了宫廷诗歌创作的限制后，诗人眼界更为开阔，阅历更为丰富，青山秀水的滋养也使二人的诗歌创作更富个人特色，加之二人双栖政坛、文坛又喜延纳后进，奖拔寒素，因而二张可谓唐诗由初转盛之关捩，对盛唐诗坛的影响尤为深远。

作为宫廷政要、诗坛名宿的二张，其旅游诗歌成就尚在宫廷之外，而受二人提携的诗坛新人，其旅游诗歌创作视野更是转向了宫廷之外。张九龄、许景先、赵冬曦兄弟、王翰、孙逖、韦述、王湾、贺知章等都是受到了张说的吸引。作为继张说之后盛唐初期士林中颇具威望的人物，张九龄同样也奖拔后进，包融、孟浩然、王维、李泌、皇甫冉、卢象、严挺之等著名诗人都受到其举荐。这些受二张提携的诗人，在诗风上也颇受二张影响。张说首先将盛唐诗坛的中心从宫廷、都城移至文学之臣聚居的贬谪之所，创作出与宫廷旅游诗截然不同的作品，并且在贬谪旅游诗中将兴寄与山水景观相结合。他之前的沈、宋、杜审言的贬谪旅游诗虽也做了这方面的诗歌探索，但他们的诗歌创作重心仍是以宫廷应制旅游为主，而张说则是以贬谪旅游诗歌成就为主。张九龄作为开元时期的贤相，其对盛唐诗人的影响更为直接，他不仅奖掖后进，并且与钱起、王孟有诗歌唱和，尤其是王孟，他们在诗歌创作上都继承和发扬了张九龄诗歌情景交融、清澹幽远的特点，又各自开创出盛唐旅游山水诗的佳音。故胡应麟指出："张子寿首创清澹之派，盛唐继起，孟浩然、王维、储光羲、常建、韦应物，本曲江之清澹，而益以风神者也。"①盛唐后进诗人不仅诗风受二张影响，诗歌视野也随二张转向宫廷之外，即使如王维、卢象等在朝京官，其诗歌的主要成就仍然是宫廷外所作，可见盛唐之初诗人的创作视野已渐转向宫廷之外。

盛唐的诗人构成以地方官吏居多，有学者统计："盛唐诗人总数

---

① 胡应麟．诗薮［M］．上海：上海古籍出版社，1979：35.

(指有诗传世者)约有250人，其中绝大多数都曾经担任过地方官，帝王及大臣诗人毕竟人数有限，真正的布衣诗人在盛唐也是少数派。”① 盛唐诗人虽都或长或短在朝堂任职，有的甚至曾身居高位，如王维、岑参等，但大部分诗人则是主要担任地方官吏，如张子容、刘眘虚、薛据、李颀、崔曙、常建、赵冬曦、张谓、储光羲等，或游宦至各节度幕府，如王之涣、王翰、崔颢、王昌龄、高适、岑参等，这也直接促成了盛唐宦游诗歌的盛行。任职地方的官宦士人，在长期的为官旅途中，诗歌视野早已突破宫廷的狭小天地，而投入宫廷外天高水阔的浩瀚天地中。更何况如李白、杜甫这样标榜史册的伟大诗人，他们虽然也曾怀着“事明主”的抱负，游历于长安，仕宦于宫廷，他们也曾写过投帝王所好的诗歌作品，甚至终生的志向都未曾脱离济世报国、建功立业的理想，但他们的名篇佳作更多的是在长期的漫游经历中发胸中之丘壑而有感而发，并非困守于宫廷高墙所能创作出来。因而吟出盛唐之音的仍是游历于大江南北的宫廷外诗人。

盛唐诗人的旅游诗歌创作，已经摆脱了宫廷应制旅游诗的桎梏，旅游诗歌创作更加自由随意，更富有个人特色。旅游诗歌的风格不再由帝王和贵族的喜好决定，而是随诗人个性、游览经历适意而作，因而诗歌毫无做作雕琢的痕迹，更显自然浑成，一派天然。可以说，初唐应制旅游诗歌的共性掩盖了其个性，而盛唐以宫廷外文人为主导的状态，才使诗坛呈现个性独立、风格多样的风格特点。盛唐诗人洒脱自由的个性造就了盛唐旅游诗歌的异彩纷呈、个性彰显，而诗歌的题材多样、创作自由也反过来影响了诗人个性品质的塑造。

(二)盛唐旅游诗歌题材多样性

前三个时期旅游诗歌虽然风格不同，但应制旅游诗无论在数量上还是创作人数上都占据绝对优势，而盛唐时期旅游诗歌题材更为多样化，尤其田园旅游诗歌、边塞旅游诗歌更是盛唐旅游诗歌巅峰的两大代表。

---

① 袁行霈，丁放．盛唐诗坛研究［M］．北京：北京大学出版社，2012：188.

山水田园旅游诗开创自陶渊明，初唐咏吟田园游乐的诗篇数量有限，仅王绩的田园旅游诗歌较为突出。直到盛唐出现以王孟为代表的田园诗人，田园旅游诗才得以蔚为大宗。盛唐的科举取士虽然为中下层文人打开了入仕的便利之门，但落第或不得入仕的也不在少数，入仕无门的士人将满腔的才志寄托于山水田园之游，因而盛唐兴起了举而不仕和举而入仕的文人对清丽隐逸的山水田园诗的偏爱，无论是借隐入仕，还是边隐边仕，抑或是由仕入隐，甚至是志在求隐，都使得盛唐山水田园游走向繁盛。

边塞旅游诗并非始自盛唐，《诗经》是边塞诗歌的滥觞，建安至南北朝时期，发展了以乐府旧题歌颂边塞从军、描写塞上苦寒、抒发征夫思妇离情的作品。初唐也有边塞出游的作品，但多数是以皇帝出游及大臣陪侍或者大臣赴边塞任职的情形，并且出塞作品也多零星见于个人作品，集大成者并不多见。至盛唐边塞诗创作则被宫廷外诗人广泛普及，也是对初唐边塞诗的继续与发展。据陈铁民统计，盛唐有边塞诗存世的诗人有 71 位，其中出塞者 35 位，未出塞者 9 位，行迹不详者 27 位，所存边塞诗作 440 首。边塞诗创作居于前列的诗人为高适、岑参、王昌龄、李白、王维，存诗不多却享誉当时且有边塞之作广被传诵的诗人崔颖、王翰、王之涣、祖咏、陶翰，也各有出塞的经历。① 盛唐边塞旅游诗歌的兴盛可见一斑。

除了前已提及的田园旅游诗、边塞旅游诗外，旅游诗歌所涉及的题材几乎都可以在盛唐的诗歌作品中找到，旅途游览、节气游览、访友寻人游览、陪同友人游览、宴游，等等，都是盛唐旅游诗歌的歌咏内容。途中游览是盛唐旅游诗的另一大类，盛唐因为诗人的好游，以及求仕或职位变迁都需要诗人从某地迁往另一地点，由于古代交通工具的限制，诗人通常在旅途的时间较长，沿途观景游赏成为不可或缺的一部分，由

---

① 陈铁民．关于文人出塞与盛唐边塞诗的繁荣［J］．文学遗产，2002（3）：23-38.

此也促进了盛唐沿途旅游诗的繁荣。举例如祖咏的《江南旅情》：

楚山不可极，归路但萧条。
海色晴看雨，江声夜听潮。
剑留南斗近，书寄北风遥。
为报空潭橘，无媒寄洛桥。①

途中看雨、听潮别有一番享受，诗中也同时流露出浓浓的思归情节，这也是途中旅游诗人常表达的情思。

再如李白的《秋下荆门》：

霜落荆门江树空，布帆无恙挂秋风。
此行不为鲈鱼鲙，自爱名山入剡中。②

也集中抒发了青年李白"仗剑去国"的豪情和漫游天下的决心。

节气游览在初唐已经流行，唐人节令众多，与休闲游联系紧密的主要有上元节、上巳节、寒食节、清明节、中秋节、重阳节等。每当节日来临，人们或赏灯，或赏花，或赏月，或登高，形成了浩浩荡荡的游乐大军，与之相关的诗歌作品也应运而生。如崔颢的《上巳》：

巳日帝城春，倾都祓禊晨。
停车须傍水，奏乐要惊尘。
弱柳障行骑，浮桥拥看人。

---

① 祖咏．江南旅情［M］//彭定求，等．全唐诗（增订本）．北京：中华书局，1999：1335.

② 李白．秋下荆门［M］//彭定求，等．全唐诗（增订本）．北京：中华书局，1999：1850.

犹言日尚早，更向九龙津。①

在唐代，上巳节的主要功能已不单是传统的拔除不祥，更多的是被定性为踏春寻乐、愉悦身心的游乐活动。这一日人们纷纷走出家门到郊外赏春踏青，诗人们更是在这一天宴饮对歌，尽情游玩，因而杜甫也有"三月三日天气新，长安水边多丽人"② 的诗句来描写节气游的盛况。不止是上巳节，还有九月九日登高游、中秋赏月游等，盛唐的诗人们将节日游的乐趣一一转化成词彩华章，用诗篇来歌颂节气游的美好与欢欣。

唐人好游更好在旅游中结交友人，建立友谊，因而盛唐诗人在旅游中也开拓了结伴游和寻友游。如李白《与夏十二登岳阳楼》：

楼观岳阳尽，川迥洞庭开。
雁引愁心去，山衔好月来。
云间连下榻，天上接行杯。
醉后凉风起，吹人舞袖回。③

岳阳楼与黄鹤楼、滕王阁同为南方三大名楼，李白与友人登楼赋诗，留下了这首脍炙人口的篇章，使岳阳楼更添一层迷人的色彩。除了陪同友人旅游，盛唐还流行寻访隐士、奇人。盛唐兼容并蓄的文化氛围，使得儒释道并存于世，诗人们也有各自的信仰，并且许多诗人与道士、僧人都有来往，志同道合的友人们常结伴登山访寺庙道观，还与一

① 崔颢．上巳［M］//彭定求，等．全唐诗（增订本）．北京：中华书局，1999：1327.

② 杜甫．丽人行［M］//彭定求，等．全唐诗（增订本）．北京：中华书局，1999：2261.

③ 李白．与夏十二登岳阳楼［M］//彭定求，等．全唐诗（增订本）．北京：中华书局，1999：1845.

些隐士、奇人成为知音挚友，他们也在旅游诗歌中详尽描述了寻人途中的轶闻乐趣。如孟浩然的《山中逢道士云公》《寻梅道士》；王维的《过太乙观贾生房》《春日与裴迪过新昌里访吕逸人不遇》等，这类旅游诗歌多在游赏了幽深高妙的山水风景后又有一番禅意理趣的体悟，如王维《春日与裴迪过新昌里访吕逸人不遇》：

桃源一向绝风尘，柳市南头访隐沦。
到门不敢题凡鸟，看竹何须问主人。
城上青山如屋里，东家流水入西邻。
闭户著书多岁月，种松皆作老龙鳞。①

诗人与裴迪一同寻访吕逸人，首句借“桃花源”喻吕逸人的住处，采用虚实结合的手法。此联写访人不遇，但诗人并未就此沮丧，而是借用典故，表示即使没有遇见主人，看看他的幽雅居处，也会使人产生高山仰止之情。下一联则实写吕逸人居所的环境，居所附近依山傍水，环境清幽，的确是个适合隐居的绝妙境地。最后从正面写隐逸，表达了诗人对吕逸人真隐居的艳羡之情。诗歌虚实结合，情景交融，既实写了沿途的所见所感，又借典故表达了诗人对隐逸生活的向往之情。

宴游诗歌同样初唐已有，但初唐除了几次较大型的私人宴集之外，大部分是陪同皇帝的侍宴游。而盛唐则更多的是诗人间为增进感情、酬唱吟诗而组织的宴游，如孟浩然《同卢明府早秋宴张郎中海亭》：

侧听弦歌宰，文书游夏徒。
故园欣赏竹，为邑幸来苏。
华省曾联事，仙舟复与俱。

---

① 王维．春日与裴迪过新昌里访吕逸人不遇［M］//彭定求，等．全唐诗（增订本）．北京：中华书局，1999：1298.

欲知临泛久，荷露渐成珠。①

表达了在友人宅中赏景游乐的兴致及对友人的赞美之情。盛唐时期作为唐诗的最高峰，也是中国诗歌的全盛时期，而数量占据盛唐诗歌将近四分之一的旅游诗歌，同样得到了全盛发展。如葛晓音的评价："他们在隐居、羁旅、交友、宴游等日常生活中表现了崇尚真诚纯洁的道德理想，爱好淳真朴素的审美趣味。"② 诗歌不仅体式完备，而且诗歌多是声律风骨兼备，比兴的运用、意境的形成、人情的提炼都在旅游诗歌作品中得到很好的体现，达到了景与情的完美结合。

总之，旅游诗歌历经初至盛唐各个时期的演变，既有一脉相承的连续性，又因不同时期政治环境、诗人群体、文化心理及诗歌观念的改变，造就了每个阶段的特异性。贞观时期旅游诗歌多含箴规意味，诗风也趋向豪迈大气；龙朔时期诗风偏重华丽富贵；至景龙时期则更贴近盛唐诗风，旅游诗歌趋向娱乐怡情为主；而开元时期代表的盛唐旅游诗歌不仅题材多样，并且诗艺纯熟精湛，体现了中国旅游诗歌的全盛风貌。从整体趋向看，初唐时期诗人旅游诗歌创作深受皇帝和贵族文学观的影响。初唐众皇帝出于政治需要、个人喜好等原因对文学都有不同程度的扶持，形成了初唐极盛的宫廷诗歌，宫廷旅游诗歌也属其主要组成部分。虽然宫廷诗歌有其创作的弊端，但任何文学的存在都有其合理性，即使是宫廷诗歌，对唐初促进诗歌声律的发展乃至盛唐之音的形成，都有不可否定的价值贡献。正是初唐宫廷内旅游诗歌声律、辞彩的逐渐完备与宫廷外旅游诗歌风骨、性情的催发，宫廷内外旅游诗歌的互补、演化，才最终成就了旅游诗歌盛唐之音的高峰。

---

① 孟浩然．同卢明府早秋宴张郎中海亭［M］//彭定求，等．全唐诗（增订本）．北京：中华书局，1999：1642.

② 葛晓音．唐诗宋词十五讲［M］．北京：北京大学出版社，2003：38.

第三章　初盛唐旅游诗歌类型特点

初至盛唐旅游活动的勃兴推动了旅游诗歌的繁荣。虽然初唐宫廷旅游诗歌占相当分量，但初唐旅游诗歌在内容完备方面已颇具盛唐的雏形，是盛唐旅游诗歌形成和成熟过程中一个不可或缺的环节，尤其是中宗神龙以后，涌现大量山水游览诗歌，并且宫廷外诗人的旅游诗歌创作也极大地开拓了初唐旅游诗歌的题材和内容，因而在探讨旅游诗歌类型特点时，拟将初盛唐作为一个整体来分析研究。

文学的唯一源泉是社会生活，旅游诗歌也不例外，研究旅游诗的类型也应立足于诗人们的实际旅游活动。初盛唐时期旅游者身份众多、活动多样、动机不一，从如此繁芜的社会化旅游过程中梳理甄选旅游活动及其诗歌类型，无论怎样划分都难免失之全面。本书遵从初盛唐旅游活动客观实际，将初盛唐旅游诗歌划分为仕宦类旅游诗歌、观光类旅游诗歌和闲居类旅游诗歌。

现代旅游学对古代旅游的解释为："古代的旅游活动是在古代旅行的基础上赋予了精神享受的性质和休闲游乐的内容。"① 可见，古代的旅游是建立在旅行的基础上的。而古代的旅行是有其复杂性和特殊性的，初盛唐时期更是如此。初盛唐时期的旅行种类，因为参与者众多，既有帝王贵族，也有官宦文人，还有商贾僧侣，当然还包括普通百姓及

---

① ［英］克里斯·库珀，等．旅游学［M］．张俐俐，蔡利平，等，译．北京：高等教育出版社，2007：19.

外国人士。身份的不同，旅行活动也纷繁多样，五花八门。其中有的旅行“游”的性质不浓，如商贾僧侣的旅行，对景观的游赏只是事务活动外稍带的欣赏；有的则更追求旅途中“游”的休闲逸趣，如官宦、诗人们的旅行。但即使是诗人们的旅行，也因旅行动机不同或是个人兴趣爱好差异，旅游的性质各有所侧重。反映在旅游诗歌中的内容、情感也各不相同。加之众多官宦诗人因迁谪、行役等目的奔走在旅途中，所创作的具有旅游性质的诗歌更是风格各异，因而有必要对旅游诗歌的种类特征进行梳理归纳。

旅游活动的复杂性决定了任何试图用单一标准划分所有旅游活动及与之相关的旅游诗歌都会导致以偏概全、挂一漏万，正如前人所言：“无论在自然界或社会中，‘纯粹’的现象是没有而且也不可能有。”即使是现代旅游学科，对于哪怕是最基本的“旅游”定义，也给予了“看似简单的问题却难以获得准确而严谨的答案”的解释，对其定义也只能依据不同的角度，而有所侧重的归纳定义。举例而言，有从“交往角度、目的角度、关系角度、生活方式角度、体验角度”① 来定义“旅游”的。基本的“旅游”定义尚且如此，旅游的类型更是难以用一个绝对统一的标准划分，只能根据不同角度来归纳旅游类型。现代旅游学者对此的解释为：“旅游者的旅游动机和目的决定着旅游活动的类型。正是由于动机的多样性和综合性，才导致任何一种旅游类型都不是单一的、绝对的，都与其他旅游类型发生交叉和联系。”② 具有严谨学科依据的现代旅游，其旅游类型划分尚无权威标准，而没有专门学科设置的古代旅游及其类型划分，就更加复杂多样，各旅游类型间存在的交叉联系也更为频繁。

根据以上认识，对初盛唐旅游诗歌类型划分也只能依据文本自身客观情况进行统筹归类。根据旅游活动动机、内容、性质的不同，初盛唐

---

① ［英］克里斯·库珀，等．旅游学［M］．张俐俐，蔡利平，等，译．北京：高等教育出版社，2007：55-57.

② 李冠瑶，刘海鸥．旅游学教程［M］．北京：北京大学出版社，2005：19.

旅游诗歌主要分为仕宦类、观光类和闲居类三大类型。仕宦游即诗人出游并非以游乐娱兴为直接目的，而是由于职务变动、求仕、迁谪、从幸等其他目的而奔波于旅途中，在旅途过程中完成的或主动或被动的游赏活动；观光游即不含功利目的，无论是周游天下还是短时游览，都是以美心意、娱耳目为目的；闲居游即诗人在其居所或居住地域的游赏活动，诗歌多是在诗人休沐或较放松的状态下完成的。仕宦游和观光游更侧重于动态及旅途中的所见所闻，而闲居游更突出旅游的闲静，以及近距离地域甚至是自家庭院的游赏，这也是古代旅游活动区别于现代旅游活动及旅游学的独特性。

这三种类型是对初盛唐旅游诗歌类型的基本概括，事实上三者虽有区别但又互有交叉，交叉点是基于各种旅行活动中都客观存在的对“游”的享受及对“游”的诗意描述。客观上讲，唐代鲜有纯粹以游赏为目的的旅游，即使如李白、杜甫、孟浩然几乎穷尽一生都在漫游的诗人，其出游也是抱有建功立业、入仕求官或为生计奔波的功利性目的，更遑论唐代的仕宦、迁谪类出游，其诗歌充满了颠沛流离的无奈之情和思乡念归的迫切之意。但即便是因宦海沉浮而奔走的功利性旅游，诗人们也会情不自禁地被沿途美景所吸引，而起了游山玩水的兴致，并抒写出众多涌动着对大自然惊叹之情、极尽渲染山川风物的美丽篇章。因而对旅游诗歌的分类只是为了更微观深入地探讨初盛唐旅游诗歌的时代特质和内部规律，如冯乃康所言：“对旅游文学内部的整理、分类也有利于对旅游文学本质的认识。”① 这种说法也同样适用于初盛唐时期的旅游诗歌分类。

在此三大类旅游诗歌的基础上，再依据旅游活动的不同特点进行细分，分类以《全唐诗》中有关初盛唐时期的3000多首旅游诗歌为蓝本，将三大类中每一大类的次类别依次整理，并作统计分析。判断诗歌的类型所属主要依据诗歌内容体现的旅游类型、诗人的年谱、编年、诗

---

① 冯乃康．中国旅游文学论稿［M］．北京：旅游教育出版社，1995：71.

集及其他相关文献①，从中查找诗人的游踪及游历类型。鉴于每个诗人身世、游历的复杂性，很多诗人的诗歌至今还未被整理成系统的诗歌集笺，故对诗歌的类型判定及统计归类可能会有所偏差。但总体上看，在依据诗歌内容本身反映的旅游类型的基础上，再结合相关考证，统计归类基本上反映了初盛唐旅游诗歌的类目规律。

第一节 仕宦类旅游诗歌

仕宦游指诗人的出行动机并非单纯的游山玩水，而是为了求得仕途功名或因出牧入京、升迁或贬谪在任职途中及期间进行的旅游活动。诗人在此类旅游活动中所作诗歌称之为仕宦类旅游诗歌。“行役”“宦游”“贬谪”常包括在此类诗歌中。另外，初唐大量的应制旅游诗歌也应属于此类。此类诗歌分属的典型类别主要有：行役游诗歌、贬谪游诗歌、边塞游诗歌和求仕游诗歌。

初盛唐时期国力日渐强盛，政治较为开明，经济较为富庶，整个社会都激荡着自信蓬勃、昂扬奔放的气息，时代的特点也造就了诗人们乐

① 所收集整理资料：一、合集类：傅璇琮，张忱石，许逸民．唐五代人物传记资料综合索引［M］．北京：中华书局，1982．谢巍．中国历代人物年谱考录［M］．北京：中华书局，1992．吴海林，李延沛．中国历史人物生卒年表［M］．哈尔滨：黑龙江人民出版社，1981．谭优学．唐诗人行年考［M］．成都：四川人民出版社，1981．傅璇琮．唐代诗人丛考［M］．北京：中华书局，1980．傅璇琮．唐五代文学编年史［M］．沈阳：辽海出版社，1998．（元）辛文房．唐才子传［M］．王大安，校订．哈尔滨：黑龙江人民出版社，1986．岑仲勉．唐人行第录［M］．上海：上海古籍出版社，1982．二、各诗人集或年谱：李云逸．王昌龄诗注［M］．上海：上海古籍出版社，1984．杨柳，骆祥发．骆宾王评传［M］．北京：北京出版社，1987．周勋初．高适年谱［M］．上海：上海古籍出版社，1980．张清华．王维年谱［M］．上海：学林出版社，1988．顾建国．张九龄年谱［M］．北京：中国社会科学出版社，2005．冯至．杜甫传［M］．北京：人民文学出版社，1980．刘开杨．杜甫［M］．上海：上海古籍出版社，1978．安旗，薛天纬．李白年谱［M］．济南：齐鲁书社，1982．吕华明，程安庸，刘金平．李太白年谱补正［M］．陈铁民，侯宗义，注．岑参集，校注．上海：上海古籍出版社，1981．

观自信、豪迈热情的整体性格特征。激荡在文人胸怀“济世报国”的功名意识，也比以往任何一个朝代更为强烈，初盛唐诗人出游的功利目的也更为浓厚。“怀经济之才”① 的李白，一直抱有“使寰区大定，海县清一”② 的宏图大志。杜甫也是一生致力于“致君尧舜上”③ 的济世理想。杨炯“宁为百夫长，胜作一书生”④ 说出了一代文士追求魏阙的心声。即使是一生未入仕的孟浩然也曾发出“欲济无舟楫，端居耻圣明”⑤ 的感慨。当时文人入仕主要有三条途径：一是科举，即文人科举及第取得任官资格后，再由吏部授官；二是举荐，具有文学才能的文人可以通过他人举荐或自我举荐任官或迁官；三是入幕，文人通过入藩镇幕府参与政事，或由节帅推荐做官。无论采取哪条入仕途经，文人都需要广游天下、干谒投赠、交游访士、扩大名声。即使步入仕途，也会因赴任出使、职务变动、升迁贬谪、入幕出塞、迎驾从幸等原因而奔波行走、迁转不定。而古代因交通条件的限制，每次出行必定耗费大量时间精力在旅途中，因而也催生了大量的仕宦旅游诗歌。本节就出游原因的不同，再将诗歌细分为以下四类进行论述。

一、行役游诗歌

初盛唐时期，朝廷用人政策较为开明，更多文人步入仕途，开始了宦海沉浮的仕宦生涯。唐代虽为文人入仕广开途经，但也相应地制定了严格的官吏制度。自初唐起，为了防止官员专权，唐实行任职三年满轮

① 李白．为宋中丞自荐表［M］//王琦注．李太白全集．北京：中华书局，2011：1037.

② 李白．代寿山答孟少府移文书［M］//王琦注．李太白全集．北京：中华书局，2011：1043.

③ 杜甫．奉赠韦左丞丈二十二韵［M］//彭定求，等．全唐诗（增订本）．北京：中华书局，1999：2252.

④ 杨炯．从军行［M］//彭定求，等．全唐诗（增订本）．北京：中华书局，1999：615.

⑤ 孟浩然．望洞庭湖赠张丞相［M］//彭定求，等．全唐诗（增订本）．北京：中华书局，1999：1638.

换制度，经过考核，或升或降，进而转至另一地方为官。除此之外还有本籍回避制度，不许官员任本贯州县官及本贯邻县官（京兆、河南府不在此限）。官员们为此不得不奔波在住所、任所、贬所、京城之间，“于是倏来忽往，蓬转萍流，近则累月仍迁，远则逾年必徙，将听事为逆旅，以下车为传舍。”① 频繁的官员流动促成了唐代最具规模的仕宦之游。官员们往往且宦且游，在“乐山乐水”的行旅中将对大自然的尽情讴歌汇集为诗歌。

对于官宦文人的且宦且游，或者称之为行役游，包含有两层含义：一是在仕宦途中也即行旅过程中的游赏活动；一是在任职或贬谪地域进行的游赏活动。前者更侧重行役途中对所赏景观的描述，重点突出行走过程中（赴任职地过程中）的游赏，如张九龄的《奉使自蓝田玉山南行》、宋之问的《奉使嵩山途经缑岭》、李峤的《早发古竹馆》、杜审言的《经行岚州》、岑参的《早上五盘岭》等，多是在行役途中所作的游赏诗歌，特点是停留时间较短，多是短时期的游赏活动。后者则侧重在停留地域的游赏活动，重点突出“游”的赏玩兴致，如张说的《和尹懋秋夜游灉湖》、张九龄的《临泛东湖》、崔湜的《襄阳作》、杜审言的《和晋陵陆丞早春游望》、王维的《至滑州隔河望黎阳忆丁三寓》等皆是诗人在任职地或周边游赏所作的诗歌，特点是游赏时间较为宽裕，且消遣游乐的成分更浓，也更类似于现代的公务旅游。鉴于后者游赏的主动性更为强烈，且与观光游有重叠交叉的部分，因而此处的行役游主要侧重于行役途中的游赏活动及诗歌创作。

在初盛唐3000余首旅游诗歌中，初步统计行役游约140余篇（不包括迁谪、边塞入幕途旅游等）。行役游的诗人常在诗歌的字里行间透露出为宦而出行的意味，无论是即将离别家乡奔赴任职地还是往来于仕宦途中，都透露出丰富的情感意蕴，有对沿途风光的感叹、

① 王溥．唐会要校证［M］．牛继清，校证．西安：三秦出版社，2012：1023.

离别的伤感，更多的则是渴求建功立业、一展宏图的雄心壮志和蓬勃信心。如王勃的《杜少府之任蜀州》就十分典型地代表了宦游人的心境：

城阙辅三秦，风烟望五津。
与君离别意，同是宦游人。
海内存知己，天涯若比邻。
无为在歧路，儿女共沾巾。①

本首诗并非严格意义的旅游诗，而是典型的送别诗，举此为例，是因诗歌生动传神地刻画了即将出游行役者的情感心态。首句用虚实结合的方法，交代了送别的场地“三秦”（指代长安）和友人欲任职的场地“五津”（指代蜀州）。“风烟”和“望”又将相隔千里的两地连着一起，朦胧的意境略有伤别之意。“与君离别意，同是宦游人”点明了二人皆是新近登科的官宦身份，且同是为前途成为远离家乡的宦游人。这样的送别，正如明人王越所吟：“自笑年来常送客，不知身是未归人。”② 可谓“客中送客”，离情与思乡交织，更显凄恻。但是年轻的宦游人并未沉浸在离别的伤悲中，后四句更彰显了青年士人志在四方的锐意进取和乐观昂扬，表现了初入仕者骏发昂扬的意气和对未来仕途的美好憧憬，这也正是初盛唐大多数入仕者的心态，虽对离别、苦旅怀有伤感、忐忑的愁绪，但占主导意念的是欲成就一番伟业的壮志雄心。因而，这首诗虽为送别诗，但却细腻地表现了宦游人的曲折心境。

士人在行役游途中类似的情感表达还有很多，如“更将心问影，

① 王勃．杜少府之任蜀州［M］//彭定求，等．全唐诗（增订本）．北京：中华书局，1999：678.

② 王越．与李布政彦硕冯佥宪景阳对饮［M］//沈德潜．明诗别裁集．上海：上海古籍出版社，2008：34.

于役复何求”（张九龄《自彭蠡湖初入江》）①；“宦成名不立，志存岁已驰”②（张九龄《在郡秋怀二首》）；“宦游从此去，离别几年期”③（李峤《奉教追赴九成宫途中口号送崔主簿赴沧州》）；“薄游倦千里，劳生负百年”④（骆宾王《海曲书情》）；“拙宦从江左，投荒更海边”⑤（张子容《永嘉作》）等都是对宦游复杂心态的传神描述。

明白了上述宦游的心境，有助于我们更好地理解仕宦途中游的作品。这些作品具有仕宦的特殊性质，在行旅途中就存在着一种情感转化的必要性和可能性，即由使命感强烈、目的性强烈的为宦出行，而被风物所感，逐渐或部分地转化为美的欣赏、心的游历——最终成为旅游的一种，因而旅游的基本特征：对沿途山川风物的美感抒写和由景观之美带来的精神享受在仕宦的途中也得以彰显。这也是我们区分仕宦途中游诗歌和其他仕宦诗歌的一个重要标准。如岑参的《早上五盘岭》：

平旦驱驷马，旷然出五盘。
江回两崖斗，日隐群峰攒。
苍翠烟景曙，森沉云树寒。
松疏露孤驿，花密藏回滩。
栈道谿雨滑，畬田原草干。

---

① 张九龄．自彭蠡湖初入江［M］//彭定求，等．全唐诗（增订本）．北京：中华书局，1999：592.

② 张九龄．在郡秋怀二首［M］//彭定求，等．全唐诗（增订本）．北京：中华书局，1999：580.

③ 李峤．奉教追赴九成宫途中口号送崔主簿赴沧州［M］//彭定求，等. 全唐诗（增订本）．北京：中华书局，1999：687.

④ 骆宾王．海曲书情［M］//彭定求，等．全唐诗（增订本）．北京：中华书局，1999：851.

⑤ 张子容．永嘉作［M］//彭定求，等．全唐诗（增订本）．北京：中华书局，1999：1177.

此行为知己，不觉蜀道难。①

这是一首较典型的描述行旅途中风光的诗歌。诗歌作于大历元年（公元766年），其时蜀中出乱，朝廷派宰相杜鸿渐为山南西道、剑南东西川副元帅，南下以平蜀乱。他表请岑参为职方郎中兼侍御史，进入其幕府，此诗即作于岑参赴任入蜀途中。诗歌首句交代了行程，中间句对沿途山水极尽描绘，“斗”和“攒”点出江流回转曲折、两岸交错回旋的川蜀地貌，极言路途之险。“烟景”和“森沉”渲染景色一派朦胧苍凉之感，正对应了诗人乃早上观景所写。诗的最后点明了游的中心目的，是为追随“知己”，即使蜀道艰辛仍能怀有观赏的心情，可见诗人在途中游览也不忘表达对“知己”杜鸿渐提拔的感激之情，及殷切求仕的渴慕之心，旅游的功利性可见一斑。

赴任官宦在途中经山渡江，缘心状景，触景生情，得江山之助，为唐代蔚为大观的山水旅游诗歌抒写了浓重的一笔。这样的“与宦游生涯共吟”的山水诗歌还有很多，如：

优闲表政清，林薄赏秋成。江上悬晓月，往来亏复盈。天云抗真意，郡阁晦高名。坐啸应无欲，宁辜济物情。（崔颂《和张荆州九龄晨出郡舍林下》）②

北地春光晚，边城气候寒。往来花不发，新旧雪仍残。水作琴中听，山疑画里看。自惊牵远役，艰难促征鞍。（杜审言《经行岚州》）③

---

① 岑参．早上五盘岭［M］//彭定求，等．全唐诗（增订本）．北京：中华书局，1999：2052.

② 崔颂．和张荆州九龄晨出郡舍林下［M］//彭定求，等．全唐诗（增订本）．北京：中华书局，1999：1151.

③ 杜审言．经行岚州［M］//彭定求，等．全唐诗（增订本）．北京：中华书局，1999：733.

旌节指巴岷，年年行且巡。暮来青嶂宿，朝去绿江春。鱼贯梁缘马，猿奔树息人。邑祠犹是汉，溪道即名陈。旧史饶迁谪，恒情厌苦辛。宁知报恩者，天子一忠臣。苏颋《晓发兴州入陈平路》)①

以上诗歌都是可考证的诗人或奉使或调职的行役行旅诗歌。与初盛唐盈千累万、风姿卓卓的山水观光游诗歌相比，这类诗歌也许并非是最出彩夺目的，但却表达了作为宦游人行走在旅途形形色色的心路历程。“优闲表政清，林薄赏秋成”“自惊牵远役，艰难促征鞍”“宁知报恩者，天子一忠臣”，是宦游人既图仕宦、又慕栖隐，既羡自由、又追魏阙情感的真实流露。

而初盛唐行役旅游诗歌最突出的主题，则是颠沛羁旅产生的强烈思归情态和恋阙意识。初唐尤其是盛唐诗人具有强烈的济世报国理想，当一番宏图伟志在暗藏汹涌、瞬息变幻的宦海遭遇挫折时，或者常年因公务迁谪而滞留旅途时，就会兴起对家园的强烈思念和对京都朝廷的怀念之情，家是流离在外的心灵憩所，朝堂则是政治抱负的理想象征，因而这类旅游诗歌反复吟咏着思家与念归的情态。“不知何岁月，一似暮潮归”“江月照吴县，西归梦中游”“凭添两行泪，寄向故园流”等都表达了山水阻隔下对故土、朝堂的想望。山水阻隔了诗人们回归的空间距离，但在徜徉山水的行旅中，灵山秀水也成为诗人们漂泊于家国间的精神慰藉。

二、贬谪游诗歌

从历史上看，流贬一直是历代君王惩罚官吏、强化统治的有效手段。《尚书·虞书·舜典》曾载：“流共工于幽州，放驩兜于崇山，窜

---

① 苏颋．晓发兴州入陈平路［M］//彭定求，等．全唐诗（增订本）．北京：中华书局，1999：810.

三苗于三危，殛鲧于羽山，四罪而天下咸服。”可谓是流贬的滥觞。此后，这种惩罚便被沿用下来，如沈约言：“减秩居官，前代通则；贬职左迁，往朝继轨。”至唐代，官员流贬的现象更为频繁。

即使在相对开明的大唐王朝，政治纷争也依然频繁。每当政治斗争白热化或者涉及储位之争，政局更是变幻莫测，置身于其中的众多文人仕宦都不可避免地卷入朝局的动荡中，甚至导致被流放贬谪的结局。即便政局相对平稳时，官员们同样面临着人事兴废、宠辱无常的宦海浮沉。在朝为官稍有不慎，一旦触怒皇帝或权要，就会牵连仕途，甚至因此而“再历遐荒”，不少唐代文人都有这样的经历。久而久之，迁贬竟成了唐代政坛的常事，以致有“无人不谴谪”之说。“两窜荒徼，再登台铉”也成了很多唐代中高层官员的共同生活经历。唐代文人的旅游诗篇中，因此又增添了一层流寓之叹。

对于流贬惩罚的具体条例，初盛唐的君王们也有详细规定。武则天长寿三年（公元 694 年）五月三日敕文：“贬降官并令于朝堂谢。仍容三五日装束。”玄宗开元十年（公元 722 年）六月十二日敕文：“自今以后，准格及敕应合决杖人，若有便流移左贬之色，决讫，许一月内将息，然后发遣，其缘恶逆、指斥乘舆者，临时发遣。”又据天宝五载（公元 745 年）七月六日敕：“应流贬之人，皆负谴罪，如闻在路多作逗留，郡县阿容许其停滞。自今以后，左降官量情状稍重者，日驰十驿以上赴任，流人押领，纲典画时，递相分付，如更因循，所由官当别有处分。”① 可见，对于被流贬者的惩戒不止是表面的流放外地，对于尊严高于一切的士大夫而言，被贬至蛮荒远恶、火山瘴疠之地，途中又含沙毒草，鸱鸮与魑魅，且又必须在限定时期赶到，身体的折磨、人格的羞辱、精神的摧残，最为痛苦凄怆，也是最为无奈之处。他们不是刑徒，却受到与刑徒一样的人格污辱，因此经常与减死一等的流放之罪并称，称为“流贬”。因而无论是蒙冤受贬者，还是罪有应得者，都在流

① 王溥，牛继清．唐会要校证［M］．西安：三秦出版社，2012：630.

贬途中或至贬地时写下众多有关贬谪的诗文。

贬谪诗文的繁荣也催生了后世对此文学形式的研究。明代王世贞《艺苑卮言》卷八“流贬”条就曾列举了自屈原以下遭受流徙、贬窜的诗文大家 83 人，其中唐代占有 45 人，如沈佺期、宋之问、杜审言、张说、张九龄、王昌龄等，而张说、李邕、王昌龄被贬都在两次或两次以上。更有甚者，像李峤、苏味道、宋之问等，则郁郁而终，葬身于流贬之地。方回的《瀛奎律髓》也将“迁谪”诗作为一种独立类型，列专卷汇辑唐宋时期“迁客流人之作”，并在此卷序中评论道：“迁客流人之作，唐诗中多有之。”① 的确，今人对初盛唐时期遭流贬人数的统计为：“从时期分布看，初唐 598 人次，盛唐 543 人次。”② 这些遭流贬的文士官吏，将其流寓之叹寄怀于诗文中，形成蔚为壮观的文学景观，现代学者往往将流贬和迁谪著作统称为贬谪文学。

需要明确的是，并非所有的贬谪诗文都与“游”相关，在此所涉及的贬谪游诗歌是指诗人遭贬谪途中或居于贬谪之地时，对沿途或贬谪地景观的流连观赏。诗人们出于各种原因被放逐流迁至异地，苦闷失意郁积于胸中，异域的奇山异水调适了无处排遣的情绪，诗人们触景生情，情景交融，借游览中的所观所感抒发心中的万千情意，形成诗情并茂的贬谪游诗歌。粗略统计，这样的与游相关的贬谪诗歌约有 120 余首，其中既有抒写遭贬流放的幽怨之情，也有借放逐山林、游览胜地以消解胸中郁闷之情，还有自贬谪地遇赦回归途旅的愉悦之情。凡此种种，正如王世贞《艺苑卮言》所言：“穷则穷矣，然山川之胜，与精神有相发者。”③ 正是“山巅水涯”之游思帮助遭贬谪诗人从诗歌创作中

---

① 方回选评，李庆甲集评校点．瀛奎律髓汇评［M］．上海：上海古籍出版社，1986：1537.

② 尚永亮．唐五代逐臣与贬谪文学研究［M］．武汉：武汉大学出版社，2007：49.

③ 王世贞．艺苑卮言校注［M］．罗仲鼎，校注．济南：齐鲁书社，1992：404.

寻找到了生活的激情和勇气。

典型如宋之问的贬谪旅游诗歌《度大庾岭》，诗言：

度岭方辞国，停轺一望家。
魂随南翥鸟，泪尽北枝花。
山雨初含霁，江云欲变霞。
但令归有日，不敢恨长沙。①

大庾岭，在今江西大余县与广东南雄县的交界处，因岭上多梅花，又名梅岭。大庾岭既是景致优美之地，也是唐时由熙攘繁华的内地至瘴疠蛮荒的流贬地的交界处。诗人以“度岭”开篇点题，表明了诗歌为贬谪途中所作。“度岭方辞国，停轺一望家”的“方辞”与“一望”极言将要远离家园时再驻足回望故土的不舍与眷恋；“魂随南翥鸟，泪尽北枝花”，诗人由南岭上落花联想北方家园的花景，触景生情，体现对将赴未知之地的畏惧及对家园的思念；“山雨初含霁，江云欲变霞”，一转前述萧索灰白的惨景而呈现一派雨过天晴、云染霞光的艳遇景致，正是眼前景观的明丽令诗人心境有所明朗；有了明丽景观的渲染，诗人心情也为之一振，尽管身遭贬谪，仍心怀希冀，“但令归有日，不敢恨长沙”体现了希望峰回路转、绝处逢生的强烈渴求。正是诗人在游览景观的触发下心境由悲观绝望到满怀希望的转变，足见山川景物对游人心态的强烈影响。

当然，遭贬谪诗人所处的境况决定了贬谪旅游诗歌最常见的仍是借游赏山水抒发遭贬怀怨的心境。在前文探讨沈、宋、二张的贬谪诗歌时已略有涉及，此处从诗歌的类型特点角度分析诗人如何借山水风物抒胸中块垒。如宋之问的《途中寒食题黄梅临江驿寄崔融》，诗云：

---

① 宋之问．度大庾岭［M］//彭定求，等．全唐诗（增订本）．北京：中华书局，1999：643.

马上逢寒食，愁中属暮春。
可怜江浦望，不见洛阳人。
北极怀明主，南溟作逐臣。
故园肠断处，日夜柳条新。①

此诗为宋之问遭贬谪途中作，“诗当作于神龙元年宋之问贬赴泷州途中”②，诗人在节日期间却要于马上奔赴谪地，其心情之伤怀不言而喻，因而发“故园肠断”的感慨。即便如此，仍借“北极”表达不忘对朝廷的眷恋之情，及“南溟”直言被贬的哀伤，虽非真正的旅游诗，但遭贬谪的忧伤意味甚浓，故而也被元回在其《瀛奎律髓》中列为“迁谪”类的第一篇，足见意义之典型。

他的《早发韶州》更是对南夷苦寒、思归心情的细腻描绘：

炎徼行应尽，回瞻乡路遥。
珠厓天外郡，铜柱海南标。
日夜清明少，春冬雾雨饶。
身经大火热，颜入瘴江消。
触影含沙怒，逢人女草摇。
露浓看菌湿，风飓觉船飘。
直御魑将魅，宁论鸱与鸮。
虞翻思报国，许靖愿归朝。
绿树秦京道，青云洛水桥。

---

① 宋之问．途中寒食题黄梅临江驿寄崔融［M］//彭定求，等．全唐诗（增订本）．北京：中华书局，1999：642.

② 陈贻焮．增订注释全唐诗（第一册）［M］．北京：文化艺术出版社，2001：359.

故园长在目，魂去不须招。①

此诗于景云二年（公元711年）流钦州途中作②，整首诗通过对南夷大火热、瘴江消、魑将魅、鸱与鸮的极致描述，将这种荒凉僻陋、恐怖惊悸的景色特点渲染到了极致，也反衬了诗人陌生惶惑的直接体验，进而引出对故园的思念及灵魂无处安放的彷徨。这类对贬谪地险恶景色的描绘，在贬谪旅游诗中屡见不鲜，如“瘴江西去火云山，炎徼南穷鬼作关。从此更投人境外，生涯应在有无间”③“魂疲山鹤路，心醉跕鸢溪……瘴病因兹苦，穷愁益复迷。火云蒸毒雾，阳雨灌阴霓……谁能意此风，曲尽气酸嘶”④ 等，皆属此类。

诗人的贬谪旅游之作，也并非都是描写荒蛮苦寒之景。很多诗人在贬谪地也能洒脱地抛开忧思，以闲适愉悦的心情赏玩异域美景，或在游山玩水中忘却被贬的苦恼。相比较而言，盛唐贬谪旅游诗歌的情感基调更为豁达明朗，这也与初、盛两时期的时代氛围及政治斗争的激烈程度有关。初唐时期的时代氛围较盛唐略为沉肃，宫廷斗争也更为敏感尖锐，一旦遭流贬甚至生命不保；盛唐时代更为宽和，政局也相对平稳，尤其玄宗前期较为开明，故朝臣被贬，也不至有性命之忧，因而流贬官员也有闲情逸致游山玩水。

较典型的贬谪游赏是张说及其子张均、贬官赵冬曦、岳州从事尹懋于开元五年（公元717年）前后在岳州游览并作唱和游览诗歌。如张说作《同赵侍御巴陵早春作》《岳州作》《岳州山城》《灉湖山寺》《出湖寄赵冬曦》《与赵冬曦尹懋均登南楼》《岳阳早霁南楼》《和尹懋秋

① 宋之问．早发韶州［M］//彭定求，等．全唐诗（增订本）．北京：中华书局，1999：655.

② 陶敏，易淑琼．沈佺期宋之问集校注［M］．北京：中华书局，2001：552.

③ 张均．流合浦岭外作［M］//彭定求，等．全唐诗（增订本）．北京：中华书局，1999：980.

④ 沈佺期．赦到不得归题江上石［M］//彭定求，等．全唐诗（增订本）．北京：中华书局，1999：1046-1047.

夜游灉湖》《出湖寄赵冬曦》；其子张钧作《和尹懋登南楼》《和尹懋秋夜游灉湖二首》；赵冬曦作《灉湖作》《陪张燕公登南楼》《陪燕公游灉湖上寺》《和燕公别灉湖》《酬燕公出湖见寄》《奉和张燕公早寄南楼》《和燕公岳州山城》《和尹懋秋夜游灉湖二首》；尹懋作《秋夜陪张丞相赵侍御游灉湖》《奉陪张燕公登南楼》《同燕公泛洞庭》；还包括王琚赴任衡州途经岳阳时，与张说同游所作《游灉湖上寺》。这些诗歌皆是张说等人在贬谪岳州时与他人登寺泛湖游赏所作，体现了虽身处贬谪处境仍能暂时忘却世俗，纯以游赏为乐。这种贬谪游诗歌是与第二类"观光游"诗歌有所交叉重合的，但也从另一侧面反映了即使是身处贬谪这样的宦海低潮，诗人们仍能够存留一份平和心境，于游览纯净山水中体味怡然自得，忘却尘世俗务。正如诗人所言："携琴仙洞中，置酒灉湖上。芳景恣行乐，谪居忽如忘。"① 在游览唱和时，诗人们还作序以详释旅游经历，显示出诗歌创作时悠游从容的心境。如赵冬曦为其《灉湖作》作序：

> 巴丘南灉湖者，盖沅湘澧汨之馀波焉。兹水也，沦汇洞庭，潧潧千里。夏潦奔汪，则溢为此湖；冬霜既零，则涸为平野。按《尔雅》云："水反入为灉。"斯名之作有由焉尔。而此乡炎暑，子月草生。弥望青青，相与游藉，岂盈虚之可叹，亦风景之多伤。感物增怀，因书其事。②

先是对灉湖的由来给予解释，进而介绍旅游的气候环境，适合"相与游藉"，故才有了此次的结伴旅游。这样诗序结合的形式，可谓旅游诗歌的典范之作。

---

① 赵冬曦．酬燕公出湖见寄［M］//彭定求，等．全唐诗（增订本）．北京：中华书局，1999：1051．

② 彭定求，等．全唐诗（增订本）（卷九八）［M］．北京：中华书局，1999：1052．

同样的旅游诗序还见于尹懋的《秋夜陪张丞相赵侍御游灉湖二首》并序：

> 燕公以盖司马初到，赵侍御客焉，聿理方舟，嬉游灉壑。览山川之异，探泉石之奇，骋望崇朝，留尊待月，一时之乐，岂不盛欤？赋诗者列之于左。①

同样交代了旅游的缘由以及旅游的“兴”之所在：“览山川之异，探泉石之奇”，并得到了情感的愉悦：“一时之乐，岂不盛欤?”这些序言不仅为诗歌创作的背景做了交代，更是作者心境的直观写照。这些遭逢人生大变故的诗人们本无意于畅游山水，却在与大自然的遭遇中放松了心情（即便只是片刻的），获得了心灵的涤荡和洗礼，也许还重获了面对苦厄的信心。自然的神奇造物之美，原本就具有令人愉悦的作用，气之动物，物之感人，诗人摇荡性情，即便身处异乡、身处贬谪的痛苦境遇，也不由得受到感召，对自然山水起了审美欣赏的兴致。且行且赞、且歌且叹，苦中作乐、渐得奇趣，在诗歌创作中模山范水、情景相生，把对美景的客观描摹与自我片时的欢欣愉悦结合起来，物着我之色彩而不失本真，创作出了符合现代旅游学意义的旅游诗。

正因为有了旅游的兴致，初盛唐贬谪诗人的作品中才不乏众多对异乡水土风俗之美和奇异自然风光的游赏和赞美。如张说的“楚老游山寺，提携观画壁”“川途倏忽间，风景依如昨。湘浦未赐环，荆门扰主诺。何时与美人，载酒游宛洛”② 道尽了游赏时的闲情逸取；王维的

---

① 彭定求，等．全唐诗（增订本）（卷九八）［M］．北京：中华书局，1999：1055.

② 张说．灉湖山寺、出湖寄赵冬曦［M］//彭定求，等．全唐诗（增订本）．北京：中华书局，1999：929.

“田父草际归，村童雨中牧。主人东皋上，时稼绕茅屋”① 对旅途自然风光的描述，使诗人的贬谪之旅少了一丝孤独之意，更添一份恬淡赏适之趣。再如王维《早入荥阳界》云：

泛舟入荥泽，兹邑乃雄藩。
河曲闾阎隘，川中烟火繁。
因人见风俗，入境闻方言。
秋野田畴盛，朝光市井喧。
渔商波上客，鸡犬岸旁村。
前路白云外，孤帆安可论。②

葛晓音评价此诗：“像这样亲切地称道北方雄藩大郡水土风俗之美的诗篇，在王维之前至为罕见。”③ 所论甚是，虽然作者仍对前路充满忐忑，但入荥阳，两岸烟火繁盛，秋野畴盛，市井喧闹，一派繁华，仍是激起了诗人游赏的兴致。

当然，异域风光虽美，仍不及诗人遭贬谪遇赦后归途的喜悦心情。最典型的当属李白流放遇赦后所作诗歌。李白晚年因参加永王李璘幕府而被流放夜郎，至乾元二年（公元 759 年），李白刚遇大赦放还，即与当年被贬为岳州司马的贾至、贬岭下尉的唐宗室李晔宴饮游赏唱和。这些诗作洋溢着遇赦后更适意、更喜悦地去体达山水之美的清新奇趣，语词虽简，却简拔新警，饶有生趣。如：

剪落青梧枝，灉湖坐可窥。雨洗秋山净，林光澹碧滋。水闲明

① 王维．宿郑州［M］//彭定求，等．全唐诗（增订本）．北京：中华书局，1999：1250.

② 王维．早入荥阳界［M］//彭定求，等．全唐诗（增订本）．北京：中华书局，1999：1251.

③ 葛晓音．山水田园诗派研究［M］．沈阳：辽宁大学出版社，1993：230.

镜转，云绕画屏移。千古风流事，名贤共此时。(《与贾至舍人于龙兴寺剪落梧桐枝望灉湖》)

南湖秋水夜无烟，耐可乘流直上天。且就洞庭赊月色，将船买酒白云边。(《陪族叔刑部侍郎晔及中书贾舍人至游洞庭五首》其二)

今日竹林宴，我家贤侍郎。三杯容小阮，醉后发清狂。船上齐桡乐，湖心泛月归。白鸥闲不去，争拂酒筵飞。刬却君山好，平铺湘水流。巴陵无限酒，醉杀洞庭秋。① (《陪侍郎叔游洞醉后三首》)

诗人本性乐观超逸，虽刚遭遇人生中最不幸的经历，但遇赦得归的喜悦暂时战胜了心中的创伤，又适逢与其境遇相似的友人同聚，更添游兴，"刬却君山""醉杀洞庭"体现了游历的欢畅之感。

一切景语皆情语，正是诗人心境的变化，才使得沿途游历的景观都染上了明快的色彩。张说的《喜度岭》："东汉兴唐历，南河复禹谋。宁知瘴疠地，生入帝皇州……岭路分中夏，川源得上流。见花便独笑，看草即忘忧……道消黄鹤去，运启白驹留。江妾晨炊黍，津童夜棹舟。盛明良可遇，莫后洛城游。"② 诗歌洋溢着回归途中的喜悦欢快以及归心似箭的迫切，往日的瘴疠之地也不再那么恐怖可憎了，反有了见花独笑、看草忘忧的游兴。王昌龄的《九江口作》也作于回归途中："漭漭江势阔，雨开浔阳秋。驿门是高岸，望尽黄芦洲。水与五溪合，心期万里游。明时无弃才，谪去随孤舟。鸷鸟立寒木，丈夫佩吴钩。何当报君恩，却系单于头。"③ 在途中已重燃建功立业的壮志和报效君主的信念，

---

① 王琦．李太白全集［M］．北京：中华书局，2011：850，812，811.

② 张说．喜度岭［M］//彭定求，等．全唐诗（增订本）．北京：中华书局，1999：971.

③ 王昌龄．九江口作［M］//彭定求，等．全唐诗（增订本）．北京：中华书局，1999：1434.

孤舟、寒木不再是凄凉的意象，反而能激发丈夫佩吴钩的雄心。

概而论之，诗人们于贬谪途中及贬谪地的游历诗歌，体现了游览时景观与诗人的相互观照，景观因诗人心境不同，呈现出差异的色调，诗人也从悦耳悦目的赏景体悟中达到悦心悦意的体验，景与情的相互和谐在贬谪游诗歌中得到完美体现。

三、边塞游诗歌

前面提到，唐人入仕的一个重要途径是入幕。不少士人都有过幕府生活的经历，王翰、高适、岑参、王维、李白等一批优秀的诗人都曾在幕府生活过。他们中有些人入节镇幕府，怀着一腔建功边塞、投笔从戎的豪情，不远千里远赴边塞，亲历苦地，创作出了优秀的边塞诗歌。也有些诗人将边塞作为他们漫游的目的地，为唐诗的壮丽画卷增添了慷慨壮大的一笔。因而边塞诗也成为唐诗中十分重要的一个题材，鲜明体现着一种唐人精神。诗人们有的入塞初衷并非游览、观赏景物，但沿途的所见所闻以及万里河山的雄奇瑰丽却深深打动了诗人，引起了诗人的注目，使得最终在边塞诗的创作中对自然进行审美，对大异于中原的风光进行诗意化的描摹，诗人的出塞，也就在客观上具有了“游”的性质。据初步统计，初盛唐此类旅游诗歌约有 94 首。

首先是骆宾王。他曾两度从军，先后到过西域与西南边疆，亲身体验了南北边疆不同的地域风貌，对边塞战争、生活、风土人情有着亲临其境的理解和认识，也写有多首边塞旅游诗。如《夕次蒲类津》描绘：“山路犹南属，河源自北流。晚风连朔气，新月照边秋。龙庭但苦战，燕颔会封侯。莫作兰山下，空令汉国羞。”① 将空阔、壮美的景象描写与精忠报国之志交织在一起，意气风发，形象感人。他的《早秋出塞寄东台祥正学士》生动刻画了边关物候的瑰丽奇美：“溪月明关陇，戎

---

① 骆宾王．夕次蒲类津［M］//彭定求，等．全唐诗（增订本）．北京：中华书局，1999：853.

云聚塞垣。山川殊物候，风壤异凉暄。戍古秋尘合，沙寒宿雾繁。”①此外，还有《边城落日》《在军登城楼》《军中赠先还知己》《久戍边城有怀京邑》《边夜有怀》等，都或多或少涉及行旅的内容。

“四杰”之后陈子昂继起。陈子昂是初唐边塞行旅的杰出代表诗人，他在青年时代就慷慨从戎，曾两次从军，第一次出使凉州、甘州、同城等地，其间写有《题居延古城赠乔十二知之》以及《题祀山烽树赠乔十二侍御》。第二次出征东北边塞，写有《登蓟城西北楼送崔著作融入都序》《答韩使同在边》《蓟丘览古赠卢居士藏用七首》等，其中较典型的为《度峡口山赠乔补阙知之王二无竞》，在这一首诗里陈子昂将塞外异于内地的独特景观表现得尤为突出。诗云：

峡口大漠南，横绝界中国。
丛石何纷纠，赤山复翕艴。
远望多众容，逼之无异色。
崔崒乍孤断，逶迤屡回直。
信关胡马冲，亦距汉边塞。
岂依河山险，将顺休明德。
物壮诚有衰，势雄良易极。
逦迤忽而尽，泱漭平不息。
之子黄金躯，如何此荒域。
云台盛多士，待君丹墀侧。②

诗中描绘出峡口山一带地貌的险峻和景观的奇特，“峡口大漠南，横绝界中国”“信关胡马冲，亦距汉边塞”指出这里乃军事要塞，占据

---

① 骆宾王．早秋出塞寄东台祥正学士［M］//彭定求，等．全唐诗（增订本）．北京：中华书局，1999：859.

② 陈子昂．度峡口山赠乔补阙知之王二无竞［M］//彭定求，等．全唐诗（增订本）．北京：中华书局，1999：894.

重要的军事地理位置。“丛石何纷纠……逶迤屡回直”体现作为军事要地的山势突兀，峦石丛生，山脉蜿蜒往复，远观气势豪迈，近看却略显平常。“逦迤忽而尽，泱漭平不息”，连绵起伏的山岭突然在此中断，尽显浩瀚无边的沙漠。诗人将边塞的地理风貌以写实的笔法逼真地展示出来，显现了辽阔雄浑的西北边陲景象。其他如《登蓟城西北楼送崔著作融入都》中：“蓟楼望燕国，负剑喜兹登……仲冬边风急，云汉复霜棱。”诗人的豪迈风度与边关的肃杀景色融合，更显刚健质朴、雄浑苍健的气质格调。

与陈子昂同一时期还涌现出了众多有从军经历的诗人，如乔知之、郭元振、李峤、宋之问、沈铨期、崔融、刘希夷等，他们也多少写有边塞诗作，其中李峤、崔融、崔湜、张说等的边塞诗歌都有与行旅有关的作品。李峤《奉使筑朔方六州城率尔而作》叙述了诗人亲自率众筑城巡边的经历。崔融的《西征军行遇风》描写了边地的自然风光。此外，张说有边塞行旅诗《巡边在河北作》，崔湜有《塞垣行》《大漠行》《边愁》等。边塞游览诗的主题以远赴塞外的思归与乡愁居多，诗人将这种具有普遍性的情感寓于奇瑰的风光描写，展现出一幅幅景美情真的异域风光画卷。如崔湜《冀北春望》所写：“回首览燕赵，春生两河间。旷然万里馀，际海不见山。雨歇青林润，烟空绿野闲。问乡何处所，目送白云还。”崔融的《关山月》：“月生西海上，气逐边风壮。万里度关山，苍茫非一状。汉兵开郡国，胡马窥亭障。夜夜闻悲笳，征人起南望。”富有边地特征的烟空野闲、边关月色、白云千里等都成为诗人乡恋情感的触媒与诱因。

总的来说，初唐边塞旅游诗歌，尤其是四杰和陈子昂，可谓是“筚路蓝缕，以启山林”的先行者。正如现代学者评价：“初唐诗坛受齐梁赴宴诗风影响比较深，但边塞诗较多继承了北朝民歌，乃至建安诗歌的作风，往往显得剑拔雄浑。”① 但初唐边塞诗歌毕竟数量有限，且

① 余恕诚．唐诗风貌［M］．合肥：安徽大学出版社，1997：198.

内容较为宽泛，直至盛唐时期出现了一大批著名的边塞诗人，如王维、王昌龄、高适、岑参、王翰、王之涣等。他们中的大部分人都曾亲历边塞，写下了许多流传至今的边塞旅游诗。

王维无疑是盛唐边塞诗人群体的杰出代表，他于开元二十五年（公元 737 年）迁监察御史，奉命出使凉州，慰问西北边防军将士。到达凉州以后，被留任河西节度判官，王维的边塞行旅诗多作于此时。擅长绘景的王维将迥异于中原青山绿水风光的塞漠景致，以绮丽玄妙的笔法汇成“千古壮观”的壮辞雅句。在王维的边塞行旅诗中，景观姿态万千，意味深远，既有“阴风悲枯桑，古塞多飞蓬”（《送陆员外》）的肃杀、“三春时有雁，万里少行人”（《送刘司直赴安西》）的荒凉，也有“暮云空碛时驱马，秋日平原好射雕”（《出塞作》）的浩瀚、“陇头明月迥临关，陇上行人夜吹笛”（《陇头吟》）的悲怆，更有“大漠孤烟直，长河落日圆”（《使至塞上》）的旷袤、“回看射雕处，千里暮云平”（《观猎》）的雄阔。这些与他的田园旅游诗完全不同的华彩丽章，成就了他边塞旅游诗的另一味诗美。方东树评其边塞诗“其气若江海之浮天”① 是非常贴切的。

高适、岑参被誉为盛唐边塞诗最典型代表，其边塞经历和诗歌创作也是后人研究的热点。本书前面已就高适、岑参的游迹做过介绍。高适曾三次出游边塞。② 第一次出塞蓟北，目睹了严重的边患和惨烈的战乱后，创作了《出塞》《自蓟北归》《燕歌行》，这期间的边塞创作游的成分并不强烈。高适的第二次出塞是在天宝十载（公元 751 年），这时期创作的边塞行旅诗有《送兵到蓟北》《蓟门五首》《蓟中作》等，这些行旅诗歌对边塞现实战况更为关注。天宝十一载秋，高适受河西节度使哥舒翰幕举荐，入哥舒翰幕府任掌书记，第三次奔赴塞外。此次，高适出塞共创作了如《登陇》《金城北楼》《同吕员外酬田著作幕门军西

---

① 高步瀛．唐宋诗举要［M］．上海：上海古籍出版社，1959：542.
② 刘昫，等．旧唐书［M］．北京：中华书局，1975：3328-3332.

宿盘山秋夜作》《同吕判官从哥舒大夫破洪济城回登积石军多福七级浮图》《塞下曲》《入昌松东界山行》《武威同诸公过杨七山人，得藤字》等行旅诗歌。这些诗歌或状景，或抒怀，均情感真挚，气势磅礴，引人入胜，是一组诗情并茂的边塞行旅诗。

岑参也有两次从军边塞的经历，诗人深入体察边塞生活，饱览了边塞异域风光和粗犷民风，写下了多首有关边塞行旅的诗歌，著名的如《西过渭州》《见渭水思秦川》《使交河郡》《经火山》《碛中作》《银山碛西馆》《闻宇文判官西使还》《轮台歌》《走马川行》《天山雪歌》等。高适、岑参两人虽都写下了记录边地山川景物的诗歌，但写作风格却并不相同。如元代陈绎曾所云："高适诗尚质主理，岑参诗尚巧主景。"① 受各自生活阅历、性格气质、思想情调等的影响，高适、岑参诗歌虽同写边塞，但在写作手法上却迥然不同，呈现出各自的风格特征。高诗抒写旅游景致，往往粗线条勾勒，景致大开大阖，而少有对景物作细致入微的描绘，这与高适落拓不羁、慷慨豪迈的性格不无联系。史籍称高适："喜言王霸大略，务功名，尚节义，逢时多难，以安危为己任。"② 这在其边关旅游诗中也有所体现，例如，"策马自沙漠，长驱登塞垣。边城何萧条，白日黄云昏""驱马蓟门北，北风边马哀。苍茫远山口，豁达胡天开""黯黯长城外，日没更烟尘。胡骑虽凭陵，汉兵不顾身""石激水流处，天寒松色间。王程应未尽，切莫顾刀环"等，诗中所写景物都是大笔勾勒，粗犷豪放，对景物的描写，更衬托出了作者对军旅游观的现实感受。而岑参善于以诗人的眼光发现边塞风光之美，更钟情于边塞绮丽多姿风光游赏。他对边塞自然风光的描写，善用想象和夸张的手法，形象生动鲜明，笔下的旅游景观显得瑰丽奇峭、奔放潇洒。以他的《白雪歌送武判官归京》为例：

---

① 胡震亨．唐音癸签［M］．上海：上海古籍出版社，1981：48.
② 刘昫，等．旧唐书（卷一九〇）［M］．北京：中华书局，1975：3331.

北风卷地白草折，胡天八月即飞雪。
忽如一夜春风来，千树万树梨花开。
散入珠帘湿罗幕，狐裘不暖锦衾薄。
将军角弓不得控，都护铁衣冷难着。
瀚海阑干百丈冰，愁云惨淡万里凝。
中军置酒饮归客，胡琴琵琶与羌笛。
纷纷暮雪下辕门，风掣红旗冻不翻。
轮台东门送君去，去时雪满天山路。
山回路转不见君，雪上空留马行处。①

这首诗歌严格意义上说，应该为边塞送别宴游诗，一开始写塞外八月飞雪的奇景，用“忽如一夜春风来，千树万树梨花开”作比喻，把北风飞雪描绘成了春风中的万树梨花，极言大雪纷飞的势态，也把萧条酷寒的景致转化为一派绚烂缤纷，读来壮美而又春意盎然。紧接着写冰雪之寒，以人的感受将风雪严寒形象逼真地刻画出来，用凝固的字眼来形容寒意的透骨。接下来写饯别宴会上急管繁弦，刻画出一幅送别欢快热烈的气氛。帐内的热烈气氛与帐外的风雪严寒形成鲜明对比，一热一冷，一动一静，更衬出热烈的送别气氛中又隐含着一丝离别愁绪。诗歌最后以诗句“山回路转不见君，雪上空留马行处”道出了惜别、思归之情。整首诗景奇情真，以形象细腻的笔墨对边塞风光作了传神的描摹。如方苞评此诗：“奇才，奇气，奇情逸发，令人心神一快。”②

盛唐的杰出边塞诗人以及边塞旅游诗不止于此，王昌龄、王之涣、李白等也都有边塞旅游名篇传世。王昌龄的“秦时明月汉时关，万里

---

① 岑参．白雪歌送武判官归京［M］//彭定求，等．全唐诗（增订本）．北京：中华书局，1999：2056.

② 方东树．昭昧詹言［M］．汪绍楹，校点．北京：人民文学出版社，1961：248.

长征人未还”① 气魄纵横古今，意境苍凉壮阔，读之“意态绝健，音节高亮，情思悱恻，百读不厌”②；王之涣的“羌笛何须怨杨柳，春风不度玉门关”③ 写尽了边关思归的愁苦；李白的“明月出天山，苍茫云海间。长风几万里，吹度玉门关。”④ 语言简练如画，却蕴含吞吐万里的气度。简言之，作为唐代边塞诗的高潮期，盛唐的边塞旅游诗歌无论是作品水平还是参与创作的诗人，都在整个中国文学史上绝无仅有。

综上分析，此时期尤其是在盛唐诗人群体中，具有一种边塞游历的热潮，诗人们对边塞旅游诗歌的创作充满热情，不仅内容涵盖广泛，边塞特有的大漠、边关、草原、烽火城、雪山、热浪、牧民和戍边战士都被纳入游览景观，而且主体情感也丰富热烈，思归乡愁、征边苦旅、边关风貌、金戈铁马等都能成为诗人于行旅中吟咏的主题，可谓仕宦游的集大成者。

行役游诗歌、贬谪游诗歌、边塞游诗歌是仕宦游类诗歌的主要组成。当然，仕宦游的类型不止这三种，士人求仕干谒游和陪皇帝贵族出游的陪侍应制游也应属于此类，尤其是陪侍应制游，在初唐旅游诗中大量出现，因在第二章已有论述，在此不再赘述，而求仕干谒游类诗歌与观光游多有重合，故暂不详述。仕宦游类似于现代的公务游，旅游诗歌充分体现了初盛唐诗人旅游的功利性目的，诗人在且宦且游的旅途中，将个人情致融入观景诗中，表达了情景相融的诗美风范。

---

① 王昌龄．出塞二首（其一）［M］//彭定求，等．全唐诗（增订本）．北京：中华书局，1999：1444.

② 施补华．岘佣说诗［M］//李云逸．王昌龄诗注．上海：上海古籍出版社，1984：133.

③ 王之涣．凉州词［M］//彭定求，等．全唐诗（增订本）．北京：中华书局，1999：2841.

④ 李白．关山月［M］//彭定求，等．全唐诗（增订本）．北京：中华书局，1999：1691.

第二节 观光类旅游诗歌

观光游是专以美心意、娱耳目的观光游赏为直接目的的旅游，这类旅游与现代意义的旅游最为接近。诗人主观出游的动机极其强烈，出行旅游就是为了周游天下，遍赏名山大川，并借此访师问道，从而增长见识、开阔眼界。初盛唐诗人及冠后的漫游常抒写此类诗篇，或者诗人在仕途失意时，常借锦绣山河、明丽风景消解心中愁闷块垒。诗歌所表现的情感也多为闲适愉悦或借游赏排遣胸中郁结之气，诗歌题目常以“游……”“访……”“泛……”等为题。此类诗歌较典型的为漫游诗歌和游玩诗歌。

虽然严格来说，纯以消遣游玩为唯一目的的旅游是在现代经济、旅游业发达的现代背景下，才形成的新型社会性活动，古代的旅游并不能完全等同于现代意义的旅游，但是并不能就此否认古人对江山大泽的热爱及旅游者热衷于啸傲山林、经山渡江的旅游实践。旅游的基本特征之一是具有目的性，观光游同样有一定的目的性，如求学、结交、拜谒以寻求入仕途径和机遇，但与仕宦游不同的是，观光游时诗人“游”的主动自发意识更为强烈。旅游者或是抱着“读万卷书，行万里路”的认知，初次离开视野局限的家乡，欲在广袤的大自然中去汲取养分；或是漫游于他乡，看到异乡的奇山异水，自然自发的游兴增加，从而转为主动的游赏活动；或是通过参政入仕实现自我价值，当用世之志与惨淡现实发生冲突，建立不世功勋的愿望遭受挫折，回归自然、怡情山水便成了诗人们疏泄忧愤的唯一途径；进而还有一些诗人，视漫游山水为人类的深刻需要，怀着回归自然的风雅情怀，不以外物为累，热衷山水风光，放怀于天地间，与自然亲密接触，悠游山水的心灵寄托与自然合拍而心融神释。简言之，观光游与其目的性相比，更突出旅游的赏景游览特点，寻求机遇、仕途失意是其客观外界因素，而纵情于山水风物则是排除外界纷扰的心之所向。

观光游诗歌与山水诗有重合但也并非相同。就内容而言，“二者都是描写山水，并以山水作为独立的审美对象。山水旅游是旅游生活的一部分，山水文学包容在旅游文学之内”。但二者的差异也很明显：“山水文学不强调作者从运动中来观赏自然山水，因而山水画诗也属于山水诗；旅游文学强调旅游者的游览游踪……因而具有明显的活动性，对旅游客体较山水文学更注重从运动中来把握，表现‘动’的因素。”① 因而旅游者是从动态的角度抒写山水旅游诗歌，并将游览所带来的情感体验融之于诗歌中。本书呈现的观光旅游诗歌主要为漫游山水诗歌和游玩山水诗歌。漫游山水诗歌是诗人在漫游大江南北的行旅途中，对沿途风光的游览观赏，侧重从审美的角度对各类景观的观赏活动；游玩旅游诗歌是诗人抱着游山玩水的闲情逸趣，纯以访寺泛湖、登临游玩为乐，侧重游玩带来的情感享受，类似于现代的消遣类旅游。

一、漫游山水诗歌

在初盛唐旅游诗歌的类别中，漫游诗歌占有相当大的比例，粗略统计约有将近400首，细分为沿途漫游诗歌、结伴漫游诗歌。

“安史之乱”前的唐朝，基本处于社会稳定、交通便利、经济昌盛的大背景，身处“九州道路无豺虎，远行不劳吉日出”② （杜甫《忆昔》）的环境，文人士大夫普遍怀有纵情山水、漫游天下的雅兴，盛唐尤甚。诗人们的游兴，不是如魏晋诗人出于政治失意而无奈散怀山水，也不是人生悲戚、现实局促为逃避现实而浪掷人生的消极对抗，而是众多热心用世、意气风发的时代骄子，在没有战乱和分裂苦难的盛世环境，对祖国大好河山的畅意纵情游览。如初唐人田游岩所说：“既逢

---

① 冯乃康．中国旅游文学论稿［M］．北京：旅游教育出版社，1995：32-39.

② 杜甫．忆昔二首（其二）［M］//彭定求，等．全唐诗（增订本）．北京：中华书局，1999：2328.

圣代，幸得逍遥。”① 或如唐太宗李世民所言：“以万机之暇，游息艺文。”② 初盛唐尤其是盛唐诗人，几乎都曾有过行旅山水游的经历。灵境诗心，乃有佳作。最典型的当属初唐王勃及盛唐的李白、杜甫。

（一）沿途漫游诗歌

沿途漫游侧重的是诗人们在旅游途中对沿途风光的浏览观赏，本书暂能确定考证的行旅山水游作品约为130余篇。

1. 初唐“四杰”及其沿途漫游诗歌

初唐“四杰”中的王勃年少即通儒家之学，又深受道家阴阳影响，在未成年时即被司刑太常伯刘祥道赞为神郎。才华早露的王勃十四岁便有吴越之游，并留下游览后的状景佳句，如“金风生而景物淡，白露下而光阴晚”（《秋日宴季处士宅序》）、“清风起而城阙寒，白露下而江山远”（《越州永兴李明府宅送萧三还齐州序》）。这样的咏景之句与王勃上元二年于洪州胜地所作《滕王阁序》的“落霞与孤鹜齐飞，秋水共长天一色”都是具有骈俪之美的咏景之句，尤为王勃《滕王阁序》的咏景佳句，被洪州阎都督惊叹为：“此真天才，当垂不朽矣!”③ 而最能体现王勃旅游诗歌成就的，则是其总章二年（公元669年），王勃因戏作“檄鸡文”被高宗逐出沛王府而开始蜀中游时创作的诗歌。王勃被逐后游历甚广，杨炯所记其游历之地：“先鸣楚馆，孤峙齐宫，乘忌侧目，应刘失步，临秀不容，寻返初服。远游江汉，登降岷峨。”④ 王勃在蜀中，直言其酷嗜江海：“吾之有生，二十载矣。雅厌城阙，酷嗜江海。”⑤ 正是因为好登山临水，故诗人以精工之笔刻画出游历之地

---

① 刘昫，等．旧唐书［M］．北京：中华书局，1975：5117.

② 李世民．帝京篇十首．并序［M］//彭定求，等．全唐诗（增订本）．北京：中华书局，1999：1.

③ 蒋清翊．王子安集［M］．上海：上海古籍出版社，1995：229.

④ 杨炯．王勃集序［M］//蒋清翊．王子安集注．上海：上海古籍出版社，1995：67.

⑤ 王勃．游庙山赋［M］//蒋清翊．王子安集注．上海：上海古籍出版社，1995：28.

的山水景观，其诗如：

饬装侵晓月，奔策候残星。
危阁寻丹障，回梁属翠屏。
云间迷树影，雾里失峰形。
复此凉飙至，空山飞夜萤。①
津涂临巨壑，村宇架危岑。
堰绝滩声隐，风交树影深。
江童暮理楫，山女夜调砧。
此时故乡远，宁知游子心。②

两首诗均写途中游历景观，于整饬营构中现出景色之真切，其中“重门”“堰绝”两句，对于山水景物的真实刻画，非亲身经历不能道。而“堰绝”“风交”两句，已非泛泛地对游赏景色的描述，而是注重景色的细节描述，显示出诗人游览观景时心思的敏锐与准确。

其他游景之作举例如：

“物色连三月，风光绕四邻”（《仲春郊外》）
“江涛出岸险，峰登入云危”（《泥溪》）
“况属高风晚，山山黄叶飞”③（《山中》）

诗句皆是对旅途风物的吟赏，明代胡应麟认为其所作五律景句

---

① 王勃．易阳早发［M］//蒋清翊．王子安集注．上海：上海古籍出版社，1995：91.

② 王勃．深湾夜宿［M］//蒋清翊．王子安集注．上海：上海古籍出版社，1995：92.

③ 王勃．仲春郊外、泥溪、山中［M］//蒋清翊．王子安集注．上海：上海古籍出版社，1995：84，93，84.

“兴象婉然，气骨苍然，实首启盛（唐）、中（唐）妙境。”①

“四杰”的另几位诗人，也都有游历的经历，如骆宾王的漫游边塞，杨炯曾游蜀州、洛阳等地，卢照邻更是一生游历多处，足涉黄、寿、襄、兖诸州，并数次入蜀，游历既广，自留下众多风景名篇。如骆宾王的“层岩连接天，绝岭上栖烟”、卢照邻的“陇阪长无极，苍山望不穷”、杨炯的“途路盈千里，山川亘百重”等。诗人们对所游景观经过审美体验和诗意加工后，赋予景致或壮阔、或雄伟、或清幽、或空灵的意象美，从而形成诗意化的旅游诗歌。

2. 李白、杜甫及其长途漫游诗歌

初唐虽有“四杰”等的山川游历，但相较于盛唐长途漫游之盛况，则略显单薄。盛唐几乎所有的诗人都有过长途漫游的经历，诗人们游走于唐帝国的辽阔版图上，饱览山水，增长眼界，开阔知识。漫游使诗人们获得通过书本吸收不到的知识，也对盛唐诗人的诗风产生了深切的影响。尤其是当诗坛迎来了两位巨擘李白和杜甫，以及他们在途中旅行时创作的诗歌。

李白几乎一生都是在行旅中度过的，他的长途漫游经历在前章有所详细介绍。李白的漫游经历滋养了李白的诗性，也成就了他的旅游诗风。虽然他的长途行旅源于其济世报国的宏图大志、求道问仙的道家思想以及任侠重义的豪侠之气，但是李白的伟大就在于其并非单一的脸谱化，李白身上的特质是如棱镜般折射出不同的元素。热衷于行旅山水游同样是李白的特质之一，他自称“五岳寻仙不辞远，一生好入名山游”（《庐山谣》），又称“心爱名山游，身随名山远”（《金陵江上遇蓬池隐者》）、“久欲入名山”（《闻丹丘子于城北营石门幽居……》）、“愿游名山去”（《落日忆山中》）、“名山发佳兴，清赏亦何穷”（《下浔阳城泛彭蠡湖》），等等。在《秋下荆门》中他还说道：“霜落荆门江树

① 胡应麟. 诗薮·内编［M］. 上海：上海古籍出版社，1958：67.

空，布帆无恙挂秋风。此行不为鲈鱼鲙，自爱名山入剡中。”① 正是在长期寻幽访胜、啸傲山林的漫游生活中，李白才写下了如此多不朽的行旅山水旅游诗篇。

李白的长途漫游首先造就了他豁达豪迈的诗风。王世贞评价李白的诗是“以自然为宗”②。李白一生漫游，无数的名山胜水扩大了眼界、开阔了胸襟，也丰富了诗人的想象。诗歌中对祖国山河的歌颂具有一览众山小的高远境界，充满了阔达雄伟的气象和昂扬奔放的生命力，对情感也多以尽情宣泄的方式表达。“君不见黄河之水天上来，奔流到海不复回”（《将进酒》）、“天门一长啸，万里清风来”（《登泰山六首》其一）等，诗人奔腾蓬勃的热情都融在这感情炽烈的诗句中了。诗歌手法上也极尽夸张，“燕山雪花大如席，片片吹落轩辕台”（《北风行》）、“峨眉高出西极天，罗浮直与南溟连”（《当涂赵炎少府粉图山水歌》）、“飞流直下三千尺，疑是银河落九天”（《望庐山瀑布》）等，景色都具有大开大合的壮观之势。正因为诗人豪迈不拘的性格，也使得他的诗歌洋溢着乐观向上的积极风向，更添景色的豪迈气象。描写秋景时，“秋波落泗水，海色明徂徕”（《鲁郡东石门送杜二甫》）并无秋景肃杀苍凉的意味。即使是描述路途的艰险，也能吟出“长风破浪会有时，直挂云帆济沧海”（《行路难》）的激扬斗志。可见，长久的漫游经历既磨炼了诗人百折不挠的坚韧意志，也造就了诗人豪迈雄壮的旅游诗风。

李白的长途漫游其次造就了其飘逸的诗风。李白自身的仙道气质使他在对大自然的体悟中能够做到水乳交融，并能发挥众多想象，使其诗作中的山水都成为了有感情的灵物。葛洪曾云：“山无大小，皆有神灵，山大则神大，山小则神小。”③ 李白接受道家万物有灵的思想，认

① 李白．秋下荆门［M］．王琦注．李太白全集．北京：中华书局，2011：872.

② 王世贞．艺苑卮言（卷四）［M］．南京：凤凰出版社，2009：54.

③ 王明．抱朴子内篇校释［M］．北京：中华书局，1985：299.

为他所游历的山川无论大小都是有灵气的。步入山中，摆脱尘世的烦扰，自身与大自然融为一体，有灵的山水与诗人交融并心灵相通，使得他的山水诗别具会心，具有了灵动飘逸之美。如他的《游泰山其六》，诗云：

朝饮王母池，暝投天门关。
独抱绿绮琴，夜行青山间。
山明月露白，夜静松风歇。
仙人游碧峰，处处笙歌发。
寂静娱清辉，玉真连翠微。①

诗人在宁静的月色中漫步于泰山之巅，风清露白、琴声悠扬中欣赏着飞泉瀑布与翠微碧峰，诗人与大自然融为一体，有灵的山水与诗人交融并心灵相通，使得他的漫游诗歌别具会心，具有了灵动飘逸的意境美。

作为诗坛双宿另一巨星的杜甫，他的一生也贯穿着漂泊之旅。关于杜甫的游踪，本书在第一章已作了详细介绍，简单来说，杜甫的漫游可分为三个阶段：前期从 20 岁漫游吴越到 35 岁前游历齐赵，为第一阶段；从 35 岁至 44 岁长安困守，漫游赵、齐，为第二阶段；44 岁以后为飘零西南时期，包括从 45 岁至 48 岁陷贼与官的阶段以及从 48 岁至 59 岁漂泊四川和湖南的经历。杜甫的一生虽然多半也在行走转徙中度过，但真正意义上的观光漫游，或者说适意悠游，则主要是他第一阶段的行旅山水游。杜甫在其《进三大礼赋表》言："浪迹于陛下丰草长林，实自弱冠之年矣。"② 即是指他的第一次行旅漫游。杜甫第一次漫游，遍游江南山川，其时杜甫尚无生活之艰辛，大唐也仍是一片繁华景

---

① 王琦注．李太白全集［M］．北京：中华书局，2011：786.

② 杜甫．送三大礼赋表［M］//钱谦益．钱注杜诗．上海：上海古籍出版社，1958：652.

象，杜甫是出于对大好河山的热爱之情而负笈远游的，其《壮游》诗中“放荡齐赵间，裘马颇清狂。春歌丛台上，冬猎青丘旁”① 生动再现了裘马清狂少年郎游历山河的意气风发。

杜甫在他的途旅漫游中，用心去抒写山川，用情去拥抱山川。他将自己的人生理想、爱国情怀、思亲眷念，都倾注于笔下的洪波高岸、青松碧天中，让人们在他的漫游诗歌中体味出一个高朗峻拔、心胸开阔的杜甫，一个多姿多彩又感情充沛的杜甫。杜甫的漫游诗风也是多变的，既有“随风潜入夜，润物细无声”（《春夜喜雨》）的细腻轻盈，也有“星垂平野阔，月涌大江流”（《旅夜书怀》）的雄浑壮阔，更有“无边落木萧萧下，不尽长江滚滚来”（《登高》）的痛快高亢，其诗风的多样与其徜徉山河所汲取的灵感诗情密不可分。

最能体现杜甫长途漫游诗歌特色的无疑是诗篇《望岳》，诗云：

岱宗夫如何，齐鲁青未了。
造化钟神秀，阴阳割昏晓。
荡胸生曾云，决眦入归鸟。
会当凌绝顶，一览众山小。②

泰山雄伟壮丽的景色，与诗人热情奔放的游兴相互交融。诗歌所体现的雄伟的气魄，警拔的语言，都淋漓尽致地展现出青年杜甫狂放、豪迈的一面。如清人浦起龙所言：“杜子心胸气魄，于斯可观。取为压卷，屹然作镇。”③ 当然，杜甫的旅游诗歌绝不仅作于第一次漫游，但他此阶段漫游更能凸显杜甫长途漫游诗歌的写作特点。

---

① 杜甫．壮游［M］//钱谦益．钱注杜诗．上海：上海古籍出版社，1958：219.

② 杜甫．望岳［M］//钱谦益．钱注杜诗．上海：上海古籍出版社，1958：5.

③ 浦起龙．读杜心解［M］．北京：中华书局，1961：612.

盛唐其他诗人的漫游诗歌还有很多，李白、杜甫仅是其中的典型代表，众多诗人在或长或短的长途漫游中，增长见识、开阔眼界、陶冶情操，最终培养了盛唐诗人所独有的傲然风骨、坦荡胸襟和包容情怀。

（二）结伴漫游诗歌

诗人们在寻胜览景的漫游旅途中，并不总是孑然一身，形影相吊的。初盛唐文人雅士潇洒豪迈、乐观豁达的时代精神风貌，不仅培养了他们好游的兴致，也造就了诗人们广交天下之士的兴趣，如高适所言："脱略身外事，交游天下才。"（《酬裴员外以诗代书》）交往功能本就是诗歌的一个重要社会功用，孔子所提出"诗可以群"的观念便是对诗歌社会交往功能的阐述和强调。而共同的旅游爱好更为诗人们创作了广交知己朋友的便利，诗人们意气相投，慷慨而歌，指点江山，激扬文字，以诗交游，以诗会友，创作出大量情辞并茂的结交游诗歌，也大大丰富了旅游诗歌的类型题材。这里的结伴山水游诗歌，主要侧重诗人们在旅行途中或在旅游景地，共同游览风景名胜并作诗唱和；或是在旅经某地，陪同比诗人年长或身居高位者共同游赏以作陪侍游诗歌；或是在旅游过程与他人建立深厚友谊并以诗记之。笔者初步统计此类诗歌约有83首。

宋之问、骆宾王、张说、张九龄、王维、孟浩然、李白、杜甫、高适、岑参等都曾留有与他人同游的诗歌作品。最典型的莫过于李白，李白在漫游天下的旅途中广交名流文士，并与志同道合的友人相携游历江山、纵情山水。李白虽性情桀骜不驯却也多情真挚，任侠豪迈的性格使他在山水的漫游途中收获了真挚的友谊，对朋友也总是怀着一份赤诚之心。李白与杜甫、高适的一段结交同游的经历，也成就了诗坛一段佳话。

天宝三年（公元744年），李白从长安东游洛阳，在洛阳遇见杜甫，遂结成好友，同游开封。同年秋天，李白、杜甫又与漫游至此的高适三人"论交入酒垆"，一起寻胜吊古，同游梁园，纵谈天地。第二年，高适南游楚地，李白则在东鲁与杜甫继续同游，他们"醉眠秋共被，携手日同行”①，几乎游遍了东鲁风景。二人也因同游胜地，结下了深厚的友谊，成为知己挚交。在即将分别时，李白写下了《鲁郡东石门送杜二甫》，诗云：

醉别复几日，登临遍池台。
何时石门路，重有金樽开。
秋波落泗水，海色明徂徕。
飞蓬各自远，且尽手中杯。②

诗歌抒写二人之前在齐州醉别，不久又在兖州相会，遍游此间各处名胜，今日分离，不知何时能再度重游欢聚。石门山在今山东曲阜县东北，此地石峡对峙如门，峡后有峰，峰顶有泉，流入溪涧，形成瀑布，景致颇佳，又是与杜甫旧游地，李白以此为饯别地赋以诗歌记之，足见两人因游结缘并日渐相知的友谊的珍视。时隔不久，李白又写下了“思君若汉水，浩荡寄南征”③ 以叙离别后相思之情。杜甫更是一生写有十几首纪念李白的诗歌，如《赠李白》《冬日有怀李白》《春日忆李白》《梦李白二首》《天末怀李白》《寄李十二白二十韵》等，足见两人虽短暂交游却又弥珍永固的友情。李白在长期的漫游中，还与贺知章、孟浩然都有交往，并相互赠诗。李白的漫漫旅途不仅见证了他作为诗人的辉煌成就，也记载了他惜友重友的弥足深情。

脍炙人口的《赠汪伦》也是李白在旅游过程与他人建立深厚友谊的见证。李白从秋浦前往泾县（今安徽贵池）游桃花潭，从而与当地

---

① 杜甫．与李十二白同寻范十隐居［M］//彭定求，等．全唐诗（增订本）．北京：中华书局，1999：2399.

② 李白．鲁郡东石门送杜二甫［M］//王琦注．李太白全集．北京：中华书局，2011：679.

③ 李白．沙丘城下寄杜甫［M］//王琦注．李太白全集．北京：中华书局，2011：562.

人汪伦相识相交相知。临走时，汪伦又来送行，感于汪伦的浓浓深情，李白遂吟出了“桃花潭水深千尺，不及汪伦送我情”① 的千古名句。桃花潭水那样深湛，更触动了离人的情怀，难忘汪伦的深情厚谊，水深情深相结合，潭水已“深千尺”却不及汪伦的友谊情，可见李白是非常看重这份友谊的。这首小诗，不仅直接以汪伦名字入题，并且巧妙地将名字嵌入诗句，正如清代于源云：“赠人之诗，有因其人之姓借用古人，时出巧思，若直呼其姓名，似径直无味矣。不知唐人诗有因此而入妙者，如‘桃花潭水深千尺，不及汪伦送我情’……皆脍炙人口。”②而这首诗也成就了“桃花潭水”成为后人抒写别情的常用语。正是由于这首诗，为桃花潭一带留下许多优美的传说和供旅游访问的遗迹，流传至今成为知名的自然、人文旅游资源，如“东岸题有‘踏歌古岸’门额的踏歌岸阁，西岸彩虹罔石壁下的钓隐台等等”③。李白因友人的款款盛情而驻足桃花潭，桃花潭也因两人的友谊而流芳千古，这弥足珍贵的漫漫之旅穿越了千年，也将永远在桃花潭的碧波荡漾中为后人所传颂赞誉。

不只是李白，在贬谪旅游诗中曾提及的张说、张均、赵冬曦、尹懋于岳州景地的同游唱和，虽为贬谪地所作，但以暂时性论之的游，仍是富有同游欢赏的乐趣。此外，如骆宾王的《同崔驸马晓初登楼思京》《同辛簿简仰酬思玄上人林泉四首》《夏日游山家同夏少府》；王维的《同比部杨员外十五夜游有怀静者季》《过感化寺昙兴上人山院与裴迪同作》《夏日过青龙寺谒操禅师与裴迪同作》《韦侍郎山居》《沈十四拾遗新竹生读经处同诸公之作》等皆是与友人同游山水后所作诗歌。

---

① 李白．赠汪伦［M］//王琦注．李太白全集．北京：中华书局，2011：552.

② 于源．镫窗锁话［M］//瞿蜕园，朱金城．李白集校注．上海：上海古籍出版社，1980：821.

③ 萧涤非，程千帆，等．唐诗鉴赏辞典［M］．上海：上海辞书出版社，1983：284.

而王维的《与卢员外象过崔处士兴宗林亭》还有王钧、裴迪、卢象的唱和之作。更有天宝十一年秋，高适、岑参、杜甫、薛据、储光羲同游慈恩寺每人皆写一首登塔诗。① 而陪同游如孟浩然之《陪张丞相登嵩阳楼》《秋日陪李侍御渡松滋江》《陪姚使君题惠上人房》《陪张丞相登荆城楼，因寄蓟州张使君及浪泊戍主刘家》《陪张丞相祠紫盖山，途经玉泉寺》《陪张丞相自松滋江东泊渚宫》《陪卢明府泛舟回作》等，这样的携手畅谈、同游胜景，为旅游诗歌作品的多样类别增添了一抹亮丽的风景线。

二、游玩山水诗歌

游玩山水诗歌，顾名思义，即诗人所作诗歌纯粹以旅游观光中的身心愉悦为指向，不含过多功利目的，即使诗人作诗时身处环境纷繁复杂，或贬谪流放或求仕赴任或散怀山水，但在登临游赏时，诗人是抱着愉悦身心、遣怀忘忧的心态以观照山水之美的，因而更符合旅游暂时性、综合性的特征，也是最接近现代旅游文学标准的诗歌类别，也可归之为绪论所界定的狭义旅游诗歌范畴。这类诗歌主要有访寺泛湖类诗歌、登高临远类诗歌和其他专以“游”为题的诗歌，统计约有 700 余首。

（一）以“游”为题的旅游诗歌

以“游”为题的诗歌与访寺泛湖类诗歌、登临类诗歌，三者交叠重合处很多，如初盛唐以“游”为题的 219 首诗歌，仅游寺观的就有 28 首，游湖的诗歌也有 20 首，如《游法华寺》《游梵宇三觉寺》《游洞庭湖》《游泾川琴溪》等。而登临类诗歌 140 首中，也有 25 首登寺旅游诗歌，且所咏都以游玩观光为主题，并没有太明显的界限。在此为避免重复，交叉部分一律以其最显著特征归类，如游寺类统归为以“游”为题诗歌，登寺诗歌统归为访寺泛湖类诗歌。

---

① 闻一多．唐诗杂论［M］．北京：中华书局，2009：109.

据初步统计，彭定求版《全唐诗》初盛唐卷中题目含“游”的旅游诗歌共219首，其中初唐83首，盛唐136首。初唐此类诗歌主要为应制类出游和“四杰”的出游，应制类如《奉和圣制夏日游石淙山》、崔日用的《奉和立春游苑迎春应制》等；“四杰”的如王勃《游梵宇三觉寺》、杨炯《游废观》等。盛唐时期除了正常的以“游”为题的旅游诗外，还包括一类现象即题目含“游”的送别类游，如王维《送从弟蕃游淮南》，从诗歌的内容来看：

读书复骑谢，带剑游淮阴。
淮阴少年辈，千里远相寻。
高义难自隐，明时宁陆沉。
岛夷九州外，泉馆三山深。
席帆聊问罪，卉服尽成擒。
归来见天子，拜爵赐黄金。
忽思鲈鱼鲙，复有沧洲心。
天寒蒹葭渚，日落云梦林。
江城下枫叶，淮上闻秋砧。
送归青门外，车马去骎骎。
惆怅新丰树，空馀天际禽。①

所陈述的是对从弟的期望与离别时的依依不舍之情，并未涉及送别沿途的游赏之景和感怀之情，因而不能算作严格意义上的旅游诗歌。诸如此类的还有张子容的《送苏倩游天台》、孟浩然的《送吴悦游邵阳》、韦应物的《送崔叔清游越》，等等，凡没有在送别途中涉及游赏诗句的，均不归为旅游诗歌之列，其余的则是典型的旅游诗歌。

---

① 王维．送从弟蕃游淮南［M］//彭定求，等．全唐诗（增订本）．北京：中华书局，1999：1243.

题目中有“游”的诗歌可谓主题最为明确的旅游诗歌，这类诗歌最突出的特点是题目即交代了诗人游览的某些信息，如游览对象、游览时间、游览季节等，《游栖霞寺》《夜游》《春游值雨》《游春》可见一斑。因是专以“游”为题的诗歌，因而诗篇里洋溢着充沛的“游”趣。如杜甫的《游龙门奉先寺》：

已从招提游，更宿招提境。
阴壑生虚籁，月林散清影。
天阙象纬逼，云卧衣裳冷。
欲觉闻晨钟，令人发深省。①

诗歌作于玄宗开元二十四年（公元736年），是杜甫较早出游的作品，前两句写因游览寺庙而夜宿奉先寺；“阴壑”句描写山寺夜晚明月清风的景色，“虚籁”与“清影”构成了寺院景观声与影的交织，“散”字更突出了月色笼罩下寺庙的意境美；“天阙”句更细致地刻画奉先寺景的独特之处，突出景物在夜色中尤为雄阔壮丽；结句由景及人，抒发作者的心理感情，在晨钟声中，发起深刻的深省，体味幽深的禅境。整首诗歌体现了杜甫游览诗歌景致的细致以及感情抒发的真挚，毫无初唐应制旅游诗歌三段式的局限性写作，显得流畅自然。

又如李白的《陪族叔刑部侍郎晔及中书贾舍人至游洞庭》其二：

南湖秋水夜无烟，耐可乘流直上天。
且就洞庭赊月色，将船买酒白云边。②

首句点出游湖的季节和时间，是在秋天的夜色中泛湖，本句没有刻

---

① 杜甫．游龙门奉先寺［M］//钱谦益．钱注杜诗．上海：上海古籍出版社，1958：4.

② 王琦．李太白全集［M］．北京：中华书局，2011：81.

意的绘景，但却给人以天然去雕饰之感。次句写这样的人间仙境生发了诗人无限的联想，体现了李白作为“谪仙”的浪漫性，虽未绘景但有诗人欲羽化升天类比，也反衬了月色下洞庭湖的美丽。诗人并非真的就此上天，而是在后两句写泛舟湖上赏月饮酒的惬意。“赊”字将景物拟人化。而“买酒”也是出于诗人的想象，与“直上天”的异想相呼应，使整首诗充满了奇情异趣，体现了李白诗歌想象丰富、诗风浪漫的特点。

其他此类诗歌也体现了盛唐诗歌声律声色兼备的特点，如“步出城东门，试骋千里目。青山横苍林，赤日团平陆”“弱蔓环沙屿，飞花点石关。溪山游未厌，琴酌弄晴湾”“共喜年华好，来游水石间。烟容开远树，春色满幽山”等，这些专以“游”为主题的旅游诗歌，诗歌题目即点明一定的游览信息，或旅游时间、或旅游景点、或旅游路线，诗歌内容更是完全记述游的过程或游的体验感受，严格遵循狭义旅游诗歌标准，也是最贴合现代旅游文学的诗歌形式。

（二）访寺泛湖旅游诗歌

访寺泛湖类旅游诗歌也属游玩山水诗歌中较典型的类别，初步统计此类诗歌约有 194 首。唐代的景观资源丰富，尤以佛塔寺观、山岳湖泊为最，代表了人文景观和自然景观的极致。而唐代的寺观多建于景色最为钟敏灵秀、风景宜人的地带，或隐于山林或依山傍水，因而诗人在访寺游观等人文景观的同时也饱览了奇山秀水，故访寺泛湖满足了诗人遨游山水、观光名胜的直接目的。诗人们走入山林，在吟咏山水间，追求山水之乐，从中获得审美的愉悦和情感的满足，也在与大德高僧的禅机对话中寻求心灵的宁静与自适。

诗人们的访寺，首先为游赏寺院清峭幽丽的风光。如“幽寻不可再，留步惜芳菲”“所居最幽绝，所住皆静者”“雁塔风霜古，龙池岁月深”等，这类诗句在诗人们游赏的诗句里举不胜举，特别如王维《过香积寺》：

不知香积寺，数里入云峰。
古木无人径，深山何处钟。
泉声咽危石，日色冷青松。
薄暮空潭曲，安禅制毒龙。①

王夫之评此诗：“三四似流水，一似双立，安句自然，结亦不累。”② 整首诗富有恬淡宁静的气氛，将山林古寺的幽邃环境带入清高幽僻的意境中。

另外，诗人们以不避险远、探幽访奇地入山寻寺、寻访隐士为雅趣，“探奇不觉远，因以缘源穷”（王维《蓝田山石门精舍》）。大量“访寺”和“寻士”的诗歌主题蕴含在旅游诗歌中，这也反映了一个自魏晋开始的文化现象：一些明僧隐士既精通佛理玄谈，又风度绝伦、文翰冠世，是诗人们争相交往的对象，故拜访他们隐居的寺庙道观，或与之结伴造访名山胜川，既含高妙雅情，又富悠游乐趣，于是访寺寻隐蔚然而成旅游又一风尚。“绝迹寻一径，异香闻数里”（张九龄《登南岳事毕谒司马道士》）、“羽客今何在，空寻伊洛间”（魏知古《寻道观王勃玄元观寻李先生不遇》）、“所居人不见，枕席生云烟”（王维《千塔主人》）、“石径入丹壑，松门闭青苔”（李白《寻山僧不遇作》）等这类诗句都体现了旅游诗歌中追求游览观光时的雅趣。

游溪泛湖的诗句在初盛唐旅游诗歌里也蔚为大观，诗人们或独自悠然泛舟或结伴畅游于湖滨山色。以初盛唐诗人好游洞庭为例，张说、孟浩然、李白、杜甫等都曾在此湖湘胜景驻足游赏。结伴游如尹懋之“幸奏潇湘云壑意，山旁容与动仙桡”（《同燕公泛洞庭》）和张说之和诗“忽惊水上光华满，疑是乘舟到日边”（《和尹从事懋泛洞庭》），其他如李白的“回飙吹散五峰雪，往往飞花落洞庭”（《与诸公送陈郎

---

① 彭定求，等．全唐诗（增订本）（卷一二六）［M］．北京：中华书局，1999：1274.

② 陈铁民．王维集校注［M］．北京：中华书局，1997：594.

将归衡阳》）。而最负盛名的当属孟浩然之“气蒸云梦泽，波撼岳阳城”（《临洞庭湖赠张丞相》）实属洞庭湖风景妙臻化境的绝唱，此类著名的游览胜句为后人所称道，展现了诗人们游赏时的超绝辞意。诗歌不仅描述了诗人们尽兴泛湖的游赏之趣，也为这些浩瀚烟波增添了人文内涵。

（三）登临旅游诗歌

登临诗历来是古代诗人咏吟的主要内容，诗人每观光游览至一处胜地，总要攀登游览以尽游兴，并留下诗歌以纪念。方回《瀛奎律髓》第一卷即为登览类，文中言：“名山大川，绝景即目，能言者众矣。”故“以为诸诗之冠”①。但登临诗并非都是旅游诗，历代登高作诗者众多，但并非所有登临诗都属本篇所指旅游登临诗，只有在登临的过程中有游的行为，并且从中获得审美或愉悦体验的诗歌才能称为登临旅游诗。这类诗歌初盛唐有 140 余首，以登山、登寺、登楼及节气登高为主。

无论是登临何种旅游景观，诗人们在登高临远时，都会有心胸开阔、极目远舒之感。《孟子·尽心》记载：“孔子登东山而小鲁，登泰山而小天下。”② 杜甫也云：“会当凌绝顶，一览众山小。”③（《望岳》）他虽然还未登上泰山“绝顶”，就已神往着“小天下”的境界了。登高临远，仰望浩浩长空、渺渺浮云；俯瞰茫茫大地、悠悠流水，常能使诗人获取创作之灵感：“原夫登高之旨，盖睹物兴情。”④ 清人沈德潜也说：“余于登高时，每有今古茫茫之感，古人先已言之。”⑤的确，登临时视通万里之外，很容易让人悠然而生思接千载的旷远遐想。这种博大浩远的旅游情怀与热爱生活、昂扬奋发、胸襟博大的盛唐

---

① 方回．瀛奎律髓汇评［M］．上海：上海古籍出版社，1986：1．
② 万丽华，蓝旭，译注．孟子［M］．北京：中华书局，2006：301．
③ 钱谦益．钱注杜诗［M］．上海：上海古籍出版社，1958：5．
④ 周振甫．文心雕龙注释［M］．北京：人民文学出版社，1981：81．
⑤ 沈德潜．唐诗别裁集（卷五）［M］．上海：上海古籍出版社，1979：158．

诗人气质相契合，吟唱出激昂慷慨的旅游诗歌。

初盛唐诗人的登临旅游诗首先表现出了积极健康的生活情趣。“欲穷千里目，更上一层楼”（王之涣《登鹳雀楼》），倾注了诗人昂扬向上、奋力拼搏、努力进取的激情。诗人其时已四十九岁，但以大丈夫自许，满怀雄心壮志，意欲建功立业，彰显雄心勃勃、壮志不已的气概。孟浩然《登望楚山最高顶》云：“山水观形胜，襄阳美会稽。最高唯望楚，曾未一攀跻。”① 极赏襄阳的江山形胜之美，表现出诗人高远博大的胸襟。李白《庐山谣寄卢侍御虚舟》诗云：“登高壮观天地间，大江茫茫去不还。黄云万里动风色，白波九道流雪山。”② 不仅写出了“登高”之“壮观”，也体现了他的博大胸襟。

因为登临之处往往为历史名胜，“古迹使人感”（高适《同群公秋登琴台》），诗人在赏景的同时，也往往追抚山河陈迹，俯仰古今兴废，不免发抚今追昔之感。孟浩然之《与诸子登岘山》云：

人事有代谢，往来成古今。
江山留胜迹，我辈复登临。
水落鱼梁浅，天寒梦泽深。
羊公碑字在，读罢泪沾襟。③

诗人登临岘山，吊古怀今，借羊祜之典故，发人生短暂而宇宙永恒的感叹。尽管人事代谢，往者已矣，但真正的志士贤人，还是在历史上留下不朽盛名。岘山上的羊祜牌即是此明证。

① 彭定求，等．全唐诗（增订本）（卷一五九）［M］．北京：中华书局，1999：1630.

② 彭定求，等．全唐诗（增订本）（卷一五九）［M］．北京：中华书局，1999：1778.

③ 彭定求，等．全唐诗（增订本）（卷一五九）［M］．北京：中华书局，1999：1648.

杜甫的《登岳阳楼》："吴楚东南坼，乾坤日夜浮……戎马关山北，凭轩涕泗流。"① 诗人登高临远，视野开阔，面对壮观景象，也会产生忧天下之忧的责任感，即使涕泗滂沱，也无消沉之意，而仍心系天下，登临俯瞰，更能激发历史赋予的使命感。

此外，初盛唐还盛行"重阳登高"，此风俗可追溯至宋玉《高唐赋·序》中"登巉岩而下望"② 之述写，九日为阳数，是文曰："岁往月来，忽复九月九日。九日为阳数，而日月并应，俗嘉其名，以为宜于长久，故以享宴高会。"③ （曹丕《九日与钟繇书》） "九日"既为"阳数"，而"九月九日"之两个"九"，即构成"重阳"，重阳登高，也成为文人骚客表现雅兴意趣的一种反映。而重阳"登高饮菊花酒"可消灾避祸，与插茱萸"辟除恶气"的传统民俗相得益彰，更使重阳登高成为登临诗的重要内容。如卢照邻《九月九日登玄武山》、王维《九月九日忆山东兄弟》、王昌龄《九日登高》等，都是借此节日登高以寄托对远方亲人的思念之情。但无论是游景抒怀，还是思古怀乡，诗人们的诗歌中都不见凄苦之境，而是慷慨激昂，浑厚博大，表现了唐诗特有的雄浑气象。

第三节　闲居类旅游诗歌

闲居游，顾名思义，即诗人在其居所或居住地域的游赏活动，侧重诗人旅游时的状态和旅游的地域性。诗歌多是在诗人休沐或任意适性的状态下完成的，颇类似于现代的"度假旅游"。闲居田园游诗歌、闲居宴赏游诗歌是此类比较有代表性的诗歌形式。

---

① 彭定求，等．全唐诗（增订本）（卷一五九）［M］．北京：中华书局，1999：2564.

② 宋玉．高唐赋［M］//李善注．文选．北京：中华书局，1977：265.

③ 严可均．全上古三代秦汉三国六朝文·全三国文［M］．北京：中华书局，1958：1088.

与前两类诗歌相比，仕宦游和观光游都更侧重于动态及旅途中的所见所闻，而闲居游则更突出旅游的惬意舒适，以及近距离地域或小范围的游赏，譬如对贬谪居住宅邸的游访，或是与友人聚会宴赏也属于在居住地的闲适游。这里的居住地并非单单指代原始居住地，而是范围更广，是区别于长途跋涉时对山川风物走马观花式的游赏，是能较长时间驻足于某地闲庭信步式的游览赏玩，偏向闲情逸趣，玩乐的意味更浓一些。这里的闲居游之所以能被定性为游类，还因为家和园是有所区别的，“园不是家，家是居住用的，园子则是用来游的……园与家的分别，正如日与夜的区分。白天，是工作、责任、担当的时候。夜，则是放松、逸豫、游宴、享乐的时候”①。这也是古代旅游活动区别于现代旅游活动的独特情趣。

一、闲居田园旅游诗歌

田园旅游诗歌和别业闲居旅游诗歌本应分属两个不同类别，田园旅游诗歌约有 124 首，别业闲居旅游诗歌约有 84 首。只是初盛唐时期诗人们的别业除建在两都外，还盛行建于风景怡人的郊区田园，如葛晓音所言：“皇帝还鼓励百官在假日寻找风景胜地游览，这些别业往往兼有山水田园之胜。”② 这一方面说明了诗人们喜好在休沐假日游览风景胜地，一方面也体现了别业及其周边环境业已成为可观赏游览的景致。尤其是盛唐的田园诗，还如葛晓音所言：“如果将盛唐田园诗逐首细读一过，不难发现，它们的创作环境不外乎以下三种：一是在郊馆别业休沐之时，即所谓‘亦官亦隐’；第二是在借宿隐者‘山居’或过访友人‘田庄’之时；第三是在作者自己闲居庄园之时。”③ 可见，盛唐田园诗的三种创作环境，有两种都与休沐的郊馆别业或闲居庄园有关，两者存在密不可分的关系。且田园旅游诗歌和园林别业诗歌都体现了闲适任

---

① 龚鹏程．游的精神文化史论［M］．石家庄：河北教育出版社，2001：199.
② 葛晓音．山水诗与盛唐气象［J］．中华遗产，2007（9）：28-31.
③ 葛晓音．诗歌高潮与盛唐文化［M］．北京：北京大学出版社，1998：93.

意、纯真淳朴的诗风，寄托了诗人向往心灵的恬淡宁静，类似于现代的体验农家游生活，只是时间更为长久。因而从旅游的角度看可暂合而议之。

田园诗歌一直是中国古代诗歌史上的重要母题，甚至先于山水诗歌成为文学作品的体裁之一，这可能源于中国自古是农业大国，田园与人们的生活息息相关。“雨我公田，遂及我私。”①（《小雅·大田》）人们世世代代附着在土地上，农桑成为生活的主要内容，自然会首先在诗歌中得到表现。田园生活虽早在《诗经》中就有所表现，但并未对田园风光之美有所抒发，人们公认的“田园诗”是自陶渊明为创始的，进而盛行于唐代。

从词源学的角度看，“田园”一词兼有田庄别业和农村两种涵义，田园诗就是以这两种意义上的田园为空间场景，将田园风光、农事劳作和日常生活作为咏吟题材，将士人和农民作为主要人物形象的诗歌形式。闲居田园旅游诗歌属田园诗的一大类目，它虽倾向于“游”的意义，但作为以田园为旅游景观描写对象的诗歌，也自然涵盖于田园诗歌这一母题中。及至盛唐，普遍认为田园诗歌与山水诗歌经过初唐两次复变，在以孟浩然、王维为代表的山水田园诗派创作中得以合流，形成盛唐蔚为大宗的山水田园诗歌。但本书在此从旅游诗歌类别的角度考虑，闲居田园旅游诗歌的景观仅以田野、村庄景色为组成部分，富有浓郁的田园生产、生活、风光是此类旅游诗歌的表现对象，而不包含前面所指诗人漫游时山川江河的山水。

初唐田园旅游诗歌最富代表的诗人当属王绩。王绩的庄园是其祖辈传下的基业：“坟垅寓居，倏焉五叶。桑榆成列，俄将百年。”“东陂余业，悠哉自宁。酒瓮多于步兵，黍田广于彭泽。”（《游北山赋》）生活的富足使他有闲游于田园风光的资本。正如他本人所说：“遇天地晴

---

① 汤炳正，李大明，李诚，熊良智．楚辞今注［M］．上海：上海古籍出版社，2012：766.

朗，则于舟中诵大谢‘乱流趋孤屿’之诗。眇然尽山林陂泽之思。”“烟霞山水，性之所适，琴歌酒赋，不绝于时，时游人间，出入郊郭。”（《答处士冯子华书》）闲适的状态使得他的田园诗歌充满了田园景致美感和田园生活情趣。王绩可以说是唐代闲居田园旅游诗歌的先导，他自己就曾称祖居为别业：“我家沧海白云边，还将别业对林泉。”（《解六合承还》）体现了别业置地的优美景致。而最能体现王绩田园旅游情趣的则是其《田家三首》和《野望》。以《野望》为例：

东皋薄暮望，徙倚欲何依。
树树皆秋色，山山唯落晖。
牧人驱犊返，猎马带禽归。
相顾无相识，长歌怀采薇。①

诗歌描写的是山野晚秋的景致，在闲逸的基调中，透露出质朴自然、平淡悠远的气息。中间两联的景观描写为我们提供了一幅生动的田园晚归画面：在一个秋天的黄昏，群山被晚霞映照，金色的山林中秋叶显得更加璀璨。牧民和猎人归家，人物由远及近，似乎还夹杂着牛儿哞哞、马蹄嘚嘚的声音，动态地呈现了乡野的生机和情趣。这种和谐、自然的景观满足了诗人于田野乡村陶冶情致、涤荡心灵的心境。但“无相识”“怀采薇”也体现了诗人只是以旁观者的姿态游于其中，而非真心所愿地融入其中，其“身处江湖，心存魏阙”的心态可见一斑。

初唐的其他诗人也有闲居田野的旅游诗歌作品，如卢照邻的“归休乘暇日，馌稼返秋场”（《山林休日田家》）、杨炯的“烟霞非俗宇，岩壑只幽居”（《和石侍御山庄》）、宋之问的“今日游何处，春泉洗药归”（《春日山家》）、李峤的“伊我怀丘园，愿心从所欲”（《和同府李祭酒休沐田居》）等，尤其是王勃、苏颋的田园旅游诗歌更是颇

① 王国安．王绩诗注［M］．上海：上海古籍出版社，1981：27.

有陶潜隐逸田园的逸兴：

> 烟霞春旦赏，松竹故年心。断山疑画障，悬溜泻鸣琴。草遍南亭合，花开北院深。闲居饶酒赋，随兴欲抽簪。（王勃《郊园即事》）
>
> 山中兰叶径，城外李桃园。岂知人事静，不觉鸟声喧。（王勃《春庄》）
>
> 结庐东城下，直望江南山。青霭远相接，白云来复还。拂筵红藓上，开幔绿条间。物应春偏好，情忘趣转闲。宪臣饶美度，联事惜徂颜。有酒空盈酌，高车不可攀。①（苏颋《闲园即事寄韦侍郎》）

诗人们的田园旅游诗虽继承了陶潜对田园生活的向往和热爱，但已开始脱离陶诗以兴寄为主的表现方式。由于诗人们与陶渊明躬耕田园的情况不一样，是将田园当做体验性的、短暂的游赏生活，诗人本身更像是"局外人"，故而作品也就向着重观赏的方向转化。特别是对田园山庄景致的极力描摹，更是从陶诗的由情见景，变成由景由事见趣。

初唐毕竟是以宫廷应制游览诗为主导，闲居田园诗歌真正的灿烂繁盛应得益于以王、孟为代表的盛唐田园诗人。盛唐时代，繁荣强盛的国力一方面激发了文人积极进取的入仕精神，另一方面也为那些未能入仕或待时而仕的诗人提供了悠游山水、徜徉田园的条件。经济的相对富足及受盛唐建筑风尚的影响，盛唐诗人大多建有私人的别业。不同于皇宫贵族别业园林的富丽雕琢，诗人们所建的别业多半分布在郊区或田园，选择风景佳胜之地，别业的建造风格多就其周边原始形态加以修葺，建筑内景致及周边的地貌形态皆依照自然，较少人工穿凿，这些别业为文

---

① 彭定求，等．全唐诗（增订本）［M］．北京：中华书局，1999：678，682，809.

人们的闲居田园创作提供了可供游赏的客观资源。

如王维的辋川别业，地处唐长安附近蓝田县的辋川谷，这里山清水秀，景致优美，形胜之妙，天造地设。《旧唐书》记载："辋水周与舍下，别涨竹洲花坞。" "四顾山峦掩映，似若无路，环转而南，凡十三区，其美愈奇。"① 在这样的环境下，王维创作了《辋川别业》《积雨辋川庄作》《辋川闲居赠裴秀才迪》《辋川集》等。此外，还有裴迪的相和之作。王维的闲居田园游诗作不止于此，《李处士山居》《丁寓田家有赠》《渭川田家》《春中田园作》《瓜园诗》《新晴野望》《山居即事》《淇上田园即事》《田家》都是王维作为田园游诗人的杰出诗作。他的《渭川田家》："斜阳照墟落，穷巷牛羊归。野老念牧童，倚杖候荆扉。雉雊麦苗秀，蚕眠桑叶稀。田夫荷锄至，相见语依依。即此羡闲逸，怅然吟式微。"② 以一个局外游者的眼光刻画了日暮村落里一幅安乐、闲适、宁静的田园画卷。他的闲居生活在其《积雨辋川庄作》更是得到细致体现："积雨空林烟火迟，蒸藜炊黍饷东菑。漠漠水田飞白鹭，阴阴夏木啭黄鹂。山中习静观朝槿，松下清斋折露葵。野老与人争席罢，海鸥何事更相疑。"③ 诗人将自己恬淡闲适的生活情趣与辋川山庄恬静优美的田园风光相结合，创造了一幅清新隽永的田园旅游景致。其他如：

故人具鸡黍，邀我至田家。
绿树村边合，青山郭外斜。
蚯蚓土中出，田乌随我飞。
群合乱啄噪，嗷嗷如道饥。
且耽田家乐，遂旷林中期。
野酌劝芳酒，园蔬烹露葵。

---

① 刘昫，等．旧唐书·王维传［M］．北京：中华书局，1975：5052.
② 陈铁民．王维集校注［M］．北京：中华书局，1997：561.
③ 陈铁民．王维集校注［M］．北京：中华书局，1997：444.

依依西山下，别业桑林边。
庭鸭喜多雨，邻鸡知暮天。

诸如此类的田园旅游诗歌，都展现了盛唐诗人们乐享闲居田园游的情致意趣。田园优美宜人的旅游资源为诗人带来平和的心境，也使得旅游诗歌更显恬静闲适的意趣。

二、闲居宴赏游诗歌

宴赏游诗歌，或称宴集游诗歌、游宴诗歌。“宴赏”，为“设宴聚饮”之意①。相较于观光游，这类诗歌最大的特点是诗歌游赏的范围缩小，时间倾向于公务之余闲暇时。其次诗歌题目鲜明，大部分题中点明宴赏，如《桂州陪王都督晦日宴逍遥楼》《上巳浮江宴韵得址字》《山亭夜宴》《晦日宴高氏林亭》《晦日置酒林亭》《襄阳公宅饮》等；或者点明宴游的宅府，如《临涣裴明府席遇张十一、房六》《岁除夜会乐城张少府宅》等；宴赏也多有序言，如著名的王勃的《滕王阁序》、杨炯的《晦日药园诗序》、陈子昂的《薛大夫山亭宴序》、李白的《春夜宴从弟桃花园序》等。诗歌内容上也分属两大类，一类为宫廷应制宴赏游，这类赏游多是在宫廷或公主贵族府邸内，帝后公主带领群臣游赏景观，宴饮于庄园，诗人们是作为陪游陪同皇帝贵族们游园赏乐；一类为诗人们在公余休沐时的聚乐游赏，或宴饮于自家别业，或游赏于同僚们的山庄园林，或相邀宴赏于近郊风景优美之处。由于第一类宫廷内宴赏应制旅游诗歌在第二章已详细介绍，在此主要讨论第二类宴赏诗歌。

初盛唐时期，上述第二类宴赏诗约有124首。宴赏游诗歌因游的地点多在私人宅邸或者建于风景优美处的楼阁林亭，诗人们在觥筹交错、如画美景中能够暂时忘却世俗的烦恼，又有知己友人相伴左右，推杯换盏中与友人或吟诗唱和或玩赏美景，心情也自然放松愉悦，如斯情景咏

---

① 辞源［M］. 北京：商务印书馆，1988：456.

吟的旅游诗歌无疑是闲居游的佳作。

初盛唐的宴赏游诗歌大部分是宴饮与游赏两种活动合二为一，在纵情风光的同时杯盏频传。如崔知贤为在王明府山亭宴集《三月三日宴王明府山亭》所作序，对宴赏时的情景作了详尽描述：

> 调露二年，暮春三日，同集于王令公之林亭，申交契也……岂若天地交泰，朝野欢娱，元巳追辰，季阳司月，列芳林而荐赏，控清洛以开筵。追李郭之佳游，嗣裴王之故事。远近送春日，表里壮皇居。曾干霞骞，烛城阴于翠鹢；浮梁雾绝，写川态于文虹。树密如鳞，花繁似霰。鱼纵相忘之乐，莺迁求友之声。景物载华，心神已至。于是恺佳宴，涤烦襟。沿杯曲水，折巾幽径。流波度曲，自谐中散之弦；舞蝶成行，无乖季伦之伎。①

序言首先点明了此次宴赏的时间和地点，接着叙写了宴赏的缘由，正逢佳节故友人相约宴赏。随后笔墨大肆渲染游赏的美景，并在赏游时恺佳宴，涤烦襟，全然沉醉在山水云林、诗酒琴乐的幽情雅趣中。

再如骆宾王有《初秋于窦六郎宅宴并序》也云：

> 六郎道合采葵，啸悬鹑而契赏；诸君情谐伐木，仰登龙以缔欢。于时一叶惊寒，下陈柯而卷翠；百花凝照，澹虚墉以披红……虽忘签戴笠，兴交态于灵台；而栩管操瓢，叶神心于胜气。盍陈六义，诗赋一言，即事凝毫，成者先唱云尔。②

另陈子昂的《晦日宴高氏林亭》诗序，更是直言赏景与游宴的结合关系：

---

① 彭定求，等．全唐诗（增订本）［M］．北京：中华书局，1999：785.

② 彭定求，等．全唐诗（增订本）［M］．北京：中华书局，1999：845.

夫天下良辰美景，园林池观，古来游观娱众矣……则有都人士女，侠客游童，出金市而连镳，入铜街而结驷，香车乡毂，罗绮生风……淹留自乐，玩花鸟以忘归；欢赏不疲，对林泉而独得。①

这些游宴序本身以共记良游的目的而作，序文也极力铺设宴赏时热烈欢悦的场面。从这些任情而率真的诗序中可以看出诗人们流连于山川，纵性于宴饮，忘情于自然的欢愉场景，再加上浊酒以荡胸襟，在如此良辰美景、饮酒欢歌的氛围之中，诗人们的诗情更易于勃发奔涌，创造出一时宴赏诗歌之盛会。如后人对盛唐吴筠的评价："尤善著述，在剡与越中文士诗酒之会，所著歌篇，传于京师。"②

宴赏游诗歌多为高朋聚会赏游时共同创作合为诗集，这种较多人参与的聚会宴赏活动初唐时期颇为常见。较著名的宴赏游诗歌创作活动如在杨师道园池宴会中由岑文本、刘洎、褚遂良、杨续、许敬宗、上官仪、李百药共同创作的《安德山池宴集》；高正臣林亭宴会中由高正臣、崔知贤、韩仲宣、周彦昭、弓嗣初、高球、高瑾、王茂时、徐皓、长孙正隐、高绍、郎馀令、陈嘉言、周彦晖、刘友贤、高峤、周思钧、陈子昂、解琬等共同创作的《高氏林亭宴集》；王明府林亭集宴会中由崔知贤、韩仲宣、高球、高瑾、陈子昂共同创作的《王明府林亭宴集》；于志宁别业集会中由令狐德棻、封高行、杜正伦、岑文本、刘孝孙等参与创作的《冬日宴于庶子宅各赋一字》。

仍以高正臣组织了三次的宴赏集会为例，《唐诗纪事》卷七"高正臣"条专门就三次宴赏有所记录：

《晦日宴高氏林亭》，凡二十一人，皆以华字为韵。子昂为之序曰："……冠缨济济，多延戚里之宾；鸾凤锵锵，自有文雅之

① 彭定求，等．全唐诗（增订本）[M]．北京：中华书局，1999：907.
② 刘昫，等．旧唐书 [M]．北京：中华书局，1975：5129.

客。”《晦日重宴》，八人，皆以池字为韵，周彦晖为之序。《上元夜宴效小庾体》诗，六人，以春字为韵，长孙正隐为之序。①

三次宴赏组成三组唱和宴游诗，并推举专人作序以记录，足见当时参加人数之多，规模之大。这样的较大规模闲居宴游所赋诗歌虽都是诗人独立完成，但都是在现成的意象和构思的基础上作诗，每首诗与其他诗之间又有内在联系，往往是同一诗体，同一题材，甚至还分韵限韵，易导致诗歌的模式化和单一化。以《晦日宴高氏林亭》组诗首联为例：

“正月符嘉节，三春玩物华。”（高正臣）
“上月河阳地，芳辰景物华。”（崔知贤）
“欲知行有乐，芳尊对物华。”（韩仲宣）
“上序春晖丽，中园物候华。”（弓嗣初）
“践胜寻良会，乘春玩物华。”（王茂时）
“啸侣入山家，临春玩物华。”（高绍）
“公子申敬爱，携朋玩物华。”②（陈嘉言）

首句都提及“物华”，重复同一意象，且描述近似，若将各句互换，仍不影响每首诗的整体表达。其第三联同样如此，还如欧文所言：“每首诗的第三联，都以柳和梅相对，柳叶总是含着烟雾或如烟似雾，梅花总是如同雪花。”③ 举例如下：

“柳翠含烟叶，梅芳带雪花。”（高正臣）
“柳摇风处色，梅散日前花。”（崔知贤）
“柳处云疑叶，梅间雪似花。”（韩仲宣）

---

① 王仲镛．唐诗纪事校笺［M］．北京：中华书局，2007：202.
② 彭定求，等．全唐诗（增订本）［M］．北京：中华书局，1999：784-793.
③ ［美］宇文所安．初唐诗［M］．北京：三联出版社，2004：163.

"蘋早犹藏叶，梅残正落花。"（徐皓）
"岸柳开新叶，庭梅落早花。"（高绍）
"尊开疏竹叶，管应落梅花。"（郎馀令）

造成这种模式化的框束，一方面是初唐诗人受宫廷应制赏游诗的影响，诗歌形式多拘于固定格式，另一方面也因游赏景观的同一性，使得诗人发挥余地有限，无法富有情趣个性。

当然这种多人游赏所作诗歌，通常为提高娱乐性而稍带些许竞赛的性质，诗人们也力求在统一的景物空间里寻求个性，在千篇一律中求独树一帜。在这组宴赏组诗里，陈子昂的唱和诗歌就略胜一筹："寻春游上路，追宴入山家。主第簪缨满，皇州景望华。玉池初吐溜，珠树始开花。欢娱方未极，林阁散馀霞。"① 诗人在语言的锤炼、细节的推敲上更精工细致，因而意境也更深远开阔。长孙正隐所作更是名列冠首："晦晚属烟霞，遨游重岁华。歌钟虽戚里，林薮是山家。细雨犹开日，深池不涨沙。淹留迷处所，岩岫几重花。"② 同样在细节之处可见用心。《唐诗归》即评价此诗："写景入妙。如'开日''开'字，必是用字屡换不妙，忽然得之者，问之用心，诗人始知。"并且说："此集诗凡数十首，此作第一。陈子昂亦与焉，其诗不如也，名之不可定人如此。"其辞彩尤甚陈子昂诗，为此组诗歌之首。

宴赏游诗歌除了举办频繁、参与者众多外，还往往与节日相关联，每逢重要节日宴赏赋诗往往是必不可少的环节。节日饮酒聚会古已有之，《周礼》曰："飨宴之礼，所以亲四方之宾客。"③ 至初盛唐时期，节日期间游宴之风更盛。尤其是唐代盛行的三令节，即正月晦日、上巳和重阳，游宴活动更为频繁。《荆楚岁时记》记载正月晦日的宴赏情况："（正月）元日至于月晦，并为酺聚饮食，士女泛舟，或临水宴会，

① 彭定求，等．全唐诗（增订本）［M］．北京：中华书局，1999：907.
② 彭定求，等．全唐诗（增订本）［M］．北京：中华书局，1999：789.
③ 郑玄，贾公彦．周礼注疏［M］．北京：北京大学出版社，1999：469.

行乐饮酒。”① 高正臣宅所作《晦日宴高氏林亭》和《晦日重宴》组诗是最为典型的范例。三月三日上巳节，唐人在此日必要前去水边禊饮，而后选择风光美丽之处，布宴欢聚。王勃《上巳浮江宴韵得址字》《上巳浮江宴韵得遥字》、杜甫《上巳日徐司录林园宴集》皆是于此节日的游赏聚会。重阳节同样是登高宴赏的佳节，《荆楚岁时记》曰：“九月九日，四民并籍野饮宴。”② 张说《岳州九日宴道观西阁》、张谔《九日宴》、高适《同崔员外、綦毋拾遗九日宴京兆府李士曹》、杜甫《云安九日，郑十八携酒陪诸公宴》描述了至此节日的宴赏活动。正是初盛唐节日宴赏的盛行，推动衍生了其他形式的宴赏游活动，如春日宴赏、曲江宴游、科举宴游、夜间宴饮等形式，都大大丰富了诗人们赏玩集宴的乐趣。

在众多形式的宴赏游活动中，诗人们在悠然观赏池苑风物时，尽兴地聚谈叙情、饮酒赋诗。所作宴赏诗歌，有对主人宅邸风光的极尽赞美，如李白《宴陶家亭子》：“曲巷幽人宅，高门大士家。池开照胆镜，林吐破颜花。绿水藏春日，青轩秘晚霞。若闻弦管妙，金谷不能夸。”③ 诗歌赞誉陶氏园林既有堪比金谷的豪华气派，又有曲巷幽宅、池镜林花、春日晚霞的幽远意境。也有表达宴赏时的悠然自得，如孟浩然《夏日与崔二十一同集卫明府宅》：“言避一时暑，池亭五月开。喜逢金马客，同饮玉人杯。舞鹤乘轩至，游鱼拥钓来。座中殊未起，箫管莫相催。”④ 体现了夏日宴饮于友人宅邸的惬意闲适。还有表现与同宴友人的知己友情，如王勃《山亭夜宴》：“桂宇幽襟积，山亭凉夜永。森沉野径寒，肃穆岩扉静。竹晦南汀色，荷翻北潭影。清兴殊未阑，林端照初景。”⑤ 体现了与友人相聚通宵达旦宴饮的兴致和快意，也表达了对心灵相契友谊的珍视。

---

① 宗懔．荆楚岁时记译注［M］．太原：山西人民出版社，1987：28.
② 宗懔．荆楚岁时记译注［M］．太原：山西人民出版社，1987：122.
③ 王琦．李太白全集［M］．北京：中华书局，2011：807.
④ 徐鹏．孟浩然集校注［M］．北京：人民文学出版社，1989：254.
⑤ 蒋清翊．王子安集注［M］．上海：上海古籍出版社，1995：68.

总而言之，初盛唐的宴赏游诗歌形式多样，题材丰富，无疑为旅游诗歌的类型增添了别样的妙趣逸致。

综上三类是本书以初盛唐旅游诗歌为蓝本总结归纳的类型特点，初步统计总结各类诗歌创作数量如下：

名称	仕宦游诗歌				观光游诗歌					闲居游诗歌	
	宫廷应制游	行役游诗歌	贬谪游诗歌	边塞游诗歌	沿途游诗歌	结伴游诗歌	以“游”为题	登临游诗歌	访寺泛湖诗歌	闲居田园诗歌	闲居宴游诗歌
数量	611	140	120	94	130	83	219	140	194	208	124
	965				766					208	
比例	49.8%				39.5%					10.7%	

或以柱状图显示各个类目旅游诗歌的数目趋势：

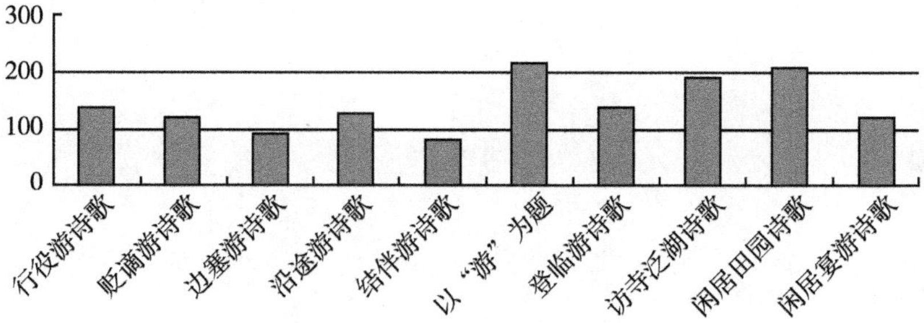

（注：为便于比较，柱状图未列入宫廷应制旅游诗歌。）

从图表可知，初盛唐三大类旅游诗歌中，仕宦游诗歌和观光游诗歌数量居多。仕宦游诗歌占总量的49.8%，印证了古代旅游的功利性；而观光游诗歌数量的增多，则体现了初盛唐旅游风气的浓厚，即使不出于功利目的，诗人们仍热衷于各种游山玩水活动。从柱状图可知，各个次类目的旅游诗歌中，除了宫廷应制旅游诗外，创作数量最突出的是以

“游”为题的旅游诗歌、访寺泛湖诗歌和田园游诗歌。以“游”为题的旅游诗歌和访寺泛湖旅游诗歌都较接近于现代意义的旅游文学范畴，这是初盛唐旅游诗歌区别于前代的较突出特点，也反证了对初盛唐旅游诗歌研究的价值意义。而田园旅游诗歌的数量增多，也一定程度上体现了田园诗歌至唐代的崛起。

当然，初盛唐诗人旅游的丰富多彩不足以仅以此三类涵盖，譬如节气游、赏猎游、巡视游等并未在文中作出分析梳理。行文的有限，只能暂将较有一致特点的诗歌归纳整理。各个类别之间也存在交叉重叠的现象，如贬谪游中同样存在观光游；登高游与结交游、仕宦游都有交叉重合，这也取决于诗人们的客观游历行为并非僵化单一的，每个诗人都会出于不同动机、心态而游历，这也充分体现了旅游行为历时性、多元性和综合性等特点，更证明了从古至今旅游生活的丰富多彩。本书仅从中抽取共性元素，试以探索初盛唐时期丰富多元的旅游活动中暗含的共同特性。

第四章 初盛唐旅游诗歌情感特征

旅游是一种包含旅游者主体情感意识的社会活动，旅游时的风景名胜带给诗人无限情感体验，同时不同的诗人面对同样的景观也会获得不同的感知经历。前章已探讨，旅游活动因旅游者情况各异，而有各种旅游类型，故旅游者的情感也随之呈现不同的类型特征。每一大类的旅游活动，因为旅游者出游动机、旅游境况、旅游资源的相似性，总体的情感体验也呈现一定的规律性。具体而言，仕宦游情感特征体现为功利进取情怀和漂泊羁旅情怀；山水游情感特征表现为畅怀遣兴情怀和忘俗销忧情怀；闲居游情感特征表现为闲适游乐情怀和逍遥隐逸情怀。

第一节 仕宦游情感特征

功利仕宦游作为古代旅游活动的重要类型之一，必然遵循旅游活动的一切规律，也即旅游是具有一定主观意志的活动。现代旅游学也认为旅游是人们在各种社会实践中带有很强情绪、情感性的一种活动，因而旅游者身份、旅游动机的不同甚至旅游资源的不同，都会影响旅游者情感活动的变化，进而在旅游诗歌作品中有所反映。诚如现代旅游心理学所认可的："不同的旅游对象、旅游活动和旅游服务，引起不同的情绪状态，影响人们的旅游态度和旅游动机。喜欢、愉快等情绪可以增强积极的旅游态度和旅游动机，增加作出选择决定的可能，消极的情绪会削弱积极的旅游态度和旅游动机。”① 初盛唐的仕宦游，因诗人的官宦或求仕身份及旅游动机的功利性，使诗人在此类旅游诗歌创作的情感表达上具有一定的整体趋向。具体而言，诗人的仕宦旅游诗歌多突出体现为功利进取情怀和漂泊羁旅情怀。

一、功利进取情怀

中国古代的旅游历来多少都带有一定的主观情感意识，处于唐朝时代上升期的初盛唐诗人在旅游中更是“显露了游之意识的主观面，欲透过远游去实现自己的抱负，成就自我”②。初盛唐诗人的功利情怀既是蓬勃进取的社会文化氛围与唐代中心之儒家思想造就，也与初盛唐诗人昂扬自信的时代精神密切相关。或者说，初盛唐时期的时代个性决定了这一时代相应的情感追求，形成了社会上普遍的建功扬名之风气，这种风气濡染下产生的不仅是社会地位和财富的功利追求，更内化为一种“愿为辅弼济天下”的社会责任感和自我价值追求。

唐代建国后的百余年，社会发展不是直线前进，偶尔也有动荡和变乱。但总体看，政治、经济、文化各方面都呈上升态势，即使上层权力变更的政治事件也并未动摇国之根基。加之唐代也为庶族提供了入仕之门，“唐代立国以来，六朝士族专政制度的崩溃，对于寒素出身的有志之士，不再有‘上品无寒门，下品无世族’的障碍，也是激发求仕热忱的主要因素。”③ 庶族士人入仕之门大开，终可“拾青紫于俯仰，取公卿于朝夕”④，实现诗人“奋其智能，愿为辅弼，使寰区大定，海县清一”⑤ 的理想抱负。“置身上升、变革的时代，唐代寒士不能不感受

---

① 秦明．旅游心理学［M］．北京：北京大学出版社，2005：87.
② 龚鹏程．游的精神文化史论［M］．石家庄：河北教育出版社，2001：256.
③ 陈贻焮．唐诗论丛［M］．长沙：湖南人民出版社，1980：162-163.
④ 董诰，等．全唐文［M］．北京：中华书局，1983：1092.
⑤ 王琦．李太白全集［M］．北京：中华书局，2011：1043.

到那种全民族社会生活中腾涌激荡的律动。”① 于是，在富足安定的物质生活条件下，整个社会涌动着建功立业的浪潮，积极用世、追求政治功利成为士人的迫切渴望。诗人们以“生龙活虎般腾踔的节奏”② 唱出“济苍生，安黎元”的雄心壮志，“丈夫皆有志，会见立功勋”③（杨炯《出塞》）、“爱君且欲君先达，今上求贤早上书”④（高适《赠别晋三处士》）是士人阶层的普遍价值取向。

士人们的强烈功利意识也与儒家思想在唐代的地位密切相关。怀着儒家“修身、齐家、治国、平天下”的理想而远游四方一直是儒家文人的志向所在，儒家思想中的“经世致用、学以致用”“学而优则仕”成为仕宦游人的中心意题，诗人的仕宦诗歌中往往洋溢着以天下为己任的责任意识以及“舍我其谁”的社会主体意识和自信气度。以布衣游于公卿间的高适就认为“公侯皆我辈，动用在谋略”，只要努力即可“屈指取公卿”⑤。李白也自负地吟唱“长风破浪会有时，直挂云帆济沧海”“仰天大笑出门去，我辈岂是蓬蒿人”⑥ 的豪言壮语。即便是杜甫在长安求仕十年，过着颠沛流离的生活时，仍未能减弱其政治热情：“盖棺事则已，此志常觊豁。穷年忧黎元，叹息肠内热。取笑同学翁，浩歌弥激烈。非无江海志，潇洒送日月。生逢尧舜君，不忍便永诀。当今廊庙具，构厦岂云缺？葵藿倾太阳，物性固难夺。”⑦ 正是在这样强烈的功名心驱使下，诗人们负笈远游、驱驰塞漠、阙下献书、游宦藩镇，尽自己的所能为建功立业的壮志雄心奔波游走。

在诗人们的仕宦旅游诗歌所体现的功利精神上，初唐诗人和盛唐诗人仍是有所区别的。初唐诗人如杜审言、李峤、宋之问、沈佺期等所作

① 陈伯海．唐诗学引论［M］．北京：知识出版社，1988：46.
② 闻一多．唐诗杂论［M］．桂林：广西师范大学出版社，2010：14.
③ 彭定求，等．全唐诗（增订本）［M］．北京：中华书局，1999：615.
④ 刘开扬．高适诗集编年笺注［M］．北京：中华书局，1981：59.
⑤ 刘开扬．高适诗集编年笺注［M］．北京：中华书局，1981：174，10.
⑥ 王琦．李太白全集［M］．北京：中华书局，2011：168，635.
⑦ 钱谦益．钱注杜诗［M］．上海：上海古籍出版社，1958：35.

大量的应制陪侍游诗歌，都透露出对权贵的依附及对富贵权势的迷恋，人格上也稍逊于盛唐士人的豁达自信。在面对求仕失败的态度上，盛唐诗人更是体现了百折不挠的韧性与豁达。虽然唐代为士人入仕开了便利之门，但文武机构能够容纳的人才毕竟有限，因而“风尘仆仆奔波于长安道上的，绝大部分是落第者”①，落第的诗人也不乏少数。初唐时期“年少而才高，官小而名大，行为都相当浪漫，遭遇尤其悲惨”②的“四杰”即是仕途坎坷的典型例子。盛唐也有众多汲汲于功名官位却微不足道者，白居易就曾对初盛唐诗人的仕途命运有所感慨：“如陈子昂、杜甫，各授一拾遗，而迍剥至死，李白、孟浩然辈不及一命，穷悴终身。”（《与元九书》）但即便如此，盛唐诗人仍保有昂扬的激情，正如李白所言：“騄骥本天马，素非伏枥驹。长嘶向清风，倏忽凌九区。”③（《赠崔咨议》）杜甫也言：“骅骝开道路，鹰隼出风尘。”④（《奉简高三十五使君》）即使诗人的实际政治才能并不一定达到所期望的高度，但这种在失意仕途上，仍能激发慷慨壮大声响的进取意志，依然是难能可贵的。

初盛唐诗人在求取功名的道路上孜孜以奋发，在为官入仕后仍要面临奉使出行的颠沛、升迁贬谪的奔波，仕宦之旅仍是“任重而道远”。而志在兼济的诗人们凭借宦游的山水情怀作为仕宦与羁旅的支点，从而消解宦海奔波的艰难困苦。山水游赏成了维系仕宦进取与退居自适的结点。

二、漂泊羁旅情怀

仕宦诗人的功名进取情怀支撑着诗人们汲汲于宦海沉浮的追求中而乐此不疲，但即使是昂扬自信的初盛唐诗人，在面对行役戍边的艰辛劳

① 傅璇琮．唐代科举与文学［M］．西安：陕西人民出版社，1986：5.
② 闻一多．唐诗杂论［M］．上海：上海古籍出版社，1998：20.
③ 王琦．李太白全集［M］．北京：中华书局，2011：453.
④ 钱谦益．钱注杜诗［M］．上海：上海古籍出版社，1958：392.

顿，求仕不遇、贬谪流放的凄凉无助，也不免产生漂泊无助的羁旅情怀，进而引发思乡恋阙之情。执著坚毅如李白，也曾发出“鸟去天路长，人愁春光短。空将泽畔吟，寄尔江南管”（《流夜郎至西塞驿寄裴隐》）的感叹。可以说，漂泊羁旅是古代诗歌反复吟唱的母题，它直接反映了士人入仕命运的起伏，最能体现士人的精神境界与品格；它又是一个与行旅直接相关的文学母题，没有长期的行旅生活，就不会有这一母题的拓展。早在先秦的宋玉即对羁旅有所感怀：“廓落兮羁旅而无友生，惆怅兮而私自怜。”① 六朝的潘岳也对行旅中的羁旅之愤感悟道：“夫送归怀慕徒之恋兮，远行有羁旅之愤。临川感流以叹逝兮，登山怀远而悼近。彼四感之疚心兮，遭一途其难忍。”② 每一个“羁旅”词汇的背后都隐含着一个背井离乡的事件。诗人们用生命来体验，用诗歌来表现，这种羁旅之感贯穿于几千年的诗歌长河中，以至于清代王闿运总结道：“即今皇天意惨澹，自古豪贤尽羁旅。”（《壬子七月乐平县作》）

羁旅多发生在诗人奔波行旅之路、人生不如意之时，一次次地理上的空间位移引发诗人们心灵的律动，人生的失意渺茫交织与旅途的辗转奔突，共同激发出苦闷失意的羁旅之情。宦游诗人长期漂泊在外、为仕途奔波的遭际更能引发羁旅之叹，加之唐人的仕宦意识尤为强烈，故唐人仕宦行役之旅更蕴含着哽哽咽咽而又荡气回肠的情感指向。如乔亿《剑溪说诗又编》中说：“余谓唐诗之善者，不出赠别、思怀、羁旅、征戍及宫词、闺怨之作也。”③

初盛唐仕宦诗人的行旅诗歌中，发漂泊羁旅情怀、抒思归恋阙之叹的诗歌比比皆是。如：

---

① 汤炳正，等．楚辞今注［M］．上海：上海古籍出版社，2012：201.

② 董志广．潘岳集校注（修订版）［M］．天津：天津古籍出版社，2005：84.

③ 郭绍虞，富寿荪．清诗话续编［M］．上海：上海古籍出版社，1983：1115-1116.

"我家吴会青山远，他乡关塞白云深。为许羁愁长下泪，那堪春色更伤心。"①（陈子良《于塞北春日思归》）

"书剑催人不暂闲，洛阳羁旅复秦关。容颜岁岁愁边改，乡国时时梦里还。"②（杜俨《客中作》）

"百年怀土望，千里倦游情。……羁心何处尽，风急暮猿清。"③（王勃《麻平远行》）

简言之，宦游诗人望乡怀土的情怀，植根于儒家"寻求人伦亲情之抚慰、归根宗族乡土之渴念的文化情结；个体生命对血缘宗族始终保有一份伦理情感的向心力，家园与羁旅行役的内在文化关联，才会在千百年游子的反复咏叹中得到加强而融进民族文化心理的血脉"④；而恋阙心态则源于京城的政治地位所隐含的功利象征。

当然，诗人旅游体验的情感错综复杂，且时有变化，有时各种体验不是单一存在而往往是交互在一起的。这其中的复杂性还与初盛唐士人游赏的心情、文化素养、周围环境以及游赏的自然对象密切相关，而功利进取和漂泊羁旅情感体验只是仕宦旅游诗歌最为突出、典型的代表。

第二节 观光游情感特征

观光游是旅游者最具有主观能动性的旅游类型，其所展现的情感形态也是最丰富多元的，思归、羁旅、隐逸的感情触动都可能闪现在诗人们旅游的过程中。但主动山水游中诗人最浓郁的感情色彩仍是以畅怀遣

---

① 彭定求，等．全唐诗（增订本）[M]．北京：中华书局，1999：502.

② 彭定求，等．全唐诗（增订本）[M]．北京：中华书局，1999：2120.

③ 蒋清翊．王子安集注[M]．上海：上海古籍出版社，1995：82.

④ 程磊．羁旅山水与家园体验-论羁旅行役诗中家园感呈现的意象形态研究之一[J]．海南大学学报，2013（1）：45-53.

兴、忘俗销忧为主。

一、畅怀遣兴情怀

中国人自古就有陶乐山水的情愫。法国汉学家侯思孟曾在他的《山水在中国思想史上的作用》中提及：“在古代世界的两端，人都在寻求真理，但方式截然不同：在中国，人走向大自然的怀抱；在欧洲，人却背离大自然，转向自己的内心世界。”① 古代自孔子就有“仁者乐山，智者乐水”② 的乐山乐水之论。庄子有“山林与，皋壤与，使我欣欣然而乐焉”③（《庄子·知北游》）的栖身原野之快。魏晋士人则有发“登山则情满于山，观海则意溢于海”④ 的感慨。而唐朝诗人更是主动寻机漫游，揽胜于名山大川、岩壑云泉，在纵情山水、恣意游乐的享受中忘却世俗，解脱忧苦。“岂学书生辈，窗间老一经”⑤“人生得意须尽欢，莫使金樽空对月”⑥ 都是诗人积极追求怡情乐性旅游人生的生动反映。为此，他们或名山探胜，或曲径寻幽，或登高赋诗，或优游湖海，形形色色的旅游活动成了诗人们遣兴愉悦、放松心灵的最好方式。

初盛唐诗人在山水游乐中能够尽情体悟欢欣愉悦的情怀，于山水畅游中畅快宣泄胸中情感，这首先归功于他们赋予了旅游史无前例的热忱。“人本是自然之子，就其天性，渴望行动上的无拘无束与思想上的自由奔放，但经济与社会的进化却给每个人派定了一个‘社会角色’，只能在一定的区域与位置上按照特定的礼仪职责进行思维与行动。一旦由于旅游动机，得以摆脱俗事的困扰，重返寥廓的大自然，首先就会为

---

① 臧维熙．中国山水的艺术精神［M］．北京：学林出版社，1994：261.
② 论语［M］．张燕婴，译．北京：中华书局，2006：80.
③ 郭庆藩．庄子集释［M］．北京：中华书局，1961：765.
④ 周振甫．文心雕龙注释［M］．北京：人民文学出版社，1981：295.
⑤ 陈铁民．王维集校注［M］．北京：中华书局，1997：189.
⑥ 王琦．李太白全集［M］．北京：中华书局，2011：159.

重获人身自由而兴奋。"① 初盛唐时代所具备的客观、主观条件，使诗人们有能力也有热情乐于行走于山水中，在行旅中访新探奇、历险刺激、扩大视野、指点江山、激扬文字，个体生命情怀因山川胜景得以全然喷涌释放。正如《唐才子传》载殷尧藩言："吾一日不见山水，与俗人谈，便觉胸次尘土堆积，急呼浊醪浇之，聊解秽耳。"② 即使诗人们出于求学、仕宦、迁谪等非单纯动机出行，在欣赏到沿途的奇山异水时，也会不自觉忘却世俗进而完全投入赏山乐水的境界，从而由仕宦游转入短时期的主动山水游。可见诗人对山水之乐已达近乎痴迷的程度。乘兴而游的诗人们于行途中清啸、狂呼、幽思、漫吟；疾走、徐行、默坐、箕踞；远眺、近瞻、仰观、俯察，皆自取之，其乐无穷。

旅游观览中，大自然以它无限的生机向人们展示着客观世界的美好与缤纷，展示着造物主恩泽下的山川草木之灵、生命之美好和生命力之旺盛等美好景象。而如此的蓬勃景象、多娇江山又与初盛唐奋发昂扬、活泼向上的时代风貌对接契合，吸引着文人骚客在江山遍览中实现生命个体的价值情怀。仕宦诗人们于休沐节日时，往往也极尽游览之乐，登临游览城郊山水名胜，享受短途旅游的山水之美。更多的知识分子，则并不满足于近游的局限，书剑出门，浪迹天涯，寻胜踏迹，访古问俗，漫游大江南北，交结豪杰名流，激扬声价，在徜徉山水时，体验畅怀遣兴的愉悦体验。

"名山大泽出文章"③，正是如此醉心于山水美景，诗人们的才思才能够全然激发，写下得江山之助的美文佳作。如《文心雕龙·物色》所言："然屈平所以能洞监风骚之情者，仰亦江山之助乎！"④或如韩愈所说："文章之作，恒发于羁旅草野。"（《荆潭唱和诗序》）这些说法

---

① 章尚正．旅游文学［M］．福州：福建人民出版社，2006：169.

② 舒宝璋．唐才子传［M］．郑州：中州古籍出版社，1987：257.

③ 戴复古．戴复古诗集［M］．金芝山，点校．杭州：浙江古籍出版社，1992：155.

④ 周振甫．文心雕龙注释［M］．北京：人民文学出版社，1981：494.

都道出了乐游山水与激发诗情的密切关联。“阳春召我以烟景，大块假我以文章”①，在漫游途中，诗人们或登临励志，如李隆基的“暇景属三春，高台聊四望”②；或交游遣兴，如李白的“且就洞庭赊月色，将船买酒白云边”③；或徜徉自适，如储光羲的“新林二月孤舟还，水满清江花漫山”④。初盛唐的主动旅游者正是从山川景物、人文景观中寻觅到美的享受或感悟，获得心灵的愉悦享受，从而激发创作灵感，创作出大量游赏美景的文艺作品。

二、忘俗销忧情怀

人生得意时通过旅游增加生活的乐趣，并向大自然抒发游乐遣兴的情怀；而人生失意时，也往往乐于归遁山林，通过寄山托水，宣泄无尽的烦忧。初盛唐文人虽然整体心理趋向乐观向上、积极昂扬的一面，但人生总有忧劳紧张、苦闷失意的时候。交往礼节的繁缛、都市的喧嚣、仕途的险恶，都束缚和压抑了人的天性和自由，在此情态下，失意文人大多“自放山泽间”，走上了以山水解忧、以悠游遣愁的道路。

游览名山大川，欣赏文物古迹，体验风土人情，成为散心怀、畅心神、排解郁闷，求得身心愉快的一剂良方。诗人们一旦归入自然，犹如赤子回归大自然母亲的怀抱，足蹑群山之巅，身在无垠之野，顿觉碧水澄心，白云凝神，产生“独与天地精神往来”的情感。在大自然千姿百态、五光十色的美景中，摆脱名缰利锁的羁绊，忘却现实的烦恼，升至无忧无虑、无拘无束、乐而忘我的精神境界。山水成为他们寻求独立于社会之外的净地乐土。如陈子昂所云：“至于挟清瑟，登高山，白云

---

① 王琦．李太白全集［M］．北京：中华书局，2011：1100.
② 彭定求，等．全唐诗（增订本）［M］．北京：中华书局，1999：29.
③ 王琦．李太白全集［M］．北京：中华书局，2011：812.
④ 彭定求，等．全唐诗（增订本）［M］．北京：中华书局，1999：1419.

在天，清江涵月，可以散孤愤，可以游太清。”① 诗句道出了赏景忘忧的心得体会。再如孟浩然的诗：“为多山水乐，频作泛舟行。五岳追向子，三湘吊屈平。湖经洞庭阔，江入新安清。复闻严陵濑，乃在兹川路。叠嶂数百里，沿洄非一趣。彩翠相氛氲，别流乱奔注。钓矶平可坐，苔磴滑难步。猿饮石下潭，鸟还日边树。观奇恨来晚，倚棹惜将暮。挥手弄潺湲，从兹洗尘虑。”② 于山水游乐中求得了心理平衡，甚至大有归游恨晚之意。而将主动漫游发挥到极致的李白，更是身寄林泉，在山水中或恣意享乐，或结交访友，或求仙问道，以不同的漫游方式展现了诗人丰富多彩的情感世界，充分展示了他“人生且行乐，何必组与珪”③ 的漫游人生价值观。

总之，初盛唐诗人主动寻山水之乐，融山水人生，不仅于山水陶乐中悠游遣愁、消弭烦忧，探寻更高的人生境界，还出之以清词丽句，创造出大量的观光旅游诗歌，在对自然山水的审美性再思考中获得了心灵的涤荡。

第三节 闲居游情感特征

闲居游以闲居田园游和闲居宴赏游为主要表征形式，这类旅游诗歌最明显的情感特征为任意闲适情怀和逍遥隐逸情怀。

一、任意闲适情怀

虽然古今旅游者的旅游类型、动机各不相同，但都渴望在旅游中获得身心的愉悦放松。任适闲居游所要获得的精神享受类似于现代休闲度假旅游者和消遣娱乐旅游者的情感诉求，希望“享受临时环境所带来

---

① 陈子昂．赠别冀侍御崔司议序［M］//徐鹏校点．陈子昂集．北京：中华书局，1962：40.

② 徐鹏．孟浩然集校注［M］．北京：人民文学出版社，1989：41.

③ 王琦．李太白全集［M］．北京：中华书局，2011：812.

的欢乐和消遣……松弛精神、愉悦身心，在感受中产生激情、消除疲劳，在参与中获得乐趣、增长知识，从而消除紧张生活的烦恼，摆脱自己社会角色和工作中的压力”。① 诗人们的田园闲居游或者山庄休沐的宴集游赏，一方面田园的惬意生活和宴赏的欢快舒畅都带有游乐的性质，同时，这类游赏，又确实是士人在公务之隙调养身心、放松休闲的主观情感体验。不同于诗人主动山水游时体验的纵情游乐、肆意行走之快感，任适闲居游坐游、漫游的方式以及恬静幽雅、笛声琴韵、诗酒相和的赏游环境更契合文人“诗意的栖居”的理想空间。因而，诗人们的闲适情怀在闲居游中能得到更为有效的释放，或者说，闲适情感在闲居旅游诗歌里有更鲜明突出的体现。

何谓“闲适”？首先分而释之。《说文解字》中对“闲”解释为：“闲，隙也。从门月。”② 可见，“闲”原意是指门的缝隙，后来被引申为空间、空闲、闲暇、安闲、闲散之义。“闲”也是与“闹”相对，寓意为不为世俗琐事所困而展现的从容平和的生活态度。因而旅游诗歌层面的“闲”既指舍弃俗事欲念、摆脱愁苦与束缚，获得的平静自由的心态，同时也暗含空间和时间上的宽裕带来的心理上的放松与清净。如明张萱所言：“闲有二：有心闲，有身闲。辞轩冕之荣，据林泉之安，此身闲也；脱略势利，超然物表，此心闲也。”“闲”也并非无所事事的虚掷光阴，初盛唐文人所追求的“闲”乃是摆脱了心为形役的束缚，无公务羁绊的情况下，身心处于休闲、放松的状态，从而能够畅游自然、享受生命的乐趣。如清代张潮所言：“人莫乐于闲，非无所事事之谓也，闲则能读书，闲则能游名胜，闲则能交益友，闲则能饮酒，闲则能著书，天下之乐孰大于是。”③ 只有闲下来才有条件游历名胜、结交朋友、饮酒抒情。

---

① ［英］克里斯·库珀，等．旅游学［M］．张俐俐，蔡利平，等，译．北京：高教出版社，2007：97.

② 段玉裁．说文解字注［M］．上海：上海古籍出版社，1981：589.

③ 张潮，孙宝瑞．幽梦影［M］．郑州：中州古籍出版社，2006：103.

《说文解字》对“适”解释为：“适，之也。”① 意为主体为某一行动去往某地，后引申为达到某一目的后心满意足的状态，即“适意”。“适”同样不仅指生理性的舒适，更是指一种与闲相生、以心灵满足为内涵的心境的谐和，是由客体契合主体所产生的生命体验和心灵境界。“适”是发自心灵性情的深层体验，是合乎自然、合乎人性、合乎自我的闲情逸致。“闲”与“适”都随着时代的衍变，逐渐成为超越社会功利，以个体精神状态的逍遥自适作为人生价值实现，表现为一种散淡惬意的情怀，一份高远脱俗的韵致。

“闲”与“适”合而为之“闲适”，也成为中国古代士人向往的一种文化心理状态。如《菜根谭》中对闲适境界的描述：“昼闲人寂，听数声鸟语悠扬，不觉耳根尽彻；夜静天高，看一片云光舒卷，顿令眼界俱空……吾人适志于花柳烂漫之时，得趣于笙歌腾沸之处，乃是造花之幻境，人心之荡念也。须从木落草枯之后，向声希味淡之中，觅得一些消息，才是乾坤的橐龠。”② 可见，闲适是一种渴望从自身以外的一切拘束中解放出来的心理追求和生活状态，“是一种从容不迫的生活态度，一种修身养性的人生状态，以及自我满足的个人选择的结合，也是中国古代士大夫出处选择中的重要环节，不会太紧张，也不是太消极，它是生命积极的存在状态，是生活意趣的尽情挥洒，在悠然心会中从容享受生命的意趣”③。方回的《瀛奎律髓》卷二十三也专列“闲适”类，其认定“闲适”的标准应包括“山游郊行，原居野处，幽寂隐逸之趣”，即“闲适者流，多在郊野”④。而那些“身在城府朝市，而有闲适之心”的诗歌作品，则被列入“宦情”类诗歌。这固然是方回出

---

① 段玉裁．说文解字注［M］．上海：上海古籍出版社，1981：71.

② 洪应明．菜根谭［M］．吴兆基，编译．北京：北京宗教文化出版社，2001：120.

③ 毛妍君．白居易闲适诗研究［D］．西安：陕西师范大学，2006.

④ 方回．瀛奎律髓汇评［M］．李庆甲，集校．上海：上海古籍出版社，2005：233.

于个人的分类标准，但也间接说明了方回也认可“闲适”与郊野田园、亦宦亦隐的密切关系了，且其所收录进“闲适”条的诗歌创作，如《终南别业》《归嵩山作》《辋川闲居》《淇上即事》《过故人庄》等皆为初盛唐闲居游诗歌作品，可见诗人的闲适情怀大多缘自任适随意的闲居游诗歌创作。

初盛唐时期流行于诗人中的闲适情怀是多种因素结合促成的，既要有主观的心理调适，还要有客观的条件支持。诗人们在仕宦游和山水游时同样能够获得休闲适性的情感满足，但唯有闲居游为诗人们提供最为充足便利的客观环境。初盛唐时期无论是仕宦的官员还是未入仕的士人都有购地置业的经济能力，于风景优美处置地建宅已成为风尚。田园别业的兴盛，为士人提供了优裕的生活环境，也改变了士人的人生态度和生活方式，为闲适游这一独特旅游方式提供了外部条件。“园中构设，务求奇巧，以便游目骋怀；园中的生活，也与世俗现实生活迥异，歌舞游嬉，诗酒为乐，飘飘乎若仙。”① 初盛唐时期宋之问、韦嗣立、孟浩然、祖咏等都有各自的素产和旧业，王维更是买下宋之问的蓝田山庄，于山清水秀的辋川谷建辋川别业。

同样的，追求闲适安乐的生活旅游情境，不止要有经济支持还要有闲暇时间。初盛唐时期十日一休沐的假日规定，为闲适游的大兴起了推波助澜的作用。在“休沐”时到风景美丽的山庄别业度假游览，享受置身大自然的任意自在，成为初盛唐诗人收获心理闲适情趣的重要途径。李颀在《裴尹东溪别业》中描述：

公才廊庙器，官亚河南守。
别墅临都门，惊湍激前后。
旧交与群从，十日一携手。

① 龚鹏程．游的精神文化史论［M］．石家庄：河北教育出版社，2001：199.

幅巾望寒山，长啸对高柳。①

十日一携手，在相对宽裕的时间里，以休闲的心态到田园别业度假游览，或访友饮宴，成为初盛唐诗人独有的游乐方式。其他如杨师道“休沐乘闲豫，清晨步北林”（《春朝闲步》）、储光羲“公府传休沐，私庭效陆沉”（《同张侍御鼎和京兆萧兵曹华岁晚南园》）等都是休沐时出游的描写。休沐者在别业里度假，于宴赏中饮乐，获得身心的愉悦放松。

最能体现田园闲适优哉生活的诗歌创作是王维的闲居田园游诗歌。他的《春中田园作》《淇上田园即事》《春园即事》《终南别业》《蓝田山石门精舍》等都表达了闲居游的闲适情怀。如其《辋川闲居赠裴秀才迪》：

寒山转苍翠，秋水日潺湲。
倚杖柴门外，临风听暮蝉。
渡头余落日，墟里上孤烟。
复值接舆醉，狂歌五柳前。②

描绘了一幅如油画般美丽的乡间景致，并采用比喻的手法，把裴迪比作醉酒的接舆，自己则如五柳树下放歌的陶潜。诗歌写出了两人在闲静空寂的境界中回归个体的自然本性，追求个体身心最大限度的自由愉悦。乔亿在《剑溪说诗》中对此诗之“闲”的评价：“右丞诗如《惘川闲居》二首，并体认‘闲’字极细，句句与幽居迥别。前首（即此诗）结处，合两事鎔成一片以‘闲’字余情。”③ 现代陈铁民先生也赞

① 彭定求，等．全唐诗（增订本）[M]．北京：中华书局，1999：1346.

② 陈铁民．王维集校注 [M]．北京：中华书局，1997：429.

③ 乔亿．剑溪说诗 [M] //郭绍虞，富寿荪．清诗话续编．上海：上海古籍出版社，1999：1130.

曰："诗歌为我们展现了一幅秋日山村雨后的风景图画，那闲居田园、悠然自得的'高人王右丞'的自我形象，也叠印在这画中了。"① 再如其《终南别业》：

中岁颇好道，晚家南山陲。
兴来每独往，胜事空自知。
行到水穷处，坐看云起时。
偶然值林叟，谈笑无还期。②

诗人兴之所至，独赏美景，怡情悦性，不求人知，只求自得其乐，一切皆遂缘任适。在郊区田园的闲庭漫步时，不知不觉走到水的尽头，就索性坐下，欣然观看云起云落。无丝毫刻意成分，更体现了诗人的闲适心境。

即使是一生大部分时间处于颠沛流离，诗歌也多沉郁悲愤的杜甫，也渴望于闲居别业的环境任闲适心。"何路沾微禄，归山买薄田"③（《重过何氏五首》其五）直接表达了诗人购置田产、闲适游乐的人生理想追求。他在成都及夔州时期，生活环境得到改善，草堂环境幽静，尤其是在成都草堂的安逸生活，如《旧唐书》载："甫于成都浣花里种竹植树，结庐枕江，纵酒啸咏，与田夫野老相狎荡，无拘检。"④ 田园牧歌式的生活，使杜甫有了陶渊明式轻松闲适的心境。在闲适的心态下，他的诗歌取材、意趣随之变化，创作了《卜居》《北邻》《南邻》《田舍》《西郊》等体现田园游乐惬意生活的诗歌。如其《南邻》：

锦里先生乌角巾，园收芋栗不全贫。

① 陈铁民．王维、孟浩然诗选［M］．北京：中华书局，2005：108.
② 陈铁民．王维、孟浩然诗选［M］．北京：中华书局，2005：191.
③ 钱谦益．钱注杜诗［M］．上海：上海古籍出版社，1958：302.
④ 刘昫，等．旧唐书［M］．北京：中华书局，1975：5054-5055.

惯看宾客儿童喜，得食阶除鸟雀驯。
秋水才深四五尺，野航恰受两三人。
白沙翠竹江村暮，相对柴门月色新。①

诗中淳朴的儿童、悠闲的鸟兽、清浅的秋水、精巧的野航，白沙、翠竹、江村、柴门、月色都体现出闲淡素雅的情志。如浦起龙评："前半山庄访隐图，后半江村送客图。"② 清晰地表达出安史之乱后诗人定居成都草堂的安适心境和面对欣欣向荣景色的喜悦心情。

同样的，诗人们在宴赏游乐的欢快氛围中同样感受到更为热烈浓郁的自在闲适情怀。如：

披观玉京路，驻赏金台址。逸兴怀九仙，良辰倾四美。松吟白云际，桂馥青溪里。别有江海心，日暮情何已。（王勃《上巳浮江宴韵得址字》）

今夜启城闉，结伴戏芳春。鼓声撩乱动，风光触处新。月下多游骑，灯前饶看人。欢乐无穷已，歌舞达明晨。（崔知贤《上元夜效小庾体》）

有客至铃下，自言身姓梅。仙人掌里使，黄帝鼎边来。竹影拂棋局，荷香随酒杯。池前堪醉卧，待月未须回。（岑参《喜华阴王少府使到南池宴集》）

简言之，初盛唐的闲适游方式，使诗人于游赏玩乐中里外俱适，心随物往，从容行乐，极度催生了诗人的闲适自信情怀。

二、逍遥隐逸情怀

隐逸情怀贯穿于唐诗始终，自初唐王绩的遁于田园，至晚唐避至泉

① 钱谦益．钱注杜诗［M］．上海：上海古籍出版社，1958：376.
② 浦起龙．读杜心解［M］．北京：中华书局，1961：618.

林的悲苦之隐，隐逸之思始终存在，且已经成了唐代文人的精神寄托。无论是在朝显贵还是欲仕之人抑或真正的隐士，都以隐逸为尚。王绩、王维、孟浩然、储光羲、常建、祖咏等都受隐逸情怀的浸染，并将这种“乐天安命适性自然的人生观”融入创作中。隐逸的方式也并不单一，由田园闲居产生的隐逸情怀自是其中一种。田园隐逸虽自陶渊明启，但唐代的隐逸少有像陶渊明那样“夏日抱长饥，寒夜无被眠”① 的困顿和“叩门拙言辞”② 的乞食经历，他们的隐居更多显富贵之气。正如祖咏在《清明宴司勋刘郎中别业》所说：“田家复近臣，行乐不违亲……何必桃源里，深居作隐沦。”③ 即使是失意归隐的王绩也能于田园无限风光中饮酒赏景、自适其适，并无生活的落魄困顿，更多的是佐酒赏景兼以抒发仕途偃蹇的苦闷：

> 阮籍生年懒，嵇康意气疏。相逢一饱醉，独坐数行书。（《田家三首》其一）
>
> 阮籍醒时少，陶潜醉日多。百年何足度？乘兴且长歌。（《醉后》）
>
> 在生知几日，无状逐空名．不如多酿酒，时向竹林倾。④（《独酌》）

诗歌皆是借醉乡饮酒消胸中对时事的怨愤与牢骚。而其孙王勃的田园游赏诗歌，如《春园》：“山泉两处晚，花柳一园春。还持千日醉，共作百年人。”⑤ 诗歌也追慕阮籍和陶潜的高趣，但把更多的笔墨放在

---

① 陶渊明．怨诗楚调示庞主簿邓治中［M］//逯钦立校注．陶渊明集．北京：中华书局，1979：49.

② 陶渊明．乞食［M］//逯钦立校注．陶渊明集．北京：中华书局，1979：48.

③ 彭定求，等．全唐诗（增订本）［M］．北京：中华书局，1999：1336.

④ 王国安．王绩诗注［M］．上海：上海古籍出版社，1981：8，42，44.

⑤ 蒋清翊．王子安集注［M］．上海：上海古籍出版社，1995：97.

了对景物的观赏描摹上。初唐宋之问亦有作田园诗以表隐逸情怀，其《初到陆浑山庄》《寒食还陆浑别业》《陆浑山庄》等作于其早年别业陆浑山庄。陆浑山庄在今洛阳东、偃师县西北的首阳山下。宋之问又有蓝田山庄，在今陕西西安南终南山下的蓝田县境内，其《见南山夕阳召监师不至》《蓝田山庄》等诗即写于此处。他的田园闲居游诗歌也充满了对隐逸的向往。如《陆浑山庄》："归来物外情，负杖阅岩耕。源水看花入，幽林采药行。野人相问姓，山鸟自呼名。去去独吾乐，无然愧此生。"① 无论赋物言情写阅耕、看花、采药，还是移情及物写野人、山鸟，都以"独乐"为中心，充分体现了游乐郊居隐逸闲适的情趣。

时代的变化使得初唐士人不再像六朝士族文人那样远离时政，他们更汲汲于功名，渴望在仕途有所作为。但公务的繁琐常使士人感到埋没个体性情，士人们欲寻求一种公务之外的逍遥隐逸生活，既能调适身心，又借以表明自己并非汲汲于富贵功名之士，而是有着物外高情的清雅之人。他们所找到的调适途径，既有如王勃类的田园闲居生活，还有山庄休沐集宴的短暂"隐逸"方式。

尤其为官士大夫们的宴赏集游满足了他们身居廊庙而心存山林的心理诉求，仍举杨师道池宴集会为例，刘洎于《安德山池宴集》诗中云：

平阳擅歌舞，金谷盛招携。
何如兼往烈，会赏协幽栖。
已均朝野致，还欣物我齐。②

此诗是士人们的宴集聚会的唱和之作，诗歌称赞杨师道身为重臣贵戚，却心协幽栖，能"均朝野""欣物我"，充分体现了初唐以隐逸、幽栖称赞宴集主人的诗歌模式。同样的隐逸情怀也出现在高氏林亭宴集

① 彭定求，等．全唐诗（增订本）［M］．北京：中华书局，1999：637.
② 彭定求，等．全唐诗（增订本）［M］．北京：中华书局，1999：452.

中，宴集的主人即自诩："忘怀寄尊酒，陶性狎山家。"① 客人也以隐逸赞誉主人，如高瑾："正开彭泽酒，来向高阳池。"② 可见，在唐初士人的山庄宴集中，以颂美主人为主旨的社交诗已经形成了一整套以"隐逸"为中心的雅言，在这套雅言中呈现的是一个居官而向往隐逸、并且将其隐逸希企实现于山庄休沐宴赏中的士人形象。诗人们正是借赏景饮酒兴之所至，抒发其向往隐逸的理想情怀。

至盛唐，隐逸更成为朝野士庶普遍追求的思想风尚。文人士大夫无论是躬自践履，还是心向往之，他们在思想情感上都标榜山林，企羡隐逸。而仕隐兼通则成为当时隐逸的主流。当政者为标榜求贤纳士，也热衷于招隐士、征逸人的举措，当政者的求贤姿态也给盛唐文人带来极大的诱惑和起于屠钓的幻想。盛唐的隐居田园、独处山林已不再是传统意义上的消极避世，而与以退为进的"终南捷径"联系起来，成为文人仕进的又一途径。"'终南捷径'一词，传达出这样的信息：隐和仕在调适中变为一对孪生兄弟，仕不顺利则隐，隐为了仕，几乎是隐而忧则仕……隐居终南山，一是方便去京城活动，二是易与在终南休沐的贵人交往，三是张大声势易于影响京师。"③ 在此风气的影响下，孟浩然、李白、王维、储光羲等都有过或长或短的隐居经历，这样的生活不仅使他们有了游赏田园的机会，也使他们的田园游赏诗歌体现出逍遥隐逸的风貌。山庄园林成为诗人们不约而同选择的亦仕亦隐的最佳场所，不仅为文人士大夫提供隐居休闲的去处，同时也提供了游赏自然的净土和彰显自由人格的载体。诗人们在闲居悠处的过程中，既能享受山林般的生活环境，同时又可调和化解仕与隐的两难，故盛唐的隐逸是与田园闲居游密不可分的。

园林融摄了山林的景致与出俗的意味，只要精神超拔于世俗的喧嚣

---

① 彭定求，等．全唐诗（增订本）[M]．北京：中华书局，1999：784.
② 彭定求，等．全唐诗（增订本）[M]．北京：中华书局，1999：788.
③ 戴伟华．地域文化与唐代诗歌 [M]．北京：中华书局，2006：98-99.

繁杂，自身洁净，在园林中即已等同于甚至尤胜于深山幽谷的隐遁。士大夫们纷纷于城野近郊购置园林，过起了“晨趋天日晏，夕卧江海闲”（卢僎《初出京邑有怀》）的朝隐生活，白天到朝办公，晚上则留宿在别业青山暮霭之中，或于休沐时流连于田园美景中，从而脱卸官场的尘累，感受他们所定义的如回归山林般的逍遥隐逸生活。王维在《暮春太师左右丞相诸公于韦氏逍遥谷宴集序》中对此生活有明确的溢美之词：“不废大伦，存乎小隐。迹崆峒而身拖朱紱，朝承明而暮宿青霭，故可尚也。”① 在不偏废君臣大义的基础上，“身拖朱紱”者也可以在帝京之畿的园林中享受一下隐逸的乐趣，如隐士般游山玩水，这种放旷自得的生活是何等的惬意。李白也对此向往曰：“且夫曹官紱冕者，大贤处之，若游青山、卧白云，逍遥偃傲，何适不可。小才居之，窘而自拘，悄若桎梏，则清风朗月，河英岳秀，皆为弃物，安得称焉。”② 这些都说明唐人喜好在林亭游乐中尽享遗世出尘的清逸。这种情怀在诗歌中同样有所体现：

> 虽然经济日，无忘幽栖时。（张九龄《骊山下逍遥公旧居游集》）
>
> 中年废丘壑，上国旅风尘。……归来当炎夏，耕稼不及春。扇枕北窗下，采芝南涧滨．因声谢同列，吾慕颖阳真。（孟浩然《仲夏归汉南园寄京邑耆旧》）
>
> 别业居幽处，到来生隐心。③（祖咏《苏氏别业》）

唐人尤其初盛唐诗人正是以这种闲居游的方式实践其仕隐两兼的圆

---

① 陈铁民．王维集校注［M］．北京：中华书局，1997：701.

② 李白．夏日陪司马武公与群贤宴姑熟亭序［M］//王琦．李太白全集．北京：中华书局，2011：1071.

③ 彭定求，等．全唐诗（增订本）［M］．北京：中华书局，1999：574，1619，1334.

满和对超世高洁情感的寄托。而诗人们的闲适与隐逸情怀也完美并存于闲居游诗歌中。闲适游为古代文人留出了大量的自由支配时间，而隐逸追求又为文人在集体空间外设置了一个私人空间。正是在这样的游览时空中，诗人得以停下来、静下来，使生命能量得到恢复，同时也使个体的人格境界得以完善。

当然，人的情感毕竟是最为细腻且复杂多变的，不同的旅游活动仅是催发诗人丰富情感的重要诱因，故每类旅游活动的情感特征并非绝对的，偶尔也会呈现相互交叉组合的多重态势。但从整体趋向来看，初盛唐不同类型的旅游活动对诗人们的情感影响力呈现一定的导向性。

第五章　初盛唐旅游诗歌对象特征

旅游诗歌的表现对象是旅游景观。按照旅游学定义，“旅游景观是指旅游目的地的具有审美意义的自然和人文多种要素有规律地组合的地域综合体，包括物质的山水和人工景观，也包括无形的空间环境及文化精神因素。”① 旅游景观可以分为自然景观和人文景观两大类②。前者包括山岳丘陵洞穴、江海湖瀑泉池、天文季节花木等；后者包括建筑园林、寺庙道观、名人胜迹、城乡风光、节俗风情等。旅游景观不仅是人们旅游观光的审美对象，也是旅游诗歌的表现对象。如果说，旅游的地域性是从广域范围内探讨旅游诗歌创作的分布规律，那么旅游诗歌表现对象则是从狭域角度分析其类别特征。在初盛唐旅游诗歌中，人文景观较自然景观更受旅游者的青睐，寺庙道观、园林别业是诗人重点表现的景观。本章拟从自然山水、人文建筑、民俗风情三方面来考察旅游诗歌的表现对象。

第一节　自 然 山 水

“山水之美，古来共谈”③，中国的知识分子一直将怡情山水作为

---

① 郑冬子．旅游地理学［M］．广州：华南理工大学出版社，2005：96.

② 沙润，等．旅游景观审美［M］．南京：南京师范大学出版社，2005：2.

③ 陶弘景．答谢中书书［M］//严可均．全上古三代秦汉三国六朝文．北京：中华书局，1958：3215.

身心寄托之所在。面对自然山水“千岩竞秀，万壑争流；草木蒙笼其上，若云兴霞蔚”① 之美，诗人们往往“登临山水，经日忘归”②，并在游山玩水中将自然美景融注于笔端，成就了山水诗歌的浩大规模。如画家董其昌所言：“诗以山川为境，山川亦以诗为境。名山遇赋客，何异士遇知己。一入品题，情貌都尽，后之游者，不待按诸图经，询诸樵牧，望而可举其名矣。”③ 而以漫游山川为时风的初盛唐诗人，更是对游览山水之美倾注了无限的热情，名山大川、江河湖海、幽洞岩壑，等等，凡是能游览的景致，都是诗人们歌咏的对象。

一、山水诗美的演进

茫茫宇宙，天覆地载，日升月降，星移斗转，四时交替，生息繁衍。中国古代的诗人从未间断过对大自然体认悟道的哲学思考，也从未停止用手中的笔去纵情描绘、抒写自然山水的万千气象。早在孔子时代的曾皙，就曾以沐浴于沂水之上、风凉于舞雩之下的悠游行乐为志向，并且获得了孔子的肯定。儒家的山水自然美观，是建立在“仁者乐山，智者乐水”的比德观上，即在对自然山水的审美把握中，把自然物的某些特征与人的伦理道德的某种品质相比拟，通过自然的人格化，来寻求自然山水与人内在精神的契合，自然山水之美只是道德意义的比附，因而淡化了自然山水本身的形象之美。

而以老庄为代表的道家，则是以一种超然的心态，来感悟宇宙自然，再以所体悟之道反观万物和现实社会。道家的自然美学观即美在自然。美在自然，一方面是指外在自然界山川江河万千姿态之美，另一方面也是指自然山水的内在之美，也即本性之美。“天地有大美而不

---

① 杨勇．世说新语校笺［M］．北京：中华书局，1969：113．

② 唐房乔，等．晋书［M］．北京：中华书局，1974：1359．

③ 董其昌．画禅室随笔·评诗［M］//胡经之．中国古典美学丛编（上册）．北京：中华书局，1988：248．

言”①，自然景观之所以美，就在于合乎自然的本性。如果说老子注重的是自然之“道”的本原，那么庄子“逍遥游”则更侧重体“道”的方式，并且更具有文学审美性。“逍遥游”是精神的自由漫游，首先强调游于天地万物，人本就存在于天地万物之中，更应该“以物观物”，也就是以诗意的眼光来观照外界自然万物。庄子的“逍遥游”是道家精神的集中体现，也是人与自然关系的辩证体现，人来自于自然，就必须重返自然，在与自然山川万物的交流中才能获得精神的自由解放。大自然不仅是道的显现，也是美的源泉，更是人安身立命之所在。道家热爱自然、钟情山水的美学观念，源源不断地为历代文人所继承，诗人们借自然山水慰藉心灵，陶铸品格，激发诗情，以他们的诗意之笔热情讴歌着千顷碧波、万重关山。

中国古代咏吟山河的作品经久不息，经历了从孕育、萌芽到发展、成熟的漫长过程，而最早的《诗经》已经体现了对自然山水的生动刻画。《诗经》对自然景物的描写多是简单、质朴的，涉及的景观也多是在诗中起陪衬、烘托或比拟的作用。例如对山岳、河川的描写：

泰山岩岩，鲁邦所詹。（《鲁颂·閟宫》）
崧高维岳，骏极于天。（《大雅·崧高》）
汶水汤汤，行人彭彭。（《齐风·载驱》）
江汉浮浮，武夫滔滔。②（《大雅·江汉》）

这些诗句借山岳的高峻雄奇来比拟君王的权势，借河川的声势浩大来比喻军队行进的威武，山川在自然界的地位也有如君王在人世的权威，因而，山岳河川秩序的井然，草木山林的繁茂，都具有社会安定、

① 陈鼓应．庄子今注今译［M］．北京：中华书局，1983：588.
② 王先谦，吴格．诗三家义集疏［M］．北京：中华书局，1987：1085，959，393，981.

国泰民安的象征意义。

与《诗经》相比，《楚辞》中的山水自然景物，更为细致、生动。由于诗人多在楚湘地域活动，地域内山林皋壤、香木芳草，又有衡岳、云梦、洞庭等著名景观，诗人可入诗的景致丰富多样，因而自然界的山山水水在《楚辞》中占有更大的分量。虽然《楚辞》的景观描写仍然还是抒发情志的手段，并非专门的写景诗歌作品，但从《楚辞》对山水自然景物的描摹刻画中，已然体现出诗人对山川风物强烈的赏爱之情。比如：

秋兰兮蘼芜，罗生兮堂下；绿叶兮素枝，芳菲菲兮袭予。（《九歌·少司命》）

深林杳以冥冥兮，猿狖之所居。山峻高而蔽日兮，下幽晦以多雨。霰雪纷其无垠兮，云霏霏而承宇。①（《九章·涉江》）

这些诗歌的主题并非模山范水，但秋兰蘼芜、绿叶素枝、山中深林、高山峻岭的景致也透露出诗人对美景当前的感动，并且山水景物以整体的形式出现，体现了诗人已具有一定的空间意识。例如：

览相观于四极兮，周流乎天余乃下。（《离骚》）
览冀州兮有余，横四海兮焉穷。（《九歌·云中君》）
莽洋洋而无极兮，忽翱翔之焉薄。②（《九辩》）

诗人笔下的景致已非零碎的花、木、山、水，而是览观四极、横贯四海，以宇宙意识整合自然界山水景物的整体形貌，以达到借景抒怀的写作目的。

---

① 汤炳正，等. 楚辞今注［M］. 上海：上海古籍出版社，2012：62，132.

② 汤炳正，等. 楚辞今注［M］. 上海：上海古籍出版社，2012：24，46，216-217.

如果说《诗经》《楚辞》是山水景物抒写的萌芽阶段，那么汉赋则是自然山水文学成熟前的过渡阶段。汉赋中出现大量对自然景观的铺陈渲染，汉末建安的诗人更擅长借状景写物抒发豪情壮志或表现时代风貌。曹操的《观沧海》、曹植的《登台赋》《公宴诗》、张衡的《归田赋》等都是此时期山水文学的杰出代表作。

至魏晋南北朝时期，玄学的兴起，把“道”作为宇宙万物存在、运动的法则和客观规律，在讨论具体的“道”时，又将“道”和自然联系起来，认为“道”的本质是自然。这种以山水希求冥悟的体“道”观使士人逐渐抛开了“山水比德”观的束缚，而纯以自觉的审美意识来审视山水。正如业师陈顺智先生所云：“当士人广泛、长时流连徘徊于山水自然景物之中时，他们表现的不是原始宗教影响下初民般的万物有灵的自然观，也不是在先秦儒家思乡影响下道德伦理的、‘比德’的自然观，而是一种新鲜活泼、姿态纷呈的审美化的自然观。”① 这种人对自然审美态度的转变，把自先秦以来的山水审美推向了一个新的高度，山水诗歌创作也进入了一个自觉的时代，诗人们纯以非功利的角度游览观赏自然景观，并形成了独立的山水诗派。如最具代表性的诗人谢灵运，以毕生的精力刻画秀美山水，其诗如《登江中孤屿诗》：“乱流趋孤屿，孤屿媚中川。云日相辉映，空水共澄鲜。”② 写江中孤屿之景，与云日辉映、水空一色的澄明亮丽。《入东道路》：“陵隍繁绿杞，墟囿粲红桃。鸳鸯晕方雏，纤纤麦垂苗。”③ 写东归路途随见景观，一片桃红杞绿、山雉鸣叫的初春山野美景。诗歌已经开始逐渐摆脱专以体玄悟道为主，而加入对自然山水之美的抒写，诚如刘勰《文心雕龙·明诗》所言：“庄、老告退，而山水方滋。”④

至诗歌达到最高峰的唐代，对自然山水的歌咏也达到了极致。大江

---

① 陈顺智．魏晋玄学与六朝文学［M］．武汉：武汉大学出版社，1993：329.
② 顾绍柏．谢灵运集校注［M］．郑州：中州古籍出版社，1987：83.
③ 顾绍柏．谢灵运集校注［M］．郑州：中州古籍出版社，1987：161.
④ 周振甫．文心雕龙注释［M］．北京：人民文学出版社，1981：49.

南北的山山水水都留有诗人观赏游览的足迹，游历四方的唐代诗人在诗歌中尽情抒写对大好河山的热爱之情。唐代尤其是初盛唐的旅游山水诗歌，不但豪迈奔放、绚丽美艳，并且视野开阔、境界高远。诗歌不仅数量可观，并且题材广泛、种类多样、内容丰富，还涌现出陈子昂、“四杰”、孟浩然、李白、杜甫等诗坛大家，可谓咏吟山水诗美的极致时期。

二、山水景观

初盛唐时代，遍游大江南北的游历之风，使得几乎所有诗人都有游历的经历，风气使然，诗歌中的自然山水景观品类繁多、五光十色、蔚为大观，可以说对自然山水景观的观照体悟，是初盛唐旅游诗歌的重要组成部分。据本书初步统计，仅初盛唐以自然景观为题的旅游诗歌就有322篇，占此时期景观旅游诗歌总数的24.1%。其中，地貌景观130篇，包括：山岳景观104篇、峡谷景观26篇；水域景观192篇，包括：江水景观45篇、湖泊景观54篇、溪流景观31篇、其他诸如潭、渚、瀑布等景观约62篇。可见，描绘自然景观的旅游诗歌是以地貌景观和水域景观为主要组成部分。初盛唐旅游诗歌的自然景观抒写，不仅创作数量可观，并且景观种类丰富多样。在众多景观中，庐山、洞庭分别为最具特色和典型意义的地貌、水域代表景观。

中国属于多山地貌，山岳景观最为丰富，最常出现在初盛唐旅游诗歌中的名山，依次是骊山、终南山、庐山、巫山、嵩山、岘山和龙门山，其中庐山凭其山色景致的独具特色，吸引着历代诗人驻足游览，咏吟庐山美景的佳作更是数不胜数。

（一）庐山

庐山，长约29公里，宽约16公里，周围约250公里。① 位于江西

① 王文生．庐山和庐山诗［M］//伍蠡甫．山水与美学．上海：上海文艺出版社，1985：410.

九江市南，北邻长江，东滨鄱阳湖。庐山因其自然地理条件的得天独厚，自然景致的雄、奇、险、秀，赢得历代文人青睐，咏吟庐山的名篇佳作在诸多咏山诗中也位居前列。庐山最早被称为敷浅原，《尚书·禹贡》载："岷山之阳，过于衡山，过九江至于敷浅原。"至今庐山紫霄峰上仍存石刻"敷浅原"。《山海经》称其南障山、天子都、天子障。①相传春秋周定王时，匡俗兄弟七人在此结庐隐居，故庐山别称匡山、匡庐。《史记·河渠书》也有载："太史公曰：余南登庐山，观禹疏九江。"庐山风景集合了自然景观中的多种经典元素，山景汇聚了瀑布、香炉峰、汉阳峰、紫霄峰、白鹿洞、幽谷、松林、奇石、古树等多重组合，自然美融合一体，并且集隐居之庐、宗教圣地、教育名山、避暑胜地、政治名山于一身，是一座"士大夫有高世之趣者多愿游焉"②的名山，自然景致的独特兼以丰富的文化内涵，供给了诗人们取之不尽的诗材，也激发了诗人们欲罢不能的无限诗兴。

《豫章诗话》云："咏庐山诗自远公始。"③慧远的《庐山略记》是最早对庐山风景资源进行系统考察的一篇记游。《庐山略记》不仅对庐山七处主要的山峰包括最高峰汉阳峰作了实际的考察，还对庐山最早的景区如秀峰、香炉峰、石门等地进行了较为详细的描述。而他的《东林杂诗》和《游石门诗》则描写了庐山东林寺一带和石门的山水景色。虽然慧远的咏庐山诗作是以自然景观为基调的诗作，但诗歌中仍掺杂着玄理和对佛教的宣扬。

至初盛唐时期的庐山风景旅游诗，则更多专注于对自然旅游景观的描绘和景观的抒发。此时期专以游庐山为主题的旅游诗有张九龄的《入庐山仰望瀑布水》《出为豫章郡途次庐山东岩下》《湖口望庐山瀑布

---

① 臧维熙．中国旅游文化大辞典［M］．上海：上海古籍出版社，2000：249.

② 李纲．送陈渊几叟有庐山序［M］//吴宗慈．庐山志（下册）．南昌：江西人民出版社，1996：42.

③ 郭子章．豫章诗话［M］//蔡镇楚．中国诗话珍本丛书．北京：北京图书馆出版社，2004：33.

泉》；丘为的《寻庐山崔征君》；李颀的《题璿公山池》；王昌龄的《送东林廉上人归庐山》；孟浩然的《彭蠡湖中望庐山》《晚归浔阳望庐山》；李白的《赠王判官，时余归隐，居庐山屏风叠》《庐山谣，寄卢侍御虚舟》《望庐山瀑布水二首》《登庐山五老峰》《庐山东林寺夜怀》；包佶的《宿庐山，赠白鹤观刘尊师》；李嘉佑的《登湓城浦望庐山初晴，直省赍敕催赴江阴》；刘昚虚的《登庐山峰顶寺求仕不得，欲寻道》，等等。试以孟浩然《彭蠡湖中望庐山》为例：

太虚生月晕，舟子知天风。
挂席候明发，渺漫平湖中。
中流见匡阜，势压九江雄。
黤黕凝黛色，峥嵘当曙空。
香炉初上日，瀑水喷成虹。
久欲追尚子，况兹怀远公。
我来限于役，未暇息微躬。
淮海途将半，星霜岁欲穷。
寄言岩栖者，毕趣当来同。①

此诗是作者漫游东南各地途经庐山时所作。全诗从大处落笔，描绘了一幅综合湖光山色的全景自然山水图。首两句气势磅礴、格调雄浑，“月晕”“天风”点明了舟行的气候和时间。第四句转入写景，“渺漫”显示出舟驶入烟波茫茫的湖面。“中流见匡阜，势压九江雄”将景致转入庐山，“匡阜”是庐山的别称，“压”字生动展现了庐山的巍峨高峻。紧接着四句，紧扣题目“望”字，用“黤黕”“峥嵘”浓重的笔墨描绘天晓欲白时庐山的不凡气势。而红日东升时，庐山又是一番景象，崔巍的山峰，如虹的瀑布，旭日映照，烟水氤氲，一派绚烂夺目景致。如

---

① 徐鹏．孟浩然集校注［M］．北京：人民文学出版社，1989：12.

此美景，诗人却无法常驻浏览，后几句转入抒怀言情。虽然流连美景，渴望“追尚子”“怀远公”，但“限于役”，不得不继续远游。“寄言岩栖者，毕趣当来同”最后点题，虽然目前“限于役”，但仍然艳羡“岩栖者”，终将同来归隐，表示出对庐山的神往之情。整首诗结构紧密，对偶工整，格调高远，从“水上”到“湖中”，再至“庐山”，句句相连，环环相扣，过渡自然，在光与影的变幻中描绘出旭日初升中庐山的全景图。

同样写庐山全景的还有李白的《庐山谣寄卢侍御虚舟》：

我本楚狂人，凤歌笑孔丘。
手持绿玉杖，朝别黄鹤楼。
五岳寻仙不辞远，一生好入名山游。
庐山秀出南斗傍，屏风九叠云锦张。
影落明湖青黛光，金阙前开二峰长，
银河倒挂三石梁。
香炉瀑布遥相望，回崖沓嶂凌苍苍。
翠影红霞映朝日，鸟飞不到吴天长。
登高壮观天地间，大江茫茫去不还。
黄云万里动风色，白波九道流雪山。
好为庐山谣，兴因庐山发。
闲窥石镜清我心，谢公行处苍苔没。
早服还丹无世情，琴心三叠道初成。
遥见仙人彩云里，手把芙蓉朝玉京。
先期汗漫九垓上，愿接卢敖游太清。①

整首诗情感奔放豪迈，意境高远明朗。开头一段抒怀述志，第二段

---

① 王琦．李太白全集［M］．北京：中华书局，2011：579.

描写庐山风景，随后表达归隐求仙的闲情逸致，最后由实景转入虚幻的神仙世界，格调悠长舒畅，令人为之神往。其中实景写庐山部分，以浓墨重彩，正面描写庐山和长江的壮观雄奇风光，“好为庐山谣，兴因庐山发。闲窥石镜清我心，谢公行处苍苔没”表达诗人重登庐山、感慨万千的情怀，谢灵运走过的地方，已是青苔覆盖，不由得由景入情，由实入虚，虚实交互，而诗人热爱山川美景与追求自由的高情始终如一。诗如前人所评：“《庐山谣》等作，长篇短韵，驱驾气势，殆与南山秋气并高可也。”①

除了对庐山全景的极致抒写，诗人们也对庐山的部分景观突出渲染。如咏庐山瀑布水：

> 挂流三百丈，喷壑数十里。欻如飞电来，隐若白虹起。
>
> 日照香炉生紫烟，遥看瀑布挂前川。飞流直下三千尺，疑是银河落九天。（李白《望庐山瀑布水》）
>
> 万丈洪泉落，迢迢半紫氛。奔飞流杂树，洒落出重云。（张九龄《湖口望庐山瀑布泉》）

咏庐山山峰诗句：

> 庐山东南五老峰，青天削出金芙蓉。九江秀色可揽结，吾将此地巢云松。（李白《登庐山五老峰》）
>
> 孤峰临万象，秋气何高清。天际南郡出，林端西江明。②（刘昚虚《登庐山峰顶寺》）

正是诗人们多角度、全方位对庐山不同景致的细致刻画，才彰显了

① 高棅．唐诗品汇（第三卷）［M］．上海：上海古籍出版社，1981：267.

② 彭定求，等．全唐诗（增订本）［M］．北京：中华书局，1999：1843，592，1843，2862.

庐山景观之“妙”。也正是诗人们的生花妙笔，才深化了庐山景致的文化内涵，从而为庐山逐步累积了丰富的人文景致。

初盛唐诗人笔下的庐山诗歌选景生动，造境浑成，在绘景的同时也注重抒发个人情怀，表达隐逸以及对前代游历者的追慕也是咏庐山一个重要主题。如：

“远公遁迹庐山岑，开士幽居祇树林。”（李颀《题璿公山池》）

“昔为庐峰意，况与远公违。”（王昌龄《送东林廉上人归庐山》）

“尝读远公传，永怀尘外踪。”（孟浩然《晚泊浔阳望庐山》）

“久欲追尚子，况兹怀远公。”（孟浩然《彭蠡湖中望庐山》）

“隐居欲就庐山远，丽藻初逢休上人。”①（杜甫《留别公安大易沙门》）

尤其是后两首诗都是将慧远作为咏吟的对象，可见慧远对庐山咏景旅游诗歌的开拓，使慧远及其诗歌已经成了庐山文化的一个象征，也成为后人游历时写入诗歌的意象之一。

（二）洞庭

洞庭天下水。八百里洞庭，烟波浩渺，风景优美，是历代文人游览凭吊的山水胜景。洞庭因水而闻名天下，作为全国第二大淡水湖，坐落于湖南省北部，长江中游南岸，古称云梦或云梦泽。它横跨湖南湖北两省，北连长江，南接湘、资、沅、澧四水，纵线上贯通南北，横线上连接东西，处于“交通十字架”的枢纽地位。郦道元《水经注》云：“湖

① 彭定求，等．全唐诗（增订本）［M］．北京：中华书局，1999：1363，1427，1648，1630，2563.

水广圆五百余里，日月若出没于其中。”① 洞庭湖，自屈原放逐沅湘对它反复咏吟后，即已声名远播。至唐代时更是咏吟者无数，仅洞庭湖提名诗就有将近 20 首，若再论及诗歌中刻画洞庭、岳阳、君山者更是数量众多。

作为我国第二大淡水湖，它衔远山，吞长江，烟波浩渺，水天一色，朝晕夕色，气象万千。湖中有君山，又名洞庭山，山苍葱含翠，形成“湖中有山”的奇特景象。号称“江南三大名楼”的岳阳楼也紧邻洞庭，形成了洞庭“湖-山-楼”一体的综合型自然景观。洞庭自古即被赋予神话色彩，《洞庭湖志》云：“粤若风骚振响，肇始左徒；厥后贾太傅造湘流，吊之凤凰、麒麟，蔚为辞赋，乎至矣。继此名流发咏，抽秘骋妍，莫不波橘云诡，与巨浸争奇。于是言文几如入渊探珠，无美不备。”② 认为洞庭诗歌“肇始左徒”。而屈原作为最早吟唱洞庭的诗人，其《九歌》之《湘君》《湘夫人》以及《九章》之《怀沙》《橘颂》都使洞庭染上了神秘的神话色彩，继之“黄帝张乐”“湘妃斑竹”“秦皇遇阻”“武帝觅酒”的典故都会出现在咏洞庭的诗歌中。简言之，洞庭“交通十字架”的枢纽地位、绮丽迷人的自然景观、意蕴深远的神话传说，共同促成了咏吟洞庭的旅游诗歌在初盛唐旅游诗歌中的繁荣景象。

初盛唐人漫游成风，加之洞庭处于南北交通的枢纽位置，南来北往的游人、官宦络绎不绝，洞庭所处湖南又是唐代重要的贬谪地之一，被贬谪士人在途中，过洞庭，下湘江，登临怀古，纵览江山，借洞庭美景忘怀世俗，抒发心志，有关洞庭的旅游诗歌集中体现了意象的丰富和情感的深厚。

初盛唐诗人凡入湖湘，都会游览洞庭，有的甚至不止一次，景由心

---

① 郦道元．水经注［M］//四部丛刊初编（史部）．上海：上海书店，1983：16.

② 陶澎，万年淳．洞庭湖志［M］．长沙：岳麓书社，2003：213.

生，心境阅历不同，面对广袤浩渺的洞庭，则会抒发不同的情怀。以孟浩然《望洞庭湖赠张丞相》为例：

八月湖水平，涵虚混太清。
气蒸云梦泽，波撼岳阳城。
欲济无舟楫，端居耻圣明。
坐观垂钓者，空有羡鱼情。①

诗歌由诗人目之所及的洞庭起笔，八月秋泛的洞庭，水天一色，与天空几乎结合，仿佛宇宙间无穷尽的空间都被包含入内，构成浩瀚雄浑的意境。接着三、四两句，描写氤氲缭绕的水汽，在云梦大泽上蒸腾、晕化，汹涌澎湃的洞庭湖水连岳阳城都有所“撼动”。这两句和杜甫的“吴楚东南坼，乾坤日夜浮”被后人并举为描写洞庭湖壮观气势的两大名句，如邢昉《唐风定》说：“孟诗本自清澹，独此联气胜，与少陵敌，胸中几不可测。”② 诗人在营造洞庭阔大意境后又转入抒情，面对浩瀚湖水、迷蒙大泽，内心却隐隐泛起作为一介布衣的困惑和迷茫，后几句向张丞相表白对出仕做官的向往之心。全诗以写湖水开始，后又抒情道真意，结构严谨，气象宏阔，可谓洞庭游诗歌的经典之作。

孟浩然的诗歌体现了诗人的心境意志主导着每首洞庭诗歌的主题基调。同为好游洞庭的李白也曾先后四次游览洞庭，他的游洞庭之作，有与时政、国事关联之作，如《荆州贼平临洞庭言怀作》《九日登巴陵置酒望洞庭水军》等；有与朋友共赏湖水、饮酒酬唱之作，如《陪族叔刑部侍郎晔及中书贾舍人至游洞庭五首》《答裴侍御先行至石头驿以书

---

① 徐鹏．孟浩然集校注［M］．北京：人民文学出版社，1989：146.

② 邢昉．唐风定［M］//顾青．唐诗三百首名家集评本．北京：中华书局，2004：238.

见招期月满泛洞庭》这类诗歌最能体现诗人尽情游赏、会友饮宴的欢快心情；更有专为山水游览之作，如《秋登巴陵望洞庭》《春滞沅湘有怀山中》等，在这些诗歌中李白尽情讴歌祖国的壮丽山河，表现对洞庭山水的喜爱与流连。

除了以上两位最典型的漫游诗人之外，其他诗人也在诗情画意的洞庭水畔抒写了各自的游览咏叹之作。有借壮观景象遣发豪情的，如：

地尽天水合，朝及洞庭湖。（宋之问《洞庭湖》）
日悬沧海阔，水隔洞庭深。（刘希夷《江南曲》）
洪波忽争道，岸转异江湖。①（杜甫《过南岳入洞庭湖》）

有于清幽境界中体验超脱仙境的，如：

平湖晓望分，仙峤气氛氲。鼓枻乘清渚，寻峰弄白云。（张说《游洞庭湖》）

巴陵一望洞庭秋，日见孤峰水上浮。闻道神仙不可接，心随湖水共悠悠。（张说《送梁六自洞庭山作》）

风光淅淅草中飘，日彩荧荧水上摇。幸奏潇湘云壑意，山旁容与动仙桡。②（尹懋《同燕公泛洞庭》）

有借洞庭美景排解贬谪之苦、仕途之累的，如：

摇落长年叹，蹉跎远宦心。……留题洞庭观，望古意何深。

---

① 彭定求，等．全唐诗（增订本）[M]．北京：中华书局，1999：624，882，2565.

② 彭定求，等．全唐诗（增订本）[M]．北京：中华书局，1999：969，978，1055.

（张说《岳州九日宴道观西阁》）

缅邈洞庭岫，葱蒙水雾色。宛在太湖中，可望不可即。（张说《游洞庭湖湘》）

江上相逢皆旧游，湘山永望不堪愁。明月秋风洞庭水，孤鸿落叶一扁舟。①（贾至《初至巴陵与李十二白、裴九同泛洞庭湖》）

初盛唐人咏洞庭诗，不仅如前例所举的情感真挚多样，意象也包蕴深远，木叶、鸿雁、帆、舟和明月等都是咏洞庭的常见意象。如：

明朝洞庭去，枫叶落纷纷。（李白《夜泊牛渚怀古》）

雁引愁心去，山衔好月来。（李白《与夏十二登岳阳楼》

今日相逢落叶前，洞庭秋水远连天。（贾至《洞庭送李十二赴零陵》）

攲侧风帆满，微冥水驿孤。②（杜甫《过南岳入洞庭湖》）

正是这些独具个性的意象使得诗人笔下的洞庭呈现出丰满厚重的人文意蕴和独特的地理物候特征。

简言之，从先秦到初盛唐，古人对自然山水诗美的认知经历了以体玄悟道为主至自觉审美、极尽抒写的演变过程，山川风物以其独立的自然之美进入士人的审美视野，成为文人游览和吟咏的对象。而无论是清俊险秀的庐山还是烟波荡漾的洞庭，诗人们在借生花之笔讴歌自然神工的同时，也以山水为重要的抒情载体，将个人对广阔社会生活与复杂人生况味的体悟融注于其中。

---

① 彭定求，等．全唐诗（增订本）［M］．北京：中华书局，1999：968，969，2593.

② 彭定求，等．全唐诗（增订本）［M］．北京：中华书局，1999：1855，1845，2593，2594.

第二节 人文景观

初盛唐时期旅游之风较以往任何朝代更为盛行，旅游活动的盛行使游人涉足的景点也更为丰富多元，众多前朝的旧址遗迹等人文景观也纷纷进入诗人的观赏视野，并成为诗人的咏吟对象；加之初盛唐时期儒释道并重，宗教昌盛，宏伟壮观、造型精美的寺庙道观层出不穷；经济的富足和社会的安定使得上至帝王贵胄下至文人墨客、商贾富豪大兴造园之风，皇家园林和私家园林都有了长足发展；统治者极力提倡并身体力行各种游幸活动，也使供游人游赏的自然、人文综合景区急速发展，诸多因素的综合作用使得初盛唐诗人咏吟人文景观的旅游诗歌也大大增多。据本书初步统计，以人文建筑为题的旅游诗歌约756篇，占所有旅游景观诗篇的55.6%，其中又以园林宅邸、寺庙道观、亭台楼阁诗篇居多。本节拟从园林宅邸、寺庙道观、曲江景区探讨初盛唐的人文旅游诗歌。

一、园林宅邸

所谓园林，是指“在一定的地段范围内，利用、改造天然山水地貌，或者人为地开辟山水地貌，结合植物栽培、建筑布置，辅以禽鸟养畜，从而构成一个以追求视觉景观之美为主的赏心悦目、畅情抒怀的游憩、居住的环境”①。园林是人与自然亲近和谐的体现，也是安顿心灵的憩所。“园林可居可游、可望可行、可雅集聚会、可修道习禅、可避暑纳凉、可疗疾养病、可志学读书、可种植生产”。② 园林在初盛唐时期进入了它的全盛时期，这一时期的园林不仅类型齐全，而且规模宏大。帝王在园林中宴饮群臣，百姓在宅邸中诗酒唱和，各阶层在寺观园

---

① 周维权. 中国古典园林史［M］. 北京：清华大学出版社，1999：3.

② 徐志华. 唐代园林诗述略［M］. 北京：中国社会出版社，2011：3.

林中休憩观赏，各种活动都促进了大量园林宅邸诗歌的涌现。

（一）皇家园林

初盛唐时期随着唐王朝统治地位的巩固、国力的上升以及经济的繁荣，帝都长安象征着权势地位的宫殿和皇家园林也极速发展，数量与规模都达到无以复加的地步。“山河千里国，城阙九重门。不睹皇居壮，安知天子尊。”①（骆宾王《帝京篇》）体现了初唐城阙建筑的壮观气势。唐代自初唐开始，即对隋代的宫殿苑囿进行扩建、改建并又新建了部分宫殿，形成大内宫殿御苑、行宫御苑和离宫御苑的规模体系。

据不完全统计，初盛唐扩建或修建的宫殿苑囿主要有：太宗朝的皇宫内苑：翠微宫内苑、玉华宫内苑、九成宫内苑、骊山华清宫内苑、蓝田庆善宫内苑、华原永安宫内苑；高宗朝的皇宫内苑：大明宫北太液池；中宗皇宫内苑：临渭亭；睿宗皇宫内苑：太极宫望云亭；玄宗皇宫内苑：兴庆宫中心龙池、兴庆池、勤政楼、花萼相辉楼、望春宫内苑、咸阳望仙宫内苑、骊山温泉宫。

除了皇家的大规模人文建筑，诸王公主也在两京和郊区大肆建宅造园。简要统计，初至盛唐主要的公主王公园林有：高祖至太宗时的东阳公主亭子、徐王元礼山池、英王园；高宗至睿宗时主要有义阳公主山池、长宁公主东庄、定昆池、安乐公主山庄、王驸马亭、岐王山亭、申王园亭、薛王山池、薛王池亭；武后至玄宗时主要有太平公主山庄、太平公主南庄、太平公主亭、永穆公主亭子、玉真公主山庄、崔驸马山池、郑驸马池台、梁王池亭、宁王山池。

皇家宫殿园林的大肆建造，除了满足皇亲贵戚的奢侈生活享受，也激起了上至帝王下至群臣的游幸热情。游苑必有诗助兴，正是诗兴与游兴的并重，才真正促成了初盛唐旅游诗歌的蓬勃发展，初盛唐诗人游览园林诗歌同样基于此。初盛唐每每皇帝贵族游苑，都有人数众多的随行

---

① 彭定求，等．全唐诗（增订本）（卷七七）［M］．北京：中华书局，1999：833.

大臣奉和应制，几乎每个景点都留有应制旅游诗作，有的景点甚至有数十首之多，这正是游兴的浓厚激发旅游诗歌创作繁盛的典型体现。举例如：

临渭亭是奉和应制诗作最多的景点，除中宗有《九月九日幸临渭亭登高得秋字》外，奉和作诗者有苏瑰、宋之问、阎朝隐、韦元旦、苏颋、韦嗣立、卢藏用、岑羲、薛稷、马怀素、沈佺期、赵彦昭、薛志忠、李迥秀、杨廉、韦安石、窦希玠、陆景初、卢怀慎、赵彦伯、于经野、郑南金、李咸共23人。

望春宫有阎朝隐、崔日用、韦元旦、刘宪、岑羲、薛稷、马怀素等的《奉和圣制春日幸望春宫应制》，沈佺期、李乂的《奉和春日幸望春宫应制》，崔湜的《奉和圣制幸望春宫》，杜审言的《望春宫侍游应诏》，李峤、李適、刘宪、苏颋的《奉和圣制幸望春宫送朔方大总管张仁亶》。

大明宫有崔日用、韦元旦、马怀素、李峤等的《奉和人日宴大明宫恩赐彩缕人胜应制》，李適、李乂、沈佺期、苏颋、郑愔等的《人日重宴大明宫恩赐彩缕人胜应制》，赵彦昭的《人日侍宴大明宫应制》。

昆明池有太宗的《冬日临昆明池》，沈佺期的《昆明池侍宴应制》，李百药的《和徐侍郎游昆明池》，任希古的《和东观群贤七夕临泛昆明池》，张嘉贞的《恩敕尚书省僚宴昆明池应制》，宋之问、李乂、苏颋等的《奉和晦日幸昆明池应制》，苏颋的《恩制尚书省僚宴昆明池同用尧字》。

公主宅邸诗作主要有太平公主园林：宋之问、苏颋、赵彦昭、邵升、李邕的《奉和春初幸太平公主南庄应制》，李峤的《奉和初春幸太平公主南庄应制》、《太平公主山亭侍宴应制》，张昌宗的《太平公主山亭侍宴》，沈佺期的《陪幸太平公主南庄诗》。

安乐公主园林有崔日用、马怀素、卢藏用、韦元旦、李迥秀的《夜宴安乐公主宅》，宗楚客的《安乐公主移入新宅侍宴应制》，宗楚客、韦元旦、卢藏用、岑羲、薛稷、马怀素、李迥秀的《奉和幸安乐公主山庄应制》，阎朝隐、徐彦伯、刘宪、薛稷的《夜宴安乐公主新宅》，李適、沈佺期的《安乐公主移入新宅》，李適、武平一的《侍宴安乐公主新宅应制》，赵彦昭的《安乐公主移入新宅侍宴应制同用开字》，沈佺期的《同李舍人冬日集安乐公主山池》。

除了以上宫殿、园林景点的大量应制旅游诗，还有清辉阁、仙萼亭、兴庆池、芙蓉园、义阳公主山池、长宁公主园林、玉真公主山庄及诸王宅邸的应制诗作。总的来说，皇家宫殿园林的应制旅游诗歌多以铺陈渲染建筑的奢华富丽、宴游的歌舞升平为主调，并高歌赞美初盛唐的盛世气象和无限生机，诗歌虽程式化强而个性弱，应酬性强而创造性弱，但也不乏笔调优美、真情流露、格调高远的佳作。

如李适《游禁苑幸临渭亭遇雪应制》：

长乐喜春归，披香瑞雪霏。
花从银阁度，絮绕玉窗飞。
写曜衔天藻，呈祥拂御衣。
上林纷可望，无处不光辉。①

临渭亭是皇家园林景观中应制诗规模最大的一组，李適此诗充分展现了临渭亭的富贵华美和气度雍容，即使是自然景象中的春花、柳絮也因度过银阁、飞向玉窗而沾染富贵气息。而末句的“上林纷可望，无处不光辉”更是与宋之问的夺魁佳句“不愁明月尽，自有夜珠来”妙处相当，透露着皇宫春景的华美气派。

皇家园林诗歌虽多有迎合帝王的皇家气质，但也有游苑体现清新典雅之作，如长孙皇后的《春游曲》：

上苑桃花朝日明，兰闺艳妾动春情。

---

① 彭定求，等．全唐诗（增订本）[M]．北京：中华书局，1999：775.

井上新桃偷面色，檐边嫩柳学身轻。
花中来去看舞蝶，树上长短听啼莺。
林下何须远借问，出众风流旧有名。①

诗歌从宫中女性的视角描绘春色中的御苑，别有一番清新盎然的生机，温婉雅致中流荡着女性的蓬勃自信和青春朝气，置身于春花嫩柳、蝶舞莺啼的皇宫也自有一番神清气爽的别样韵味。

诗人们除了在宫中园林游赏作诗，公主贵族宅邸的美景也吸引着上层贵族们纷至沓来，游乐赏玩，诗歌同样以对皇恩的感念、对奢华景致的赞赏为主。另外，还有对园主的尊贵权势、高情雅兴、才学品位的奉迎。而王维的《敕借岐王九成宫避暑应教》则跳出以上套路，并非一味地夸张赞美，其诗云：

帝子远辞丹凤阙，天书遥借翠微宫。
隔窗云雾生衣上，卷幔山泉入镜中。
林下水声喧语笑，岩间树色隐房栊。
仙家未必能胜此，何事吹笙向碧空。②

诗歌描写众人避暑游苑于九成宫中，诗歌意境空灵，虽是描摹人文建筑却也颇有深山幽谷的野趣，体现了诗人在人文、自然景观融合的园林环境神游心怡的浓厚兴致，也充分展现了盛唐诗歌清新脱俗的时代气息。

简言之，正是皇家园林辉煌大气的景观特点使得咏吟其景观的诗歌也涂染上华丽富贵的气息，这也体现了客观景致对诗歌创作的影响。

（二）私家园林

私家园林是指公卿贵戚、官僚、缙绅、士人所拥有的园林。自魏晋

---

① 彭定求，等．全唐诗（增订本）[M]．北京：中华书局，1999：53.

② 陈铁民．王维集校注 [M]．北京：中华书局，1997：25.

以来，私人修建园林之风日盛，至初盛唐时士人更是占尽享有私家园林的天时地利人和。购置、修建园林别业成为时尚，不管是在仕的士大夫，还是落第的文人，都有购地置业的经济能力，而且都把占有风水胜地以筑私人园林作为人生目标来追求。

唐代园林别业的繁荣，从有关园林语汇的多种称谓上可见一斑。在唐代，园林还有林园、别业、别墅、别馆、别庐、山林、山庄、山池、山亭、山斋、山第、山邸、山园、山居、幽居、闲居、溪居、隐居、林亭、林馆、园亭、水亭、溪亭、池亭、水阁、亭子、草堂、茅茨、茅堂等几十种称谓。私人园林虽然不同于皇家园林的豪奢富贵，但却另有一番“壶中天地”的自然妙趣，文人士子畅游其中，也能体味怡然自得之乐。如今人研究总结：“唐代园林并不是某一景象的单独陈列，也不是诸种因素的堆砌和拼凑，而是按照一定的组织原则即景象导引思想设计而成的。”① 这种原则尤其体现在私人园林设计中，没有无上权力的士人不能像皇家公主般无限圈地，士人们只能在有限的土地上，利用自然的山水泉石、闲花野草，力求筑成一派天然之趣；或将自然与人工巧妙结合，建院时充分利用自然本身的地形地貌特征，构山尽量营造出重岩覆岭、深溪洞壑的效果，理水则尽量利用自然的河流、湖泊、池塘，以曲桥、岛屿、汀步分隔水面形成寓动于静、静中有动的效果。

将自然巧妙天成地糅合于人文园林建筑中，追求一种含蓄而浑然天成的美，不仅体现在士人园林建筑美学风格上，同样体现在诗人们的园林诗歌创作上。初盛唐著名诗人的别业主要有韦嗣立山庄、高正臣林亭、宋之问陆浑山庄、杜佑樊川别业、王维辋川别业、岑参杜陵别业、高适淇上别业、储光羲终南幽居、祖咏汝坟别业、卢鸿一嵩山别业、孟浩然涧南园。而其中对园林建筑描写最为全面的当属卢鸿一《嵩山十志十首》和王维的《辋川集》。

卢鸿一以嵩山草堂及其附近的自然、人文风光为取景对象，并提炼

① 李浩．唐代园林别业考论［M］．西安：西北大学出版社，1996：52.

出著名的十景：草堂、倒景台、樾馆、枕烟亭、云锦淙、期仙蹬、涤烦矶、幂翠庭、洞元室、金碧潭，以此十景为描写对象，合成组诗《嵩山十志十首》，并对每首诗加以序言，诗序紧密结合。整个组诗既对草堂进行了完备描述，又对园林美学给予了精辟见解。如其开篇《嵩山十志十首·草堂》：

> 山为宅兮草为堂，芝兰兮药房。罗靡蘼芜兮拍薜荔，荃壁兮兰砌。靡芜薜荔兮草堂，阴阴邃兮馥馥香。中有人兮信宜常，读金书兮饮玉浆，童颜幽操兮不易长。①

诗以骚体手法写私人园林景观，翁方纲赞曰："《嵩山十志》诗，似《骚》裔，而去《骚》却远，此不过自其而已。"②诗歌笔法洒脱自然，景致清新脱俗，毫无人文景观的刻意呆板，反而尽显园林中的自然幽美。

王维的《辋川集》与《嵩山十志》相似，诗歌以组诗的形式全方位描写辋川二十景，即地命题，即景赋诗，融心境、情境、禅境于诗歌中，含蓄有致，境界幽远。其诗歌特点已为历代点评赞赏，自不赘言。仅以《山居秋暝》为例：

> 空山新雨后，天气晚来秋。
> 明月松间照，清泉石上流。
> 竹喧归浣女，莲动下渔舟。
> 随意春芳歇，王孙自可留。③

---

① 彭定求，等．全唐诗［M］．（增订本）北京：中华书局，1999：1224.

② 翁方纲．石洲诗话［M］．陈迩东，点校．北京：人民文学出版社，1981：26.

③ 徐鹏．孟浩然集校注［M］．北京：人民文学出版社，1989：451.

诗人将自然景致与人物动作串联起来，使诗歌在诗情画意中流淌着如音乐般的优美旋律，同时又衬托出了秋夜山居之幽静，达到了田园诗追求动静结合的诗美效果。所有组诗，如方东树所评："辋川于诗，亦称一祖……寻其所至，只是以兴象超远，浑然元气，为后人所莫及；高华精警，极声色之宗，而不落人间声色，所以可贵。"①相比较而言，卢鸿一诗歌中园林景致多为自然景观，王维的辋川诗集人文景观则明显增多。虽然王维辋川集的园林气息浓于嵩山十景，园林情致也高于嵩山，且更为世人所关注，但不可否认王维从卢鸿一园林诗集中借鉴了旅游组诗的写作经验，并加以继承发扬。

简言之，初盛唐私家园林诗歌属于此时期旅游诗歌的重要类别，创作者除了以上两位，从初唐至盛唐时期王绩、卢照邻、王勃、陈子昂、宋之问、李白、杜甫等都作有此类诗歌。而正是基于私家园林景致追求"壶中天地"的审美要求，故园林诗歌也力图描绘出景致中自然与人工的浑然一体，毫无雕琢之感，追求一种含蓄而浑然天成的诗美极致。

二、寺庙道观

唐代寺庙林立。唐代史籍载："天下寺有定数。"② 发展到盛唐开元年间佛寺已经达到 5338 所③。仅以京城长安为例，据玄宗朝史官韦述记载，开元前长安即有"僧寺六十四，尼寺二十七"④，共计 91 所。道观规模也较前朝有了长足发展，《唐六典》载："凡天下观总一千六百八十七所。"⑤寺庙道观数量的大增，使得观赏咏吟寺观的诗歌数量也

---

① 方东树．昭昧詹言［M］．汪绍楹，校点．北京：人民文学出版社，1961：387.

② 刘昫，等．旧唐书（卷四三）［M］．北京：中华书局，1975：1831.

③ 僧籍［M］//王溥，牛继清．唐会要校证．西安：三秦出版社，2012：735.

④ 韦述．两京新记辑校［M］．辛德勇，辑校．西安：三秦出版社，2006：12.

⑤ 李林甫，等．唐六典［M］．陈仲夫，点校．北京：中华书局，1992：125.

随之增多，仅专以“游寺观”为主题的旅游诗歌就有202首。这些寺观或坐落于名山大川中，或建造于城市、郊区环境秀美之地，依山傍水，梵音缥缈，寺庙本身建筑风格也独有特色，加之寺庙也有附属园林，可以说寺观是集合了自然景观和人文景观精华的综合旅游景观。故今人按照寺院的地域与构成特点，对古代寺院加以概括：“城市型一般位于城市的近郊，寺外无园林环境，常有独立的寺园，园内以人工造景为主，其风格和构景特征与私家园林差异不大；山林型一般位于自然风景优美的山林村野，寺外具有园林环境或山水环境，以自然景观为主，辅以人工造景；综合型一般位于风景条件好、地形复杂的近郊，既有自然景观为主的构景，也有人工景观为主的构景，两种构景方式综合并用。”① 正是初盛唐寺观内外皆佳的旅游环境，吸引着善男信女前去参拜，也吸引着众多游客游居寺院流连忘返。

（一）山林寺观

天下美景僧占多，历代众多知名的寺院道观都选择建于名山大川中，三山五岳、佛教名山、道教仙山、庐山、茅山等都与寺庙道观相依相生，“可惜湖山天下好，十分风景属僧家”（宋·赵抃《次韵范师道龙图三首》之一）道出了寺院与山水的互为依傍。寺院在选址上多尽山林之美，这一趋向始自晋代慧远最早创设的东林寺。梁释慧皎《高僧传》卷六《晋庐山释慧远》载：“（远）欲往罗浮山，及届浔阳，见庐峰清静，足以息心，始住龙泉精舍。”② 慧远所创东林寺，特意将寺院选择建在庐山这样的山水形胜之地，而且兼顾到了文人的审美情趣，因而在汉传寺院的发展中具有重要意义。

至唐代，佛寺道观已成为帝王贵族、文人学士休闲观赏的游息之地。众多的寺观置建于优美环境，或有林泉之美、或峰峦俊秀、或清幽

---

① 赵光辉．中国寺庙的园林环境［M］//段玉明．中国寺庙文化．上海：上海人民出版社，1994：166.

② 释慧皎．高僧传［M］．汤用彤，校注．汤一玄，整理．北京：中华书局，1992：212.

雅静，胜景与佛业相得益彰。具有一定宗教休养的士人，于游寺访观时，既饱览了自然景观，又获得心灵的超然满足，故而初盛唐寺观旅游活动及诗歌创作极为昌盛。如王勃在《梓州郪县灵瑞寺浮图碑》所云："每至两江春泛，四野晴初，山川霁而风景凉，林甸清而都人袭赏，凭紫楹而延衿；野客含情，俯丹棂而极睇。穷百年之后乐，写千里之长怀，信可以澡雪神襟，清疏视听。忘机境于纷扰，置怀抱于真寂者矣。"① 寺院幽美的景致，也为初盛唐诗人旅游诗歌创作提供了丰富的素材。如：

> 杏阁披青磴，雕台控紫岑。叶齐山路狭，花积野坛深。萝幌栖禅影。松门听梵音。遽忻陪妙躅，延赏涤烦襟。②（王勃《游梵宇三觉寺》）

以对仗工整的五言律诗描摹，除表现寺庙台阁的高峻外，还描绘途中所见，从空间和时间两方面展示寺景的空旷僻远、寂静无人的景况。又如孟浩然诗：

> 义公习禅处，结构依空林。户外一峰秀，阶前群壑深。夕阳连雨足，空翠落庭阴。看取莲花净，应知不染心。③（孟浩然《题大禹寺公房》）

诗歌首先点明禅房设在适合参禅习理的空寂的会稽山林中，接着具体对禅房四周的优美景致加以刻画：户外峰峦耸立，阶前深壑纵横，夕阳余晖斜照在雨后山林，更衬得禅房庭院也青翠欲滴。最后点题，情景绝尘的环境正是与淡泊的胸襟意趣相谐。整首诗不仅景致清丽，并且于

---

① 董诰，等．全唐文（卷一八五）［M］．北京：中华书局影印，1982：1879.
② 蒋清翊．王子安集注［M］．上海：上海古籍出版社，1995：81.
③ 徐鹏．孟浩然集校注［M］．北京：人民文学出版社，1989：31.

自然之美中渗透着佛理玄趣。

而最著名的当属王维的《过香积寺》，诗云：

不知香积寺，数里入云峰。
古木无人径，深山何处钟。
泉声咽危石，日色冷青松。
薄暮空潭曲，安禅制毒龙。①

诗歌描写深山古寺的幽邃环境，采用由远及近、由景入情的写法，从“入云峰”到“空潭曲”再至“香积寺”，最后吐露“安禅制毒龙”的禅境。整首诗体现着幽深、缥缈、空寂的意境，将山林古寺的幽邃环境带入清高幽僻的意境中。艺术手法上，如王夫之所评：“三四似流水，一似双立，安句自然，结亦不累。”② 诗歌也体现了化动为静、化有声为无声的高妙诗法，创造了“鸟鸣山更幽”的艺术境界。如俞陛云《诗境浅说》所评：“常建《过破山寺》咏寺中静趣，此咏寺外幽景，皆不从本寺落笔，游山寺者，可知所着想矣。”③

初盛唐游寺诗描写寺外环境的优美诗句比比皆是，其他如宋之问“空山唯习静，中夜寂无喧”（《宿清远峡山寺》）体现寺庙的宁静与空寂；沈佺期“归路烟霞晚，山蝉处处吟”（《游少林寺》）以蝉声衬托古寺的清净无喧；王维“洞房隐深竹，清夜闻遥泉”（《报道一师兰若宿》），万籁俱寂，潺潺山泉更衬托山寺的寂静清幽。

（二）都市寺观

佛教寺院的创设在向山川美景发展的同时，也没有放弃对通都大邑的占据。有的寺院地处都市或近郊，因为寺院地处无先天的山水胜景，便常常借对寺观内的园林化设计来弥补不足。例如唐代两京的寺观，寺

---

① 陈铁民．王维集校注［M］．北京：中华书局，1997：594.
② 陈铁民．王维集校注［M］．北京：中华书局，1997：594.
③ 俞陛云．诗境浅说［M］．北京：中华书局，2010：9.

观内大片空间被分为各种大小院落，每院布以花果、流泉、水池等园林风物，幽深婉曲，非常接近园林风格。有的寺院甚至是由皇室、贵戚的舍宅改建而成，如长安著名的荐福寺。这类寺观大多规模宏大，建筑壮丽，寺内景致更是烟霞日月，花草繁茂。而唐代将寺外自然景致与寺内园林景致完美结合的典范，莫过于建于高宗朝的慈恩寺。

慈恩寺是贞观二十一年高宗在春宫为纪念其母文德皇后而立，寺庙的周边环境极为幽美。徐松《唐两京城坊考》这样介绍处于繁华长安的慈恩寺："寺临黄渠，水竹深邃，为京都之最。"① 寺院内也广植花木，景致优美，"月宫清晚桂，虹梁绚早梅"（许敬宗《奉和过慈恩寺应制》）、"萸房陈宝席，菊蕊散花台"（李峤《奉和九月九日登慈恩寺浮图应制》）、"菊彩扬尧日，萸香绕舜风"（张锡《奉和九月九日登慈恩浮图应制》）都是描绘慈恩寺花园式景观。寺庙一年四季花团锦簇，尤其是国色天香的牡丹，据王谠《唐语林》中介绍："慈恩浴室院有花两丛，每开及五六百朵……有殷红牡丹一丛，婆娑数百朵。初日照辉，朝露半晞。众共嗟赏，及暮而去。"② 慈恩寺塔也是寺庙一大景观，寺塔雄伟健壮、高耸入云，也是京城登临的最高点。登上寺塔，即可将都城风景尽收眼底。

正是因为慈恩寺壮观优美的风景、内蕴丰富的佛家色彩，加之入唐后社会的开放化风气，使得以慈恩寺为代表的寺庙景观成了上至皇族下至百姓的游览胜地。"凡天子飨会游豫，唯宰相及学士得从……秋登慈恩浮图，献菊花酒称寿"③ 即是对天子游赏慈恩寺盛况的记载。尤其是每到九九重阳节，帝王藉节日之名游赏玩乐，率领嫔妃近臣，亲临寺院，佩戴茱萸，饮菊花酒，登高望远，祈福消灾。初盛唐仅重阳大臣侍游慈恩寺的应制之作就有 27 首之多，足见寺庙的游赏之盛。

---

① 徐松．唐两京城坊考（卷三）［M］．北京：中华书局，1985：64.

② 王谠．唐语林校证（卷七）［M］．周勋初，校证．北京：中华书局，1987：628.

③ 欧阳修，宋祁．新唐书［M］．北京：中华书局，1975：5747.

除了帝王贵族于慈恩寺的游赏活动，初盛唐寺观作为开放的旅游景观，也是诗人们结伴出游、联络感情的佳选。最典型的诗人游览莫过于天宝十二载前后，杜甫、高适、岑参、薛据、储光羲在慈恩寺登塔共赋，留下的一段诗坛盛事。诗人们的同游共赏，不仅丰富了旅游唱和诗歌创作，也为后代评家裁量风雅、月旦诗艺提供了素材。高棅《唐诗品汇》言："登慈恩寺塔诗，杜甫云：'高标跨苍天，烈风无时休。俯视但一气，焉能辨皇州。'……此类甚多，是雄浑悲壮，足以凌跨百代。"再如《唐贤三昧集笺注》中渔洋云："老杜、高、岑诸大家同登寺塔诗，如大将旗鼓相当，皆万人敌。"①

正是由于唐代寺观或处于幽胜佳丽之地，或被赋予人工营构之巧，使得寺观兼有山水幽胜之趣与园林景观之妙，故唐代寺院在宗教功能之外，更具备旅游玩赏的条件，吸引着各阶层寻访游赏，也为诗人们的旅游诗歌创作提供了丰富的素材。

三、曲江景区

旅游是一项具有综合性特征的社会活动，提供给世人游览的景观特征也不应是单一化的。唐代寺庙很多是自然山川环境与园林景致相结合的综合性景点，已经初显初盛唐景观尤其是人文旅游景观复合性的特征。而最能体现唐代多功能综合性景观优势的景区，当属京都近郊的曲江风景区。

曲江是长安城最负盛名的综合游览地，是集游赏、休闲、度假于一体的公共游憩场所，位于长安地势较高的东南区。关于曲江的历史沿革，曲江本秦汉旧苑，在秦代，曲江之处称隑洲，位于秦都咸阳东南远郊宜春苑中。曲江之得名，最早见《汉书》载司马相如随汉景帝御驾路过宜春苑时，曾作赋悼秦二世，其中有句云："临曲江之隑洲兮，望

① 徐志华．唐代园林诗述略［M］．北京：中国社会出版社，2011：229.

南山之参差。”① 此处竹木葱郁，波光涟漪，汉武帝也多次游览此地。隋文帝时因恶“曲江”之名，将“曲江”易名为芙蓉园。至唐代，古老的曲江更是焕发出前所未有的生机，其盛况在唐人笔记中有载：

曲江池，本秦世隑洲，开元中疏凿，遂为胜境。其南有紫云楼、芙蓉苑，其西有杏园、慈恩寺。花卉环周，烟水明媚。都人游玩，盛於中和、上巳之节。彩幄翠畴，匝於堤岸。鲜车健马，比肩击毂。上巳即赐宴臣僚，京兆府大陈筵席，长安万年两县以雄盛相较，锦绣珍玩，无所不施。百辟会砖山亭，恩赐太常及教坊声乐。池中备彩舟数只，唯宰相、三使、北省官与翰林学士登焉。每岁倾动皇州，以为盛观。入夏则菰蒲葱翠，柳阴四合，碧波红蕖湛然可爱。好事者赏芳辰，玩清景，联骑携觞，亹亹不绝。②

此段记录了曲江作为风景区主要由曲江池、芙蓉苑、杏园、慈恩寺、紫云楼诸景观构成，并详细描绘了曲江作为游览胜地，各种品目繁多的游苑活动。

（一）景观

自然景观。作为曲江风景区核心景观的曲江，是一个湖面较大的池沼，湖水主要分布在南北两端，东西两岸蜿蜒曲折，富有变化。唐自开元中将其疏凿为可供游赏的景点，并引黄泉水加以阔涨。经过唐初大规模的开凿拓展，曲江池的总面积达到了七十万平方米，占地二百公顷，池周总长度为三公里半。在凿池引水的同时，又在沿岸广种花木，使曲江池形成了一幅花木环绕、烟波浩渺的美丽景象。曲江水满花千树，“花间直城路，草际曲江流”（张九龄《登乐游园春望抒怀》）、“三月

① 班固．汉书（卷五十七下）［M］．北京：中华书局，1999：1968.

② 康骈．剧谈录［M］//唐五代笔记小说大观．上海：上海古籍出版社，2000：1495.

重三日，千春续万春”（阎朝隐《三月曲水侍宴应制》）都是对曲江碧波花树、动静相宜美景的细致描述。

杏园位于通善坊，在曲江池西岸，与慈恩寺相对并紧靠寺的南边，所以也称南园。杏园以杏花为主要景致，杏花是被认为春之使者的花卉之一，每年春日，大片的杏花争艳吐芳，构成了一个粉白的世界，形成一派“映云犹误雪，照日欲成霞”① 的景象。加之杏园是唐代新科进士举行探花宴的场所，故杏花又是春风及第之花，进士们的宴游也为杏园增添了一份人文底蕴。

人文景观。芙蓉园也叫芙蓉苑，是隋唐皇家禁苑，位于曲江池南岸，紧靠外郭城，周围筑有高高的围墙。园北墙也是长安城的外郭城，沿墙筑有紫云楼，亦称“小苑”或“南苑”。芙蓉园也是曲江风景区的精华所在。《太平御览·居处部·园圃》条载：“芙蓉园，本隋氏之离宫……园广厦修廊，连亘屈曲。其地延袤爽屺，跨带原隰，又有修竹茂林，绿被冈阜，东阪下有凉堂，堂东有临水亭。”②另有李乂诗句“水殿临丹籞，山楼绕翠微”③，可知芙蓉园中有水殿山楼等建筑，建筑与周围自然景色交相辉映，形成景色互补之势。紫云楼位于园内北侧，紧邻池南岸。紫云楼高入云端，登楼纵观，四周山明水秀，花卉丛生，雅致无比。慈恩寺位于晋昌坊东部，院内的景色以牡丹和浮图为主，犹以牡丹著称。《南部新书》载：“长安三月十五日两街看牡丹，奔走车马。慈恩寺元果院牡丹先于诸牡丹半月开；太真院牡丹后诸牡丹半月开。”④另外，大雁塔是重阳登高的主要去处，岑参的“塔势如涌出，孤高耸天宫”⑤（《与高适薛据同登慈恩寺浮图》）点出了慈恩塔的巍峨高耸。

---

① 陈翥．曲江亭望慈恩寺杏园发花［M］//彭定求，等．全唐诗（增订本）．北京：中华书局，1999：5329.

② 李昉．太平御览［M］．北京：中华书局，1998：949.

③ 李乂．春日侍宴芙蓉园应制［M］//彭定求，等．全唐诗（增订本）．北京：中华书局，1999：989.

④ 钱易．南部新书［M］．北京：中华书局，1958：37.

⑤ 陈铁民，侯宗义．岑参集校注［M］．上海：上海古籍出版社，1981：101.

重阳节时游人登高、赏菊、插茱萸，于寺塔俯视苍穹时，丛菊入眼，萸香飘绕，别有一番赏游的雅致。

（二）旅游活动

曲江风景区自然景观池水山色、妖娆多姿，人文景观亭榭竞巧、楼阁争辉，两者相得益彰、互为映衬，使得曲江风景区旅游之风盛况空前，皇亲国戚、文武官员、登科文人、僧尼道士、都中士女都喜欢在曲江赏玩游乐。

1. 皇族赏宴

唐代宴饮盛行，曲江因其景观的多样及地理位置的优势，成为宴饮的最佳选择地。初盛唐皇帝多游宴于此，唐太宗时喜好于芙蓉园中游玩；中宗、睿宗时皇家游幸曲江时多有宠臣、学士侍宴随从；玄宗时，每年中和节、上巳节、重阳节都要在曲江赐宴文武百官。王维的《奉和圣制赐史供奉曲江宴应制》即描述了众臣陪侍玄宗游赏的盛况：

侍从有邹枚，琼筵就水开。
言陪柏梁宴，新下建章来。
对酒山河满，移舟草树回。
天文同丽日，驻景惜行杯。①

诗歌描绘了在风景如画的曲江之地，诗人得到皇帝赐宴的情形，字里行间流露着诗人无比的喜悦和荣耀之情。而君臣同乐的赐宴，不仅密切了群臣关系，同时加强统治集团内部和睦，更借曲江的华贵典雅衬托出了皇族的威仪气势与时代的盛世气象。

皇帝赐宴与赋诗著文活动相结合，极富深远的文化内涵，也使曲江成了唐都长安的文化圣地。随侍文人也多有赋诗，李乂、苏颋、阎朝隐、宋之问等都有曲水或芙蓉园侍宴应制诗，其中如宋之问《春日芙

① 陈铁民．王维集校注［M］．北京：中华书局，1997：126.

蓉园侍宴应制》：

年光竹里遍，春色杏间遥。
烟气笼青阁，流文荡画桥。
飞花随蝶舞，艳曲伴莺娇。
今日陪欢豫，还疑陟紫霄。①

诗歌虽仍不脱应制旅游诗逞露才华、取悦龙颜的套路，但整首诗文采斐然，绘景如画，从容祥和之气流转于字里行间，展现出曲江周边园林的美丽风光和初唐的太平景象，也显示出唐人的雍容气度，不失为一篇游园佳作。

2. 文人、百姓游赏

除了皇帝贵族的游赏，文人也是不可或缺的旅游群体。最值得一提的是文人的新科进士宴，包含有“关宴”“杏园宴”“樱桃宴”“闻喜宴”“谢师宴”等众多项目。宴会之日，新科进士们喜气洋洋、志得意满，“春风得意马蹄疾，一日看尽长安花”，尽显少年得志、意气风发的飒爽英姿。此外，“曲水流觞”“杏园聚宴”“雁塔题名”也是士人游览曲江的经典项目。《唐摭言》即对文人的曲江宴饮有过较详尽的描述：“曲江亭子……进士关宴，常寄其间。既彻馔，则移乐泛舟，率为常例，宴前数日，行市骈阗于江头。其日，公卿家倾城纵观于此，有若中东床之选者，十八九钿车珠鞅，栉比而至。”② 记载了游宴场面的盛大，也充分展示了曲江游赏浓郁的人文气象。

此外，曲江也是普通百姓节俗旅游的理想场所。每逢重大节日，除皇帝赐赏官僚、宴游曲江外，民众亦多游乐于此。人们按照习俗举行各种仪式：寒食和清明时踏青、泛舟；端午时斗百草、竞龙舟；中秋则月

① 陶敏，易淑琼．沈佺期宋之问集校注［M］．北京：中华书局，2001：483.
② 王定保．唐摭言［M］．北京：中华书局，1959：32.

下歌舞、赏灯猜谜；重九则登高、赏菊、饮酒、赋诗。当此时，曲江一片笙歌迷离、游人如织的盛世狂欢景象。陈子昂诗："烟花飞御道，罗绮照昆明。日落红尘合，车马乱纵横。"① （《于长史山池三日曲水宴》）杜甫诗："晚来高兴尽，摇荡菊花期。"②（《九日曲江》）都是对百姓尽兴游乐场面的生动刻画。此外，曲江景区还会于春天上演士女春游图，每逢繁花似锦的春天，"长安士女游春野步，遇名花则设席藉草，以红裙递相插挂，以为宴幄"，又"都人士女，每至正月半后，各乘车骑马，供帐于园圃，或郊野中，为探春之宴"，③ 士女们的宴席虽不及贵族那样极致奢华，但也同样海陆杂陈、丰盛多彩。

总之，曲江是帝都长安一颗灿烂夺目的风景明珠，它集自然、人文景观于一体的景致风貌代表了初盛唐景观建设的最高水平，而曲江熙攘繁华的旅游活动也是大唐旅游盛况的生动写照。

第三节 民俗风情

初盛唐旅游活动种类繁多，民俗旅游也是其中重要的一项。民俗，是一个国家或民族在历史发展过程中逐渐形成、反复出现并代代相传的一种社会生活现象，它间接地反映着民族的历史传承、价值判断和文化表征。如《礼记·王制》所言："五方之民皆有性也，不可推移。"④唐代民俗涉及面广，与之相随的节俗旅游活动也丰富多彩，其中最主要的是节日民俗、游乐民俗和佛教仪俗。

---

① 徐鹏，校点．陈子昂集［M］．北京：中华书局，1960：44.

② 钱谦益．钱注杜诗［M］．上海：上海古籍出版社，1958：309.

③ 王仁裕．开元天宝遗事［M］．丁如明，辑校．上海：上海古籍出版社，1985：97，103.

④ 礼记正义·王制［M］//十三经注疏．上海：上海古籍出版社，1997：1338.

一、节日民俗

节日风俗是传统文化的重要组成部分，体现了不同民族在不同历史时期的社会文明程度、思想观念和审美情趣。每个节日都有相应的习俗活动，而在规模隆盛、气象万千的初盛唐时代，民俗节日被赋予了更多新的色彩，节日活动日渐从前代迷信的神秘氛围解脱出来，很多节日原有的祈福禳灾的成分逐渐为游乐赏玩取代。程蔷、董乃斌在《唐帝国的精神文明》中就曾指出："唐代社会经济，文化繁荣，为节日文化被大众接受创造了条件。在民间，节日原有的祷祝、祭祀、信仰、禁忌方面的含义，固然并未完全消失，实际上却在日趋淡薄，节日游艺的娱乐性质却有日益加强之势。"① 可见，唐代节日的休闲性、娱乐性和享受性等旅游性特征较前代更趋显著。概括起来，宴游、登高游、踏青游、祭祀游成为初盛唐主要的节日旅游形式。试以如下表格归纳：

节日	本义	旅游形式
元日	驱邪避疫	宴游
人日	从新	登高、宴游
立春	祈农	祭祀、宴游
上元	禳灾	观灯
社日	祈农	祭祀、宴游
晦日	祈福	临水游、宴游
中和	劝农	宴游
上巳	禳灾	临水游、宴游、踏青游
寒食	祭祀扫墓	祭祀、踏青

① 程蔷，董乃斌．唐帝国的精神文明——民俗与文学［M］．北京：中国社会科学出版社，1996：54.

续表

节日	本义	旅游形式
清明	祭祀	宴游、踏青游
端午	禳灾	踏青、临水游
七夕	祈福	宴游
中元	祭祀	庙会游
诞节	祝诞	朝贺游、宴游
中秋	祭月	赏会
重阳	禳灾	宴游、登高游、踏青游
冬至	祭祀	朝贺游
腊日	祭祀	祭祀游
岁除	禳灾	宴游

（注：表格资料来源参考：张勃：《唐代节日研究》，山东大学中国史专业博士论文，2007 年，第 21-25 页，并重新整理。）

由表可知，与节日的传统意义相比，初盛唐节日的旅游意义更为浓厚，即使在祭祀亲人的清明节，曾经严肃凝重的社日节，人们也能够放歌纵酒、愉悦逸兴。当然，每个节日的旅游活动都不是单一的，只是相对而言，表格所列的活动方式仅是每个节日中最为突出的游赏方式。

上表提供的众多节日旅游项目也充分证明了节日游在唐代旅游活动中的重要分量。每值节日，大街小巷游人如织，尽情狂欢。爱好旅游的文人也在节日游乐中尽情释放平日劳碌的烦忧，享受着节日时光的轻松与闲适，并用诗歌描绘节日欢腾游赏的盛况。统计显示，初盛唐旅游诗歌中与赏游密切相关的节庆主要有除夕节、上元节、上巳节、寒食节、清明节、中秋节、重阳节、晦日等。其中，诗题即已点明的节日旅游诗歌中，有关重阳的旅游诗歌有 111 首、晦日旅游诗歌 52 首、上巳节旅游诗歌 41 首、上元节旅游诗歌 23 首、人日旅游诗歌 19 首、寒食旅游诗歌 14 首、清明节旅游诗歌 6 首。详见下表。

	重阳	晦日	上巳	上元节	人日	寒食	清明
初唐	73	44	20	9	10	7	2
盛唐	38	8	21	14	9	7	4
合计	111	52	41	23	19	14	6

以上统计还不包括诗歌内容中涉及的节日旅游诗歌，若囊括诗句中含有以上节日旅游的，则创作数量更多。仅据上述统计，即可见初盛唐时期节日游的兴盛，而尤以重阳、晦日、上巳三节为最。胡震亨的《唐音癸签》记载此情况："遇逢诸节，尤以晦日、上巳、重阳为重……凡此三节，百官游燕……有司供设或径赐金钱给费，选妓携觞，帷幕云合，绮罗杂沓，车马骈阗，飘香堕翠，盈满于路。"① 可见，每值此类佳节，唐代全民上下的游兴都甚为浓厚。

（一）重阳游赏

初盛唐时期诗人节日旅游诗歌作诗最多为重阳节。重阳节来历久远，我国古人认为九为阳数，日月数均为九，故称重阳。阳九为灾日，重阳更甚，故要加以避讳，因此就有了重阳节。② 重阳节正值秋高气爽的时节，每当节日来临，人们就举办登高、插佩茱萸、赏菊、饮菊花酒、集宴赋诗等一系列的活动。初盛唐的帝王尤其钟爱于重阳节率领众臣登高访寺、游赏宴饮，并亲自作诗，如中宗时皇帝的重阳游赏活动。中宗亲作游临渭亭诗歌："九日正乘秋，三杯兴已周。泛桂迎尊满，吹花向酒浮。长房英早熟，彭泽菊初收。何藉龙沙上，方得恣淹留。"③随侍臣官陪皇帝游赏遂作应制唱和诗，中宗时重阳游赏时的同题应制诗如《奉和九日登慈恩寺浮图应制》《九日幸临渭亭登高应制》《闰九月九日

① 胡震亨．唐音癸签（卷二十七）［M］．上海：古典文学出版社，1957：237.

② 杨琳．中国传统节日文化［M］．北京：宗教文化出版社，2000：340.

③ 李显．九月九日幸临渭亭登高得秋字［M］//彭定求，等．全唐诗（增订本）．北京：中华书局，1999：23.

幸总持寺登浮图应制》都是多人唱和应制，其人数之多、规模之大，在应制游诗中也当属翘楚。侍臣所作游赏应制诗也多显富贵大气并极尽游乐之能事。“花寒仍荐菊，座晚更披莲”“上月重阳满，中天万乘来”“时菊芳仙酝，秋兰动睿篇”……赏菊游宴都透露着皇家的贵气。

而百姓士人的登高赏菊则更带游乐的趣味。由于唐人认为登高兼有健身、辟邪、驰目寓怀等功能，所以九九重阳登高成为当时最重要的娱乐活动，在登山时插花品酒，自在舒畅，“刻作茱萸节，情生造化间”、“黄花宜泛酒，青岳好登高”（张说《九日进茱萸山诗五首》之一、二）、“九月九日望遥空，秋水秋天生夕风。寒雁一向南去远，游人几度菊花丛”（邵大震《九月九日登玄武山远眺》）；或宴集赋诗，“蟋蟀期归晚，茱萸节候新。降霜青女月，送酒白衣人”（杜审言《重九日宴江阴》）；或登高寄托对家乡及友人的思念，“江边枫落菊花黄，少长登高一望乡。九日陶家虽载酒，三年楚客已沾裳”（崔国辅《九日》），“九月九日望乡台，他席他乡送客杯。人情已厌南中苦，鸿雁那从北地来。”（王勃《蜀中九日》）。而盛唐时期的重阳节，已不仅是农历九月九日一天，还有九月初八或初十的“小重阳”。李白《九月十日即事》：“昨日登高罢，今朝再举觞，菊花何太苦，遭此两重阳。”①即记此习俗。正是重阳节兼具思亲多重意义，又值金秋十月的游赏佳节，最得诗人青睐，故而成为游兴最浓、赋诗最多的节气。

（二）晦日游赏

晦日即农历每月的最后一天，正月晦日作为一年的第一个“晦日”即“初晦”也极受诗人的重视。正月晦日以节日的形式出现最早见北魏末年，《魏书》卷七十一裴粲传载：“后正月晦，帝出临河滨，粲起于御前再拜日：‘今年还节美，圣驾出游，臣幸陪从，豫奉宴乐，不胜忻戴，敢上寿酒。’”② 正月晦日的节日习俗有水边湔裳、酹酒，祓禊

---

① 王琦．李太白全集［M］．北京：中华书局，2011：821.

② 魏收．魏书（卷七一）［M］．北京：中华书局，1999：1064.

度厄，帝王邀群臣泛舟饮酒。而泛舟饮酒、临水集宴是主要游乐形式，如《荆楚岁时记》曾载：“（正月）元日至于月晦，并为酺聚饮食，士女泛舟，或临水宴会，行乐饮酒。”①一直到唐德宗贞元年间正月晦日才为中和节所取代，但其酺聚饮食、临水宴会的习俗仍为中和节所沿袭。

可以说，晦日是与上巳节、重阳节并列的唐代最重要的节日，甚至被皇帝颁布诏令加以确定。《旧唐书》载：“（贞元四年）九月丙午，诏：‘比者卿士内外，左右联躬，朝夕公门，勤劳庶务。今方隅无事，烝庶小康，其正月晦日、三月三日、九月九日三节日，宜任文武百僚选胜地追赏为乐。”② 皇帝率先于此节日赏玩游乐，唐太宗《月晦》即体现了晦日游乐的闲适心情：“晦魄移中律，凝暄起丽城。罩云朝盖上，穿露晓珠呈。笑树花分色，啼枝鸟合声。披襟欢眺望，极目畅春情。”③中宗也曾于正月晦日幸昆明池赋诗，群臣应制百余篇。

而普通士人的游乐活动更是丰富多样，或临池泛舟“春池满复宽，晦节耐邀欢”（岑参《晦日陪侍御泛北池》）；或水边湔裳“晦日嫌春浅，江浦看湔衣”（张说《晦日》）。而最能体现晦日游玩盛宴的则是初唐高宗晦日宴集，《唐诗纪事》卷七载：“晦日宴高氏林亭，凡二十一人，皆以华字为韵，陈子昂为之序。”④ 加之重宴八人诗，仅晦日高氏林亭宴就共作29首集宴诗歌，占晦日旅游诗歌的65.9%，这也是晦日诗歌以初唐居多的主因。

（三）上巳节游赏

上巳节也是一个古老的节日。“上巳”一词最早见于汉代的文献，《后汉书·礼仪志》引《韩诗》云：“郑国之俗，三月上巳之溱洧两水

---

① 宗懔．荆楚岁时记［M］．宋金龙，校注．太原：山西人民出版社，1987：28.

② 刘昫，等．旧唐书（卷十三）［M］．北京：中华书局，1975：366.

③ 彭定求，等．全唐诗（增补本）（卷一）［M］．北京：中华书局，1999：13.

④ 王仲镛．唐诗纪事校笺（卷七）［M］．北京：中华书局，2007：202.

之上，招魂续魄，秉兰草，祓不祥。”①可见三月上巳日在水边拔禊的活动至迟在春秋时期就已形成，只是最早其巫术气氛较浓。至魏晋时期节日的标志性时间已由三月上巳日变成了三月三日，习俗活动也更丰富多彩，无论是权戚之家还是普通百姓，都会于当日来到水边濯足洗手，洒酒于河，浮卵与枣，并列宴作饮，流传下上巳曲水流觞的习俗。至初盛唐，在继承魏晋游玩习俗的基础上，对此节日更为看重，以三月三赋题的诗作更多，节日期间也更为热闹繁华。“三月三日天气新，长安水边多丽人”②（杜甫《丽人行》）描述了上巳节全民同乐的胜景。

上巳节可谓是初盛唐旅游活动的盛事，人们不分老幼男女、贵族百姓，纷纷于此日倾城而出，选择风光旖旎、景致典雅之地踏春游玩。张说的“暮春三月重三日，春水桃花满楔潭。广乐逶迤天上下，仙舟摇衍镜中酣”（《舟中和萧令》）写出了上巳节踏青赏景的欢乐情景。人们也于此日泛舟游水，“桃水涨而浦红，苹风摇而浪白……曲岛之光灵乍合，神魂密游；中流之萍藻忽开，龟鱼潜动。”③ 诗人们至此佳节，多好寻友共赏，若没有朋友的共赏，便觉索然无味、兴致缺缺。比如孟浩然“上巳日涧南园期王山人、陈七诸公不至”，便心生“坐歌空有待，行乐恨无邻……群公望不至，虚掷此芳晨”（《上巳日涧南园期王山人陈七诸公不至》）之感。好结伴游乐也使得文人学士在上巳节期间频繁举行集会宴赏，诗人们借此佳节邀友共游、聚会赏乐、以诗会友、宴饮唱和。比如宋之问有《三月三日奉使凉宫雨中楔饮序》《上巳泛舟昆明池宴宗主簿席序》；王勃有《上巳浮江宴序》《上巳浮江宴韵得址字》《上巳浮江宴韵得遥字》《三月上巳拔楔序》；张九龄有《三月三日申王园亭宴集》；崔知贤、席元明、韩仲宣、高球、高瑾、陈子昂等有《三月三日宴三明府山亭》；张说有《三月三日定昆池奉和萧令

① 范晔．后汉书［M］//礼仪志．北京：中华书局，1973：3110-3111.

② 钱谦益．钱注杜诗［M］．上海：上海古籍出版社，1958：24.

③ 宋之问．上巳泛舟昆明池宴宗主簿席序［M］//董诰，等．全唐文．北京：中华书局，1983：2436.

得潭字韵》；杜甫有《上巳日徐司录林园宴集》，等等，皆是诗人借节日游赏以赋诗。如其中“河滨上巳，洛汭春华。碧池涵日，翠斝澄霞。沟垂细柳，岸拥平沙。歌莺响树，舞蝶惊花。云浮宝马，水韵香车。熟记行乐，淹留景斜。”①（韩仲宣《三月三日宴王明府山亭》）“洛城春禊，元巳芳年。季伦园里，逸少亭前。曲中举白，谈际生玄。陆离轩盖，凄清管弦。萍疏波荡，柳弱风牵。未淹欢趣，林溪夕烟。”②（高球《三月三日宴王明府山亭》）体现了诗人于热闹繁华之中仍能持高雅脱俗、宁静致远的超然情志。

除了百姓士人的游赏活动，皇帝群臣于上巳节的赐宴赏游活动也很盛行。每到上巳节日，朝廷都会赐宴曲江。《剧谈录》详细记载了唐代上巳节赐宴情景：“上巳节即赐宴臣僚，京兆府大陈筵席，长安、万年两县以雄胜相较，锦绣珍玩，无所不施，百辟会于山亭，恩赐太常及教坊声乐，池中备彩舟数只，唯宰相、三使、北省官与翰林学士登焉，每岁倾动皇州，以为盛观。”如徐彦伯、刘宪、韦嗣立、沈佺期均作有《上巳日祓禊渭滨应制》；宋璟《三月三日为百官谢赐宴表》；张说《三月三日诏宴定昆池宫庄赋得筵字》；崔国辅《奉和圣制上巳祓禊应制》；王维《奉和圣制与太子诸王三月三日龙池春禊应制》《三月三日勤政楼侍宴应制》《奉和圣制上巳于望春亭观禊饮应制》《三月三曲江侍宴应制》等，诗歌体现了初盛唐皇帝招宴的频繁与诗歌创作的繁盛。如宋之问诗歌中“伊昔承休盼，曾为人所羡。两朝赐颜色，二纪陪欢宴。”③（《桂州三月三日》）既再现了宴赏的热闹，也表达了参与其中的殊荣。

（四）其他节日活动

重阳节、晦日节、上巳节可谓是初盛唐的旅游盛会，其他节日同样

① 彭定求，等．全唐诗（增订本）（卷七二）[M]．北京：中华书局，1999：786.

② 彭定求，等．全唐诗（增订本）（卷七二）[M]．北京：中华书局，1999：787.

③ 陶敏，易淑琼．沈佺期宋之问集校注[M]．北京：中华书局，2001：560.

热闹异常。除夕又称岁除、除夜、除日，为月穷岁尽之日。除夕守岁，阖家聚集，彻夜不眠，据《荆楚岁时记》的“守岁酣饮·送旧迎新”条载：“岁暮，家家具肴簌诣宿岁之位，以迎新年。相聚酣饮。”①在歌舞饮酒欢宴中，守岁是除夕的主要活动。张说的《岳州守岁》：“除夜清樽满，寒庭燎火多。舞衣连臂拂，醉坐合声歌。”② 反映的就是唐人守岁时欢歌畅舞、迎接新年的欢乐情景。初盛唐皇家也有守岁之作，如太宗有《守岁》《除夜》《于太原召侍臣赐宴守岁》，高宗有《守岁》诗。有关侍臣的应制之作，如沈佺期《守岁应制》许敬宗《奉和守岁应制》等。

除夕之后，元日来临。元日，岁首之日，又称为“三元之日”。《唐诗纪事》卷九载：“景龙四年正月朔，赐群臣柏树，赵彦昭李乂武平一均有奉和。”③ 赵彦昭《奉和元日赐群臣柏叶应制》的“但将千岁叶，常奉万年杯”，就是描绘皇家饮柏叶酒的习俗。

农历八月十五的中秋佳节也是我国流传至今影响甚广的传统节日。“中秋”一词最早见于《周礼·夏官·大司马》：“中秋，教治兵。”④中秋成为节日，应在隋唐之时。这个节日的主角是月亮。每逢中秋之夜，唐人漫步在皎洁的月色之下，在欣赏月色的同时寄托自己的情怀。唐诗中关于中秋赏月的诗歌颇多，如苏味道《正月十五夜》、李峤《中秋月二首》、王维《同比部杨员外十五夜游有怀静者季》、杜甫《八月十五夜月》等，其中，王维诗中：“由来月明如白日，共道春灯胜百花。聊看侍中千宝骑，强识小妇七香车。”⑤（《同比部杨员外十五夜游

① 宗懔．荆楚岁时记译注［M］．谭麟，译注．武汉：湖北人民出版社，1985：147.

② 彭定求，等．全唐诗（增订本）（卷八九）［M］．北京：中华书局，1999：974.

③ 王仲镛．唐诗纪事校笺（卷九）［M］．北京：中华书局，2007：115.

④ 赵伯雄．十三经注疏·周礼注疏［M］．北京：北京大学出版社，1979：772.

⑤ 王国安．王绩诗注［M］．上海：上海古籍出版社，1981：260.

有怀静者季》）即描写中秋之夜赏月的热闹情景。

由上分析可见初盛唐节日之多、时间间隔之短，同时旅游活动内容多样，登高涉水、赏花玩月、踏青扑蝶、祭祀宴集、歌舞观伎无所不包。上至帝王遗族，下至庶民百姓，游人或独游、或聚赏，或通宵达旦、或日暮忘归，或骑马泛舟、或徒步旅远，自在随性，乐趣横生。

二、游戏民俗

初盛唐社会安定，百姓普遍生活富足，民俗活动的娱乐性也更为浓厚。乌丙安先生曾就游戏民俗给予解释："凡是民间传统的文化娱乐活动，不论是口头语言表演的还是动作表演的，或用综合的艺术手段表演的活动，都是游艺民俗。当然，游戏、竞技也不例外。"① 可见，游戏民俗是民俗活动的重要内容之一。初盛唐上至皇亲贵胄下至黎民百姓都有游戏玩乐的兴致，加之初盛唐旅游盛行，士人们在饱览名山大川时，也历尽荒山野水，感受异地他乡的民俗风情，视野开阔，见多识广，各地交流便利，使得游戏的种类也丰富多样、异彩纷呈。

游戏玩乐是人的天性使然，"在游戏活动中，人总是快乐地、情绪高昂地表达自己的热情和精神气质。实际上，游戏的奥秘和乐趣正在于此……他们将解除所有的顾虑，使自己成为自由和有主宰世界能力的人。人们在游戏中趋向于一种最悠闲的境界。在这种境界中，甚至连身体都摆脱了世俗的负担，和着天堂之舞的节拍轻松摇动。"② 可见，游戏民俗担负着释放热情和摆脱负担，并获得欢愉情感体验的重任。开朗热情的唐人即深谙此道，打球、斗鸡、竞渡、拔河等都是唐人的游戏节目。

竞技之俗在初盛唐最为流行。唐代以击鞠之戏最富时代特色。击鞠，源于蹴鞠之戏。蹴鞠，本源于军事游戏，在战国时代即已流行，汉

① 乌丙安．中国民俗学［M］．沈阳：辽宁大学出版社，1987：317.

② 李仲广，卢昌崇．基础休闲学［M］．北京：社会科学文献出版社，2006：122-123.

代视为军事训练的辅助手段，初唐时受游牧民族骠骑技术的启发，将其改造成为击鞠。蔡孚《打球篇》再现了击鞠的激烈场面："红鬣锦鬃风騄骥，黄络青丝电紫骝。奔星乱下花场里，初月飞来画杖头。自有长鸣须决胜，能驰迅走满先筹。"① 韦应物的《寒食后北楼作》："遥闻击鼓声，蹴鞠军中乐。"②可见击鞠在军中也十分流行。

斗鸡是流行于唐代的赌胜游戏，几乎成了唐人皆好的国戏，甚至有"生儿不用识文字，斗鸡走马胜读书"的民谚。斗鸡所体现的激情和斗志与唐人昂扬奋发的时代精神相契合，游戏本身的惊险刺激也迎合了唐人开朗豪迈、渴望冒险的时代心理。杜淹的《咏寒食斗鸡应秦王教》刻画了斗鸡的刺激场面："寒食东郊道，扬鞲竞出笼。花冠初照日，芥羽正生风。顾敌知心勇，先鸣觉气雄。长翘频扫阵，利爪屡通中。飞毛遍绿野，洒血渍芳丛。虽然百战胜，会自不论功。"③ 此外，"斗鸡过渭北，走马向关东"（卢照邻《杰克少年场行》）、"东郊斗鸡罢，南皮射雉归"（陈子良《游侠篇》）、"斗鸡香陌行春倦，为摘东园桃李花"（徐彦伯《饯唐永昌》）、"斗鸡寒食下，走马射堂前"（孟浩然《上巳洛中寄王九迥》），等等，不仅描绘了斗鸡游戏流行于民俗，更体现了初盛唐人崇尚刀光剑影的任侠气质。

集体竞技游戏也是唐代民俗的灿烂篇章，最富代表性的群体活动是竞渡，无论是宫廷游乐还是民间游戏，竞渡都是必不可少的既富观赏性又有娱乐性的民俗活动。如：

拂露金舆丹旆转，凌晨黼帐碧池开。南山倒影从云落，北涧摇

---

① 彭定求，等．全唐诗（增订本）（卷七五）[M]．北京：中华书局，1999：817.

② 彭定求，等．全唐诗（增订本）（卷一九二）[M]．北京：中华书局，1999：1977.

③ 彭定求，等．全唐诗（增订本）（卷三〇）[M]．北京：中华书局，1999：435.

光写溜回。急桨争标排荇度，轻帆截浦触荷来。横汾宴镐欢无极，歌舞年年圣寿杯。①（李適《帝幸兴庆池观竞渡应制》）

再现了宫廷竞渡游乐时歌舞升平、君臣共赏的欢快场面。如：

画作飞凫艇，双双竞拂流。低装山色变，急棹水华浮。土尚三闾俗，江传二女游。齐歌迎孟姥，独舞送阳侯。鼓发南湖溠，标争西驿楼。并驱常诧速，非畏日光遒。②（张说《岳州观竞渡》）

赛者意气风发，鼓乐齐奏，观者亦靓服盛装，以能观赏竞渡为欢愉之盛事。而竞渡的速度与力量的博弈，更展现了力与美的完美结合，体现了诗人对积极进取、蓬勃向上民族精神的极力讴歌。

拔河游戏同样为唐人所喜爱，“拔河古谓之牵钩，襄汉风俗，常以正月望日为之……中宗曾以清明日御梨园球场，命侍臣为拔河之戏……玄宗数御楼设此戏，挽者至千余人，喧呼动地。蕃客士庶观者，莫不震骇。进士河东薛胜为《拔河赋》，其辞甚美，时人竞传之。”③ 这种集体竞技游戏，不仅满足了世人的观奇游乐心理，更是对大唐盛世时豪迈英逸、生机无限的完美折射，也是对奋斗拼搏、团结协作民族精神的积极弘扬。

除了竞技游戏，唐人还好技艺之俗。如绳伎或称走索，唐代较为流行。

---

① 彭定求，等．全唐诗（增订本）（卷七〇）［M］．北京：中华书局，1999：776.

② 彭定求，等．全唐诗（增订本）（卷八八）［M］．北京：中华书局，1999：968.

③ 拔河［M］//赵贞信．封氏闻见记校注（卷六）．北京：中华书局，2005：54.

> 玄宗开元二十四年八月五日，御楼设绳妓……然后妓女自绳端蹑足而上，往来倏忽之间，望之如仙。有中路相遇，侧身而过者，有着屐而行，从容俯仰者；或以画竿接胫，高五六尺；或蹋肩蹈顶至三四重，既而翻身掷倒，至绳还住，曾无蹉跌。皆应严鼓之节，真奇观者。①

展现了唐代令人叹为观止的超凡技艺。唐代踏歌也非常流行，类似今集体舞。李白《赠汪伦》就曾写到人们踏歌为其送行的场景。此外，胡旋舞、西凉伎、猛兽舞等也颇为流行。

简言之，游戏民俗的盛行，丰富了唐人旅游活动，增加了旅游的娱乐性和趣味性。而民俗入诗，使唐代旅游诗歌以描摹民间游乐作为审美理想，诗歌充满人情美、人性美。而清新刚健、不饰雕琢的现实之美，也为初唐诗歌荡涤六朝纤弱颓靡、空洞无物的诗风助了一臂之力。

三、佛教仪俗

佛教仪俗，即佛教活动中的礼仪风俗。唐朝兼容并蓄、有容乃大的时代风貌使得佛教在唐代得以长足发展，与之相关的社会生活和礼仪风俗也进入了普通百姓的生活。每逢佛教文化或节事活动，各类游客纷纷热情参与，进而佛教仪俗演变为具有观光价值的人文旅游活动。

（一）盂兰盆会

盂兰盆会本为印度佛教法会，农历七月十五日这天，佛教徒举行“盂兰盆法会”供奉佛祖和僧人，济度六道苦难，以及报谢父母的养育之恩。盂兰盆会作为佛家一种独特的对去世父母行孝的方式，与推崇孝道的中国传统观念不谋而合。佛教传入中国后，盂兰盆会即受到民众的接纳和欢迎，并日渐成为独特的民俗活动，唐代依此佛教仪俗将这日定

---

① 绳妓［M］//赵贞信．封氏闻见记校注（卷六）．北京：中华书局，2005：55.

为中元节。

盂兰盆斋在晋末南朝之际，即流行于荆楚之地。宗懔《荆楚岁时记》中载："七月十五日，僧尼道俗悉营盆供诸佛。按：《盂兰盆经》云：'有七叶功德，并幡花歌鼓果食送之。'盖由此也。"① 材料表明盂兰盆节并非中国传统节俗，而是源自佛教《盂兰盆经》。

至佛教兴盛的唐代，盂兰盆节更为朝野重视。唐高宗设立皇室送盆之仪，《法苑珠林》卷六十二《祭祠篇》记载："国家大寺，如长安西明、慈恩等寺……每年送盆，献供各种杂物，及舆盆、音乐人等。"武则天也曾于如意元年（公元692年）七月望日，"宫中出盂兰盆，分送佛寺，则天御洛南门，与百僚观之。"②杨炯还为此作《盂兰盆赋》，对武则天供奉的盂兰盆和有关这次盂兰盆节活动的情景有非常详细的描写。唐代的盂兰盆供还极为奢华，长安城中诸寺此日都作花蜡、花瓶、假花果树等，于佛殿前铺设供养，皇室和民众都争相供养。庆典活动也规模浩大，倾城巡寺随喜，游行队伍中不仅有皇家仪仗，普通百姓也积极参与其中。盂兰盆节除了供养佛像、举行游行外，还要在佛寺附近举行各种百戏表演，吸引许多游人前往观看。可见盂兰盆节在唐代已逐渐成为颇具娱乐性质且游人广聚的民俗活动。

（二）佛诞日

二月八日和四月八日在汉传佛教中因说法不一，故都被定为佛诞日，也是唐代重要的佛教活动日，并被称之为"行城节"或"行像节"。

早在南朝时期，佛诞日就已经成为一个重要的佛教民俗日。据《寿阳记·梁陈典》载："二月八日，行城乐歌曰：皎镜寿阳宫，四面

---

① 宗懔．荆楚岁时记译注［M］．谭麟，译注．武汉：湖北人民出版社，1985：112.

② 刘昫，等．旧唐书·杨炯传（卷一九〇）［M］．北京：中华书局，1975：5003.

起香风。楼形若飞凤，城势似盘龙。”①人们在这天走出家门，设斋张灯，手执香花，绕城一周，称为“行城”。初唐时，佛诞日也被视为重要民俗日，“以二月八日大圣诞沐之辰，追惟旧绪，敬宗浴具，每年此旦，开讲设斋，通召四众，供舍悲敬。”②顾况有《八月五日歌》：“四月八日明星出，摩耶夫人降前佛。八月五日佳气新，昭成太后生圣人。”③将四月八日与玄宗的千秋节并提，可见对佛诞日的重视。

佛诞日也被称为“行像日”，既有纪念佛诞之意，又有纪念释迦出家之意。“行象”是人抬或车载佛像在城中游行，又称“行城”。行象活动一般从每年的正月中下旬就开始着手做准备，寺院要提前休整佛像，民众也要提早选定担像、拽像人选。详细程序为：“至二月六日，寺院燃灯，揭开‘行像’活动的序幕；二月八日，行像仪式正式开始，僧俗官员齐集道场做法事，各色侍佛人抬着佛塑像，擎举佛画像，自京都北门出发，巡行街衢；百姓临街瞻仰、散施祈福；当日还有‘踏歌’及‘赛天王’等丰富多彩的活动。”④作为佛教活动常见的游行仪式，其游行队伍类似于盂兰盆节，除了宝相庄严的佛像外，游行队伍的后续还有音乐歌舞和持香花游城的僧俗群众，如此盛大的游行场面，其行城的欢腾娱乐意义远胜于虔诚肃穆的宗教情怀。简言之，佛教在发展至唐代时，世俗化倾向日益明显。宗教仪俗所具有的“愉悦逸兴”成分被发扬扩大，成为民间娱乐游赏活动的重要内容。

以上对初盛唐时期作为旅游诗歌表现对象的旅游景观进行分析，可知此时期自然景观和人文景观都为诗人所青睐，具体数字统计如下表所列：

---

① 韩鄂．岁华纪丽［M］．海口：海南出版社，2001：8.

② 韩鄂．岁华纪丽［M］．海口：海南出版社，2001：888.

③ 彭定求，等，编．全唐诗（增订本）（卷七五）［M］．北京：中华书局，1999：2937.

④ 张弓．汉唐佛寺文化史［M］．北京：中国社会科学出版社，1997：951-956.

	自然景观						人文景观								
	地貌景观		水域风光				人文建筑					节俗活动			
	山岳	峡谷	江	湖	溪	其他	寺庙道观	亭台楼阁	古迹	宫殿	园林宅邸	重阳	晦日	上巳	其他
数量	104	26	45	54	31	62	202	186	19	113	236	111	52	41	77
合计	130		192				756					281			
	322						1037								

（注：统计数据来源主要以清代彭定求版《全唐诗》（增补本）筛选旅游诗歌为主，筛选旅游景观主要依据旅游诗歌诗题显示，另辅以诗歌内容）

为便于直观体现旅游诗歌表现对象的状态分布，也可由下图表示分布情况：

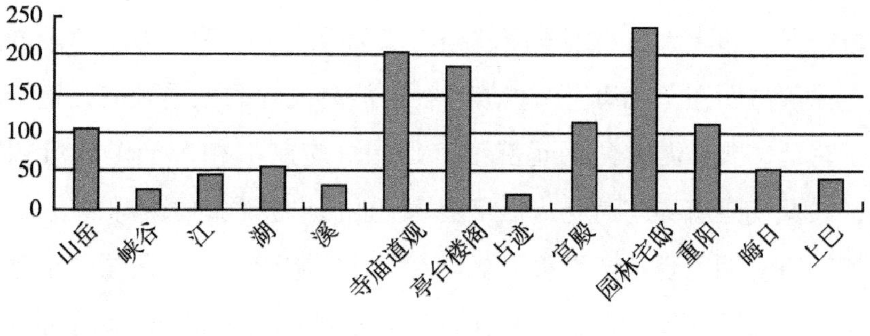

由表格统计及图示可初步得出，初盛唐时期诗人更青睐于游览人文景观，人文景观诗作数量几乎是自然景观的 3 倍多。形成这样的旅游诗歌创作分布，首要的原因仍归功于初盛唐旅游活动的盛行，正因为唐人尤其诗人对旅游活动的热衷，随着诗人旅游活动的丰富、旅游足迹的扩展、旅游景观对象的发掘，很多被前代忽视的景观如众多人文遗迹等也被纳入了游人的游览视野，从而扩充了初盛唐人文旅游景观的数量。同时，也正是初盛唐旅游风气的盛行，游人对旅游景观的追求爱好，为满足游人日益增长的旅游需求，唐初也加大了对人文景观的综合建设，使得人文景观建设较前代更盛。其次，初盛唐诗人在旅游时，游兴的浓厚也催发了诗歌创作的激情，旅游诗作层出不穷。当然，人文景观旅游诗歌的增多并不意味着诗人不热衷于山水自然景观的游赏创作，而是人文景观如寺庙道观、亭台楼阁多建于自然风光优美的名山秀嶂、奇峰幽谷中，建置亭阁以观景已成为唐代旅游资源开发的重要手段。诗人访寺登楼的同时也满足了对名山秀水的探胜寻幽，崇山理念和山水信仰仍是唐代旅游活动的主流，许多旅游景点也多依山水而建。人文景观旅游诗歌的内容也多含有对山水风光的咏吟，因而初盛唐时期人文景观游赏诗歌通常是山水、人文结合而成。如李白所言："草木已盛，且江嶂若画，赏盈前途，自然屏间坐游，镜里行到，霞月千里，足供文章之用哉！"①最后，初盛唐人文景观诗歌的增多，直接的原因是初盛唐时期人文旅游资源的增多。而这样的现象一方面源于大唐帝国丰厚的经济基础促成了园林、寺庙建设的兴盛，另一方面在于初唐皇帝贵族对社会旅游风尚的主导倾向，皇帝的乐于宫廷、园林游赏，从而带动宫廷园林应制唱和诗创作数量的剧增，以及初盛唐寺庙道观、私家园林别业旅游诗歌的兴盛。总之，正是初盛唐时期上至皇帝贵胄下至士人百姓旅游活动的勃兴推动了唐初人文景观建设的逐步发达，使初盛唐时期旅游诗歌创作与游览自然、人文景观呈现出良性互动状态。

① 李白．早夏于江将军叔宅与诸昆季送傅八之江南序［M］//董诰，等．全唐文．北京：中华书局，1983：3537.

第六章　初盛唐旅游诗歌的时空特征

旅游是人类在满足了个人衣、食、住、行等基本物质生活需求后，而进行的更高层次的休闲消费活动。而进行这种高层次的消费活动，必须以一定的时间、空间做保障。黑格尔就曾对时空做过深入的分析："运动的本质是成为空间与时间的直接统一。"将运动理解为空间和时间的一种联结，并且说："空间和时间在运动中才得到现实性。"① 旅游这种运动同样是时间和空间结合的形式，旅游者须为自己的旅游活动提供充足的时间，同时对旅游者产生吸引力的旅游资源，大多具有地理上不可移动的特点，旅游者必须克服空间障碍，离开居住地前往旅游目的地才能实现旅游活动，也即空间上的移动。因而，研究旅游活动及其文学作品，很有必要探讨与此活动密切相关的时空问题。而初盛唐时期旅游活动的时空特点也较为突出，时间与旅游的关系也在旅游诗歌中有所体现。具体而言，在时间上，旅游与一日早晚、四季、节日乃至游人的休假时间都密切相关。在地域空间上，旅游者的游访地域及诗歌创作分布也有一定的规律可循，诗歌创作多集中于政治发达、交通便利、景观独特的省份地域。

① 黑格尔．自然哲学［M］．北京：商务印书馆，1980：58.

第一节 初盛唐旅游诗歌的时间特征

人类社会的发展过程是一个时间的过程，人在时间中的活动构成了人类历史的全部内容。在中国传统文化背景下，时间被赋予了规范人类行为方式的意义，旅游这种社会性活动同样在规范范围内。本书第二章“初盛唐旅游诗歌流变”已从宏观上就旅游诗歌纵向时间流变特征有所分析，阐述了旅游诗歌创作的多寡与帝王个人影响及朝代更替的关系。除此以外，个体诗人游览风景名胜及创作旅游诗歌也有一定的时间倾向性。那些名闻天下的美景胜地，因时令而彰，带有很强的时间特性。

一、旅游诗歌的“晨”“夜”时间特征

（一）“早发”“晚发”现象

旅游诗歌的时间特性首先体现在行旅途中的早晚时间上，根据笔者对初盛唐 3000 余首旅游诗歌的简略统计，其中诗题中见以“早发”（或“早入”“早登”“早渡”“早行”“晓发”“晨出”等）、“晚发”（或“晚渡”“晚泊”“晚行”“晚留”“暮发”“夕发”“夜旅”“夜泛”等）为标题的诗歌共有 116 首，这充分证明了诗人旅游的出行有显著的以早、晚为主的特性。“早发”旅游诗歌则概指以一日之凌晨、清晨为出游启程时间，“晚发”旅游诗歌则概指以一日之傍晚、夜晚为出游启程时间。当然，诗歌中也有旅途时间早晚的提示，但仅极少诗歌内容明确提及出游是早上或晚间，统计不具有全面性和规律性，故暂以诗题统计为准。在这一百余首体现出游早晚的诗歌中，“早发”诗共 51 首，“晚发”诗为 65 首。其中，初唐“早发”诗为 21 首，占“早发”诗总数的比率为 41.2%，“晚发”诗为 24 首，占“晚发”诗总数的比率为 36.9%；盛唐“早发”诗为 30 首，占“早发诗”总数的比率为 58.8%，“晚发”诗为 41 首，占“晚发”诗总数的比率为 63.1%。由数据可知，初唐和盛唐“早发”“晚发”诗歌数量盛唐稍高于初唐，这

也从侧面反映出盛唐诗人出游的积极性更甚于初唐。而初盛唐所有旅游诗歌中几乎很难找到午间出游的诗歌，也体现了诗人出游多在一日之或早间或晚间的特点。

诗人在出游启程出发时，以“早发”或“晚发”为主，而鲜少午间出发，此现象是由多重因素综合制约的。首先是与当时旅途交通条件和交通工具有关。唐代国力强盛，驿路建设工程也较为发达，其驿道总里程远超前代，严耕望估计全国驿道逾六万五千里，刘希为认为有六七万里，白寿彝则认为有近五万里。① 驿道的发达对提高唐代交通效率有着重要作用，也为游人出游旅行提供了便利。良好的路况，使得唐代交通工具的行驶速度甚至不逊于宋元，也因此有“一骑红尘妃子笑，无人知是荔枝来”的运送速度。而游人出行的工具则因身份不同也有所区别。因仕宦出游的官员，驿站通常为他们提供驿马和传车。驿马又称驿骑，岑参《初过陇山途中，呈宇文判官》提及：“一驿过一驿，驿骑如星流。”② 张九龄《初发道中赠王司马兼寄诸公》也有：“肃命趋仙阙，侨装抚传车。”③ 都言及驿马和传车的便利。但即使仕宦诗人也只有公务在身才能使用，个人出行仍只能以其他交通工具为主，如羸马、蹇驴等。杜甫《逼仄行赠毕曜》描述此情景：“自从官马送还官，行路难行涩如棘……东家蹇驴许借我，泥滑不敢骑朝天。”④ 交通工具的有限，使得即使交通道路通畅，与大唐帝国辽远浩瀚的疆域相比，旅游者也极少能朝发夕至，而是需耗费较长时日，“万里一孤舟，春行夏方到”（孙逖《夜到润州》）是行人出游的常见情形。故无论是何种理由出游，拘于交通工具的限制，为了增加行路时间，诗人就养成了一种旅

---

① 李德辉．唐代交通与文学［M］．长沙：湖南人民出版社，2003：19.

② 陈铁民，侯宗义．岑参集校注［M］．上海：上海古籍出版社，1981：73.

③ 彭定求，等．全唐诗（增订本）（卷四九）［M］．北京：中华书局，1999：609.

④ 彭定求，等．全唐诗（增订本）（卷二一七）［M］．北京：中华书局，1999：2280.

途中“早发”或“晚发”的习惯。

其次，出游的晨、晚特点也与唐代的关津制度相关。唐代关津有严格的开放时间限制，关门从凌晨三更鸡鸣时开放，到傍晚日落之时关闭。这种严格的开放时间，必定会对游人的行旅安排产生影响，对于那些习惯在鸡鸣之前动身“早发”的诗人，必须要早早赶到关口等候；而对于那些想赶夜路“晚发”的诗人，则须乘闭关之前过关，否则只能等待第二天的“早发”。岑参的“关门锁归客，一夜梦还家”（《宿蒲关东店忆杜陵别业》）即是关津限制出游的生动写照。

除了上述原因之外，初盛唐诗人的“早发”还与沿途住宿有关。初盛唐时期，士人出于不同动机出游，行旅活动的丰富，次数的频繁，随之应运而生的旅馆住宿业也蓬勃兴起。初盛唐时期既有官设“驿”“馆”，如苏颋《晓发方骞驿》、李峤《早发苦竹馆》、独孤及《早发龙沮馆舟中寄东海徐司仓郑司户》都描述入住于官设驿馆的情况。也有私人开设的旅馆，供行人住宿的目的是以盈利为主，私人旅馆不仅建在通衢大道或交通要冲之处，即使在山野僻壤也有零星分布。游人出于个人安全的考虑、身心休息的需要以及夜晚光线限制等因素，选择暂住旅馆以便于次日“早发”，如王勃《焦岸早行和陆四》：“侵星违旅馆，乘月戒征铸”；孟浩然《唐城馆中早发，寄杨使君》：“旅馆归心逼，荒村客思盈”，都提及入住旅馆以便于“早发”的现象。

诗人的“早发”与入住旅馆相关。而诗人之所以选择晚间出游，除了以上缘由，还与“晚发”多青睐水路有关。夜间行舟不受光线限制，速度与白昼时相比不相上下，尤其乘着信风或晚潮的情况下，夜间行船反而更快，且行驶相对平稳，无陆路的颠簸，最重要的是还能够尽情欣赏沿途美景。孟浩然：“榜人投岸火，渔子宿潭烟。行侣时相问，浔阳何处边。”（《夜渡湘水》）；杜甫：“朔风吹桂水，朔雪夜纷纷。暗度南楼月，寒深北渚云。”（《舟中夜雪，有怀卢十四侍御弟》）等，皆是诗人在水路“晚发”时，对沿途所观的即兴而作。

（二）夜间游赏

旅游诗歌创作的“晨”“夜”时间特征不仅体现在诗人出游时间的早发、晚发特点上，对于以“游”为乐的初盛唐诗人而言，旅游的兴致不仅在白天的观景游玩，还在于饶有兴致地欣赏夜晚的别样景致。由统计可得，初盛唐除“晚发”旅游诗歌之外，写于夜晚的游赏诗歌另有92首，其中描写“秋夜”的有21首，如陈子良《入蜀秋夜宿江渚》、王勃《秋夜长》、陈子昂《酬晖上人秋夜山亭有赠》、张说《和尹懋秋夜游灉湖》、李白《秋夜宿龙门香山寺，奉寄王方城十七丈，奉国莹上人，从第幼成令问》等。夜宴诗歌也有21首，如初唐组诗《夜宴安乐公主宅》《夜宴安乐公主新宅》、岑参《行军雪后月夜宴王卿家》、杜甫《夜宴左氏庄》等。而写于晨时的旅游诗歌，如《至陈仓晓晴望京邑》《与王六履震广州津亭晓望》等则总共仅7首，可见诗人游兴的时间点更倾向于白日和晚间。

初盛唐旅游者对夜游产生浓厚的兴趣，是与初盛唐强盛富庶的时代特点密不可分的。唐代的经济条件为旅游者的夜生活奠定了基础，豪奢的夜间宴饮、分布广泛的夜市、别开生面的节日夜游以及游子们行走于夜间的途旅汇织成喧嚣繁华的唐代夜生活，也间接促成了初盛唐的夜游诗歌创作。而夜间别样的景致不同于白昼时候的喧嚣，色彩分明，一切清晰易辨，夜的特质在于静谧冷清、迷蒙难辨以及它独特的时空延展性。将夜的景致描绘至极致的当属张若虚的《春江花月夜》：

春江潮水连海平，海上明月共潮生。
滟滟随波千万里，何处春江无月明。
江流宛转绕芳甸，月照花林皆似霰。
空里流霜不觉飞，汀上白沙看不见。
江天一色无纤尘，皎皎空中孤月轮。
江畔何人初见月，江月何年初照人。
人生代代无穷已，江月年年只相似。

不知江月待何人，但见长江送流水。
白云一片去悠悠，青枫浦上不胜愁。
谁家今夜扁舟子，何处相思明月楼。
可怜楼上月裴回，应照离人妆镜台。
玉户帘中卷不去，捣衣砧上拂还来。
此时相望不相闻，愿逐月华流照君。
鸿雁长飞光不度，鱼龙潜跃水成文。
昨夜闲潭梦落花，可怜春半不还家。
江水流春去欲尽，江潭落月复西斜。
斜月沉沉藏海雾，碣石潇湘无限路。
不知乘月几人归，落月摇情满江树。①

这首被闻一多先生誉为“诗中的诗，顶峰上的顶峰”② 的诗歌，同样是描述江中夜景的极致诗篇。诗人巧妙地将春、江、花、月意象逐一描绘，而夜景暗含其中，汇聚成动人心弦的良辰美景，构成了诱人探寻的奇妙艺术境界：江连海平、潮应月生、水光滟滟、花光离离、春江无限、月照无际，寥寥数笔，勾勒出一派美妙无比、空明秀逸的春江月夜图。整首诗融诗情、画意、哲理为一体，尽情赞叹大自然的奇丽景色，咏吟游子思妇的思念之情，并将生命的愁绪融入广大无垠的宇宙时空，并以江月起兴，又以江月作结，回环照应，兴味隽永，称得上为“孤篇横绝，竟为大家”③。

初盛唐夜游诗歌篇章众多，佳品层出，而月是在夜游诗歌中最常出现的意象。如李白的《夜下征虏亭》：“船下广陵去，月明征虏亭。山

---

① 彭定求，等．全唐诗（增订本）（卷二一）［M］．北京：中华书局，1999：265.

② 闻一多．唐诗杂论［M］．太原：山西古籍出版社，2001：15.

③ 王闿运．湘绮楼诗文集［M］．长沙：岳麓书社，1996：533.

花如绣颊，江火似流萤。"① 征虏亭，在金陵的石头坞，是当时的游览胜地。此亭倚山俯江，水色天光，景色甚为壮观，尤其是晚上且又是月照之时，月色在山上草木和广阔水面上出现的景致，更为迷人。李白暮春由此登舟，往游广陵，即兴写下此诗。岸上山花绰约多姿，江上火点迷离奇幻；古亭静立于上，小舟轻摇于下，皓月临空，波光摇曳，构成了一幅令人心醉的夜景美图。字里行间，充满着诗人欢快、乐观的情绪。

游人出游除了对夜景的极尽描述之外，夜宴诗歌也是频现于诗人作品中。最典型的如初唐多人唱和组诗《夜宴安乐公主宅》《夜宴安乐公主新宅》统共有 13 人和诗，如“凤凰鸣舞乐昌年，蜡炬开花夜管弦。半醉徐击珊瑚树，已闻钟漏晓声传。”（阎朝隐《夜宴安乐公主宅》）；“车如流水马如龙，仙史高台十二重。天上初移衡汉匹，可怜歌舞夜相从。”（苏颋《夜宴安乐公主新宅》）诗歌描绘了皇家内部宴饮场面的豪华奢侈和气氛的热闹喧嚣。而节日夜游、夜宴也成为初盛唐旅游活动的一大盛况。除夕、元宵、中秋之夜，都成了全民出游赏乐的佳节，直至夜间仍游乐不断。《大唐新语》载：“神龙之际，京城正月望日，盛饰灯影之会。金吾弛禁，特许夜行。贵游戚属及下隶工贾，无不夜游。车马骈阗，人不得顾。王主之家，马上作乐，以相夸竞。”② 可见朝廷对此夜游盛会也持鼓励态度。“舞成仓颉字，灯作法王轮。不觉东方日，遥垂御藻新”（苏颋《正月十五日夜应制》）；“由来月明如白日，共道春灯胜百花”（王维《同比部杨员外十五夜游有怀静者季》）皆是对节日夜游热闹场景的再现。总之，形式多样、品目繁多的夜游、夜宴更加折射出初盛唐旅游生活的丰富多彩。

---

① 王琦．李太白全集［M］．北京：中华书局，2011：861.

② 刘餗，刘肃．隋唐嘉话·大唐新语［M］．上海：古典文学出版社，1957：19.

二、旅游诗歌的季节时间特征

根据对初盛唐旅游诗歌的统计，发现初盛唐诗人出游还具有明显的季节性特征。一年好景堪游赏，虽然旅游者四季都有出游的兴趣，但是不同的季节有不同的景致。春风桃发，夏雨莲香，秋霜菊绽，冬雪梅芳。景致不同，诗人的诗歌创作也各有不同。如陆机在《文赋》所言："遵四时以叹逝，瞻万物而思纷；悲落叶于劲秋，喜柔条于芳春。心懔懔以怀霜，志眇眇而临云。"① 初盛唐时期皇帝至臣僚四季都乐于游赏，《唐诗纪事》卷九载中宗："凡天子飨会游豫，唯宰相及学士得从。春幸梨园，并渭水祓除，则赐细柳圈辟疠；夏宴蒲萄园，赐朱樱；秋登慈恩浮图，献菊花酒称寿；冬幸新丰，历白鹿观，上骊山，赐浴汤池。"② 可见皇帝对游赏的热衷。

四季中最能触动诗人心弦的莫过于春秋季了，旅游诗歌中创作最多的也是春秋两季。统计显示，初盛唐诗题涉及春日游赏的有156首，夏季41首，秋季90首，冬季19首。由此可明显看出诗人出游及创作最喜选于春秋两季，夏冬则次之。这种情况是由旅游资源的季节特色所限，同时也受人体适宜气温影响。唐朝的大部分地区处于温带，并受到季风影响，一年四季，气候变迁，春夏秋冬，季节分明。春秋两季，春和景明，风和日丽，气温适宜，花卉竞秀，宜于出行；冬夏两季，夏苦炎热，冬愁雨雪，给游人的出游带来诸多不便。其次，供人观赏的旅游景观也受季节的影响，组成旅游资源的各种景观因素，如山水、植被、云雾甚至某些人文景点，都直接受到季节气候的制约。如李成《山水诀》所论季节对水和云雾的影响："春水绿而潋滟；夏津涨而弥漫；秋潦尽而澄清；寒泉涸而凝滞。"③ 而春秋相对而言为旅游资源较为丰富

① 陆机．文赋［M］//郭绍虞主编．中国历代文论选（第一册）．上海：上海古籍出版社，1979：170.

② 王仲镛．唐诗纪事校笺［M］．北京：中华书局，2007：208.

③ 俞剑华．中国古代画论精著［M］．北京：人民美术出版社，2011：267.

的季节，“春秋多佳日，登高赋新诗”①（陶渊明《移居》），春秋天高气爽时，游人纷纷竞出寻芳，游赏赋诗。

（一）春游

春季乃一年之始。《尔雅》曰：“春为苍天，万物苍苍然生。又：春为青阳，气清而温阳。又曰：春为发生。”② 春季气候清新，气温回暖，是万物苏醒发生之季节。春天也是最有生命力的季节，百花盛开，万物生长。这个季节尤为适合出门旅游。春天的景色本就如此多姿多彩，是一幅最美好的画卷，诗意的春天，更是在唐诗里绽放，春光无限，生机盎然，吸引着乐观开朗的初盛唐人纷纷踏春游赏。参加春游的人，上自皇帝、王公大臣、官僚贵族，下至庶民百姓，可谓各色各类人等，无不有之。如每年春天的曲江踏青，“彩幄翠帱，匝于堤岸。鲜车健马，比肩击毂”，一派游人如织的热闹景象。

初唐春季的旅游诗歌创作，主要仍集中于陪侍皇帝贵族游赏的宫廷文人应制之作，如《奉和春初幸太平公主南庄应制》《奉和圣制春日幸望春宫应制》《奉和立春游苑迎春》《奉和圣制立春日侍宴内殿出剪彩花应制》《春日芙蓉园侍宴应制》《春日侍宴芙蓉园应制》等。应制旅游诗歌中仅初春时游太平公主南庄的应制之作就有9首，立春日内殿出剪彩花应制之作也有5首，可见初唐王公贵族带领下的春游风尚之浓。试举春日应制游诗较为出彩的苏颋《奉和春日幸望春宫应制》：

> 东望望春春可怜，更逢晴日柳含烟。宫中下见南山尽，城上平临北斗悬。细草遍承回辇处，轻花微落奉觞前。宸游对此欢无极，鸟哢声声入管弦。③

---

① 逯钦立．陶渊明集［M］．北京：中华书局，1979：52.

② 郭璞注，邢昺疏．尔雅注疏（卷六）［M］．北京：北京大学出版社，2000：182-184.

③ 彭定求，等．全唐诗（增订本）（卷七三）［M］．北京：中华书局，1999：803.

以诗为典型的奉和应制春游诗歌，歌咏中宗皇帝春游望春宫所作。首联点出春光明媚，打动皇帝游兴，更逢天气晴朗，春色含情，恰好出游，贴合圣意。次联绘望春宫所见景致，由宫中展望终南山，皇都与北斗相呼应，景观气势恢宏。三联写望春宫中饮宴歌舞，承恩祝酒，渲染出一派君臣欢宴的游春气氛。整首诗即使为典型应制旅游诗歌作品，仍于细致处显得诗趣横生，不失为游春佳作。其他如王绩："前旦出园游，林华都未有。今朝下堂来，池冰开已久。雪被南杆梅，风催北庭柳。"（《春日》）杜审言："云霞出海曙，梅柳渡江春。淑气催黄鸟，晴光转绿蘋。"（《和晋陵陆丞早春游望》）等都是对无限春光的诗意赞歌。

盛唐游春之风更为盛行，玄宗皇帝是积极倡导者。史载："长安春时，盛于游赏，园林树木无闲地。故学士苏颋应制云：'飞埃结红雾，游盖飘青云'。帝（唐玄宗）览之嘉赏焉。遂以御花亲插颋之巾上，时人荣之。"不仅如此，皇帝还亲自参与春游。在每年的春日，皇帝及随游侍臣流连于名花异草之中，赏花游宴，殆无虚日。《开元天宝遗事》也载："明皇于禁苑中，初有千叶桃盛开，帝与贵妃日逐宴于树下。帝曰：'不独首草忘忧，此花亦能销恨'。"帝王的好春游，使得士子游人相效仿，春游诗歌也层出不穷。王维即有《早春行》《游春曲》《春中田园作》《春日上方即事》《春过贺遂员外药园》《春日与裴迪过新昌里访吕逸人不遇》等歌咏春景的诗篇，李白也有《春日独坐，寄郑明府》《春日归山寄孟浩然》《春日游罗敷潭》《江南春怀》的佳作。简言之，春季既是游人旅游的佳季，也是诗歌创作的胜季。

（二）秋游

秋季历来也是诗人游赏咏吟的时节。秋季较之夏季气温有所降低，不会特别炎热，但也不会寒冷。《尔雅》曰："秋为旻天，旻犹愍也，慼万物彫落。又曰：秋为白藏，气白而收藏。又：秋为收成。”① 正所谓“秋高气爽”，气候如此好的时节，更适合出门旅游。唐人盛行春游秋登高，于秋高气爽时相约友人共同登游，实为人生快事。孟浩然的《秋登万山寄张五》：“相望始登高，心随雁飞灭。愁因薄暮起，兴是清秋发。”清秋的山色使人逸兴勃发，也因“雁飞”荡起淡淡哀愁；李白的《秋登宣城谢朓北楼》：“江城如画里，山晓望晴空。两水夹明镜，双桥落彩虹。”诗人登上谢公楼凭高眺望秋色之美，秋景想象奇妙，笔致活泼空灵；王维的《山居秋暝》：“空山新雨后，天气晚来秋。明月松间照，清泉石上流。”描画出秋雨初晴时山村中的清新景象，自然之景的清幽明净如在眼前。当然，面对百花凋零、众芳摇落的秋季，诗人的游赏情怀中也不免平添一丝悲秋意味。如“新秋夜何爽，露下风转凄”（陆海《题奉国寺》）、“独坐秋阴生，悲来从所适”（刘希夷《秋日题汝阳潭壁》）等，体现了秋意的萧瑟肃杀，契合了游子羁旅途中的失落心态，这也是初盛唐旅游诗歌常见的情怀之一。

（三）夏冬游

初盛唐夏冬季节的旅游诗歌相对较少。夏季为一年中最热的季节。《尔雅》曰：“夏为昊天，言气皓吁。又：夏为朱明，气赤而光明。”② 夏季多为酷热的时节，这一季节由于气温过高，古时之人在夏日旅游活动较秋冬相对稍弱。最典型的是武则天时期诗人的唱和组诗《奉和圣制夏日游石淙山》，其他如孟浩然《夏日南亭怀辛大》：

山光忽西落，池月渐东上。
散发乘夕凉，开轩卧闲敞。
荷风送香气，竹露滴清响。
欲取鸣琴弹，恨无知音赏。

---

① 郭璞，邢昺．尔雅注疏［M］．北京：北京大学出版社，2000：182-184.
② 郭璞，邢昺．尔雅注疏［M］．北京：北京大学出版社，2000：182-184.

感此怀故人，中宵劳梦想。①

既写夏夜水亭纳凉的清爽闲适，同时也表达了对友人的思念之情，整首诗萦绕着一种闲适自得的情趣。

冬日为四季最闲之季，万物都在休养生息。《尔雅》云："冬为上天，言时无事，在上临下而已。又曰：冬为玄英，气黑而清英。又：冬为安宁。"② 而冬日游赏诗歌更少。由于冬季气候寒冷，气温较低，所以冬季也不是适合出游的季节。更何况毕竟唐人没有能力像今人那样去改变气候环境，也不可能像现代人具有众多的手段，在冰天雪地中体验冰雪世界的乐趣，因而反季节旅游更需要极大的勇气，体现在诗歌中也仅有少数的赏雪观景之作及应制赏雪之作。

三、旅游诗歌的闲暇时间特征

大凡旅游，不论古今，必须有两个先决条件。一是要有闲暇时间，二是要有一定的经济条件。按照现代旅游学的定义："闲暇时间是指日常工作、学习、生活及其他必需时间之外，可用于自由支配、从事消遣娱乐活动或自己乐于从事的任何活动的时间。"③ 依此概念，无论古今，只有游人具备充足的闲暇时间保障，旅游出行才能够成为现实。同时，初盛唐作为旅游诗歌创作主体的士人，相当一部分是担任公职，为朝堂效力的仕宦阶层，他们的出游除了在调任、出仕等公务活动时沿途得以即兴游赏之外，大部分出游活动还有赖于休沐制度提供的闲暇时间。休沐制度即古代官吏的休假制度，含有"休息以洗沐"的意思。初盛唐的休假主要以旬假、节假和不定期假为主。

---

① 徐鹏．孟浩然集校注［M］．北京：人民文学出版社，1989：59.

② 郭璞，邢昺．尔雅注疏（卷六）"释天"［M］．北京：北京大学出版社，2000：182-184.

③ 郑冬子．旅游地理学［M］．广州：华南理工大学出版社，2005：45.

（一）旬假

“休假”一词，早在先秦时代就有记载。秦谓“告归”，汉代始称“休沐”，汉朝即有了明确的休假制度。汉代“每五日洗沐归谒亲”①，官员每五天中就有一天的休假，称之为“休沐”。《太平御览》载：“汉律：吏五日得一下沐，言休息以洗沐也。”这种制度一直沿袭到隋朝。至初唐，每五日休假一天的制度被“旬休”所取代。《唐六典》载：“每旬，并给休假一日。”即每隔十天可休假一日。唐高宗永徽三年：“上以天下无虞，百姓务简，每至旬假，许不视事，以便百僚休沐。”玄宗前期，也曾“二十五年正月七日敕，自今已后，百官每旬节体假，不入曹司”。如此一来，仕宦官员每月有三天例行的常规假期，一年一般会有三十六天的正常旬假，在这十天一次的旬假时，官员可休沐更衣、邀友出游、闲适在家，以暂抛政务之烦。如王勃《滕王阁序》所言：“十旬休暇，胜友如云。”② 即透露出旬假邀友共聚的热闹景象。

（二）节日假

初盛唐节日众多，根据今人的统计考证，大致有：诞节、佛日（佛诞）、道日（道诞、降圣节）、元日（元旦、正元、元正）、人日、上元（元夜、月望、灯节）、中和节、社日（春社、秋社）、寒食、清明、上巳（三月三日）、端午节（五月五日）、七夕（七月七日、乞巧节）、中元节（盂兰盆节、鬼节）、中秋节（八月十五日）、重阳节（重九、菊花节、茱萸节）、除夕（岁除、守岁、除夜）、晦日、耗磨日、立春、立秋、腊日、小岁日、夏至、伏日、下元、冬至。③ 节日期间旅游活动丰富，参与广泛，气氛浓郁。

节日品类的繁多丰富了游人的旅游活动，也为朝廷设立假日提供了充足理由。为了配合节日的出游欢庆等活动，权力机构也会在节日实行放假制度。假期的长短不定，视不同的具体节日，有一日、三日甚至七

---

① 班固．汉书（卷四六）［M］．北京：中华书局，1962：2195.

② 蒋清翊．王子安集注［M］．上海：上海古籍出版社，1995：329.

③ 张勃．唐代节日研究［D］．济南：山东大学，2007.

日不等。《唐六典》的“礼部郎中”条对此也有记载：

> 谓元正、冬至各给假七日，寒食通清明四日，八月十五日、夏至及腊各三日。正月七日、十五日、晦日、春秋二社、二月八日、三月三日、四月八日、五月五日、三伏日、七月七日、十五日、九月九日并给休假一日。

以此为据，可知给假七日的为元日、冬至；给假四日的为寒食通清明；给假三日的为八月十五、夏至和腊日；给假一日的为人日、上元、晦日、春秋二社、二月八日、上巳、四月八日、端午、伏日、七夕、中元和重阳，所有 20 个假日假期共计四十天。除了此二十个节日放假之外，其他时令日也另有假期。《唐六典》载：“十月一日、立春、春分、立秋、秋分、立夏、立冬、每旬，并给休假一日。”综合以上史籍记载，初盛唐时期仅节日假期统共有四十七天，如此，初盛唐的节日旅游不仅有丰富的社会文化氛围，还有了充足的时间保障，爱好旅游的士人阶层可尽情沉浸在节日的游玩嬉戏中，并得以赋诗以助兴。

除了传统的节日假期外，初盛唐朝廷甚至还自创节日并规定休假日期长短。最典型的莫过于降诞日的假期。降诞日即出生日期，《封氏闻见记》曾对降诞有详细的记载：

> 近代风俗，人子在膝下，每生日有酒食之会。孤露之后，不宜复以此日为欢会。
>
> 太宗曾以降诞日谓长孙无忌曰：“今日是联生日。俗云：‘生日可喜乐’。以吾之情翻感思。”因泣下。
>
> 中宗常以降诞宴侍臣贵戚于内庭，与学士联句柏梁体诗。然则国朝已来，此日皆有宴会。
>
> 玄宗开元十七年，丞相张说遂奏以八月五日降诞日为千秋节，百僚有献承露囊者。是日皇帝御楼张乐，倾城纵观，天下士庶，皆

为赏乐。其后又改为天长节。①

由以上材料可知，对诞日的纪念活动早已有之。太宗诞日有所感思，中宗宫廷内设宴饮以庆祝，但玄宗之前诞日仅限于宫廷内庆祝活动，而至盛唐玄宗时就将诞日以节日的形式确立下来，设立“诞节”并颁布全国，成为新的全国性质的节日，还给予了相应的放假天数，使皇帝的生日有了节日和假日的双重含义，这在玄宗以前是前所未有的。《唐会要》记载了诞节产生和发展的始末：

> 开元十七年八月五日，左丞相源乾曜、右丞相张说等，上表请以是日为千秋节，着之甲令，布于天下，咸令休假……制曰：可。至天宝二年八月一日，刑部尚书兼京兆尹萧照，及百僚请改千秋节为天长节。制曰：可。至宝应元年八月三日敕：八月五日，本是千秋节，改为天长节，其休假三日宜停，前后各一日。②

可见“诞节”先名为“千秋节”，天宝时又改为“天长节”，假日为三日，至宝应元年才改为一日。除了皇帝的降诞日放假，还有佛祖生日和老子生日也要放假，佛祖生日是在二月初八日和四月初八日，老子生日是二月十五日，均为放假一天。初盛唐另还有田假和授衣假，各放假十五天。《太平御览》载：“诸内外官五月给田假，九月给受衣假，为两番，各十五日。田假若风土异宜，种收不等，通随给之。”③ 假期时间为十五天，具体放假时间试各地风土而定。

（三）不定期假

除了以上固定的假日，初盛唐时期还有一些非固定的放假情况，即官员因个人特殊情况的告假，也可有相应的告假天数，称之为“事故

---

① 赵贞信．封氏闻见记校注［M］．北京：中华书局，2005：28-29.

② 王溥．唐会要［M］．北京：中华书局，1955：542.

③ 李昉，等．太平御览（卷六三四）［M］．北京：中华书局，1960：2844.

假”。因此假具有突发性和偶然性的特点，且与旅游关联不大，暂不详加论述。简言之，依上述对初盛唐假日的总结，仅旬休和节假两项就约占全年总天数的三分之一。如此充裕的休假时间，为初盛唐士人的旅游及诗歌创作提供了最为有力的客观条件和便利支持。

初盛唐的士人不仅在旅游时间上得到了充足的保障，朝廷还鼓励官员在假日到旅游胜地游览观光。尤其在玄宗朝，玄宗曾颁布诏书，号召官吏在假日放下公务，轻松愉快地以游玩为乐：

> 百工允厘，彰乎奉职，五日休浣，义在优闲。方贵无为之风，以宏多暇之政。朕钦崇至道，思致和平。今寰宇克宁，朝廷无事，将欲叶于淳古，岂惟臻于小康，当与群寮，畅兹娱乐。顷旬游宴赏，已放入朝，节假常参，未敷后命。公私叶庆，千载一时，上下同欢，自中及外。自今已后，每至旬节休假，中书门下及百官并不须入朝，外官等其日亦不须衙集。①

在《春郊礼成推恩制》中同样鼓励旅游：

> 今朝廷无事，天下和平，美景良辰，百官等任追胜为乐。宜即布告中外，咸使闻知。②

朝廷不仅鼓励官宦在假日旅游，甚至将旅游时间延伸到任何朝廷无事的时候，还对出游给予物质的赏赐。诗人们在充裕的休沐时间，或漫步田园山林，或访寺探友，或泛舟竞渡，主动实践着旅游活动。如杨师道诗云：“休沐乘闲豫，清晨步北林。池塘藉芳草，兰芷袭幽衿。雾中

---

① 李隆基．许百官旬节休假不入朝诏［M］//董诰，等．全唐文．北京：中华书局影印，1983：358.

② 李隆基．许百官旬节休假不入朝诏［M］//董诰，等．全唐文．北京：中华书局影印，1983：277.

分晓日，花里弄春禽。野径香恒满，山阶笋屡侵。”①（《春朝闲步》）此诗正是杨氏在休沐日独自惬意漫游于林间所作。诗人们在其旅游诗歌中，也对休沐旅游时能够忘却俗事的闲暇惬意有所表述。如孟浩然《宴包二融宅》诗中云：“五日休沐归，相携竹林下。开襟成欢趣，对酒不能罢。烟暝栖鸟迷，余将归白社。”② 生动描述了休沐日宴游赏玩的欢畅淋漓。而他的“楚万重阳日，群公赏宴来。共乘休沐暇，同醉菊花杯”（《和贾主簿弁九日登岘山》）再现了重阳休沐日登高醉菊的逸思闲情。还如“三春休晦节，九谷泛年华”（郎馀令《晦日宴高氏林亭》）、“文史归休日，栖闲卧草亭”（徐晶《蔡起居山亭》）、“郡府乘休日，王城访道初”（孙逖《贺崔司马登称心山寺》）、“公府传休沐，私庭效陆沉”（储光羲《同张侍御鼎和京兆萧兵曹华岁晚南园》）、“重来休沐地，真作野人居”（杜甫《重过何氏五首》之一）都在诗歌中提及旅游于休沐的时间特征，或者在题目中言及休沐。再李峤《和同府李祭酒休沐田居》、杜甫《奉先张明府休沐还乡，海亭宴集探得阶字》等，从中都传达出休沐与旅游诗歌的密切关系。

以上列举了初盛唐旅游诗歌的时间特征。正如邵毅平先生所言：“中国诗歌与时间意识具有多么紧密的关系，这也正是中国诗歌不同于其他诗歌的一贯根本特征。”③ 而旅游诗歌的时间特征尤为明显。初盛唐得天独厚的外部文化氛围及朝堂政令、士人的旅游热情等各种因素造就了此时期特有的旅游时间特征，也最终成就了旅游诗歌的辉煌兴盛。

第二节　旅游诗歌的地域性特征

考察旅游诗歌的地域性特征，是一项涉及多重学科的跨学科研究，

---

① 彭定求，等．全唐诗（增订本）（卷三四）［M］．北京：中华书局，1999：462.

② 徐鹏．孟浩然集校注［M］．北京：人民文学出版社，1989：52.

③ 邵毅平．诗歌—智慧的水珠［M］．北京：北京大学出版社，2006：43.

既关联旅游地理学领域，也与文学地域学、人文地理学有着千丝万缕的联系。以人文地理学的相关知识来切入考察文学，试图从交叉学科中发掘文学创作的空间地域性特征规律，也是近年文学研究关注的一个视角。无论是何种文学类别，其创作和特征都具有特定的时间、空间性质，“文学创作作为人类文化活动的有机组成部分，始终从时间和空间的两个方向坐标上显示自身的存在，产生与发展均不可避免地要受到时间与空间的限制”①。根据本书对初盛唐旅游诗歌的地域性统计，其诗歌创作数量分布规律以作为政治、经济、文化中心的两京及其辐射的陕西、河南为最多，其次是巴蜀地区、两湖地区、吴越地区、岭南地区和边塞地区，各个地区旅游诗歌创作多寡及风格迥异都是受不同因素影响制约，进而呈现出旅游诗歌的地域性特征。

一、地域性特征简述

（一）古今地域特征探讨

不同的地域空间，不仅制约着人们的经济文化生活，而且使文学表现出浓厚的地域色彩。古人最早对地域的差异性的认识，源于地形地貌乃至整个地域环境的不同，造成不同地域人群的体貌、性情乃至趣味习尚的不同。《礼记·王制》有云：

> 凡居民材，必因天地寒暖燥湿，广谷大川异制。民生其间者异俗，刚柔轻重迟速异齐，五味异和，器械异制，衣服异宜。修其教，不易其俗；齐其政，不易其宜。②

上述内容体现了古人早已意识到地域风俗差异难以改变，故“不

---

① 周晓琳，刘玉平．空间与审美——文化地理视域中的中国古代文学［M］．北京：人民出版社，2009：1.

② 礼记正义·王制第五［M］//沈啸寰，王星贤．礼记集解．北京：中华书局，1989：358.

易其俗”“不易其宜”。班固《汉书》中对此也有论述：

凡民函五常之性，而其刚柔缓急，音声不同，系水土之风气，故谓之风；好恶取舍，动静亡常，随君上之情欲，故谓之俗。①

可见政治上的统一并不代表水土风气、习俗风尚的统一。而唐人更是给出了地域差异的全面论述：

山东之人质，故尚婚娅，其信可与也；江左之人文，故尚人物，其智可与也；关中之人雄，故尚冠冕，其达可与也；代北之人武，故尚贵戚，其泰可与也。及其弊，则尚婚娅者先外族、后本宗，尚人物者进庶孽、退嫡长，尚冠冕者略伉俪、慕荣华，尚贵戚者徇势利、亡礼教。②

唐人已从地理环境、文化差异将全国分为山东、江左、关中、代北四大区域，并强调了地域不同带来的文化风俗等相关的区别。

地域的差异同样影响文学的创作，其影响力在刘勰《文心雕龙》的论述中已初现端倪。《文心雕龙·物色》篇云：“若乃山林皋壤，实文思之奥府，略语则阙，祥说则繁。然屈平所以能洞监风骚之情者，抑亦江山之助乎！”③ 评论已涉及不同地理环境对文学风格的影响。王勃在其《送韦少府入洛序》也言及文学仰地理而作：“仰天文而窥日月，虽共光华；凭地理而考山川，即殊南北。”④ 魏徵《隋书·文学传》序中更言：

---

① 班固．汉书（卷二八下）［M］．北京：中华书局，1999：1310.

② 欧阳修．新唐书（卷二〇〇）［M］．北京：中华书局，1975：5679.

③ 周振甫．文心雕龙注释［M］．北京：人民文学出版社，1981：493.

④ 王勃．冬日羁旅送韦少府入洛序［M］//董诰，等．全唐文．北京：中华书局影印，1983：1850.

江左宫商发越，贵于清绮；河朔词义贞刚，重乎气质。气质则理胜其词，清绮则文过其意，理深者便于时用，文华者宜于咏歌，此其南北词人得失之大较也。若能掇彼清音，简兹累句，各去所短，合其两长，则文质斌斌，尽善尽美矣。①

言论表明魏徵试图促进地域文学的融合，这也从反面印证了南北文学的地域性差异。

现代学者也从多方面探索了文学与地域性的密切关联。首先有从文学史的宏观研究方面论及地域空间的重要性，如陈寅恪先生《元白诗笺证稿》说："苟今世之编著文学史者，能尽取当时诸文人之作品，考定时间先后，空间离合，而总汇于一书，如史家长编之所为，则其间必有启发，而得以知当时诸文士之各竭其才智，竟造胜境，为不可及也。"② 强调文学史研究既考定时间先后，也注意空间离合。更多的则是针对唐朝文学对其地域性进行更为全面细致的研究。

其他有将唐代疆域划分为三大地域空间，探讨与文学关联；有以南北划分为切入点的地域文化与文学研究；有从文化地理的大范围论述文学的地域性；有从地域因缘或地域文化论及与文学的关系；有从文人籍贯、占籍地理分布分析地域性规律；有从唐交通分布切入地域文化与文学关系；有从诗人的诗歌创作探讨诗风与地域文化的密切关系。

总而言之，从古至今，学者们都没有停止对文学地域性的研究，且研究的纵向面探讨的触点更为深入细致，横向面扩展的跨学科领域更为广泛全面，而研究的成果也远不止本书所列举的范围。

---

① 魏徵．隋书·文学传［M］．北京：中华书局，1999：1163.

② 陈寅恪．陈寅恪集．元白诗笺证稿［M］．北京：三联书店，2001：9.

（二）地域特征涉及领域

上述研究虽论述重点各不相同，但理论根基多不出“地域文化”和“地理学”的相关内核与外延。“地域文化”是一个适用面较广的概念范畴，既适用于文化地理学的概念，也同样适用于历史地理学的概念。现代学者将其定性为：“地域文化或称‘区域文化’，是一门研究人类文化空间组合的地理人文学科，在某种意义上大同于文化地理学。它们都是以广义的文化领域作为研究对象，探讨附加在自然景观之上的人类活动形态，文化区域的地理特征，环境与文化的关系，文化传播的路线和走向以及人类的行为系统，包括民俗传统、经济体系、宗教信仰、文学艺术、社会组织，等等。但在某些方面，地域文化又与文化地理学有着明显的区别。一般说来，文化地理学是以‘地理学’为中心展开文化探讨的，其中的‘地区’概念具有极强的地理学意义，它疆域明确，系统稳定，与现实的‘地区’是吻合的。而地域文化是以‘历史地理学’为中心展开文化探讨，其‘地域’概念通常是古代沿袭或俗成的历史区域，它在产生之初当然是精确的，但由于漫长的历史逐渐泯灭了它们的地理学意义，变得疆域模糊，景物易貌，人丁迁移，只剩下大致的所在地区了。”①

可见，地域文化更侧重于从“文化历史”的角度分析问题，而人文地理学和历史地理学更侧重于从“地理学”出发研究问题。但无论是“地域文化”学还是“人文地理”学都是旨在全方位多角度地探讨文学领域的规律性特征。

作为古代文学类别分支的旅游诗歌，探讨其地域性特征，同样离不开上述地域文化、人文地理等相关学科的支持。但旅游诗歌有其不同于其他诗歌类别的特异性，对旅游诗歌地域性特征的考察，还应借助旅游地理学为其参考斧正。旅行者出行的时间和地点，往往形成一定的规

---

① 俞晓群. 中国地域文化丛书 · 编者札记［M］. 沈阳：辽宁教育出版社，1991：1.

律、客流、方式和结果，而在旅游行为中，客观物质成分和精神文化成分共同构成多层次的复杂系统，而旅游地理学正是建立在对以上问题认知研究的基础上。

“旅游地理学”目前已成为一门系统的学科，学术界普遍认可的定义为：“它是人文地理学的一门新兴分支学科，是研究旅游活动与地理环境的相互关系的学科。”① 可见，旅游地理学虽从属旅游大门类，但也属人文地理学的学科分支，其核心构成要素是“旅游活动”和“地理环境”。旅游活动除了受客观的地理环境影响外，社会经济条件的变化、交通条件等因素也会造成旅游活动的区域性变化。因此，著名的人文地理学家郭来喜在较早的定义中，就将“地理环境”与“社会经济发展”两个因素并举②。

地域性也是旅游活动的基本特征，体现为地域分布和运动规律。而“地理环境”则涵盖旅游资源、旅游景观等内容。因而，旅游地理学的研究内容可概括为：旅游地理学的基本理论与方法；旅游地理环境的差异、性质和时空结构；旅游活动的时空特征、规律和模型；旅游资源与旅游景观审美；旅游生态与旅游景观审美；旅游生态与旅游环境容量；旅游文化地理；旅游区划与旅游规划、旅游产业共八项内容③。同时，作为一门边缘性综合学科，旅游地理学还同社会学、历史学、建筑学、经济学等有着千丝万缕的联系。当然，就本书所探讨的唐代旅游诗歌，仅涉及旅游地理学研究内容的核心部分，毕竟现代旅游学的理论和方法并不完全适合初盛唐旅游实际。

综合以上与旅游诗歌地域性研究相关的学科介绍，可知旅游诗歌创作的地域性是个涵盖面广泛、涉及内容庞多的论题，譬如仅两京旅游诗

---

① 郑冬子．旅游地理学［M］．广州：华南理工大学出版社，2005：5.

② 郭来喜．人文地理学的一个新兴分支——旅游地理学［M］//李旭旦．人文地理学论丛．北京：人民教育出版社，1986：272.

③ 郑冬子．旅游地理学［M］．广州：华南理工大学出版社，2005：5.

歌的地域性即可作为深入的研究课题。因篇幅章节限制，目前暂仅对初盛唐旅游诗歌创作的省级数量分布作初步统计，在此基础上以期对旅游诗歌的大致分布变迁有较肤浅的归纳认知。

二、初盛唐旅游诗歌地域分布统计

本书依据前期从《全唐诗》甄选的3 000余首旅游诗歌为蓝本，对初盛唐旅游诗歌创作的地域性特征进行探讨，统计及归类划分的依据以陈怡焮《增订注释全唐诗》为主，其次以各个诗人的编年集、诗歌集笺为辅助参考。若以上均无地域记载，则根据诗题或诗歌内容定夺或不予记录。地域统计的准确性及覆盖率可能有所偏差，例如某些诗歌作于两省交界，无法界定其确切省份。再比如很多叙写途中旅游诗歌，作于从某地到另一地的途中，诗歌仅点明出发地、目的地，而没有两地间旅游地点的线索，这类诗歌也无法确切判断地点。但所列统计大致能反映出诗歌分布的地域整体走向。

唐代的地域版图，若从行政区划还原其历史本貌，可知唐代首创了中国政区史上"道"和"府州"的建制。《新唐书》载："唐兴，高祖改郡为州，太守为刺史，又置都督府以治之。"① 区域划分主要以贞观十道和开元十五道为准。贞观元年（公元627年），在全国设置十道。据《旧唐书》载：

> 贞观元年，悉令并省。始于山河形便，分为十道：一曰关内道，二曰河南道，三曰河东道，四曰河北道，五曰山南道，六曰陇右道，七曰淮南道，八曰江南道，九曰剑南道，十曰岭南道。②

以山川形变划分区域，也略可看出唐代的山川走势。开元十五道是

① 欧阳修，宋祁，等．新唐书［M］．北京：中华书局，1975：959.
② 刘昫，等．旧唐书［M］．北京：中华书局，1975：1384.

在十道基础上所作的调整，依然保持以山川走势为划分依据。《旧唐书》载开元的十五道及行政设置：

> 开元二十一年，分天下为十五道，每道置采访使，检察非法，如汉刺史之职：京畿采访使理京师城内、都畿理东都城内、关内以京官遥领、河南理汴州、河东理蒲州、河北理魏州、陇右理鄯州、山南东道理襄州、山南西道理梁州、剑南理益州、淮南理扬州、江南东道理蓟州、江南西道理洪州、黔中理黔州、岭南理广州。①

十道各以山川河流为名，关内道依函谷险要位置命名，河南、河东、河北因位于黄河不同方位而得名，山南、陇右和剑南分别因终南山、陇山和剑门山命名，淮南和江南则是因淮河和长江而得名，岭南之名因处五岭之南而来。十五道以十道为基础略有调整，每道都设置都督府为中心城市，统辖周边各州和所属区域。十道和十五道设置清晰地规划了唐代的版图，并与现代行政区域的划分具有一定的相似度，体现了古今区划的沿袭和连续性，为后世的唐代疆域研究提供了可参考的依照。但若从地域统计的可用价值和便利度看，本书区域参照仍以今之省区划分为单位。现代行政区域更为方便易懂，且无古今转化的违和感，更便于实现与文学相关的对接。但在某些诗篇中提及所游道府辖区，则作为地域划分的重要参考。另譬如一些诗歌提及的地名，位于现代两省交界之处，无法确凿定论所在省份，则参考唐代的地域划分，特别是唐代盛行的边塞诗歌，很多地理位置位于今之甘肃、新疆的交界位置，为便于统计，即统称为边塞地区。统计结果如下表：

---

① 刘昫，等．旧唐书［M］．北京：中华书局，1975：1385.

省份	陕西		河南		四川	江苏	浙江	山西	河北	山东	湖南	江西	广东	广西	湖北	安徽	内蒙古	甘肃	新疆	北京	福建	宁夏	贵州	青海	总计
	西安	其他	洛阳	其他																					
诗歌数量	524	313	94	167	230	118	87	48	23	40	123	57	30	12	139	82	3	45	18	5	1	1	3	1	2164
排名	1		2		3	6	7	10	14	12	5	9	13	16	4	8		11	15						

为便于直观对比，再将上述表格以柱状形式排列（柱状隐去诗歌数量过少的省份），如下图所示：

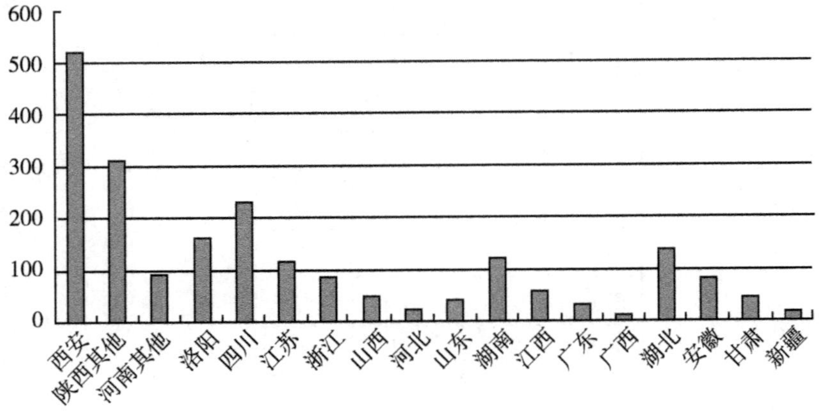

表格中未列入的省份，即表示所在省暂未有旅游诗歌。陕西、河南因有两个唐代重要都市，故也予以标明。由表格及柱状图可知，在整个初盛唐旅游诗歌创作中，陕西、河南诗歌所占分量最重。陕西诗作以837首的绝对优势位居首列，占统计诗歌总量的38.7%，也是居第二位河南诗作数量的3.2倍，其中仅都城长安就有524首，又占陕西诗作的62.6%。居第二位的河南省诗作数量为261首，占陕西诗作数量的约三分之一，但因其中涵盖东都洛阳，地域重要性也尤为凸显。陕西、河南两省旅游诗歌的发达，除了其重要的地理位置因素外，长安、洛阳作为唐代政治、经济、文化中心的地位也是首当其冲的原因，初盛唐诗人强烈的功名意识使得诗人们有着浓厚的恋京、游京的情感倾向，可以说初盛唐文人都有过访京的经历，这也直接促进了两京旅游诗歌的繁荣。以两京为代表的陕西、河南诗歌创作的突出地位，既体现了两省的重要政治地位，也凸显了都市地域文化的优势。

诗作数量位居第三的是四川（230首），数量明显少于前两个省份。四川的巴蜀地域因其重要的交通位置，如李白、杜甫都有出蜀、入蜀的经历，和独特的旅游资源吸引着诗人们的游览兴趣。紧随其后的是两湖地区：湖北、湖南。各为 139 首和 123 首。三地的旅游特征具有一定的相似度，长江流域便利的水运交通，诗人们求仕、游宦、迁谪的常经之地，是两湖旅游发达的客观因素，张九龄、张说游宦湖湘的山水之作，孟浩然居于襄阳的田园诗歌，则是荆湖诗歌繁荣的主观因素。四川、湖北、湖南三地诗歌总量为 492 首，占诗歌总量的 22. 7%。

江苏、浙江、江西分别位于长江中下游流域，钟灵毓秀的江南风光和丰富独特的旅游资源吸引着酷好旅游的初盛唐诗人驻足游览。唐代时已显富庶的江苏、浙江，也使得商贾富绅，云集迁徙，名流雅士，络绎于道。宋之问、杜审言、张子容、孙逖、王昌龄都在此地留下了数量可观的登景游览、即景歌咏之作，仅单独咏吟南京的诗歌就有 26 首。三省份的诗作数量分别为 118 首、87 首、57 首，各占排名的第六、七、九位，合之总量 262 首，占诗歌总量的 12. 1%。

另外，以两广为代表的岭南区域，和位于新疆、甘肃、青海的边塞区域，也分别体现不同地域风貌的初盛唐旅游诗歌特点。两广诗作总数为 42 首（因部分岭南诗歌地域标注不明确，故实际诗作数量并不仅止于此），其中初唐沈、宋贬谪此地的游览诗歌占相当分量。边塞区域的诗作数量为 64 首，但唐代疆域辽阔，有的诗歌地域甚至延至域外地区，故实际的边塞之作也不止于 64 首。边塞诗歌的异军突起，源于盛唐边塞诗人的游历创作，岑参、高适、王维、杜甫都留下了大漠寻胜的足迹和诗篇，其中甘肃诗作 45 首中，仅杜甫一人就贡献了 20 首之多，几乎占了甘肃诗作的一半之多，也体现了区域诗歌创作中诗人的主观作用。以两广为代表的岭南区域和以新疆、甘肃、青海为代表的边塞区域，各位于唐代版图的南北两端，虽然地域较为偏远，但唐代诗人因流放、贬谪、出塞、入幕等诸多因素，也造就了两地特殊的地域特征，况且南国风物的奇异景观资源和边漠风光的雄伟景观资源，也是唐代旅游资源中的重要组成部分。

以上对各个省份诗歌创作数量及分布情况的简要分析，体现出不同区域不同地方各具特点的旅游优势，虽然每个区域旅游繁盛的原因都是多种因素的组合，但仍是有区别于其他区域的优势旅游动因。正因为此，才造就了不同区域旅游风貌的多样性和旅游资源的丰富性。

三、初盛唐旅游诗歌地域分布因缘

初盛唐不同省份不同地域的诗歌数量呈现出多寡不一的现象。数据直观地表明数量多少的分布趋向。创作数量的多少取决于不同地域的政治环境、经济状况、旅游资源、景观差异、交通条件、访游诗人多寡及创作情况等多种因素，并且每个地域都是不同因素的交互结合，进而各自呈现出各具特色的地域旅游优势。

（一）政治因缘

以两京为核心的陕西、河南地域体现了都市旅游文化区域的典型范式。作为首都的长安和作为陪都的洛阳是初盛唐全国政治、经济、文化、交通的中心地带，拥有其他地域不能企及的旅游优势。宋代赵彦若《长安志序》称："雍之为都，涉三代历汉唐之全盛，世统屡更，累起相袭，神灵所储，事变从巨。"① 国都长安是国家的最高政府所在地，也是全国最高统治者皇帝的居住地，象征着政治权力的最高规模，也是民族精神的寄托，是怀有雄心壮志的士人实现政治理想的第一选择地。长安能成为众多朝代的帝都所在也体现了其地理交通的优越性。《史记》记载：

> 左崤函，右陇蜀，沃野千里；南有巴蜀之饶，北有胡苑之利……此所谓"金城千里，天府之国"也。②

从两都至各地的交通路线也四通发达，"唐朝以两京为中心，构筑

---

① 汪篯．汪篯隋唐史论稿［M］．北京：中国社会科学出版社，1981：138-139.

② 司马迁．史记·留侯世家［M］．北京：中华书局，1999：1632.

了七条骨干驿道，东通洛汴扬楚，西至甘凉肃鄯，北达灵州与河外军城，东北至于太原、幽州，西至凤翔、兴元，南至襄阳、荆州。”① 为士人出入两京带来了交通的便利。

在长安帝都文化的影响下，大批士人满怀希望、不辞辛苦地奔向长安，或参加科举以期跃上龙门，或拜谒权贵以求平步青云，或求学游历以增长见闻。如宇文所安所言：“7 世纪前半页的诗人在长安面前惊叹不已，它是最伟大的城市，是当代的奇观，是大唐帝国威力的生动证明。在长安任职意味着成功，展示了希望，在其他地方当官则表明失意。大部分离开长安的人都与卢照邻一样，怀着‘忆长安’的强烈愿望。”②《全唐诗》压卷首篇《帝京篇》起句“秦川雄帝宅，函谷壮皇居”③ 即展现出长安城控制八方、瞻顾全局的雄伟气势。太宗的《帝京篇》以帝王的气势叙写庄严繁盛的帝京，并借对长安气势恢宏的宫殿描写，充分展示了百年国都的赫赫声势。能与此诗相埒的是开拓唐代全盛时代的玄宗《春台望》：“暇景属三春，高台聊四望。目极千里际，山川一何壮。”两位胸涵万国的伟大帝王用他们的笔墨勾勒出了盛世帝都的壮观景象。

而作为陪都的洛阳，其制度设置与长安基本相同，官员也称为分司。在武则天统治时期，驻跸洛阳。从政治中心一度移至洛阳。从某种意义上说，洛阳的地理文化特征也属于唐代京城地理文化的一部分，其等同于帝国中心的政治地位也吸引着士人的迁居移入。洛阳也同样代表着都市旅游的繁盛景象，如长孙正隐《上元夜效小庾题同用春字》序言对盛世洛阳的歌咏：“多近臣之第宅，即瞰铜街；有贵戚之楼台，自连金穴。美人竞出，锦障如霞；公子交驰，雕鞍似月。同游洛浦，疑寻

---

① 蒋寅．中国古代文学通论（隋唐五代卷）［M］．哈尔滨：辽宁人民出版社，2004：431.

② 宇文所安．初唐诗［M］．北京：三联书店，2004：81.

③ 彭定求，等．全唐诗（增订本）（卷一）［M］．北京：中华书局，1999：2.

税马之津；争渡河桥，似向牵牛之诸。实昌年之乐事，令节之佳游者焉。”① 展示了陪都不输于长安的繁华和游览兴盛的壮观场景。

京洛得天独厚的政治背景，使两地拥有其他都市不能跸及的旅游资源。两城的游览胜地中最辉煌、最壮丽的当属皇家苑囿。长安有盛名远扬的禁苑、芙蓉苑、太液池等，洛阳有凝碧池、崇让园等。除了皇家园林，还有众多奢华富贵的公主宅邸。皇宫建筑也是皇帝和近臣游览观赏的佳景，临渭亭、清晖阁、两仪殿、大明宫、未央宫、上阳宫等诸多宫廷景致都是皇帝游览佳地。皇家的好游宴还扩展到宫外郊区众多风景名胜，大量景致优美的景观，如慈恩寺、曲江、终南山、昆明池、定昆池、龙门、石淙等都是皇帝携众臣陪侍的常游景观。正是以皇帝带动的皇家游风日炽，也使得两京成为初盛唐旅游应制诗的主要孕育地，大量的旅游应制诗创作于京都的赏游玩乐中。仅《奉和九日幸临渭亭登高应制》就有 25 首之多，其余《奉和幸长安故城未央宫应制》《奉和七夕两仪殿会宴应制》《春日侍宴幸芙蓉园应制》《甘露殿侍宴应制》《奉和圣制春日幸望春宫应制》，等等，每一组应制诗都体现了帝都游览的皇家气派和奢华规模。两都标志性的皇族盛游也带动了京都游人的游兴，两都遍布各处的公共场所园林、京郊风景名胜、节日聚众盛会都吸引两都各色人等或饱览美景，或纵情歌咏，或唱和宴集。正是两都盛世浩然的都市氛围、地利人和的旅游优势，为喜好游乐、宴集、唱和的唐人提供了前所未有的广阔舞台，也催生了京都旅游诗歌的多产兴盛。

（二）交通因缘

两京的旅游地理优势主要体现在政治文化中心的便利条件中，而交通是否便利也是制约地域旅游是否发达的重要因素。唐代交通水路、陆路都很发达。陆路“州郡干路，往还交织”②。以长安、洛阳两京为大

---

① 彭定求，等．全唐诗（增订本）（卷七二）[M]．北京：中华书局，1999：790.

② 杜佑．通典 [M]．北京：中华书局，1982：41.

道枢纽，以汴州、凤翔为东西两端的延伸点，由此两轴端、四都市向四方辐射，构成一个巨大的陆路交通网络。唐代水路交通也很发达，“天下诸津，舟航所聚，旁通巴汉，前指闽越，七泽十薮，三江五湖，控引河洛，兼包淮海，弘舸巨舰，千轴万艘，交贸往还，昧旦永日”①。除了唐代以前的京杭大运河之外，唐玄宗时，“刺史卢晖徙永济渠，自石灰窠引流至城西，注魏桥，以通江、淮之货”②。陆路、水路结合，形成强大的交通网络。整体来看，境内东西有黄河、长江、淮河横贯，南北有众多水陆驿道联通，长安把众多道路绾结起来。在纵横贯通的交通网络上，遍布着众多处于交通要塞的地域，这些地域因交通的重要位置，增多了南来北往的游客，也使得旅游及诗歌创作相应发达起来。

蜀地自古即处于交通重要位置。在长安通往各地的交通要道中，有一条即是长安至剑南道松州和益州驿路：长安西行经山南西道凤州，陇右道成、武州，至剑南道文、扶州、松州。此外，长安西南经山南西道兴、利州，剑南道剑、绵阳，至益州。剑南道驿路几乎覆盖现今整个四川盆地，是唐代治理西南的主要通道。此外，唐代著名的蜀道，贯穿秦岭、巴山，把长安和成都联系在一起，进而沟通中原和西南各地，并与南、北“丝绸之路”相衔接，形成一个开放的交通网。“蜀道之难难于上青天”。“四杰”、李白、杜甫、高适、岑参等都曾壮游蜀道，散关、凤州、七盘岭、褒城驿、武当山、成都等散落在驿道上的众多景观也都成为诗人歌咏的对象。“独游千里外，高卧七盘西”（沈佺期《夜宿七盘岭》）、“蜀中自兹始，云山方浩然”（陈子昂《西还至散关答乔补阙》）等众多蜀道游诗歌层出不穷，地势险峻、绝壁陡险的蜀道成了另类风景的诗道。

作为湖北重镇的襄阳同样因地处交通枢纽位置，为南北旅人过往必经之地。加之荆襄驿路沿途景观众多，风景优美，吸引了无数的文人墨

---

① 刘昫，等．旧唐书（卷九四）［M］．北京：中华书局，1975：2998.

② 欧阳修，宋祁，等．新唐书（卷三十九）［M］．北京：中华书局，1975：1011.

客取道襄阳。由长安出发的驿路有一条重要的荆襄驿路。出长安东南入山南东道经陕西商县、今河南邓县，至襄州，再由襄州转至南昌、涪陵和广州。襄阳无疑是荆襄驿路上最为重要的一个城市。它作为交通枢纽，南及三湘："楚塞三湘接，荆门九派通"（王维《汉江临泛》），北通河洛："即从巴峡穿巫峡，便下襄阳向洛阳"（杜甫《闻官军收河南河北》），西接关中："岘山回首望秦关，南向荆州几日还"（司空曙《登岘亭》），东达吴越："城邑遥分楚，山川半入吴"（陈子昂《岘山怀古》）。便利的交通，使得来往的文人墨客络绎不绝。尤其是自蓝田、武关至襄州岭表这条南北主干道，常是迁客流人络绎于道，也成为唐代著名的流贬之道，因而，仕宦者、流贬者、漫游者各类旅人都会在此驻足浏览。沿途的景观如岘山、汉江、静思观、鹿门观等也都成为诗人入诗的题材。孟浩然《夜归鹿门寺》："鹿门月照开烟树，忽到庞公栖隐处。岩扉松径长寂寥，唯有幽人自来去。"王维《汉江临泛》："襄阳好风日，留醉与山翁。"都是歌咏这一交通重镇旅游景观的优美章句。

（三）景观因缘

作为体现地域旅游优势的要素之一，旅游景观的独特魅力无疑是最具有旅游吸引力的地域资源，而江苏、浙江、江西等长江中下游地域，不仅自然景观秀美多姿，并且人文景观也别有韵味，形成了以江苏、浙江、江西为代表的江南地域风光。当然，并非仅江南地域独有吸引游人的景观资源，其他地域同样有着众多风格各异的旅游资源，只是此地域的旅游景观更为典型突出，更能体现迥异于北方雄浑壮观的景致特点，其地域景观更有一番婉转柔美的韵味和闲适深远的文化意境，故在此以两省份解析旅游景观对地域性旅游文化的重要价值。

以江苏、浙江、江西诸省为一大区域特性的江南地带，在此的"江南"更具有泛指的意味。自古江南从纯粹的地理角度，都指代一个区域地理不断变动的地理名词。广义的江南是指长江以南除四川盆地外的广大陆地地区，它大致与南方的概念是等同的。狭义的江南也即近代所指长江下游段以南的区域，相当于江苏省的南部、浙江省的北部和安徽省的东南部地区。而唐代时江南也已有一定的区域内涵，贞观时已设“江南道”。徐坚《初学记》云：“江南道者，《禹贡》扬州之域，又得荆州之南界，北距江东际海，南尽岭，尽其地也。”① 可见也是一个泛指较广的地域。《唐六典》也云：“凡五十有一州。”开元时，又分广袤的江南道为江南东道、江南西道和黔中道三部分。可见，唐代虽有所指地域，但范围仍在变动。之所以此处要辨析“江南”，就是为了说明“江南”除了有不定的地理方位之外，还蕴含有一定的文化意义，“中国古代文学中的‘江南’则是一个艺术符号，一个依附于江南自然地理环境而存在的文化空间，古代作家在使用‘江南’这一概念时，逐渐弱化、虚化其具体地域范围，而突出、强化它作用符号的象征性。”②而此处以江苏、浙江为主的江南地域，除了泛指的地域空间外，还为了彰显江南异于北方的独特的文化景观气质。

江南地区地理环境上具有典型的“水乡泽国”及山川秀美的特质，而人文景观又蕴含娟秀颖慧的气质，加之江南自古就有众多风流俊秀的名流之士，诸多与北方文化气质相迥异的因素，吸引着北方的文人墨客游历至此。江南著名山水景观如九华、天姥、天台、临海、钟山、茅山、惠山、虎丘等，水则有秦淮河、若耶溪、雪溪、太湖、西湖、镜湖、玄武湖等。同时，江南众多名胜古迹都有着悠久深厚的文化积淀，如禹穴、西施浣纱处、乌衣巷、凤凰台、谢朓楼等，同时还有劳劳亭、严陵钓台、谢安东山、康乐遗迹、山阴故道等。另外，江南的仙道文化悠久，许多道家传说中神仙居住的洞天福地也在江南，会稽、剡溪都是传说中汇聚神仙灵气的宝地，为江南的山水更添一份灵气。江南的美景吸引着爱好游览的初盛唐诗人纷至沓来。宋之问景龙三年贬越州长史，在州期间遍游越州山水名胜，“穷历剡溪山，置酒赋诗，流布京师，人

---

① 徐坚．初学记［M］．北京：中华书局，1962：186.

② 周晓琳，刘玉平．空间与审美——文化地理视域中的中国古代文学［M］．北京：人民出版社，2009：113.

人传讽”①。虽为贬谪，但到此风景优美处，仍“越中山海高且深，兴来无处不登临”，游兴不减。禹穴、若耶溪、镜湖都留有他的足迹和诗作，如《泛镜湖南溪》《游法华寺》《早春泛镜湖》《灵隐寺》《游称心寺》等。孟浩然也曾漫游江南，留下《济江问同舟人》《宿建德江》《舟中晓望》《若耶溪泛舟》等。其《自洛之越》：“皇皇三十载，书剑两无成。山水寻吴越，风尘厌洛京。扁舟泛湖海，长揖谢公卿。且乐杯中物，谁论世上名。”② 体现了诗人欲以江南美景解仕途困顿的隐逸心境。而吟出“此行不为鲈鱼鲙，自爱名山入剡中”的李白更是倾注了无限的热情于江南的俊山秀水中，《登金陵凤凰台》《金陵城西楼月下吟》《金陵酒肆留别》《宣州谢朓楼饯别校书叔云》等都是李白悠游江南的杰出诗作。诗因景成，景借诗传，江南的美景契合了初盛唐人好游的心态，使得江南地域丰富的自然、人文景观借旅游诗歌得以声名远播。

（四）贬谪出塞因缘

以两广为代表的岭南地区和以新疆、甘肃、青海为主的边塞地区，旅游诗歌数量并不算多，相较于前面所论述地域，旅游优势也不明显。之所以另加叙述，是因为两地域的旅游诗歌类别特征显著，分属于旅游诗歌中的贬谪旅游诗和边塞旅游诗，而贬谪诗人和边塞诗人对唐代旅游诗歌的发展也做出了杰出的贡献。两类诗人游历的地域被学者称为弱势区域，“文化的强势区往往是政治中心及其直接受辐射区域，如唐代前期，北方是文化强势区，而南方则为弱势文化区”③，岭南地区和边塞地区都非政治经济中心地区，因而是典型的弱势区域。

唐时的岭南，大体为现代广东、广西、海南的大部分和越南的一部分。岭南偏僻的地理环境和潮湿的气候条件以及闭塞的交通阻隔，使岭

① 欧阳修，宋祁，等．新唐书（卷二〇二）［M］．北京：中华书局，1975：5750.

② 徐鹏．孟浩然集校注［M］．北京：人民文学出版社，1989：207.

③ 戴伟华．地域文化与唐代诗歌［M］．北京：中华书局，2006：161.

南一度为唐代政治、经济较为落后的地区。岭南多给人以瘴疠之乡、穷荒僻壤的印象。王风未被，春风不度。故杜佑在《通典·南蛮下》中说："五岭之南，涨海之北，三代之前是为荒服。"① 直观点明了岭南的地域形象。相较于盛唐士人多贬于荆湘地域，荆湘地域虽也远离关中、中原等文化中心地带，但无论是其地理位置、文化风俗还是景观风貌，比之荒远偏恶的岭南，都为诗人提供了更为宽松闲适的环境。因此被贬往岭南甚至更远至驩州（今越南）的沈、宋、杜审言都写下了众多行经岭南、感怀思归念乡的诗篇。但同时，这些久居京城，见惯京都宫廷景象的诗人，也会为大自然鬼斧神工下的另类景致所吸引，并借异地所游所感景致冲淡悲伤之情。如宋之问《自衡阳至韶州谒能禅师》："谪居窜炎壑，孤帆淼不系。别家万里馀，流目三春际。猿啼山馆晓，虹饮江皋霁。湘岸竹泉幽，衡峰石囷闭。岭嶂穷攀越，风涛极沿济。"诗歌即是对岭南景致的具体描述。而其《登粤王台》："地湿烟尝起，山晴雨半来。冬花采卢橘，夏果摘杨梅。"② 则是对南方独特的气候和物产产生了相当的探奇兴趣。

边塞地域同样属弱势区域，稍不同于岭南区域的是入塞的诗人并非出于被动原因，很多是抱着借此地成就一番伟业的豪迈胸怀而主动游历。边塞地域同岭南一样，本土诗人创作并不兴盛，正是有了外来诗人的进入，才开拓了一片旅游新天地，也为诗人的诗歌创作提供了丰富的创作素材。边塞诗歌几乎都出自外来游历的诗人，骆宾王、高适、岑参都是边塞旅游诗歌创作的主力军。值得一提的是，在能够确切统计地域的甘肃 42 首旅游诗歌中，仅杜甫一人就创作了 20 首，几乎占了该地诗作的一半，虽然比率不完全确切，但确实表明杜甫曾在秦州留下了众多的游览诗歌。杜甫的《发秦州》《秦州杂诗》《山寺》《雨晴》等都是在秦州生活游览的生动记叙。

---

① 杜佑．通典（卷一八八）［M］．北京：中华书局，1982：1005.

② 陶敏，易淑琼．沈佺期宋之问集校注［M］．北京：中华书局，2001：547，570.

初盛唐旅游诗歌地域性的复杂性和规律特征远不止本书所列举的表面现象，以上所列举每个省份地域风貌的形成也都不是单个因素的作用，鉴于地域性涉及的广度之宽和纵度之深，本书仅能以初盛唐旅游诗歌为基础文本，试以最浅层次的数据分析，以期窥探诗歌创作与地域的关联线索。简言之，初盛唐旅游诗歌创作遵循一定的时间规律，并且反映出相关的地域特征，这些都与其所处时代的政治、经济、人文有着密切的关系。

结　语

唐诗作为中国古典诗歌的高峰，中国文学史的一座耀眼丰碑，吸引着人们对之进行不懈的探索研究。对于唐诗的研究，发展至今已经有着丰富的历史积累，传统的学术形态如诗歌作品、群体流派、文献考证、艺术特征、思想文化等仍不断向纵深挖掘，而新型的唐诗研究理论方法也不断涌现，最突出的体现是研究视野的宏观化和视角的多元化，以及跨学科的横向整合研究。现代的学术触角已延伸至史学、艺术、哲学、宗教、美学乃至建筑园林、地域交通等交叉领域，这种运用跨学科思维对传统诗歌的探索，有助于以全新的视野开拓出唐诗领域尚未被涉及的新领域，同时也将古典唐诗带入现代学科领域从而更融洽地实现古典诗歌的现代价值探索。而选择以初盛唐诗人的旅游活动及旅游诗歌创作作为切入点，则是借鉴现代旅游学的相关理论并结合初盛唐时期的旅游实践，对初盛唐时期与旅游诗歌相关的一系列问题进行定义、梳理、归纳，并在总结初盛唐旅游诗歌的相关本质基础上，实现古典诗学与现代旅游的良性对接。

初盛唐旅游诗歌研究的价值也正在于此。就研究的必要性方面，旅游作为人类的实践活动，是与人类社会发展史相始终的，而与之同步的中国历代文学作品中有关游览、记游、行旅类的丽彩华章也是俯仰皆是。虽然古代典籍并未列以“旅游”类别，但不能否认在中国源远流长的文学长河中，大量游山玩水的作品符合现代旅游文学作品的界定，或存在某种相似性。尤其是至初盛唐时期中国古代旅游步入一个飞速发展的时期，与此同时，诗歌自身发展到唐代业已形成诸体并兴而格律大行的诗体格局状态，进入诗歌创作自由而又有度、态纵而不失规范的成熟时期，两厢碰撞交织而成的旅游诗歌作品自然成为唐代诗歌中不可或缺的重要组成部分。

就旅游诗歌于唐代诗歌史的价值，之所以将旅游诗歌从唐代诗歌这个总体中划分出来，不仅在于唐代现实社会中出现了作为这种诗歌描写对象的特殊而独立的生活方式，更在于旅游诗歌有其他社会题材诗歌所不具备的独有特征。初盛唐文人丰富而多元的旅游活动对于唐初诗歌最为深远的影响在于其艺术创新和精神旨归方面。唐人的旅游极大地拓展了诗歌创作的视野和范围，丰富了唐诗创作的内容和题材。对诗人们而言，旅游所带来的新鲜感、陌生感，都极大满足了诗人们求新、求异的心理诉求。大量来源于诗人游历的见闻，丰富了诗人们的眼界，冲击着诗人们的感官，也空前拓展了诗人们的想象力。当诗人们因各种原因游走于大江南北的广阔地域时，不论是内蕴深厚意味无穷的文化景观，还是或磅礴广袤或清冷隽秀的自然景观，都令诗人们展开无边无际的想象和联想，诗人们沉寂的思维被激活，天纵之诗才一旦被赋予想象的助力，就会产生无数前代无可触及的新鲜之作。诗人们游览时目之所见、耳之所闻、心之所感都诉诸笔端，汇聚成震耀千古的诗意语言。仅从《全唐诗》中，就可以看出旅游诗歌于唐诗的贡献，《全唐诗》中有关旅游的诗作不仅数量可观（初步甄选，仅彭定求版《全唐诗》中有关旅游诗作就有3000余首）并且艺术成就突出，很多诗人的著名诗作都来自于其游历经历。同时，诗人们的旅游活动也推动了初盛唐诗歌逐步摆脱齐梁绮艳淫靡之风而完成了最终声律风骨兼备的革新。诗歌发展到唐朝，古体诗与近体诗都实现了相对自觉。在形式多元化的唐代诗坛，两者都得到了空前发展，唐诗诗体及风骨的完备，除了来自于诗歌自身发展规律的作用，也应归功于诗人们游历时的情感充溢、诗思迸发，单一的诗歌形式已不足以满足诗人们的才思表达，故而促成了多种诗歌形式的发展成熟。试以初唐王勃在《越州秋日宴山亭序》中说：“是以东山可望，林泉生谢客之文；南国多才，江山助屈平之气。”① 指出谢灵运和屈原二人的诗文创作均得之于他们所游览之地自然山水景观的陶冶，而初盛唐诗人的才情又何尝不是得之于此。旅游的文学创作价值已经得到广泛的肯定，也正如毛泽东所言：“游之为益大矣哉！登祝融之峰，一览众山小；泛黄勃之海，启瞬江湖失。马迁览潇湘，泛西湖，历昆仑，周览名山大川，而其襟怀乃益广。”②

就初盛唐时段旅游诗歌在整个旅游诗歌史的价值而言，古代旅游诗歌乃至整个旅游文学都是一以贯之的连续发展过程。旅游文学源远流长，绵延不绝，至今方兴未艾。古代旅游文学的发展依其时代旅游水平及文学历史贡献，大体分为奠基期（先秦两汉）、形成期（魏晋六朝）、繁荣期（唐宋）、兴盛衍化期（元明清），③ 可见初盛唐时期正处于旅游活动由形成至繁荣的关键过渡时期。唐以前，有关旅游活动的记载多是支离破碎的，即使稍成规模的也仅是偶尔有之。至魏晋南北朝时期，处于分裂动荡、政局混乱的社会背景下，文人们即使寄情山水，多数也是为了逃避现实，遁迹林泉，寄灵魂于山山水水，借灵山秀水涤荡净化心灵，故成规模的旅游活动，多出现在士林文人身上。而至唐代，旅游活动及其相关文学作品才发展至登峰造极的阶段，这一方面得益于初唐至盛唐社会的繁荣稳定，为上至皇帝下至黎民的出游提供了安定的环境因素和物质保障，也催生了全民皆游的闲情逸致。另一方面也是初盛唐文人自信豪迈的胸襟气魄和充盈丰沛的饱满情志造就了初盛唐旅游诗歌的快速迅猛发展。转至中晚唐，虽然旅游活动、诗歌创作仍蔚然可观，但由于安史之乱带给社会的巨大动荡，咏吟旅游诗歌格调也渐趋清远沉郁，而不复高亢昂扬的“盛唐之音”。故初盛唐旅游诗歌不仅处于接续

① 蒋清翊．王子安集注（卷六）［M］．上海：上海古籍出版社，1995：198.

② 中共中央文献研究室．毛泽东早期文稿·讲堂录［M］．长沙：湖南出版社，1990：587.

③ 时期分段参考：冯乃康．中国旅游文学论稿［M］．北京：旅游教育出版社，1995：217. 章尚正．旅游文学［M］．福州：福建人民出版社，2006：38.

魏晋诗歌发展态势而至繁盛的关键时期，并且在此时段旅游诗歌所创造的辉煌成果也是后代无可企及的。

就旅游诗歌的认知、传播价值而言，诗因景吟，景以诗传。景观与诗人之间是一种相互对待、互相为用的关系。清人沈德潜道出了山水与诗人的关系："江山与诗人相为对待者也。江山不遇诗人，则巉岩渊沦，天地纵与以壮观，终莫能昭著于天下古人之心目。诗人不遇江山，则虽有灵秀之心，俊伟之笔，而孑然独处，寂无见闻，何由激发心胸，一吐其灏瀚之气？惟两相待两相遇，斯人心之奇际乎宇宙之奇，而文辞之奇得以流传于简墨。"① 丰富多彩的山川林木、古物遗迹、风俗人情、奇闻逸事固然激发了诗人的创作激情，促使其"所至辄为诗咏"，唱和以往返。而各种景观资源也有赖于旅游诗歌彰名扬誉，黄鹤楼、鹳雀楼、庐山、洞庭湖、西湖等众多享誉后世的知名景点，除具备本身景致绝美的特点外，还借誉延声于名贤之大手笔。崔颢的《黄鹤楼》、李白的《望庐山瀑布水》、王之涣的《登鹳雀楼》、孟浩然的《临洞庭湖赠张丞相》等，正是诗人们的词彩华章起到了点化景点、美化景点与深化景点的特效，寥寥数语，即点染出景致的美学特征，令人过目不忘，诗作与景点共同成为历久弥新的传世精品。旅游诗歌的显著传播价值也早已为古人肯定，如清人叶燮在《原诗·外篇下》谈及诗人游览自然山水对山水的彰显作用："天地之生是山水也，其幽远奇险，天地亦不能自剖其妙，自有此人之耳目手足一历之，而山水之妙始泄。"② 旅游诗歌的认知、传播价值还在于诗歌对初盛唐人们旅游活动的彰显，正是借诗人对当时旅游状况的描摹刻画，才使今人能较客观地还原当时全民皆游的旅游盛况，并兼之以对初盛唐旅游风尚、士人心理、社会习俗等时代风貌的整体把握。

就旅游诗歌对现代旅游业的价值而言，前已提及，旅游文学包括诗

---

① 沈德潜．沈德潜诗文集［M］．潘务正，李言，校点．北京：人民文学出版社，2011：1525.

② 叶燮．原诗［M］．霍松林，校注．北京：人民文学出版社，1979：69.

歌对风景名胜具有重要的美化宣传作用。大自然的钟灵神秀借文人们的生花妙笔昭著于天下。甚至很多景观原本并非名胜，皆因诗人的咏吟才得以名扬天下。如李白《独坐敬亭山》之于敬亭山、张继《枫桥夜泊》之于寒山寺、王勃《滕王阁》之于滕王阁……类似的例子不胜枚举。旅游本就具有一定的文化意义，故现代众多景点因为诗人的赋诗而更具文化特色，吸引着游人因诗而访景。《枫桥夜泊》在日本广为流传，日本人到苏州旅游，多要见识张诗碑刻。诗韵钟声千载流传，寒山古刹因此名扬天下。同时，旅游诗歌还具有提升游人文化审美修养的作用。优秀的旅游诗歌犹如智慧的导游，引导读者选择最佳的视点、视角、视界，并展开艺术的想象力和感悟力，全面领略景点的氛围美、形色美与神韵美。旅游诗歌发展至今已成为我国重要的旅游资源，中国欲跻身于世界旅游大国，历代文人为我们留下的大量文学作品有着不可估量的重要价值，大量的旅游诗作有利于帮助旅游者提高鉴赏水平、想象水平和审美水平。

初盛唐旅游诗歌价值意义深远，但同时目前学界对初盛唐旅游诗歌尚无系统研究，还存在重视不足、关注不够的现状，这也为目前此时期的诗歌研究留下了较大的空间。基于此，本书将初盛唐旅游诗歌作为研究对象。本书采取归纳统计、综合分析、叙议结合的方法，并借助现代旅游学、旅游地理学、文化地理学、历史地理学等相关学科对这一课题展开了探讨，主要取得了以下成绩：

其一，对相关概念做了较为系统科学的界定。采用文献考证以追本溯源，同时古今结合以比对分析，对目前学界尚无一致定论的“旅游文学”进行科学界定，并阐明现代旅游与古代旅游、现代旅游文学与古代旅游文学的异同。在此基础上进而分析旅游文学的本质特征，及与山水文学、行旅文学的关联与区别。

其二，从纵向上梳理了初至盛唐不同时期旅游诗歌的发展脉络。以此时期皇帝更替为时段划分界限，对不同时段宫廷内外旅游诗歌进行总结归纳，宏观上把握每时段旅游诗歌的创作特点及艺术特色，同时在微观上对重点诗人及作品进行详细分析，做到点面结合。

其三，在横向上运用统计分析的方法对此时期各种旅游诗歌进行归纳分类。首先，依据旅游者旅游动机的不同将旅游诗歌分为“仕宦游”“观光游”和“消遣游”，因诗人旅游类型的不同其诗歌中体现的情感形态也各有不同；其次，对初盛唐旅游诗歌的表现对象以自然山水、园林建筑、风俗民情的划分标准加以分析；最后，探讨初盛唐时期旅游诗歌的时空特点，不同地域因其诗歌繁盛缘由的不同所表现出的诗歌特点也各有不同。

鉴于笔者学识浅陋，加之时间有限，拙稿存在不少疏漏和值得商榷之处。目前学界对古代旅游诗歌没有严格的择选标准，仅以旅游文学、旅游诗歌的定义和特征作为参考，因此所选 3 000 余首旅游诗歌可能有所偏颇；在对旅游诗歌分类上可能也存在着过多的主观臆断性。尤其是拙稿缺乏理论深度，在旅游诗歌的艺术特征以及诗人情感主题把握上尚显肤浅，有待于在今后的学习积累中逐步提高完善。

参考文献

一、古籍

B

班固．汉书［M］．北京：中华书局，1963.

D

段玉裁．说文解字注［M］．北京：中华书局，1998.
杜佑．通典［M］．北京：中华书局，1982.
丁福保．清诗话［M］．上海：上海古籍出版社，1963.
丁福保．历代诗话续编［M］．北京：中华书局，1981.
董诰．全唐文［M］．北京：中华书局影印，1982.

F

方东树．昭昧詹言［M］．北京：人民文学出版社，1961.
范晔．后汉书［M］．北京：中华书局，1973.
冯梦龙．警世恒言［M］．北京：中华书局，2009.

G

高棅．唐诗品汇［M］．上海：上海古籍出版社，1981.

葛洪．西京杂记［M］．上海：上海古籍出版社，1991.
郭璞注，袁珂点校．山海经［M］．上海：上海古籍出版社，1980.
郭璞，邢昺．尔雅注疏［M］．北京：北京大学出版社，2000.
郭庆藩．庄子集释［M］．北京：中华书局，1961.
郭竹平，注译．楚辞［M］．北京：中国社会科学出版社，2002.

H

韩鄂．岁华纪丽［M］．海口：海南出版社，2001.
何文焕．历代诗话［M］．北京：中华书局，1981.
何焯．义门读书记［M］．北京：中华书局，1987.
洪兴祖．楚辞补注［M］．上海：上海古籍出版社，2002.
洪应明．菜根谭［M］．北京：北京宗教文化出版社，2001.
胡应麟．诗薮［M］．上海：上海古籍出版社，1979.
胡震亨．唐音癸签［M］．上海：上海古籍出版社，1981.

J

纪昀．四库全书总目提要［M］．北京：中华书局，1983.

L

刘安．淮南子［M］．北京：北京燕山出版社，1996.
李昉，等．文苑英华［M］．北京：中华书局，1966.
李昉，等．太平御览［M］．北京：中华书局，1960.
李林甫．唐六典（点校本）［M］．北京：中华书局，1992.
李格非．洛阳名园记［M］．北京：文学古籍刊行社，1955.
李白．李太白全集［M］．王琦，注．北京：中华书局，2011.
李肇．唐国史补［M］．上海：上海古籍出版社，2000.
郦道元．水经注［M］．上海：上海书店，1983.
刘熙载．艺概［M］．上海：上海古籍出版社，1978.

刘昫，等．旧唐书［M］．北京：中华书局，1975.

刘餗，刘肃．隋唐嘉话·大唐新语［M］．北京：古典文学出版社，1957.

老子．道德经［M］．北京：商务印书馆，1935.

陈熙晋．骆临海集笺注［M］．上海：上海古籍出版社，1985.

卢照邻．卢照邻集［M］．徐明霞，点校．北京：中华书局，1980.

O

欧阳修，宋祁，等．新唐书［M］．北京：中华书局，1975.

欧阳询．艺文类聚［M］．上海：上海古籍出版社，1965.

欧阳忞．舆地广记［M］．成都：四川大学出版社，2003.

P

彭定求，等．全唐诗（增订本）［M］．北京：中华书局，1999.

浦起龙．史通通释［M］．上海：上海古籍出版社，1978.

浦起龙．读杜心解［M］．北京：中华书局，1961.

Q

钱谦益．钱注杜诗［M］．上海：上海古籍出版社，1958.

S

沈德潜．古诗源［M］．北京：中华书局，1963.

沈德潜．唐诗别裁集［M］．长沙：岳麓书社，1998.

释慧．高僧传［M］．北京：中华书局，1992.

舒宝璋．唐才子传［M］．郑州：中州古籍出版社，1987.

司马迁．史记［M］．北京：中华书局，1999.

司马光．资治通鉴［M］．上海：上海古籍出版社，1956.

W

王国维．水经注校［M］．上海：上海人民出版社，1984.

王念孙．广雅疏证［M］．北京：中华书局，2004.

王溥．唐会要（排印本）［M］．北京：中华书局，1955.

王定保．唐摭言［M］．北京：中华书局，1959.

王钦若．册府元龟［M］．北京：中华书局，1960.

王士禛．带经堂诗话［M］．北京：人民文学出版社，1982.

王世贞．全唐诗说［M］．北京：商务印书馆，1936.

王仁裕．开元天宝遗事［M］．上海：上海古籍出版社，1985.

王闿运．湘绮楼诗文集［M］．长沙：岳麓书社，2001.

王象之．舆地纪胜［M］．北京：中华书局，1992.

王应麟．玉海［M］．南京：江苏古籍出版社，1990.

王绩．王无功文集（五卷本会校）［M］．韩理洲，点校．上海：上海古籍出版社，1987.

万丽华，蓝旭译注．孟子［M］．北京：中华书局，2010.

王先谦，吴格．诗三家义集疏［M］．北京：中华书局，1987.

魏庆之．诗人玉屑［M］．上海：上海古籍出版社，1959.

吴兢．贞观政要［M］．上海：上海古籍出版社，1978.

魏徵．隋书［M］．北京：中华书局，1999.

魏收．魏书［M］．北京：中华书局，1999.

翁方纲．石洲诗话［M］．北京：人民文学出版社，1981.

X

辛文房．唐才子传［M］．上海：古典文学出版社，1957.

徐松．登科记考［M］．北京：中华书局，1984.

徐松．唐两京城坊考［M］．北京：中华书局，1985.

徐坚．初学记［M］．北京：中华书局，1962.

许学夷．诗源辨体［M］．北京：人民文学出版社，1987.

Y

严可均．全上古三代秦汉三国六朝文［M］．北京：中华书局，1958.

杨天宇，注．礼记［M］．上海：上海古籍出版社，2007.

杨炯．杨炯集［M］．徐明霞，点校．北京：中华书局，1980.

俞陛云．诗境浅说［M］．北京：中华书局，2010.

永瑢．文渊阁四库全书［M］．上海古籍出版社，1987.

圆仁．入唐求法巡礼行记［M］．上海古籍出版社，1986.

乐史．太平寰宇记［M］．王文楚，等，点校．北京：中华书局，2007.

佚名．大唐传载［M］．北京：中华书局上海编译所，1958.

Z

郑处海．明皇杂录［M］．北京：中华书局，1997.

长孙无忌，等．唐律疏义［M］．刘俊文，点校．北京：中华书局，1983.

张彦远．历代名画记［M］．北京：人民美术出版社，1963.

张鷟．朝野佥载［M］．西安：三秦出版社，2004.

郑玄，贾公彦．周礼注疏［M］．北京：北京大学出版社，1999.

张九龄．曲江集［M］．刘斯翰，注．广州：广东人民出版社，1986.

张潮．幽梦影［M］．郑州：中州古籍出版社，2006.

张燕婴，译注．论语［M］．北京：中华书局，2006.

朱景玄．唐朝名画录［M］．成都：四川美术出版社，1985.

朱熹．四书章句集注［M］．北京：中华书局，1983.

朱熹．楚辞集注［M］．上海：上海古籍出版社，1983.

朱熹．朱子语类［M］．北京：中华书局，1986.
祝穆．方舆胜览［M］．北京：中华书局，2003.
宗懔．荆楚岁时记［M］．北京：中华书局，1991.

二、今人著作

C

陈立．白虎通疏证［M］．北京：中华书局，1994.
陈贻焮．增订注释全唐诗［M］．北京：文化艺术出版社，2001.
陈铁民．王维集校注［M］．北京：中华书局，1997.
陈鼓应．庄子今注今译［M］．北京：中华书局，1983.
曹道衡，刘跃进．先秦两汉文学史料学［M］．北京：中华书局，2005.
曹文彬．中国旅游文学［M］．北京：中国商业出版社，2003.
崔进．旅游文化纵览［M］．北京：中国旅游出版社，2000.
陈延杰．诗品注［M］．北京：人民文学出版社，1961.
陈尚君．全唐诗补编［M］．北京：中华书局，1992.
陈寅恪．唐代政治史述论稿［M］．石家庄：河北教育出版社，2002.
陈顺智．刘长卿诗歌透视［M］．武汉：湖北人民出版社，1994.
陈顺智．魏晋南北朝诗学［M］．长沙：湖南人民出版社，2000.
陈顺智．诗学散论［M］．上海：上海古籍出版社，2008.
陈文新．中国文学编年史［M］．长沙：湖南教育出版社，2006.
陈水云．中国山水文化［M］．武汉：武汉大学出版社，2001.
陈小芒．江西古代旅游文学研究［M］．南昌：百花洲文艺出版社，2004.
陈颖．力的奔放美的热恋——中国古代旅游说薮［M］．北京：旅游教育出版社，1990.

陈弱水．唐代文士与中国思想的转型［M］．桂林：广西师范大学出版社，2009.

陈炎，李红春．儒释道背景下的唐代诗歌［M］．北京：昆仑出版社，2003.

陈伯海．唐诗学引论［M］．上海：东方出版中心，2007.

陈正祥．中国文化地理［M］．北京：三联书店，1983.

成复旺．神与物游——论中国传统审美方式［M］．北京：中国人民大学出版社，1989.

成复旺．文境与哲理［M］．北京：中华书局，2002.

程水金．中国早期文化意识的嬗变（第一卷）［M］．武汉：武汉大学出版社，2003.

D

董志广．潘岳集校注［M］．天津：天津古籍出版社，2005.

戴伟华．地域文化与唐代诗歌［M］．北京：中华书局，2006.

戴伟华．唐代使府与文学研究［M］．桂林：广西师范大学出版社，2007.

丁成泉．中国山水诗史［M］．武汉：华中师范大学出版社，1990.

丁成泉．中国山水田园诗集成［M］．武汉：湖北教育出版社，2003.

丁文魁．风景名胜研究［M］．上海：同济大学出版社，1988.

杜晓勤．初盛唐诗歌的文化阐释［M］．北京：东方出版社，1997.

段玉明．中国寺庙文化［M］．上海人民出版社，1994.

F

范文澜．文心雕龙注［M］．北京：人民文学出版社，1958.

范祥雍．洛阳伽蓝记校注［M］．上海：上海古籍出版社，1958.

方玉润．诗经原始［M］．北京：中华书局，1986.

冯乃康．中国旅游文学论稿［M］．北京：旅游教育出版社，1995.

冯岁平．徐霞客游记通论［M］．西安：西北大学出版社，1994.

傅璇琮．唐才子传校笺［M］．北京：中华书局，1989.

傅璇琮．唐代诗人丛考［M］．北京：中华书局，2003.

傅璇琮．唐五代文学编年史（初盛唐卷）［M］．沈阳：辽海出版社，1998.

G

高友工．唐诗的魅力［M］．上海：上海古籍出版社，1989.

冈大路．中国宫苑园林史考［M］．北京：农业出版社，1988.

甘筱青．庐山文化大观［M］．南昌：江西人民出版社，2009.

葛晓音．山水田园诗派研究［M］．沈阳：辽宁大学出版社，1993.

葛晓音．诗歌高潮与盛唐文化［M］．北京：北京大学出版社，1998.

葛晓音．中国名胜与历史文化［M］．北京：北京大学出版社，1999.

葛晓音．唐诗宋词十五讲［M］．北京：北京大学出版社，2003.

葛兆光．中国思想史［M］．上海：复旦大学出版社，1998.

顾绍柏．谢灵运集校注［M］．郑州：中州古籍出版社，1987.

龚鹏程．游的精神文化史论［M］．石家庄：河北教育出版社，2001.

龚鹏程．唐代思潮［M］．北京：商务印书馆，2007.

郭绍虞，罗根泽．中国近代文论选［M］．北京：人民文学出版社，1959.

郭绍虞．沧浪诗话校释［M］．北京：人民文学出版社，1961.

郭少棠．旅行：跨文化想象［M］．北京：北京大学出版社，2005.

H

黄正建．唐代衣食住行研究［M］．北京：首都师范大学出版社，1998.

何平立．崇山理念与中国文化［M］．济南：齐鲁书社，2001.

何念龙．李白文化现象论［M］．武汉：湖北人民出版社，2009.

胡晓明．万川之月——中国山水诗的心灵境界［M］．北京：北京大学出版社，2005.

胡大雷．文选诗研究［M］．桂林：广西大学出版社，2000.

胡可先．唐诗发展的地域因缘和空间形态［M］．北京：中国社会科学出版社，2010.

胡可先．唐代重大历史事件与文学研究［M］．杭州：浙江大学出版社，2007.

J

蒋清翊．王子安集注［M］．上海：上海古籍出版社，1995.

蒋寅．中国古代文学通论［M］．沈阳：辽宁人民出版社，2004.

贾晋华．唐代集会总集与诗人群研究［M］．北京：北京大学出版社，2001.

金学智．中国园林美学［M］．南京：江苏文艺出版社，1990.

K

柯素莉．诗与自然——中国山水诗的现代阐释［M］．武汉：湖北科学技术出版社，1999.

［加拿大］卡尔松．环境美学［M］．杨平，译．成都：四川人民出版社，2006.

［英］克里斯·库珀，等．旅游学［M］．张俐俐，蔡利平，等，译. 北京：高等教育出版社，2007.

孔祥军．汉唐地理志考校［M］．北京：新世界出版社，2012.

L

廖立．岑嘉州诗笺注［M］．北京：中华书局，2004.

蓝继旭．中国名胜古迹旅游诗词集［M］．北京：中国旅游出版社，1999.

刘开扬．高适诗集编年笺注［M］．北京：中华书局，1981.

刘海峰．诗照合璧颂旅游［M］．北京：中国文化出版社，2011.

罗仲鼎．艺苑卮言校注［M］．济南：齐鲁书社出版社，1992.

李云逸．王昌龄诗注［M］．上海：上海古籍出版社，1984.

李天元．旅游学［M］．北京：高等教育出版社，2002.

李冠瑶，刘海鸥．旅游学教程［M］．北京：北京大学出版社，2005.

李德辉．唐代交通与文学［M］．长沙：湖南人民出版社，2003.

李文初，等．中国山水诗史［M］．广州：广东高等教育出版社，1991.

李浩．唐诗美学精读［M］．上海：复旦大学出版社，2009.

李浩．唐代园林别业考论［M］．西安：西北大学出版社，1996.

李从军．唐代文学演变史［M］．北京：人民文学出版社，1993.

李俊．初盛唐时期的盛世理想与文学［M］．北京：中国社会科学出版社，2008.

李孝聪．唐代地域结构与运作空间［M］．上海：上海辞书出版社，2003.

李秋第．诗仙游踪——李白与名山胜景［M］．北京：中国戏剧出版社，1996.

李泽厚，刘纲纪．中国美学史［M］．北京：中国社会科学出版社，1987.

刘洁．唐诗题材类论［M］．北京：民族出版社，2005.

刘德谦．中国旅游文学新论［M］．北京：中国旅游出版社，1997.

逯宝峰，陈静．旅游文学鉴赏［M］．北京：中国科学技术出版社，2009.

林非．中华游记百年精华［M］．北京：人民文学出版社，2001.

罗宗强．隋唐五代文学思想史［M］．北京：中华书局，2003.

［美］罗伯特·路威．文明与野蛮［M］．吕叔湘，译．北京：三联书店，1984.

梁思成．中国建筑史［M］．天津：百花文艺出版社，1998.

吕思勉．隋唐五代史［M］．上海：上海古籍出版社，2005.

M

马勇，余冬林，周霄．中国旅游文化史纲［M］．北京：中国旅游出版社，2008.

莫砺锋．杜甫评传［M］．南京：南京大学出版社，1993.

N

聂永华．初唐宫廷诗风流变考论［M］．北京：中国社会科学出版社，2002.

P

彭勇．中国旅游史［M］．郑州：郑州大学出版社，2007.

Q

钱钟书．管锥编［M］．北京：中华书局，1979.

钱谦益．钱注杜诗［M］．上海：上海古籍出版社，1958.

钱志熙．唐前生命观和文学生命主题［M］．北京：东方出版社，1997.

钱易．南部新书［M］．北京：中华书局，1958.

乔正康．中国旅游文学［M］．北京：中国展望出版社，1990.

R

任继愈．老子今译［M］．上海：上海古籍出版社，1957.

S

宋开玉．杜诗释地［M］．上海：上海古籍出版社，2004.

商友敬．中国旅游文化［M］．上海：上海古籍出版社，1981.

沈祖祥．旅游文化概论［M］．福州：福建人民出版社，1999.

尚永亮．唐五代逐臣与贬谪文学研究［M］．武汉：武汉大学出版社，2007.

沙润．旅游景观审美［M］．南京：南京师范大学出版社，2005.

石芳荃．中国历代帝王泰山封禅秘闻［M］．北京：经济日报社，1989.

石洪斌，等．旅游文学［M］．北京：北京大学出版社，2005.

［日］松浦友久．李白的客寓意识及其诗思［M］．刘维治，尚永亮，刘崇德，译．北京：中华书局，2001.

T

谭白英．文物与旅游［M］．武汉：武汉大学出版社，1996.

潭优学．唐诗人行年考［M］．成都：四川人民出版社，1981.

谭其骧．两唐书地理志汇释［M］．合肥：安徽教育出版社，2002.

谭其骧．中国历史地图集（第一册至第八册）［M］．北京：地图出版社，1982-1987.

陶文鹏．中国古代山水诗史［M］．南京：凤凰出版社，2004.

屠如骥．旅游心理学［M］．天津：南开大学出版社，1986.

陶敏，易淑琼．沈佺期宋之问集校注［M］．北京：中华书局，2001.

W

王仲镛．唐诗纪事校笺［M］．北京：中华书局，2007.

牛继清．唐会要校证［M］．西安：三秦出版社，2012.

王国安．王绩诗注［M］．上海：上海古籍出版社，1981.

王珂平．旅游审美活动论［M］．北京：旅游教育出版社，2006.

王淑良．中国旅游史（古代部分）［M］．北京：旅游教育出版社，1998.

王立群．中国古代山水游记研究［M］．郑州：河南大学出版社，1996.

王会昌．中国文化地理［M］．武汉：华中师范大学出版社，2010.

王福鑫．宋代旅游研究［M］．保定：河北大学出版社，2007.

王毅．园林与中国文化［M］．上海：上海人民出版社，1990.

王佺．唐代干谒与文学［M］．北京：中华书局，2011.

王志清．盛唐生态诗学［M］．北京：北京大学出版社，2007.

王永平．道教与唐代社会［M］．北京：首都师范大学出版社，2002.

王明居．唐代美学［M］．合肥：安徽大学出版社，2005.

王晓伟．诗是行者的夜歌——古诗词里的旅行攻略［M］．北京：中国华侨出版社，2010.

闻一多．唐诗杂论［M］．北京：中华书局，2009.

汪涌豪，俞灏敏．中国游仙文化［M］．上海：复旦大学出版社，2005.

伍蠡甫．山水与美学［M］．上海：上海文艺出版社，1985.

乌丙安．中国民俗学［M］．沈阳：辽宁大学出版社，1987.

吴绍礼，张镇．古代风景诗译释［M］．哈尔滨：黑龙江人民出版社，1984.

吴玉贵．中国风俗通史·隋唐五代卷［M］．上海：上海文艺出版社，2001.

吴在庆．唐代文士与唐诗考论［M］．厦门：厦门大学出版社，2006.

吴洲．唐代东南的历史地理［M］．北京：中国社会科学出版社，2011.

闻一多．唐诗杂论［M］．上海：世纪出版集团，2006.

X

徐鹏．陈子昂集［M］．北京：中华书局，1960.

徐鹏．孟浩然集校注［M］．北京：人民文学出版社，1989.

徐连达．唐朝文化史［M］．上海：复旦大学出版社，2003.

徐志华．唐代园林诗述略［M］．北京：中国社会出版社，2011.

辛德勇．两京新记辑校［M］．西安：三秦出版社，2006.

萧涤非，程千帆．唐诗鉴赏辞典［M］．上海：上海辞书出版社，1983.

谢彦君．基础旅游学［M］．北京：中国旅游出版社，1999.

谢贵安，华国梁．旅游文化学［M］．北京：高等教育出版社，1999.

薛群慧．旅游心理学［M］．昆明：云南大学出版社，1996.

肖驰．中国诗歌美学［M］．北京：北京大学出版社，1986.

［日］小尾郊一．中国文学中所表现的自然与自然观［M］．邵毅平，译．上海：上海古籍出版社，1989.

Y

杨勇．世说新语校笺［M］．北京：中华书局，1969.

杨琳．中国传统节日文化［M］．北京：宗教文化出版社，2000.

杨义．李杜诗学［M］．北京：北京出版社，2001.

严耕望．唐人习业山林寺院之风尚［M］．香港：新亚研究所，

1969.

严耕望．唐代交通图考［M］．上海：上海古籍出版社，2007.

叶嘉莹．叶嘉莹说初盛唐诗［M］．北京：中华书局，2008.

叶朗．中国美学史大纲［M］．上海：上海人民出版社，1985.

［美］宇文所安．初唐诗［M］．贾晋华，译．北京：三联书店，2004.

［美］宇文所安．盛唐诗［M］．贾晋华，译．北京：三联书店，2004.

余冠英．中国古代山水诗鉴赏辞典［M］．南京：江苏古籍出版社，1989.

余英时．士与中国文化［M］．上海：上海人民出版社，1987.

余恕诚．唐诗风貌［M］．合肥：安徽大学出版社，1997.

余意峰，杨俭波．中国传统文化与旅游［M］．北京：科学出版社，2011.

俞平伯，等．唐诗鉴赏辞典［M］．上海：上海辞书出版社，2004.

俞剑华．中国古代画论精著［M］．北京：人民美术出版社，2011.

袁行霈，丁放．盛唐诗坛研究［M］．北京：北京大学出版社，2012.

岳楚华．旅游文学作品赏析［M］．重庆：重庆大学出版社，2008.

Z

臧维熙．中国山水的艺术精神［M］．上海：学林出版社，1994.

臧维熙．中国旅游文化大辞典［M］．上海：上海古籍出版社，2000.

查屏球．从游士到儒士：汉唐士风与文风论稿［M］．上海：复旦大学出版社，2005.

章必功．中国旅游史［M］．昆明：云南人民出版社，1992.

章尚正．旅游文学［M］．福州：福建人民出版社，2006.

章尚正．中国古代山水文学研究［M］．上海：学林出版社，1997.

张璟．中国旅游文选［M］．福州：福建人民出版社，2007.

张岱年，方克立．中国文化概论［M］．北京：北京师范大学出版社，1994.

张秉戎．山水诗歌鉴赏辞典［M］．北京：中国旅游出版社，1989.

张慧民，王关林．嵩岳文献从刊［M］．郑州：中州古籍出版社，2003.

张仲裁．唐五代文人入蜀编年［M］．成都：巴蜀书社，2011.

张弓．汉唐佛寺文化史［M］．北京：中国社会科学出版社，1997.

詹锳．唐诗［M］．上海：上海古籍出版社，2011.

郑众．中国旅游发展史［M］．长沙：湖南教育出版社，2000.

赵荣光，夏太生．中国旅游文化［M］．大连：东北财经大学出版社，2003.

周维权．中国古典园林史［M］．北京：清华大学出版社，1999.

周晓琳，刘玉平．空间与审美——文化地理视域中的中国古代文学［M］．北京：人民出版社，2009.

朱光潜．美学文集［M］．上海：上海文艺出版社，1982.

朱光潜．诗论［M］．北京：三联书店，1984.

朱希祥．中西旅游文化审美比较［M］．上海：华东师范大学出版社，1998.

朱钧侃，倪绍祥．徐学概论：徐霞客及其《游记》研究［M］．南京：江苏教育出版社，1999.

宗白华．美学散步［M］．上海：上海人民出版社，1981.

三、论文

C

曹炳政．浅析旅游文学研究［J］．辽宁师专学报（社会科学版），

2005（4）：123-125.

陈小芒．古代江西旅游文学的繁荣及原因［J］．南昌大学学报（人文社会科学版），2003（11）：117-120.

陈燕妮．唐诗“对话”中的初唐洛阳——试以城市生活方式看初唐洛阳和唐诗的关系［J］．苏州大学学报，2010（2）：64-68.

F

范能船．近十年山水旅游文学研究综述［J］．扬州师范学院学报（社会科学版），1991（4）：39-42.

范能船．山水意识与旅游文化［J］．上海大学学报（社会科学版），1997（4）：83-89.

冯乃康．再谈旅游文学的特征［J］．旅游学刊，1988（3）：60-63.

G

葛晓音．李白一朝去京国以后［J］．北京大学学报（哲学社会科学版），1981（5）：10.

葛晓音．论宫廷文人在初唐诗歌艺术发展中的作用［J］．辽宁大学学报，1990（4）：69-74.

J

金颖若．试论中国旅游文学的含义和范围［J］．贵州民族学院学报（社会科学版），1997（2）：74-77.

蒋益．论旅游文学的特征［J］．长沙大学学报，1998（3）：12-18.

解少华．李白的漫游诗及其社稷百姓情结［J］．中共郑州市委党校学报，2006（2）：137-139.

L

李亮伟．中国古代旅游说略——“古代旅游·人生·文学”论之一［J］. 自贡师专学报（综合版），1994（3）：4.

李亮伟. 旅游，诗意化人生之活动——“古代旅游·人生·文学”论之二［J］. 自贡师专学报（综合版），1994（4）：6.

李亮伟. 旅游文学，人生诗意化之符号系统——“古代旅游·人生·文学”论之三［J］. 自贡师专学报（综合版），1996（1）：5.

李松. 唐代旅游的宗教情结［J］. 淮南师范学院学报，2009（2）：14-16.

李德辉. 唐文人的旅寓生涯与唐代文学中的漂泊者形象［J］. 新疆师范大学学报（哲学社会科学版），2005（1）：165-168.

李晓婉. 盛唐山水田园诗清淡特色形成的社会文化心理阐释［J］. 重庆工学院学报，2002（3）：120-122.

刘成亮. 盛唐诗人与旅游的关系［J］. 消费导刊，2007（4）：181.

刘蔚. 陈子昂山水诗的审美价值试探［J］. 徐州师范大学学报（哲学社会科学版），1998（2）：4.

梁桂芳. 论初唐宫廷文人山水诗［J］. 云南师范大学学报，2004（2）：91-96.

吕鹤剑. 浅谈中国旅游文学［J］. 渭南师范学院学报，2005（5）：55-59.

吕孝虎. 古代游记的历史地理文献地位［J］. 杭州教育学院学报，2005（5）：48-52.

M

梅新林，崔小敬. 走向成熟的唐代游记文学［J］. 广西民族学院学报（哲学社会科学版），2001（3）：101-106.

T

汤贵仁. 唐代旅游与唐代诗歌的繁荣［J］. 旅游学刊，1992（7）：47-50.

W

王珂平．旅游审美与山水旅游文学泛言（上篇）［J］．北京第二外国语学院学报，1998（3）：7.

王立群．论山水游记的起源和形成［J］．南京理工大学学报（哲学社会科学版），1997（4）：5-10．

王玉成，李颖．唐代文人旅游研究［J］．河北大学学报，2009（3）：72-76.

王晓如．唐代长安的旅游［J］．唐都学刊，2002（2）：58-61.

王栋梁，纪倩倩．论唐代士僧交游的政治动因［J］．甘肃社会科学，2009（2）127-131.

吴在庆．论唐代文士的集会宴游对创作的影响［J］．厦门大学学报（哲学社会科学版），2003（5）：49-54.

X

谢鹤林．旅游文学的定义和分类［J］．旅游学刊，1986（9）：9-14.

谢春江．儒道思想对唐代文人旅游的影响［J］．新东方，2007（10）：55-58.

熊宪光．中国古代旅游文学源流论［J］．西南师范大学学报（哲学社会科学版），1995（4）：4.

肖洪根．再论文学旅游资源的开发［J］．华侨大学学报（哲学社会科学版），1998（3）：115-119．

徐日辉，林文飞．论唐代士人之“因宦而游”［J］．经济研究导刊，2011（8）：212-214.

Y

杨恩成，张英．佛教对唐代山水文学的影响［J］．陕西师范大学学报（哲学社会科学版），2000（4）：31-35.

杨绪泽．李白三峡游踪及其有关诗作探讨［J］．三峡学刊，1997（4）：57-64.

俞学才，傅素莲．中国旅游文学研究会第四届年会综述［J］．海南师范学院学报，1991（1）：36-38.

郁贤皓．李白洛阳行踪新探索［J］．南京师范大学学报，1986（3）：2-6.

叶华．山水和旅游的结合——论谢灵运山水诗与传统的写景诗、行旅诗、游览诗的不同［J］．安徽大学学报（哲学社会科学版），2003（6）：78-82.

Z

臧维熙．古代山水文学发达的原因［J］．安徽大学学报，1983（4）：80-85.

查正贤．论初唐休沐宴赏诗以隐逸为雅言的现象［J］．文学遗产，2004（6）：36-45.

张来芳．诗经旅游文化探赜［J］．江西社会科学，1998（11）：82-86.

周嘉惠．李白的漫游生活及其对诗歌创作的影响［J］．青岛教育学院学报，2007（2）：24-28.

朱坤．论旅游文学的基本特征［J］．池州师专学报，2004（8）：66-69.

四、博士论文

胡陪陪．魏晋南北朝旅游文学研究［D］．武汉：武汉大学，2009.

刘勋．唐代旅游地理研究［D］．武汉：华中师范大学，2011.

王玉成．唐代旅游研究［D］．石家庄：河北大学，2009.

张勃．唐代节日研究［D］．济南：山东大学，2007.

后　　记

初盛唐诗歌中有关旅游的作品数量可观，却并未引起学界足够的重视，就目前对唐代诗歌的种类界定，尚未专列旅游诗歌这一类别。故本书在现代旅游文学观点指导下对初盛唐旅游诗歌进行研究，无论是对现代旅游文学还是初盛唐诗歌都具有一定的创新价值。

本书在写作之前的前期工作主要是甄选出符合现代旅游学定义的唐代旅游诗。方法主要是结合陈贻焮版《增订注释全唐诗》，并参考相关现代旅游学著作及唐代文献资料，界定出属于旅游诗类别的诗歌。并在前期细读中，将初盛唐时期的旅游诗歌加以归类统计，再初步总结出各个类别旅游诗歌的显著特征。

本书对于初盛唐旅游诗歌的研究，有利于提高现代旅游业的文化底蕴，促进现代旅游业的持续健康发展，并能增强古代文学的实用价值，为实现古代文学与现代旅游业的对接找到一个合理的切入点。具体表现在以下四个方面：第一，就旅游诗歌于唐代诗歌史的价值，之所以将旅游诗歌从唐代诗歌这个总体中甄选出来加以研究，不仅在于唐诗中客观存在的篇幅众多的旅游诗歌，更在于旅游诗歌对唐代诗歌史的特殊贡献。初盛唐文人丰富而多元的旅游活动极大地拓展了诗歌创作的视野和范围，丰富了唐诗创作的内容和题材，很多诗人的著名诗作都来自于其游历经历。同时，诗人们的旅游活动也推动了初盛唐诗歌逐步摆脱齐梁绮艳淫靡之风而完成了最终声律风骨兼备的革新。

第二，古代旅游文学的发展依其时代旅游水平及文学历史贡献，大体分为奠基期（先秦两汉）、形成期（魏晋六朝）、繁荣期（唐宋）、兴盛衍化期（元明清），初盛唐旅游诗歌不仅处于接续魏晋诗歌发展态势而至繁盛的关键时期，并且在此时段旅游诗歌所创造的辉煌成果也是后代无可企及的。第三，就旅游诗歌的认知、传播价值而言，诗因景吟，景以诗传。景观与诗人之间是一种相互对待、互相为用的关系。丰富多彩的山川林木、古物遗迹、风俗人情、奇闻逸事固然激发了诗人的创作激情，促使其唱和以往返。而各种景观资源同样有赖于旅游诗歌彰名扬誉，众多享誉后世的知名景点，除具备本身景致绝美的特点外，也借誉延声于名贤之大手笔，诗人们的词彩华章起到了点化景点、美化景点与传播景点的独特价值。第四，旅游诗歌对现代旅游业的价值而言，在旅游诗歌创作中被屡屡描绘歌颂的旅游景观，很多至今仍是著名的旅游名胜，而旅游诗歌本身就是对现代旅游景点文化内涵的最好诠释。旅游诗歌的美学与文化价值，也为旅游开发开阔了新的思路，并为旅游景观的宣传、旅游工作者素质的提高带来了深厚的影响。

本书的写作得益于师长们的教育，我的博士生导师陈顺智教授在我博士就读的四年中，不仅在学业上给予悉心指导，也在人生感悟、处事为人上给予我无限的启迪。恩师渊博的知识、严谨的学风、宽博的胸襟、洒脱的气度都令人折服，也是学生高山仰止的典范。

还要感谢我的硕士导师罗漫教授，正是先生的谆谆教导，引领我走上了热爱古典文学的道路，即使在我毕业后仍不遗余力地关心着我的学业和工作。还要感谢武汉大学的陈文新、尚永亮、王兆鹏、陈水云、程芸、吴光正、骆瑞鹤、罗积勇等诸位老师，诸师在各自专业领域的学识涵养令我钦佩不已且受益匪浅。

感谢南阳理工学院吴占勇老师的热心引荐。

感谢南阳理工学院的领导和同事们给予我的理解和支持。

感谢我的家人在我学习、写作过程中给予我的关心和鼓励。

限于学力，本书或有不足、不当之处，敬请专家和读者指正。

赵丽霞

2017 年 8 月 20 日于南阳理工学院寓所